冰与火之歌

A SONG OF ICE AND FIRE

卷一 权力的游戏 2 [中]

LA GAME OF THRONES

[美]乔治 R.R. 马丁 著

谭光磊 屈畅 译

重庆出版集团 重庆出版社

Copyright ©1996 by George R.R. Martin
The Song of Ice and Fire (Book 1)
A Game of Thrones
By George R.R. Martin
Simplified Chinese Translation Copyright © 2011 by Chongqing Publishing House Co., Ltd.
This edition arranged with The Lotts Agency Ltd.through Andrew Nurnberg Associates International Limited.
All rights reserved.

本书中文简体字版通过美国Lotts Agency公司及安德鲁·纳伯格联合国际有限公司独家授权出版
版权所有，侵权必究
版贸核渝字（2011）第210号

图书在版编目（CIP）数据

冰与火之歌．权力的游戏．2／（美）马丁（Martin,G.R.R.）著；屈畅，谭光磊译．——重庆：重庆出版社，2012.1
ISBN 978-7-229-04723-8
Ⅰ．①冰… Ⅱ．①马… ②屈… ③谭… Ⅲ．①长篇小说－美国－现代 Ⅳ．①I712.45
中国版本图书馆CIP数据核字（2011）第225077号

冰与火之歌 2
【卷一】权力的游戏（中）

【美】乔治 R.R.马丁 著　谭光磊　屈 畅 译

出版人：罗小卫
责任编辑：傅南寰　邹 禾　唐弋淄
插图：曹 珂
装帧设计：谢颖设计工作室
封面图案设计：罗 烜
责任校对：郑小石

重庆出版集团 出版
重庆出版社

重庆市南岸区南滨路162号1幢　邮政编码：400061　Http://www.cqph.com
重庆市营菲制版有限公司　制版
重庆市国丰印务有限责任公司　印刷
重庆出版集团图书发行有限责任公司　发行
E-mail:fxchu@cqph.com　邮购电话：023－61520646
全国新华书店经销

开本：880mm×1230mm　1/32　印张：10.125　字数：250千
2012年1月第1版　2015年1月第4次印刷
ISBN：978-7-229-04723-8
定价：28.00元

如有印装问题，请向本集团图书发行有限责任公司调换：023－61520678

版权所有　侵权必究

艾德

"诸位大人,这些麻烦都是首相的比武大会带来的。"都城守卫队的司令官向御前会议抱怨。

"国王的比武大会,"奈德皱着眉头纠正他,"我跟你保证,首相对这事一点兴趣都没有。"

"您怎么说都行,大人,可事实是全国各地的骑士陆陆续续都来了。而每来一个骑士呢,跟着就来两个自由骑手、三个工匠、六个大兵、一打生意人、两打妓女,至于小偷,多到我猜都不敢猜。这该死的热天已经害城里半数人热得晕头转向,现在又来这么多家伙……昨儿晚上就有人溺死,外加一起酒馆暴乱,三起持刀械斗,一起强奸案,两场火灾,抢劫数不清啦,还有匹喝醉的马冲到修女街去了。前天呢,则有个女人的头被人发现漂在大圣堂的彩虹池里,没人知道那颗头是打哪来的,也没人知道那是谁的头。"

"真是吓人哟。"瓦里斯打着哆嗦。

蓝礼·拜拉席恩公爵可没他这么好心。"我说啊,杰诺斯,你要是连城里的秩序都无法维持,恐怕都城守卫队得换个有办法的人来当司令。"

史林特生得高头大马,一副双下巴,他听了这话立刻变得跟青蛙一样气鼓鼓的,光头顿时红了起来。"蓝礼大人,就算龙王伊耿再世也管不住。我需要人手。"

"你要多少人?"奈德倾身向前问。依惯例,劳勃又没参加会议,所以他这个"国王之手"只好代为发言。

"首相大人,当然是越多越好。"

"那就雇五十个新兵,"奈德告诉他,"钱的事交给贝里席大人打点。"

"我打点？"小指头说。

"没错。既然你连比武冠军的四万金龙赏金都筹得出，多弄几个铜板维持城里秩序想必不成问题。"奈德转头对杰诺斯·史林特道，"我再从我的贴身护卫中拨二十个人给你，直到城里这批人离开为止。"

"非常感谢，首相大人。"史林特鞠躬，"我向您保证，一定让他们派上用场。"

司令官离开后，奈德转向在场重臣："这场闹剧早一天结束，我就早一天安心。"仿佛筹措经费和接踵而至的麻烦还不够他受，所有的闲杂人等都把这叫做"首相的比武大会"，这无疑是在伤口上洒盐，好像他才是罪魁祸首。而劳勃竟当真以为他应该为此感到光荣！

"王国就是因为这种事才兴盛的啊，大人。"派席尔国师说，"对上等阶级而言，这是求取荣耀的大好时机。至于穷苦老百姓嘛，也能因此暂时忘却忧伤。"

"很多人还能借此大捞一笔，"小指头补充，"城里的旅店通通客满，妓女接客接到脚都合不拢，走起路来口袋里的铜板响叮当。"

蓝礼公爵哈哈大笑："还好我二哥史坦尼斯不在。还记不记得那次他提议查禁妓院？结果国王问他要不要顺便连吃饭、拉屎、呼吸也统统禁了算了。老实讲，有时候我真怀疑史坦尼斯那个丑女儿是怎么来的。老哥他上床简直跟上战场一样，眼神庄严肃穆，打定主意要履行他的责任。"

奈德没有跟着笑。"我也在想你哥哥史坦尼斯的事，不知他何时才会结束龙石岛的探访，重新回到岗位。"

"只要我们把妓女统统赶进海里，他就会马上回来了罢。"小

指头此话一出,其他人笑得更厉害了。

"关于妓女的事,我今天也听够了。"奈德起身说,"就到此为止。"

奈德回到首相塔时,守门的是哈尔温。"叫乔里到我房间来,然后叫你爹帮我备好马鞍。"奈德告诉他,口气稍冲了点。

"是的,老爷。"

红堡里的御前会议和这所谓"首相的比武大会"让他满心不耐,奈德边爬楼梯边想。此刻他好想念凯特琳的怀抱,想念罗柏和琼恩在场子里练剑的声音,想念北方的凉爽白昼和清寒冷夜。

进房后他褪去重臣穿的正式丝衣,坐着看了会儿书,等待乔里。这本书全名是《七国主要贵族之世家谱系与历史(内附关于许多爵爷夫人和他们子女的描述)》,由梅利恩国师所撰。派席尔说得没错,这东西还真是枯燥乏味。但琼恩·艾林既然找来读了,奈德相信必有原因。在这些泛黄的脆弱扉页间,肯定埋藏着重要的线索,问题只在于他是否能钻研出其中深意。可那究竟是什么呢?这本书册的历史已经超过百年。当梅利恩收集这份蒙尘的婚丧喜庆清单时,目前活在世上的人几乎都还没出生呢。

他再度翻到兰尼斯特家族的部分,刻意慢慢翻页,虽然明知不可能,却仍希望借此灵光乍现。兰尼斯特家族历史悠久,向上可以追溯到英雄纪元时的骗术高手"机灵的"兰尼。他和"筑城者"布兰登一样同富传奇色彩,却更受歌手和说书人的爱戴。歌谣中的兰尼不靠刀剑,光凭机智就把凯斯德利家族赶出凯岩城,又从太阳那里偷来黄金为他的卷发增光。奈德真希望他此刻就在自己身边,帮忙把书中那该死的秘密赶出来。

一阵急促的敲门声宣告了乔里·凯索的到来。奈德阖上梅利恩的巨著,传他进来。"我答应从我的卫队里抽二十个人给都城守备队,直到比武大会结束。"他告诉他,"挑人的事就交给你。让埃林领队，但务必让他们明白，首要任务是平息纷争，而非制造冲突。"奈德起身，打开雪松木箱，拿出一件亚麻布薄上衣。"找到那个马僮了吗？"

"老爷，您说的这个都城守卫，"乔里道，"他发誓这辈子再也不碰别的马了。"

"为什么？"

"他说自己很了解艾林大人，说什么两人一拍即合。"乔里哼了一声，"他说每逢小伙子们的命名日，首相大人总不忘赏几个小钱。还说首相大人熟悉马性，从不让坐骑劳累太凶，还每每带胡萝卜和苹果给马儿吃，所以它们都很喜欢他。"

"胡萝卜和苹果。"奈德跟着念了一遍。听起来这小子能帮上的忙比其他几个人还要有限，而他已经是小指头所说那四人之中最后的一个了。乔里和每个人都分别谈过。修夫爵士脾气火爆，不肯多说，刚当上骑士就已经很骄傲。照他的话，倘若首相大人有意和他谈谈，他很乐于接见，但区区一个侍卫队长可没资格盘问他……就算这个侍卫队长大他十岁，剑术强他一百倍也没差。那个厨房小妹总算还好沟通，她说琼恩大人读书读过头啦，还说他为小儿子的孱弱病体伤神担忧，对夫人又很粗暴。至于那个现在靠拉车维生的跑堂小厮，则从来没跟琼恩大人说过话。不过他倒是知道一堆厨房里的闲话：听说老爷近来常跟国王吵架，老爷嫌东西不好吃，老爷打算送他儿子到龙石岛当养子，老爷对养猎犬突然有了兴趣，老爷去找了个高明的武器师傅，委托他打造一副全新的铠甲，整件镀上白银，胸前安上一只蓝玉雕的猎鹰和珍珠母做的月亮。跑堂小弟说，是国王的弟弟亲自陪他去挑选材料和花样的，喔不，不是蓝礼大人，是另外那个，史坦尼斯大人。

"这守卫有没有提到什么值得留意的事？"

"小伙子发誓说琼恩大人同年纪小他一半的人一样健壮，还常

跟史坦尼斯大人外出骑马。"

又是史坦尼斯，奈德心想。这可奇了，琼恩·艾林和他固然礼尚往来，却从不亲近。当劳勃北访临冬城时，史坦尼斯也躲回了龙石岛——那座多年前他以哥哥的名义，从坦格利安家族手中夺来的海岛要塞——并只字未提何时归来。"他们都骑马上哪儿？"奈德问。

"那小子说上妓院去。"

"上妓院？"奈德道，"鹰巢城公爵兼御前首相和史坦尼斯·拜拉席恩一起上妓院？"他难以置信地摇头，心里暗想要是蓝礼大人听了不知会作何反应。劳勃性好渔色举国皆知，成天有人拿来编歌取笑，史坦尼斯可不一样。他虽只比国王小一岁，个性却有天壤之别：严峻、缺乏幽默感，从不轻易宽恕他人，重视责任到几近冷酷的地步。

"小伙子坚持说这是真的。首相大人随身带了三个侍卫，小伙子说事后帮他们牵马时，听见他们拿这事开玩笑。"

"是哪家妓院？"奈德问。

"小伙子也不知道，那几个侍卫应该知道。"

"只可惜莱莎把他们都带回艾林谷去了。"奈德干涩地说，"诸神真是想尽办法阻挠我们。莱莎夫人、柯蒙学士，还有史坦尼斯大人……每一个可能知道真相的人都在千里之外。"

"您要不要把史坦尼斯大人从龙石岛给召回来？"

"还不是时候，"奈德道，"等我进一步了解内情，并弄清楚他站在哪一边再说。"这事真教他心烦。史坦尼斯为何离开？难道谋害琼恩·艾林他也有份？难道他在害怕？奈德很难想象有什么能吓住史坦尼斯·拜拉席恩，当年他曾坚守风息堡长达一年之久，到最后提利尔公爵和雷德温伯爵的军队围在城外，成天饮酒作乐，城里却只能靠吃老鼠肉和鞋皮支撑。

"麻烦你帮我把背心拿来，就灰色的有冰原狼饰样的那件。我要让这个武器师傅知道我是谁，这样他或许会比较容易开口。"

乔里走到衣橱边。"蓝礼大人也是国王和史坦尼斯大人的弟弟。"

"但他们骑马却没找他作伴，"虽然蓝礼态度友善又笑口常开，奈德却仍旧摸不清他的立场。前几天，他把奈德拉到一边，向他展示一个精雕细琢的黄金玫瑰坠子，里面有张密尔画风的鲜活肖像，画中人是个生着雌鹿般眸子和一头柔软棕发的可爱少女。蓝礼似乎急于知道女孩是否让奈德联想起什么人，当奈德答不上来，只耸了耸肩时，他似乎相当失望。女孩原来是洛拉斯·提利尔的妹妹玛格丽，蓝礼坦承，有人说她长得像莱安娜。"不像啊。"奈德困惑地告诉他。难道说长得像劳勃年轻时的蓝礼，暗中爱慕着这位在他看来长得像年轻的莱安娜的女孩？真是怪事一桩。

乔里递过背心，奈德把手穿进臂口。"或许史坦尼斯大人会回来参加劳勃的比武大会。"他边说边让乔里替他将衣服带子在后腰处系上结。

"那可就真是诸神眷顾了，老爷。"乔里说。

奈德系上一柄长剑。"换言之，大概他妈的不可能。"他无奈地笑笑。

乔里把奈德的披风搭上他的肩膀，喉咙的地方用首相的徽章扣住。"这武器师傅住在他店面楼上，就钢铁街顶的一栋大房子。埃林认得路，老爷。"

奈德点点头。"要是这拉车小厮撒谎，只有天上诸神能救他了。"这实在不像是条可靠的线索，奈德·史塔克所认识的琼恩·艾林可不会穿什么镶珠宝的银铠甲。他说过：铠甲就是铠甲，用来防身，而非装饰。当然，他也有可能改变想法，在宫里待过十几年，再怎么也不可能和从前一模一样……然而这个转变未免太大，奈德

实在无法释怀。

"还有什么需要我效劳?"

"你可以准备上妓院了。"

"老爷,这是苦差事啊。"乔里嘻嘻笑道,"我想大伙儿都会很乐意帮忙,波瑟早就迫不及待,自己先去了。"

奈德最心爱的坐骑已经上好马鞍,正在庭院里等他。他穿过场子,瓦利和杰克斯一左一右跟了上来。在这种大热天,穿戴钢头盔和铠甲一定汗流浃背,但他们半声怨言也无。艾德公爵身披灰白相间的长披风,策马穿过国王大门,进入臭气四溢的城区,立时感觉到四处都是眼线。他一踢马肚,绝尘而去,两名侍卫紧跟在后。

他们在拥挤的街道间穿梭,他频频回头。虽说托马德和戴斯蒙今天一大早便离开城堡,守在他们必经之路上,负责注意是否有人跟踪,但奈德还是不放心。活在国王的八脚蜘蛛及其鹰犬的阴影下,他就像洞房花烛夜的新嫁娘一样害怕。

钢铁街从临河门旁的市集广场开始延伸。这临河门乃是地图上标记的名字,老百姓平常都唤它作"烂泥门"。街上,有个戏子正踩着高跷,像只巨型怪虫般大跨步走在人群里,后面跟了一大票光着脚丫的小孩,尖声怪叫着。另外一边则有两个衣衫褴褛,年纪跟布兰差不多的男孩正拿着木棍来回比画,围观群众有的大声喝采,有的气恼咒骂。最后一名老太婆从窗户里探出头,把一桶洗脚水倒在两个男生头上,才算终止了这场打斗。农民们躲在城墙的阴影下,站在他们的货车旁高声吆喝着:"苹果,上好的苹果哟,价钱再高一倍你都会觉得便宜哟。"或是"来买血甜瓜喔,甜得跟蜂蜜一样喔!"以及"芜菁、洋葱、马铃薯,来来来,芜菁、洋葱、马铃薯哟,来来来喔!"

烂泥门敞得大开,一小队都城守卫肩披制式的金色披风,拄着长矛站在闸门下。眼看西边来了一群排成纵队,骑马飞奔的人,守卫们急忙发号施令，把挡路的推车和行人赶开，好让骑士和他的随从通过。当先穿过大门的人高举一面长长的黑旗，丝织的旌旗在风中飞扬，仿如活物。旗帜上绣着一道划过夜空的紫色闪电。"贝里大人驾到！速速回避！"来者高喊，"贝里大人驾到！速速回避！"紧跟在后的是一位金红头发的年轻贵族，他身披黑缎星纹披风，骑匹黑色骏马，十足浮华模样。"您是来参加首相比武大会的吗，大人？"一名守卫在他身后叫道。"我是来拿比武大会冠军的！"贝里伯爵在群众的欢呼声中高声回应。

奈德离开广场，转进钢铁街，沿着蜿蜒小路骑上长长的维桑尼亚丘陵，沿途经过在锻炉前干活的铁匠，拿着盔甲讨价还价的自由骑手，以及头发灰白、兜售着马车上各种旧铁陈刀的铁器贩子。他们越爬越高，建筑物也更显高大，城里绝大多数铁匠都在此地。他们要找的人住在丘顶，有一栋用木材和石膏搭成、楼层足以俯瞰下方狭窄巷道的巨大屋子。房子的两扇大门乃是黑檀木和鱼梁木所制，上面刻画着一幅打猎图，一对石雕骑士守在入口两侧，披挂着造型天马行空的红钢铠甲，分别是狮鹫和独角兽的形态。奈德把马交给杰克斯，侧身走进屋内。

瘦小的女侍眼尖，立刻认出奈德的徽章和背心上的家徽，没过多久屋主便急急忙忙出来迎接，满脸堆笑，忙着打躬作揖。"快帮首相大人倒酒。"他对女孩说，然后示意奈德在长椅落座。"大人，我叫托布·莫特，您请坐，把这当自个儿家罢。"他穿着黑天鹅绒外套，袖子上用银线绣了铁锤图案，颈项间则戴了条沉重的银链，上面那颗蓝宝石有鸽子蛋那么大。"如果您需要在首相比武大会上穿的新铠甲，那您可来对地方了。"奈德已经懒得纠正了。"大人，我做的东西要价很高，这我自己也承认，"他边说边把两只成对的银制高脚杯斟满酒。"不过我敢跟您保证，七国上下再找不到手艺能跟我比的人。您若是不信，大可把君临每一家打铁铺都

走一遍，自己比较比较。其实打件盔甲，随便一个乡下铁匠都会。我打出来的是艺术品。"

奈德啜着酒，听他继续往下说。照托布吹嘘，不仅百花骑士整套铠甲都是在这里买的，许多真正识货的官家老爷也都是常客，更别提国王陛下的亲弟弟蓝礼大人了。不知首相大人可曾见过蓝礼大人的新行头？就是那身绿甲和黄金鹿角盔。除了他，城里没有别的武器师傅能做出那么深的绿色，因为他小时候在科霍尔当学徒时学会了将颜色渗进精钢里的秘诀，相较之下，涂漆或上釉根本只是小孩子把戏。还是首相大人要把好剑？托布说他在科霍尔也习得了打造瓦雷利亚钢的技术，只有知道正确咒语的人才有办法使老旧的武器焕然一新。"史塔克家族的纹章是冰原狼，对不对？我可以帮您打顶逼真的冰原狼头盔，保管走在路上小孩看了就跑。"他拍胸脯保证。

奈德微微一笑。"这么说来，你也帮艾林大人打了顶猎鹰头盔？"

托布·莫特闻言，停顿了很长时间，最后他放下酒杯："首相大人他是找过我，跟国王陛下的大弟史坦尼斯大人一起来的。遗憾的是我没那个荣幸，不曾为他们效劳。"

奈德平静地看着他，什么也不说，只静静地等待。这些年来，他发现沉默常常比发问更有效，眼下正是如此。

"他们说要见见那孩子，"武器师傅道，"所以我带他们去了锻炉。"

"那孩子，"奈德跟着重复。他根本不知道那孩子是谁。"我也想见见这孩子。"

托布·莫特冷静而谨慎地看了他一眼。"遵命，大人。"他先前的友善语气已经消失无踪。他领着奈德走出后门，穿越一个狭长的庭院，进入宽敞的石砌谷仓，铁匠铺的实际工作就是在这里进行的。武器师傅刚打开门,一股热气便向外喷涌而出,教奈德觉得自己仿佛要步入火龙口中。每个角落都有一座熊熊燃烧的锻炉,空气里充溢着烟硝和硫黄的臭味。铁匠工头抬头瞄了一眼,只来得及抹抹额际汗珠,便又继续挥舞铁锤和钳子,打着赤膊的学徒则努力鼓动风炉。

武器师父把一个年龄大约与罗柏相若,两臂和胸膛都是结实肌肉的高大男孩叫过来。"这就是史塔克大人,国王新任的首相。"男孩一边听他说,一边以那双阴沉的蓝眼睛打量奈德,并用手指把汗水浸湿的头发往后拨。他的头发又粗又厚,乱成一团,如墨水般漆黑。他的下巴刚长出点黑胡楂。"这是詹德利,以他这年纪算得强壮,干起活来也挺勤快。小子,让首相大人瞧瞧你打的那顶头盔罢。"男孩有些害羞地领他们走到他休息的长凳,将一顶状如牛头、还有两只弧形牛角的头盔拿给奈德看。

奈德拿来反复把玩,这头盔是粗钢制成,未经雕琢,但造型却是行家里手。"做得很好,不知你可否愿意卖给我?"

男孩一把从他手中抢过头盔。"这不是拿来卖的。"

托布·莫特一脸惊恐。"小子,这可是首相大人哪,大人他看得上眼,你还不快送给他,他光开口问已经很给你面子了。"

"我做了给自己戴的。"男孩倔强地说。

"大人,真是千万个对不起,"他的主人急忙对奈德说:"这小子倔得跟生铁似的,生铁就是欠打。不过这头盔也不是什么值钱家什,若您肯原谅他,我保证为您打一顶前所未有的上等货色。"

"他又没做错事,我没什么好原谅的。詹德利,艾林大人来看你时,你们都说了些什么?"

"大人,他不过就问了些问题。"

"什么问题?"

男孩耸肩道:"问我过得好不好啊,主人待我如何啊,我喜不

喜欢这差事啊,还有我妈的事,问她是谁、长什么样这些。"

"你怎么回答?"

男孩拨开一撮新垂下的黑发。"我很小的时候她就死了。我只记得她的头发是黄色的,有时会唱歌给我听。她在酒馆里做事。"

"史坦尼斯大人也问过你问题吗?"

"光头的那个?没,他没问。他都不说话,光盯着我瞧,好像我上了他女儿似的。"

"讲话当心点,"师傅说,"你是在和国王的首相大人说话。"男孩低下头。"这孩子聪明,偏偏就是拗。瞧这头盔……别人骂他牛脾气,他就打顶牛头盔来气他们。"

奈德摸摸男孩的头,轻搓着他粗黑的头发。"詹德利,看着我。"小学徒抬起头,奈德仔细审视着他下巴的轮廓,还有那对冷若冰霜的蓝眼睛。是了,他心想,我知道了。"去干活罢,小伙子。抱歉打扰你。"他随武器师傅走回屋里。"这孩子的见习费是谁付的?"他轻描淡写地问。

莫特看上去相当害怕。"您自己也看到了,这孩子强壮得很,还有他那双手,天生就是打铁的料。这孩子有潜力,所以我没收见习费。"

"跟我说实话,"奈德催促他,"强壮的小伙子满街都是。除非长城倒塌,否则你不可能不收见习费。到底是谁付的?"

"是个官家老爷,"武器师傅很不情愿地说,"他没说自己的姓名,外衣上也没有家徽。他拿出手的是金子,而且付了平常的双倍,说一半是孩子的见习费,另一半是要我别说出去。"

"说说他长什么样。"

"他很粗壮,宽肩膀,但没您高。棕色的胡子,似乎还杂了点红。我倒是记得他穿的披风,高档货,扎实的紫天鹅绒料子,滚了银边,可兜帽遮住了他的脸,我看不清楚。"他迟疑了一下。"大人，我不想惹麻烦。"

"谁都不想惹麻烦。可是莫特师傅，恐怕这是个麻烦的年代。"奈德道，"你很清楚这孩子是谁。"

"大人，我只是个武器师傅，不知道什么我不该知道的事。"

"你很清楚这孩子是谁，"奈德耐心地重复一遍。"我可不是问你知不知道。"

"这孩子是我的学徒，"武器师傅说。他迎视奈德的目光，眼神固执得如钢铁一般。"他来我这儿以前是谁，那不干我的事。"

奈德点点头，觉得自己还挺喜欢托布·莫特这位武器大师。"哪天要是詹德利不想继续铸剑，想要实际弄把刀玩玩的话，叫他来找我，我看他是块当兵的料。在那之前呢，莫特师傅，我谢谢你照顾他。我跟你保证，若是我想弄顶头盔来吓吓小孩，一定第一个找你。"

他的侍卫牵马等在外面。"老爷，您查出什么了吗？"奈德上马时，杰克斯开口问。

"有的。"奈德告诉他，自己却思绪满怀。琼恩·艾林找国王的私生子做什么？到底什么事值得他连命都赔上？

凯特琳

"夫人,您还是把头包住,"他们骑马踽踽北行,途中罗德利克爵士一再告诫她,"不然会着凉的。"

"罗德利克爵士,淋点雨没什么大不了。"凯特琳回答。她的湿头发沉甸甸地垂下来,一撮松掉的发束黏贴在额头上,不难想象自己的模样有多狼狈,但这次她却不在乎。南国的雨柔软而温和,凯特琳喜欢用脸颊去体会这种轻如慈母亲吻的感觉。这感觉将她带回到童年时代,忆起在奔流城度过的那些灰蒙蒙的日子。她记得饱溢湿气的神木林,枝干低垂;记得弟弟追着她跑过一堆堆湿叶,笑声清脆。她也记得和莱莎玩泥巴的种种情景,记得泥团在手中的重量,记得滑溜的褐色泥泞在指间流动的感觉。后来,她们咯咯笑着把做好的泥饼端给小指头吃,他竟当真吃了一堆,事后足足病了一个星期。啊,记得当时年纪还小。

凯特琳本以为自己早已忘却了这些事。北境的雨寒冷而无情,有时入夜还会成霜。说是滋养生殖,转眼就变成作物杀手,连成人遇上也纷纷走避。这种雨,哪是给小女孩玩的呢?

"全身都湿透了,"罗德利克爵士抱怨,"湿到骨子里去了。"他们周围树林浓密,叶梢的落雨声伴着马蹄行走泥泞的响动。"夫人,我们今晚该找个有火的地方歇歇,若能吃点热东西更好。"

"前面路口有家旅店。"凯特琳告诉他。她年轻时与父亲外出曾多次在此借宿。霍斯特·徒利公爵壮年时在城里待不住,总是骑马到处晃荡。她还记得旅馆主人是个不分昼夜嚼着烟叶、名叫玛莎·

海德的胖女人。玛莎似乎永远都是笑容满面，还常拿蛋糕给孩子们吃。她的蛋糕浸过蜂蜜，吃起来香味浓郁。只是凯特琳很怕她的笑容，因为烟草把她的牙齿染成了暗红色，笑起来似乎血淋淋、怪吓人的。

"有旅馆当然好，"罗德利克爵士满心向往地重复了一遍。"不过……我们最好还是别冒险，为了避免被人认出，还是找家民居借宿比较妥……"这时路上传来盔甲铿锵、马匹嘶鸣和雨水溅洒的声音，他急忙住口。"有人。"他一边出声警告，一边伸手握住剑柄。即便是在国王大道，小心谨慎也绝对有益无害。

他们循声而去，绕过一个慵懒的弯道，看见那一群成纵队行进的人马，全副武装，正嘈杂地渡过涨水的溪流。凯特琳拉住缰绳让他们先行。骑在队伍前列的人高举的旗帜已然湿透，垂挂下来，看不清晰。但来人都穿着蓝紫色披风，海疆城的银色飞鹰纹章在肩头飞扬。"是梅利斯特家的人。"罗德利克爵士朝她耳语，生怕她不知道。"夫人，我看您还是把兜帽拉起来吧。"

凯特琳没有照办。杰森·梅利斯特伯爵本人就在队伍里面，骑士们围绕四周，他身边是他儿子派崔克，侍从们则跟在后方。她一眼就看出他们是赶往君临参加首相的比武大会。过去这一星期，国王大道上到处都是骑士和自由骑手，带着竖琴和皮鼓的吟游诗人，满载啤酒花、玉米和一桶桶蜂蜜的马车，还有生意人、工匠和妓女，汹涌的人潮使得国王大道拥挤不堪，所有人都往南走。

她不顾被认出的风险，好好地打量了杰森伯爵一番。上次见他还是在她婚宴之上，当时他只顾着和她叔叔说笑。梅利斯特家族是徒利家族的臣属，而此人出手送礼向来大方。如今他的棕发间杂了几丝白色，岁月把他的脸庞凿出了痕迹，却并未减损他的骄傲，他骑在马上的神情天不怕地不怕。凯特琳实在羡慕，她自己担惊受怕可太多了。经过时，杰森伯爵简单地点头致意，但那只是贵族老爷

路遇陌生人时的基本礼貌。那双锐利的眼睛并没有认出她,而他儿子则根本连看都懒得看。

"他竟没认出您。"事后罗德利克爵士疑惑地说。

"他只看到两个又湿又累、溅满泥浆的旅人站在路边,绝想不到其中一个会是他主子的女儿。我想我们就算进了旅馆也会很安全的,罗德利克爵士。"

旅馆位于三河汇流处以北的岔路口,他们抵达时天已快黑。玛莎·海德还在嚼她的烟草,她比凯特琳记忆中胖了点,头发也灰白了些,好在她只草草瞟了他们一眼,没有露出恐怖的血腥微笑。"只剩楼上两间客房,别的没了,"她一边说,嘴里一边嚼个没完。"两间都在钟塔下,所以不用担心错过用餐,只是有人会嫌吵。没办法,人太多,我们差不多客满了。如果不要,就请两位上路。"

他们当然要。房间在低矮积尘的阁楼内,要经过狭窄老旧的楼梯爬上去。"把鞋子留在这儿,"玛莎收了钱后告诉他们,"伙计待会儿来清理。我可不想看你们踩着烂泥上楼。注意钟声,来晚了就没得吃了。"她脸上没有笑容,也只字未提香甜的蛋糕。

当晚餐的钟声真的敲响时,可谓震耳欲聋。此时凯特琳换了干衣服,正坐在窗边,凝视雨滴溜下窗棂。玻璃模糊不清,水珠密布,雨夜正要降临。凯特琳勉强分辨得出两条大路交会处的泥泞渡口。

看到岔路,她飘忽的视线不禁停了下来。假如他们由此向西,便可轻松愉快地抵达奔流城。父亲总会在她需要的时候给予睿智的建议,她也渴望和他谈谈,警告他即将来临的风暴。倘若临冬城当真不免一战,奔流城更是首当其冲,因为它既靠近君临,西面又有如阴影般的凯岩城势力。若是父亲身体健康一点,她或许会考虑这种选择,然而霍斯特·徒利卧病在床已有两年之久,凯特琳不愿再加重他的负担。

A SONG OF ICE AND FIRE

东边的路比较崎岖，也更险恶，攀越岩石山丘和浓密树林，进入明月山脉，再穿过陡峭隘口和深渊绝壁，则会到达艾林谷，以及更远处崎岖多石的五指半岛。雄立于艾林谷之巅的鹰巢城固若金汤，高塔直向天际。在那里她可以找到妹妹莱莎……或许还能找到某些奈德求索的答案。莱莎信里想必有所保留，不敢多说，说不定她正持有奈德需要的证据，足以导致兰尼斯特家的毁灭。倘若真的开战，他们也需要得到艾林家族和其臣属的东境贵族们的支持。

然而山路崎岖难行，危机四伏。影子山猫四处出没不迭，落石是常有的事，山区氏族部落更是目无法纪的盗匪。他们从峰峦间呼啸而至，杀人越货后，一见峡谷派出骑士追剿，便如积雪融化般消失得无影无踪。就连琼恩·艾林如此少见的英明领主，每次穿越山脉也必定带上大批人马。而此刻凯特琳唯一的人马是个老骑士，唯一的屏障是他的忠诚。

不，她想，奔流城和鹰巢城以后再说，此刻她应该北上直取临冬城，她的三个儿子和重责大任正对她翘首以盼。只等安然渡过颈泽，她便可对奈德的封臣宣布身份，然后派信使骑马先行，发布国王大道戒严的命令。

雨丝遮蔽了岔路远方的田野，但凯特琳记忆里的风景依旧清晰。市集在路的那一头，再走一里有个村落，五十来间白色农舍围绕着一间小小的石砌圣堂。经过漫长而平静的夏季，如今村里的房舍想必更多了。由此向北，国王大道与三叉戟河的支流绿叉河平行，穿过肥沃谷地和青葱林荫，穿过繁荣市镇、坚实农庄以及河间贵族的城堡。

凯特琳对每一位河间贵族都了若指掌：积怨已久的布莱伍德和布雷肯家族，每有纷争她父亲就得出面调停；身为家族最后传人的河安伯爵夫人蛰居于赫伦堡空寂的地窖里，整日与逝者相伴；暴躁的佛雷侯爵死了七任太太，他巍立大河两岸的孪河城里早已四代同

堂、内家、外家、私生、旁系,难以尽数。他们全都是徒利家的封臣,宣誓效忠于奔流城。但倘若战争真的爆发,凯特琳却不知道这样的阵容够不够坚强。父亲是世上最坚定最可靠的人,届时他一定会召集封臣……然而诸侯们都会来么?戴瑞家、莱格家和慕顿家虽然也都是奔流城的臣属,然而在三河之役中,他们却与雷加·坦格利安并肩作战。佛雷侯爵则是战争结束后方才带着人马姗姗来迟,不禁让人怀疑他原本打算为哪一边效力(事后,他郑重其事地向胜利者表示自己一直站在他们这一边,但从那以后父亲便改口叫他"迟到的佛雷侯爵")。不能开战,凯特琳焦急地想,绝不能让战争爆发。

钟声停止,罗德利克爵士过来敲她房门。"夫人,我们快下去罢,不然恐怕吃不到东西了。"

"过颈泽之前,我们不以爵士、夫人相称会比较安全,"她告诉他,"扮成寻常旅人不会引人注意。嗯,就说我们是父女出门探亲好了。"

"那就这样办,夫人。"罗德利克爵士刚表同意,凯特琳便笑了起来,他才恍然大悟自己又说错了话。"习惯了,一时真改不过来,夫……女儿。"他伸手想捻他早已不见的胡子,不由得困窘地叹气。

凯特琳挽起他的手。"来罢,老爹,"她说,"玛莎·海德烧得一手好菜,我想你会喜欢的。不过千万别当面夸她,她那张笑脸还是不看为妙。"

大厅很长,通风良好,一边立着一排大木酒桶,另一边则是火炉。跑堂小弟拿着烤肉叉子跑来跑去,玛莎从酒桶里倒出啤酒,嘴里嚼烟草却也没停。

长椅上座无虚席,村民和农夫与来历各异的旅客并肩而坐。一手黑一手紫的染坊师傅和满身鱼腥的讨河人坐在一起;浑身肌肉的铁匠缩着身子挤在瘦小的老修士旁边；一副硬汉模样的流浪武士和轻声细语的生意人像老友般交换着路上的消息。

然而用餐的人里有太多带着刀剑，看得凯特琳有些担心。坐在炉边那三位佩着布雷肯家的红色骏马徽章，还有一大群身穿蓝钢环甲、肩披银灰披风的人，他们肩头所绣的正是她熟悉的佛雷家双塔纹章。她一一打量他们的脸，但他们年纪都太小，她认不出来。里面年纪稍长的，在她嫁到北方时也不过是布兰现在的年龄。

罗德利克爵士在靠近厨房的长椅上找到两个位子，饭桌对面坐了个英俊的年轻人，手里正拨弄着木头竖琴。"好心人，七神保佑你们。"他们坐下时他开口道。一个空酒杯摆在他面前。

"也保佑你，好歌手。"凯特琳回答。罗德利克爵士用一种"现在就要"的口气叫了面包、肉和啤酒。歌手约莫十八岁，他大胆地瞧着他们，问他们打哪儿来，往哪儿走，路上有些什么消息等等，连珠炮似的一串问题，叫人不及反应。"我们两个星期前从君临出发的。"凯特琳挑了最安全的问题回答。

"我正要去那儿呢。"年轻人道。果不出她所料，他对说自己的事远比听他们的事感兴趣。歌手们最爱的莫过于炫耀自己的声音。"首相比武大会上财主老爷们肯定多的是，上回我赚的钱多到搬不动……呃，只可惜我后来把注下在'弑君者'身上，输了个精光。"

"诸神在上，赌徒本该遭天谴。"罗德利克爵士口气严峻。身为北方人的他，和史塔克家一样对比武大会没好感。

"我知道老天看我不顺眼，"歌手说，"所以你那些神和百花骑士联手把我坑惨了。"

"想必你学到教训了。"罗德利克爵士道。

"可不是嘛。这回我要把注下在洛拉斯爵士身上。"

罗德利克爵士又想捻不存在的胡子，他还来不及回敬对方，跑

堂小弟便急急赶了过来，在他们面前奉上一盘盘面包，又从叉子上切下烤成棕色、流着热汤汁的肉片。另一个叉子上则有小洋葱、红辣椒和肥美的蘑菇。罗德利克当下就狼吞虎咽起来，那侍者又跑去帮他们盛啤酒。

"我叫马瑞里安，"歌手边说边拨着一根琴弦，"想必你们在别的地方听过我表演？"

听他这种口气，凯特琳不禁微笑。吟游诗人鲜少光临地处极北的临冬城，但她在奔流城的少女时代常见识这类人。"恐怕没有。"她告诉他。

他在琴上弹出一个哀伤的音符。"那是你的损失。"他说，"你听过最好的歌手是谁？"

"布拉佛斯的阿利亚。"罗德利克爵士立刻应道。

"唉，我比那老骨头高明多啦。"马瑞里安说，"如果你肯花个银币，我很乐意证明给你看。"

"我是有两个铜板，但我宁可把钱扔到井里也不想听你鬼叫。"罗德利克爵士没好气地说。他讨厌歌手是出了名的，他认为女孩子家学点音乐固然很好，但身体健康的男孩竟然不碰刀剑，反而拿个竖琴哼哼唱唱，实在太不像话。

"你爷爷讲话真酸，"马瑞里安对凯特琳说，"我本来是想歌颂你的美貌哪。说实话，我这副嗓子生来是要唱歌给国王和大老爷听的。"

"噢，看得出来，"凯特琳道，"据说徒利老爷爱听音乐，想必你一定到过奔流城吧？"

"去过不知多少次了哪，"歌手轻飘飘地说，"他们还专门帮我备了一间客房，我和他家少爷熟得跟哥们儿一样。"

凯特琳微笑，心想不知艾德慕听了会作何反应？她弟弟自从喜欢的女孩子被一个歌手给睡了之后，他对这个行业便痛恨至今。

"那临冬城呢？"她又问，"你去过北方吗？"

"我去那儿做什么？"马瑞里安反问，"那里冰雪满天飞，出个门都裹得厚厚的，而且史塔克家的人哪懂什么音乐？他们只爱听狼嚎罢了。"这时她隐约听见房间远端传来开门的声音。

"老板，"一个随从的声音从她身后传来，"找个人帮我们喂马，我们家兰尼斯特大人要房间和洗热水澡。"

"诸神在上。"罗德利克道，凯特琳急忙伸手制止他，她的手指紧紧攫住他的前臂。

玛莎·海德露出招牌式的可怖的腥红微笑，忙着打躬作揖。"大人，真对不住，可咱们真的客满了。"

凯特琳看到他们一行四人：一个穿着守夜人黑衫的老头，两个仆从……还有他，小个子好端端地站在那里。"我手下睡马厩就好，至于我嘛，你也看得出来，我不需要多大的房间。"他自我解嘲地嘻嘻一笑。"所以只要火够温暖，稻草里没太多跳蚤，我就很乐意啦。"

玛莎·海德急得不知如何是好。"大人，我们真是没办法，都是这比武大会害的，人多得不像话，喔……"

提利昂·兰尼斯特从口袋里取出一枚钱币，上抛过头，接住，又弹一遍。即使坐在房间对面的凯特琳也看得见那是闪闪发亮的黄金。

一名穿着褪色蓝斗篷的自由骑手站起身。"大人，您若不嫌弃，就将就将就我的房间吧。"

"这家伙聪明，"兰尼斯特边说边把金币丢过来，自由骑手在空中伸手接住。"身手也不赖。"侏儒转身对玛莎·海德说，"吃的方面，我想应该没问题吧？"

"什么都行，大人，您要吃什么都行。"老板娘再三保证。吃到噎死最好，凯特琳心想，然而她眼前浮现的却是布兰浑身浴血、

难以呼吸的景象。

兰尼斯特瞄了离他最近的餐桌一眼。"我手下跟这些人吃一样的东西就成,不过分量加倍,我们骑了好长一段路。帮我烤只鸟,鸡鸭鸽子都行,再来一壶你最好的葡萄酒。尤伦,你跟我一起吃吗?"

"好啊,大人,就跟您一起吃吧。"黑衣弟兄回答。

侏儒连看都没看房间这边一眼,凯特琳心里暗自庆幸,还好自己的位置与他们隔了这么多拥挤的餐桌和长凳。这时马瑞里安突然跳将起来。"兰尼斯特大人!"他叫道,"我可否荣幸地在您用餐时为您娱乐助兴?让我为您唱一首歌颂令尊大人君临大捷的歌罢!"

"那我不反胃死才怪。"侏儒酸酸地说。他用大小不一的眼睛打量了歌手一眼,正准备挪开视线……却看到了凯特琳。他困惑地看了她半晌,她别过头,但为时已晚。侏儒露出微笑。"史塔克夫人,好个意外的惊喜。"他说,"很遗憾没能在临冬城见到您。"

马瑞里安张大了嘴,看着她缓缓起身,表情从困惑转为懊恼。她听见罗德利克爵士咒骂。若是提利昂在长城多待几天就好了,若是……

"史塔克……夫人?"玛莎·海德粗声道。

"我上次在此投宿时,还是徒利家的凯特琳。"她告诉老板娘。她听见人群低声议论,感觉到众人的眼光集中在自己身上。凯特琳环顾房间,看着众位骑士和誓言骑士,然后深吸一口气,以缓和狂乱的心跳。她真要冒险吗?没有时间仔细思量,机会转瞬即逝。她只听见自己的声音在耳际回荡。"坐在角落那位先生,"她先前没注意到这位年纪较长的人,"您外衣上绣的可是赫伦堡的黑蝙蝠?"

那人连忙起身答道:"是的,夫人。"

"家父是奔流城的霍斯特·徒利,敢问河安夫人是不是他忠实的盟友?"

"她当然是。"那人坚定地回答。

罗德利克爵士静静地站起来,抽出鞘里的剑。侏儒眨着眼睛,一脸茫然,两只大小不一的眼睛里闪着迷惑。

"红色骏马纹章向来受奔流城欢迎礼遇,"她对火炉边的三人说,"家父将裘诺斯·布雷肯伯爵视为追随他最久也最忠心耿耿的封臣。"

三位士兵交换着不太确定的眼神。"我们家大人感激令尊的信任。"

"我羡慕令尊有这么多好朋友,"兰尼斯特讥讽地说,"但史塔克夫人,我不明白您这么做有何目的。"

她没理会他,径自转向那群穿灰蓝衣服的人。这二十多个人才是关键所在。"佛雷家的双塔标志我也很熟悉,诸位爵士先生,不知你们家主人近来可好?"

他们的领队站起来。"夫人,瓦德大人他很好。他打算在九十岁命名日那天迎娶新夫人,希望有幸可以请到令尊大人到场增光。"

提利昂·兰尼斯特听了不禁偷笑,然而这时凯特琳已然确定他逃不掉了。"此人以客人的身份来到我家,意图谋害我七岁的儿子。"她指给全场的人看。罗德利克爵士提剑走到她身边。"以劳勃国王和诸位侍奉的贵族大人之名,我请求你们将他绳之以法,并协助我将他送至临冬城,听候国王律法发落。"

一时之间,凯特琳不知道究竟是十数支长剑齐声出鞘的声音比较悦耳,还是当下提利昂·兰尼斯特脸上的表情更教人痛快?!

珊莎

珊莎与茉丹修女和珍妮·普尔乘着轿子前往首相的比武大会。轿子的帘幕用黄丝织成,做工极为精细,她可以直接透过帘幕,看向远方,而帘幕把外面的世界染成了一片金黄。城墙外,河岸边,百余座帐篷已然搭起,数以千计的平民百姓前来观赏。比武大会的壮观教珊莎看得喘不过气:闪亮的铠甲,披金挂银的高大战马,群众的高声呐喝,风中飘荡的鲜明旗帜……还有那些骑士,尤其是那些骑士。

"这比歌谣里唱的还棒。"当她们在列席的领主和贵妇们中间找到父亲安排的座位时,她不禁轻声说。这天珊莎穿了一件绿色礼服,正好衬出她棕红色的头发,漂亮极了。她自知众人看着她的眼神里漾满笑意。

她们看着千百条歌谣里描述的英雄跃然眼前,一个比一个英姿焕发。御林七铁卫是全场焦点,除了詹姆·兰尼斯特,他们全都身着牛奶色的鳞甲,披风洁白犹如初雪。詹姆爵士也穿了白披风,但他从头到脚金光闪闪,还戴了一顶狮头盔,佩黄金宝剑。外号"魔山"的格雷果·克里冈爵士以山崩之势轰隆隆地经过他们面前。珊莎记得约恩·罗伊斯伯爵,他两年前到过临冬城作客。"他的铠甲是青铜做的,有好几千年的历史,上面刻了魔法符咒,保护他不受伤害。"她悄悄对珍妮说。茉丹修女在人群中指出一身蓝紫滚银边披风,头戴一顶鹰翼盔的杰森·梅利斯特伯爵给她们看。当年在三叉戟河上他一人就斩下雷加手下三名诸侯。女孩们看到密尔的战僧索罗斯是个大光头,一身宽松红袍在风中拍动不休,不禁咯咯直笑,直到修女告诉她们他曾手持冒火长剑,独自攻上派克城墙,她们方才止住。

除此而外，还有许多珊莎不认得的人，有从五指半岛、高庭和多恩领来的雇佣骑士，有歌谣里并未提及的自由骑手和新上任的侍从，也有出身显赫世家但排行居末的贵族少爷，或是地方诸侯的继承人。这些年轻人多半尚未建立显赫功勋，但珊莎和珍妮相信有朝一日他们的名字定将传遍七大王国。他们中包括巴隆·史文爵士；边疆地的布莱斯·卡伦伯爵；青铜约恩的继承人安达·罗伊斯爵士和他的弟弟罗拔爵士，他们的铠甲外面镀银，刻着和父亲一样的青铜保护符咒；雷德温家的双胞胎兄弟霍拉斯爵士和霍柏爵士，他们盾牌上刻着蓝底酒红色的葡萄串纹章；派崔克·梅利斯特，杰森伯爵的儿子；来自河渡口的杰瑞爵士、霍斯丁爵士、丹威尔爵士、艾蒙爵士、席奥爵士、派温爵士等六个佛雷家代表，通通都是老侯爵瓦德·佛雷的儿孙，连他的私生子马丁·河文也来了。

珍妮·普尔承认她被贾拉巴·梭尔给吓着了，他是个遭到放逐的王子，来自盛夏群岛，穿着红绿交织的羽毛披风，皮肤漆黑如夜。但当她看到一头红金头发，黑盾牌上画着闪电的贝里·唐德利恩伯爵时，又宣布自己当下就愿意嫁给他。

"猎狗"也在队列之中，还有国王的弟弟、英俊的风息堡公爵蓝礼。乔里、埃林和哈尔温是临冬城和北境的代表。"跟别人比起来，乔里就像个乞丐。"他出现时茉丹修女嗤之以鼻，而珊莎不得不同意这句评价。乔里穿着灰蓝色盔甲，上面没有任何纹章或雕饰，肩头薄薄的灰披风活像件脏兮兮的破布。虽然如此，他依旧表现不俗，头一遭上场便将霍拉斯·雷德温刺下马，第二回合又打落一个佛雷家的骑士，第三次时他与一个盔甲和他同样单调，名叫罗索·布伦的流浪武士三番交手，双方都没能将对手刺落，但布伦持枪较稳，击中的地方也比较精准，所以国王判他胜利。埃林和哈尔温就没这么抢眼了，哈尔温第一次上场就被御林铁卫的马林爵士一枪挑

下马,埃林则败在巴隆·史文爵士枪下。

马上长枪比武进行了一整天,直到黄昏。战马蹄声轰隆,把比武场的土地践踏成一片破败不堪的荒原。有好几次,珍妮和珊莎眼见骑士相互冲撞,长枪迸裂粉碎,群众高声尖叫,齐声为支持者呐喊。每当有人坠马,珍妮就像个受惊的小女孩般遮住眼睛,可珊莎认为自己胆子比较大,官家小姐就应该在比武大会上表现出应有的风范。连茉丹修女都注意到她仪态从容,因而点头称许。

"弑君者"战绩辉煌,他如骑马表演般轻取安达·罗伊斯爵士和边疆地的布莱斯·卡伦伯爵,又与巴利斯坦·赛尔弥展开激战,巴利斯坦爵士前两回合均击败比自己年轻三四十岁的对手。

桑铎·克里冈和他巨人般的哥哥"魔山"格雷果爵士同样是无人能挡,他俩刚猛地击败一个又一个对手。当天最恐怖的事便发生在格雷果爵士第二次出场时,只见他的长枪上翘,正中一名来自艾林谷的年轻骑士护喉甲下,因为力道过猛,长枪直穿咽喉,对方当即毙命。年轻骑士摔在离珊莎座位不到十尺的地方,格雷果爵士的枪尖戳断了他的脖子,鲜血随着他越来越衰弱的脉搏向外汩汩流出。他的铠甲晶亮崭新,日光照射下,他向外伸张的双臂宛如两条蹿动的火苗。直到后来云层遮住太阳,火焰才没了影子。他的披风是夏日晴空的天蓝,上面绣着道道新月,但由于鲜血渗透,披风颜色转暗,那上面的月亮也一个接一个变成血红。

珍妮·普尔歇斯底里地嚎啕大哭,茉丹修女不得已只好先把她带开,让她镇静下来。珊莎坐在原位,两手交叉,放在膝上,看得入了魔。这是她头一遭目睹别人丧命。她心里觉得也该哭的,但眼泪就是掉不下来。或许她已经为淑女和布兰哭干了眼泪罢,她对自己说,若换成乔里或罗德利克爵士,甚或父亲大人,就不会这样了。这名年轻的蓝袍骑士与她毫无关系,只不过是个来自艾林谷的陌生人,他的名字从她左耳进右耳出。现在全世界也将和她一样,永远地遗忘他的名字，珊莎突然明白，不会有人谱曲歌颂他了。多么令人伤感啊。

随后他们抬走尸体，一个男孩带着铲子跑进场内，铲起泥土盖住他跌落的地方，遮掉血迹。比武又继续进行。

接下来，巴隆·史文爵士也被格雷果打下马，蓝礼公爵则输给了"猎狗"。蓝礼被狠狠地击中，几乎是从战马上往后平飞。他的头落地时剧烈地铿了一声，全场观众听了倒抽一口冷气。还好遭殃的只是他头盔上的金鹿角，其中一根被他压断了。当蓝礼公爵爬起来时，全场疯狂地为他欢呼，只因劳勃国王的幼弟向来很受群众喜爱。他优雅地鞠个躬，将那根断掉的鹿角递给胜利者。"猎狗"哼了一声，把断角抛进观众席，老百姓立刻为了那点金子争得你死我活，直到最后蓝礼大人亲自走进群众里安抚，方才恢复秩序。这时茉丹修女也回来了，却是独自一人。她解释说珍妮身体不适，已被护送回城堡休息。珊莎几乎都忘记珍妮了。

稍后，一位穿格纹披风的雇佣骑士不小心杀了贝里·唐德利恩的坐骑，被判出局。贝里伯爵换了匹马，随即被密尔的索罗斯打了下来。艾伦·桑塔加爵士和罗索·布伦交手三次均难分轩轾，连国王也无法判定，艾伦爵士后来被杰森·梅利斯特伯爵击败，布伦则输给约恩·罗伊斯的年轻儿子罗拔。

最后场内只剩下四人："猎狗"和他的怪物哥哥格雷果，"弑君者"詹姆·兰尼斯特，以及有"百花骑士"之誉的少年洛拉斯·提利尔爵士。

洛拉斯爵士是高庭公爵和南境守护梅斯·提利尔的小儿子，年方十六，是场上年纪最小的骑士，然而当天早上他三进三出，便击败了三个御林铁卫。珊莎从未见过如此俊美的人儿。他的铠甲经过精心雕琢，上面的瓷釉包含着千束不同的花朵，他的雪白坐骑则覆以红毛毯和白玫瑰。每次得胜，洛拉斯爵士便会摘下头盔，从红毯上

取下一朵白玫瑰，抛给群众里的某位美丽姑娘。

当天他最后一场决斗对上了罗伊斯兄弟里的弟弟。罗拔爵士的家传符咒似乎也抵挡不了洛拉斯爵士的英勇，百花骑士把他的盾牌刺成两半，将他打下马鞍，轰地一声惨摔在泥地上。罗拔躺在地上呻吟，胜利者则绕场接受欢呼。后来定是有人叫了担架，把头晕眼花、动弹不得的罗拔抬回营帐，然而珊莎根本没看到，她的视线全聚集在洛拉斯爵士身上。当他的白马停在她面前时，她只觉自己的心房都快要炸开了。

他给了其他女孩白玫瑰，摘给她的却是朵红玫瑰。"亲爱的小姐，"他说，"再伟大的胜利也不及你一半美丽。"珊莎羞怯地接过花，整个人被他的英姿所震慑。他的头发是一丛慵懒的棕色鬈发，眼睛像是融化的黄金。她深吸玫瑰甜美的香气，直到洛拉斯爵士策马离开还紧握不放。

当她再度抬头，却见一名男子正在她前面盯着她看。他个子很矮，一撮尖胡子，发际有几丝银白，年纪和父亲差不多。"你一定是她的女儿。"他对她说，嘴角虽然泛起笑意，那双灰绿色的眼睛却没有笑。"你有徒利家的容貌。"

"我是珊莎·史塔克，"她不安地说。那名男子穿着绒毛领口的厚重斗篷，用一只银色仿声鸟系住，他有着自然典雅的贵族气质，但她却不认得他。"大人，我还没有认识您的荣幸。"

茉丹修女连忙来解围。"好孩子，这是培提尔·贝里席伯爵，御前会议的重臣。"

"令堂曾是我心目中爱与美的皇后。"男子轻声说。他的呼气有薄荷的味道。"你遗传了她的头发。"他伸手抚弄她的一撮红褐发束，指尖拂过她的脸颊。突然他转过身走开了。

这时月亮早已升起，人们也累了，于是国王宣布最后三场比试将等到明天早上，在团体比武前举行。群众渐渐散去，一边讨论着当日的比武盛事和隔天的重头好戏,廷臣要员们则前往河边用餐。六头大得惊人的牦牛在烤肉铁叉上缓缓转动,已经烤了好几个小时,旁边的厨房小弟忙着涂抹奶油和草药,直到肉烤得香香酥酥,油脂四溢。帐篷外搭起大餐桌和长椅,桌上的甜菜、草莓和刚出炉的面包堆得老高。

珊莎和茉丹修女被安排在临时搭建的高台上的贵宾席,就在国王和王后的左边。当乔佛里王子在她右手边坐下时,她只觉得喉咙发紧。自上次的事件后,他便一句话都没跟她说,她也不敢开口。起初因为他们杀了淑女,她以为自己恨他,然而等珊莎眼泪流干,她又告诉自己真正的错不在乔佛里,而在王后,王后才是她该怨的人,王后和艾莉亚。如果不是艾莉亚,就什么事都不会发生了。

今晚她实在没办法去恨乔佛里,因为他委实太过俊美。他穿了一件深蓝的紧身上衣,上绣两排金色狮头,额间戴了一顶用黄金和蓝宝石做成的纤细冠冕。他的头发如真金一般闪亮。珊莎看着他,不禁浑身颤抖,生怕他会不理她,甚至又对她恶声恶气,让她哭着跑开。

结果乔佛里不仅面带微笑,还吻了她的手,跟歌谣里的王子一样英气勃发。他对她说:"亲爱的小姐,洛拉斯爵士眼光很好,知道谁才是真正的美人。"

"他对我太好了。"她装出严肃的样子,想要表现得礼貌而冷静,然而她的心却在歌唱。"洛拉斯爵士是位真正的骑士。大人,您觉得他明天可会获胜?"

"不会。"乔佛里道,"我的狗会收拾他,不然我舅舅詹姆也会。再过几年,等我可以进场,我会把他们全收拾掉。"他举起手,召仆人送来一瓶冰镇的夏日红,亲自为她斟上一杯。她不安地看看茉丹修女,直等到乔佛里靠过去把修女的酒杯也倒满,她才优雅地点头称谢,然后再没说话。

　　侍者不停斟酒，杯子从未干涸，但事后珊莎却不记得自己喝过酒。她无须喝酒，便已陶醉在今夜的魔力下，被种种迷人事物熏得头晕目眩，被她梦想了一辈子却从来不敢奢望目睹的美丽给弄得意乱情迷。吟游歌手们坐在国王的营帐前，让乐音流转于暮色之中。一名杂耍艺人在空中抛掷着一根根燃烧的木棍。头脑简单的扁脸"月童"——国王的御用小丑——穿着五颜六色的衣服，踩着高跷跳舞，并嘲弄在场的每一个人，其机巧毒舌，教珊莎不禁怀疑他怎么可能头脑简单。连茉丹修女在他面前也没了矜持，当他唱起寻总主教开心的小调时，她笑得把酒洒了一身。

　　至于乔佛里，更是集所有礼数于一身。他整晚陪珊莎聊天，赞美之词一句接一句，逗她笑个不停，他还和她分享宫廷里的琐碎闲话，向她解释月童的笑话等等。珊莎只觉得心中犹如小鹿乱撞，便把所有的礼仪，外加坐在她左边的茉丹修女都忘得一干二净。

　　与此同时，菜肴一道道送上端下，有浓稠的大麦鹿肉汤，撒上坚果碎片的凉拌甜菜、菠菜和李子沙拉，还有蜂蜜大蒜煮蜗牛。珊莎没吃过蜗牛，乔佛里便教她如何从蜗牛壳里挖出肉，并且亲自喂她吃了甜美的第一口。接着是刚从河中捕来、封在黏土里的烤鳟鱼。她的王子帮她撬开覆盖在外的坚硬泥土，露出里面的白嫩鱼片。等肉食端上之后，他还亲自为她服务，从王后才配享有的部位切下一块，笑眯眯地放进她的餐盘。从他动作的方式她看得出他右手的伤仍旧困扰着他，但他没有半句怨言。

　　之后又上了甜面包、鸽肉馅饼、散发肉桂香气的烤苹果和撒满糖霜的柠檬蛋糕，可珊莎已经吃得太饱，勉强撑下两个小柠檬蛋糕后就再也吃不下了。正当她考虑有没有办法再吃第三个时，国王咆哮了起来。

　　劳勃国王的声音随着每道菜的端上越来越大。珊莎不时能听见他放声大笑或以盖过音乐和餐具碰撞声的音量发号施令，但他们距他太远，听不出他说些什么。

这回每个人都听清楚了。"给我闭嘴，"他声如洪钟地大喝，压过了在场所有人的话音。珊莎讶异地发现国王身形蹒跚、满脸通红地站了起来，一手拿着一只高脚杯，醉得无以复加。"臭女人，休想管我做这做那，"他朝瑟曦王后尖叫，"我才是这里的国王，你懂不懂？这里是老子当家，老子说明天要打，就是要打！"

每个人都目瞪口呆。珊莎看到巴利斯坦爵士，国王的弟弟蓝礼，还有稍早神态古怪地跟她说过话、还伸手摸她头发的矮个男子，然而他们都没有出面干涉。王后的脸上全无血色，像副白雪雕成的面具。她从桌边站起，拉着裙子，一言不发地扭头便走，仆从们急忙跟过去。

詹姆·兰尼斯特伸手按住国王的肩膀，但国王猛地把他甩开。兰尼斯特一个踉跄跌倒在地。国王狂笑道："好个伟大的骑士！老子还是有办法叫你狗吃屎。记清楚啦，'弑君者'。"他拿镶了珠宝的高脚杯敲敲胸膛，整件缎子外衣都洒上了葡萄酒。"只要我战锤在手，任谁也挡不住！"

詹姆·兰尼斯特爬起来，拍拍尘土，"是的，国王陛下。"他口气僵硬地说。

蓝礼公爵笑吟吟地走上前。"劳勃，你把酒洒出来了，我帮你倒杯新的吧。"

乔佛里忽然伸手放在珊莎手臂上，把她吓了一跳。"时候不早了，"王子说。他表情怪异，仿佛根本没看见她。"要不要送你回去？"

"不用。"珊莎开口，她看看茉丹修女，结果惊讶地发现对方已趴在桌上，正以淑女的仪态轻声打鼾。"我的意思是说……好的，谢谢，您真是太周到了。我的确累了，路又很黑，有人保护再好不过。"

乔佛里叫道:"狗来!"

桑铎·克里冈出现的速度之快,仿佛是黑夜的使者一般。他已经卸下铠甲,换上一件红色羊毛衫,胸前缝了一只皮狗头。火把的光芒把他灼伤的脸映得一片惨红。"王子殿下有何吩咐?"他说。

"带我未婚妻回城去,小心别让她受伤。"王子唐突地告诉他,然后连声再见也没说,便大踏步离去,把她留在原地。

珊莎感觉得出"猎狗"正盯着她瞧。"你以为小乔会亲自送你回去?"他笑起来像是受困陷阱的狗在咆哮。"恐怕不太可能。"她毫无抵抗地任由他拉着站起。"走吧,不只你需要睡。我今晚也喝多了,明天还要打起精神宰掉我老哥呢。"说完他又笑了。

珊莎突然感到一阵莫名惊恐,她推推茉丹修女的肩膀,想叫醒修女,结果修女的呼却打得更大声。劳勃国王跌跌撞撞不知走哪儿去了,长椅已然空了一半。晚宴已经结束,美丽的梦也随之烟消云散。

"猎狗"抓起一只火把,权作照明之用,珊莎紧紧跟在他旁边。地面崎岖不平,岩石密布,被摇曳的火光一照,仿佛在她脚下晃动。她低垂视线,仔细看清,方才肯落脚。他们穿梭于营帐之间,每一间帐篷外都挂着不同的旗帜和盔甲。慢慢地,四周的宁静随着踏出的每一步而越显沉重。珊莎连看都不敢看他,他把她吓死了,只是她从小便被教以种种礼仪,而真正的淑女是不会光注意他的脸的,她这么告诉自己。"桑铎爵士,您今天的表现英勇极了。"她勉强自己说。

桑铎·克里冈对她咆哮:"小妹妹,少拍我马屁……更不要开口爵士闭口爵士。我不是骑士,我瞧不起他们和他们的狗屁誓言。我老哥是骑士,你看他今天什么德行?"

"是的,"珊莎颤抖着小声说,"他很……"

"很英勇?""猎狗"替她说完。

她明白他在讽刺他。"没人挡得住他。"最后她说,并且颇感自豪,毕竟这不是谎话。

桑铎·克里冈突然在一片黑暗空旷的平地中央停下脚步。她没办法,只好也跟着停下来。"我看这修女把你训练得不错。你跟那种盛夏群岛来的小鸟没差别,是不是?会说话的漂亮小小鸟,人家教你什么漂亮话你就照着念。"

"这样说太不厚道了。"珊莎的心狂跳不休。"你吓到我了,我要走了。"

"没人挡得住他,""猎狗"粗声道,"此话倒是不假。的确谁也挡不住格雷果。今天那小伙子,他第二次出场时的那个,喔,干得可真漂亮。你也看见了吧?那小呆瓜根本是自讨苦吃,没钱没跟班又没人帮他穿好盔甲。他的护喉根本就没绑好,你以为格雷果没注意到?你以为格雷果爵士先生的长枪是不小心往上扬的,是吗?会说话的漂亮小小鸟,你要真这样相信,那你就跟小鸟一样没大脑了。格雷果的枪想刺哪里就刺哪里。看着我。你看着我!"桑铎·克里冈伸出巨掌捏住她下巴,硬是逼她往上看。他在她面前蹲下,把火把凑近来。"你爱看漂亮东西是吗?那就看看这张脸,好好给我看个够。我知道你想看得很。国王大道上你一路都故意躲着它,别假惺惺了,爱看就看。"

他的手指像铁兽夹一样用力钳住她下巴。他们四目相对,他那双满是醉意的眼里闪着怒火。她不得不看。

他右半边脸形容憔悴,有着锐利颧骨和浓眉灰眼。他有个鹰钩大鼻,头发色深而纤细。他故意把头发留长,梳到一边,因为他另半边脸半根头发也没有。

他左半边脸烂成一团。耳朵整块烧蚀,只剩下一个洞。眼睛虽没瞎,但周围全是大块扭曲的疮疤,光滑的黑皮肤硬得跟皮革一样,其上布满了麻点和坑凹,以及一道道扯动就现出润红的裂缝。

他下巴被烧焦的部分，则隐约可以见骨。

珊莎哭了起来。这时他才放开她，然后在泥地上按熄火把。"没漂亮话说啦，小妹妹？修女没教你怎么赞美啊？"眼看她不回答，他又继续，"大多数人以为这是打仗来的，围城战，燃烧的攻城塔，或是拿火把的敌人所留下，还有个白痴问我是不是被龙息喷到。"这回他的笑比较缓和，却苦涩依然。"小妹妹，让我告诉你这伤是怎么来的吧。"他的声音从黑夜中传来，巨大的暗影离她如此之近，她甚至能闻到他呼吸中的酒臭。"当时我年纪比你还小，大概才六七岁，有个木雕师傅在我家城堡外的村落里开了家店，为讨好我爸，他送了点礼物给我们。这老头做玩具的功夫一流。我不记得自己收到了什么，但我想要的是格雷果的礼物。那是个木雕骑士，颜色涂得漂漂亮亮，每个关节都分开来，钉了钉子绑了线，你可以操纵他打架。格雷果大我五岁，当时已经当上了侍从，身高接近六尺，壮得像头牛，早就不玩玩具了。于是我把骑士据为己有，但我告诉你，偷来之后我一点都不快乐，我只是怕得要命。没过多久，果真被他发现。房间里刚好有个火盆，格雷果二话不说把我拎起来，将我半边脸就往炭堆里按，他就这样紧紧按住，任由我惨叫不停。你也看到他有多壮，即使在当时，最后还得靠三个成年人才有办法把他拉开。教士们成天说教七层地狱是如何可怕，他们懂个屁！只有被烧过的人才知道地狱是什么模样。"

"我爸对别人说是我床单着了火，然后我们家师傅给我抹了油膏。油膏！格雷果也抹了油膏。四年之后他们为他涂抹七神圣油，他跟着背诵了骑士的誓词，雷加·坦格利安便拿剑拍拍他肩膀说'起来吧，格雷果爵士。'"

暗哑的声音渐渐淡去。他静静地蹲坐她面前，如同暗夜中矗立的庞然巨物，而她什么也看不清。珊莎可以听见他急促的呼吸，突然发觉自己正为他感到悲伤。最初的恐惧不知怎么，已经消失无踪。

沉默持续下去，到后来她又害怕起来，然而这次她不是为自己，而是为了他。她伸手找到他宽阔的肩膀。"他不是真正的骑士。"她悄声对他说。

"猎狗"仰头狂啸，珊莎跟跄后退想要逃开，但他一把抓住她的手。"不是，"他对她咆哮，"不是，小小鸟，他不是真正的骑士。"

回城途中，桑铎·克里冈没有再说半句话。他领她走到马车等候的地方，吩咐车夫把他们载回红堡，跟在她后面爬上车。他们在一片寂静中穿过国王大门，走上灯火通明的市镇街道。他打开边门，领她走进城堡，他烧伤的脸微微抽搐，眼里思绪满溢。攀登高塔楼梯时，他跟在她身后，仅隔一步之遥。他带她安然抵达寝室外面的走廊。

"大人，谢谢你。"珊莎温顺地说。

"猎狗"抓住她的手，靠了过来。"我今晚跟你说的事，"他的声音比平常还要粗哑。"你要是敢告诉乔佛里……或是你妹妹，你老爸……你要是敢跟任何人讲……"

"我不会说出去的。"珊莎悄声说，"我保证。"

显然这还不够。"你要是敢跟任何人讲的话，"他把话说完，"我就杀了你。"

艾德

"昨晚是我亲自替他守的灵，"巴利斯坦·赛尔弥爵士道，他们看着推车后面载着的遗体。"这孩子无依无靠，连个亲朋好友都没有，听说就只有艾林谷家里的母亲。"

苍白的晨光中，年轻骑士看上去仿佛正在沉睡。他算不上英俊，但死亡抚平了他粗糙的面容，静默修女会的姐妹则为他穿上了料子最好的天鹅绒外衣，高高的领口恰好遮住喉咙上被长枪戳出的大洞。奈德·史塔克看着他的脸，暗忖这男孩不知是否因为自己而丢了性命。奈德还不及和他谈谈，他便死于兰尼斯特封臣枪下。这真的只是巧合？他大概永远不会知道。

"修夫在琼恩·艾林身边当了四年的侍从，"赛尔弥继续说，"国王为了纪念琼恩，在北行前封他做了骑士。这孩子想当骑士想得不行，只可惜他恐怕还没准备好。"

奈德昨晚睡得很差，现在的他和身边的老人一样疲累。"我们不也一样？"他说。

"我们也没准备好当骑士？"

"没准备好面对死亡"。奈德轻轻地为那孩子盖上他绣着弯月的染血蓝披风。当他的母亲问起儿子死因时，他苦涩地想，他们会说他是为了首相的荣誉而献身。"他根本不该送命。战争岂是儿戏？"奈德转身面对站在推车边的灰衣女人，她全身上下包裹得严严实实，脸上只露出眼睛。静默姐妹专门处理死者后事，而见着死亡使者的面容是不吉利的事。"把他的盔甲也送回艾林谷家里去，让母亲留作纪念吧。"

"这东西值不少钱，"巴利斯坦爵士道，"这孩子是特别为了比武会订做的。不花俏,但实在,不知道他付清铁匠的钱没有。"

"他昨天已经付出惨痛的代价了。"奈德回答,接着他对静默姐妹说,"把盔甲送给他母亲。铁匠这边我会处理。"她点点头。

随后巴利斯坦爵士陪着奈德走向国王的帐篷。营地正在恢复生气,肥美的烤香肠在火堆上嘶嘶作响,滴着油汁,空气中充满蒜头和胡椒的香味。年轻侍从跑来跑去,而他们的主子刚刚睡醒,打着呵欠伸着懒腰,准备迎接新的一天。一个腋下夹了只鹅的厨子看见他们赶忙单膝跪下。"大人您们早。"他喃喃道,鹅嘎嘎叫着啄他手指。陈列在每个帐篷外的盾牌刻画着居住其中的贵族的家徽,有海疆城的银色飞鹰,布莱斯·卡伦的夜莺与田野,雷德温家族的葡萄串,还有花斑野猪、红色公牛、燃烧之树、白色公羊、三重螺旋、紫色独角兽、跳舞少女、黑蛇、双塔、长角猫头鹰,最后是御林铁卫如黎明般闪亮的纯白纹章。

"国王打算今天参加团体比武,"他们经过马林爵士的盾牌时,巴利斯坦说。盾牌上的漆被刮了深深的一划,正是昨天洛拉斯·提利尔将其刺下马时留的印记。

"是啊。"奈德表情凝重地说。乔里昨天夜里把他叫醒,向他通报了这个消息,难怪他睡不好。

巴利斯坦爵士一脸愁容。"俗话说天亮后黑夜的美要消散,酒醒后说过的话就不算。"

"话是这么说,"奈德同意,"但对劳勃没用。"换做其他人,或许还会重新考虑酒后许下的豪言壮语,可劳勃·拜拉席恩会记得牢牢的,而且绝不反悔。

国王的营帐靠近水滨,包围在灰色的河面晨雾里。帐篷用金丝织成,乃是整个营地里最大也最华丽的建筑。劳勃的战锤和一面巨大的铁盾放在入口外,盾牌上纹饰着拜拉席恩家族的宝冠雄鹿。

奈德原本希望国王宿醉未醒,一切便迎刃而解,可惜他们运气不好,正碰上用光滑角杯喝啤酒的劳勃,他还一边对两个手忙脚乱替他穿铠甲的年轻侍从大呼小叫。"国王陛下,"其中一个眼泪都快掉下来了。"这铠甲太小,穿不上的。"他手一滑,原本正试着要套进劳勃粗脖子的颈甲便摔到地上。

"七层地狱啊!"劳勃咒骂,"难道我非得亲自动手不可?你两个都是他妈的饭桶。把东西捡起来,不要光张着嘴待在那儿。蓝赛尔,快给我捡起来!"那小伙子吓得跳将起来,国王这才注意到新来的访客。"奈德,快瞧瞧这些笨蛋。我老婆坚持要我收他们当侍从,结果他们比废物还不如。连帮人穿铠甲都不会,这算哪门子侍从,这叫穿了衣服的猪头。"

奈德只需一眼便看出问题所在。"这不是他们的错,"他告诉国王,"劳勃,是你太胖了,这才穿不下。"

劳勃·拜拉席恩灌了一大口啤酒,把空角杯扔到兽皮睡铺上,用手背抹抹嘴,然后阴阴地说:"太胖?太胖,是吗?你对国王是这样讲话的吗?"突然他又像暴风来袭一样哈哈大笑。"啊,去你的,奈德,为什么你说的永远都没错?"

两个侍从露出紧张的微笑,国王又转向他们。"你们,对,你们两个,听见首相说的话了吗?国王太胖了,所以穿不下铠甲。去把艾伦·桑塔加爵士找来,跟他说我需要撑开胸甲的钳子。快去啊!还等什么?"

男孩们慌忙跑出帐篷,途中还互相绊了一跤。劳勃装出一副严峻的表情直到他们离开,然后轰地坐回椅子,大笑不已。

巴利斯坦·赛尔弥爵士跟着呵呵笑了,就连奈德·史塔克也露出了微笑。然而,他没法不在意那两个侍僮:他们都是漂亮小伙子,皮肤白皙,体态匀称。生着金色鬈发的那个年纪和珊莎差不多,另外那个约莫十五,黄棕色头发,一点小胡子,有着和王后一样的翡翠绿眸。

"啊，我真想瞧瞧桑塔加听了脸上是什么表情"。劳勃道，"他如果有点脑子，就会支他们去找别人。我们就让他俩成天跑个没完！"

"这两个小伙子，"奈德问他，"是兰尼斯特家的人？"

劳勃一边点头，一边擦掉笑出的眼泪。"她的两个堂弟，泰温大人他老弟的儿子，那些个死掉的老弟，我想想，又好像是活着的那个，我不记得了。奈德，我老婆来自一个很大的家族。"

也是一个野心勃勃的家族，奈德心想。他对这两个侍从本身并无意见，但看到劳勃身边日夜都由王后的亲戚围绕，却不免担心。兰尼斯特家对权位和荣耀真是贪得无厌。"听说您昨晚和王后闹不愉快了？"

劳勃脸上的欢乐顿时结冻。"那死女人想阻止我参加今天的团体比武，这会儿她还窝在城堡里生闷气，气死算了。你妹妹绝不会这样羞辱我。"

"劳勃，你对莱安娜的了解没我深，"奈德告诉他，"你只见到她的美，却不知道她真正的硬脾气。倘若她还活着，她会告诉你，你和团体比武毫无瓜葛。"

"怎么你也来这套？"国王皱眉，"史塔克，你这家伙真讨厌，我看你在北方待得太久，体内的血都冻成冰啦。告诉你，老子可还热血沸腾哩。"他拍拍胸脯以示证明。

"别忘了你是国王。"奈德提醒他。

"我该坐的时候坐坐那张该死的铁椅子，难道就不能跟其他人一样有七情六欲了吗？难道我不能没事喝点小酒，找个女孩乐一乐，享受骑马的快感吗？下七层地狱去，奈德，我不过是想打打人罢了。"

巴利斯坦·赛尔弥爵士开了口，"陛下，"他说，"国王加入团体比武并不恰当，因为这样一来，比赛就不公平了。试问谁敢对您动手呢？"

劳勃真是没料到这层。"唉，谁都行啊，他妈的。只要他们有那能耐。反正最后站着的……"

"一定会是您。"奈德接口。他立刻发现赛尔弥点到了关键。若是强调比武的危险性，只会更刺激劳勃，而这样说来便事关他的自尊。"巴利斯坦爵士说得没错，七国上下绝没有人敢冒着惹您生气的危险对您动手。"

国王满脸通红，霍地站起，"你的意思是那些没用的胆小鬼会故意失手？"

"可想而知。"奈德道。巴利斯坦·赛尔弥爵士静静地点头同意。

有好一阵子，劳勃气得说不出话。他从帐篷的这边走到那边，旋身，又走回来，一脸阴沉的怒气。随即他从地上抓起胸甲，气冲冲地朝巴利斯坦掷去。赛尔弥躲开了。"出去，"这时国王才冷冷地发话，"免得我宰了你。"

巴利斯坦爵士立刻离开，奈德正准备跟进，国王却又叫道："奈德，你不用走。"

奈德转身，只见劳勃再度拿起他的角杯，从角落里的酒桶装满啤酒，然后塞给奈德。"喝吧。"他唐突地说。

"我不渴——"

"快喝。这是国王的命令。"

于是奈德接过角杯喝了下去，啤酒又黑又浓，浓烈得刺痛眼睛。

劳勃又坐下来。"去你的，奈德·史塔克。你和琼恩·艾林都该死，我这么爱你们，结果你们是怎么对我的？你或琼恩才应该来当国王。"

"陛下，您名正言顺，最有资格称王。"

"我叫你喝酒,没叫你顶嘴。妈的,你既然让我做了国王,好歹我说话的时候专心听行吧。奈德,你看看我,看看我当了国王之后变成什么样子。诸神在上,我竟然胖得穿不下自己的铠甲,怎么会搞成这样?"

"劳勃……"

"现在国王在说话,你闭上嘴乖乖喝酒。我跟你发誓,我这辈子再没比在战场厮杀、赢得王位那时候更快活,也不会比现在得了王位更死气沉沉。至于瑟曦……这全都要感谢琼恩·艾林。本来在失去莱安娜之后,我根本不打算结婚,但琼恩说王国需要继承人。他告诉我瑟曦·兰尼斯特是个好对象,因为若是韦赛里斯·坦格利安想夺回王位,和她结婚可以确保泰温公爵支持我的事业。"国王摇摇头。"我对天发誓我很敬爱那老头子,可现在我却觉得他比月童还笨。噢,瑟曦是很标致,这没错,但冷冰冰的……瞧她那副守身如玉的德行,好像两脚间藏了凯岩城所有黄金似的。呵,你如果不喝,把酒给我。"他接过角杯,一饮而尽,打了声响嗝,然后抹抹嘴。"奈德,你女儿的事我很抱歉,我说真的。就是狼的那件事。我儿子在撒谎,我敢拿我的灵魂打赌。我儿子……你很爱你的孩子,对吧?"

"我全心全意地爱他们。"奈德说。

"奈德,让我偷偷告诉你。我不止一次梦想放弃王位,带着我的骏马和战锤,坐船到自由贸易城邦去,整天打仗历险、歌舞青楼,那才是我该过的生活。做个佣兵国王,到时候吟游诗人不爱死我才怪。你知道我为什么没有真那样干吗?就因为我想到乔佛里坐上王位,瑟曦在旁边叽叽喳喳。那是我儿子,奈德,我怎么会养出这种儿子?"

"他还是个孩子,"奈德尴尬地说。他自己也不喜欢乔佛里王子,但他听得出劳勃语中的痛苦。"您忘了,我们在他这年纪有多野?"

"奈德,他要真是野,我就不担心了。你没我了解他。"他叹口气,然后摇摇头,"啊,或许你说得对,虽然琼恩常对我绝望,但我终究成了个好国王。"劳勃看奈德不发话,皱了皱眉头。"这种时候你该出声附和。"

"国王陛下……"奈德谨慎地开口。

劳勃拍拍奈德的背。"啊,你就说我跟伊里斯比起来是个好国王不就结了?奈德·史塔克,我知道你没办法说谎,不管是为了爱还是为了荣誉。反正我还年轻,如今又有你辅佐,一切都会改观的。咱们一起来创造让后世歌颂的太平盛世,然后把兰尼斯特家的人通通打下第七层地狱。我闻到了培根的味道。你觉得今天的冠军会是谁?你见到梅斯·提利尔的孩子了吗?大家都叫他百花骑士,有这种儿子谁都会骄傲。上次比武会,他可让'弑君者'的金屁股好好摔了一跤,你真该来瞧瞧瑟曦当时的表情,我笑到肚子痛。蓝礼说他还有个十四岁的妹妹,漂亮得跟曙光一样……"

他们坐在河边的折叠桌前吃早餐,有黑面包,水煮鹅蛋,还有洋葱培根煎鱼。国王先前的感伤随晨雾散去,片刻之后,劳勃便一边吃着柑子,一边开心地说起他们在鹰巢城的童年趣事。"记不记得那个谁送了琼恩一桶这种柑?可是都放烂了,所以我把我那份朝戴克斯扔去,正中他鼻梁。你记得吧?就是雷德佛那个麻脸侍从。他也扔了一个过来,结果琼恩连屁都来不及放,整个鹰巢城大厅就柑子满天飞了。"他开怀大笑,奈德想起往事,也不禁微笑。

这才是那个和他一起长大的男孩,他心想,这才是那个他认识而深爱的劳勃·拜拉席恩。如果他能证实兰尼斯特家是残害布兰的幕后主谋,证实他们是谋杀琼恩·艾林的凶犯,这个人一定会听进去。届时瑟曦必将受到制裁,"弑君者"也会跟着完蛋,倘若泰温公爵胆敢兴兵作乱,劳勃会像当年在三叉戟河上敲碎雷加·坦格利安一样，毫不留情地将其彻底击灭。他可以清楚地看到这一切。

艾德·史塔克已经很久没有吃过这么愉快的一顿饭了，之后他的笑容也变得轻松自如，直到比武大会继续进行。

奈德随同国王走进比武会场。他先前已经答应陪珊莎一起观赏冠军决胜战。茉丹修女今天身体不适，而他女儿心意已决，不想错过最后的长枪比试。当他护送劳勃到主位坐下时，发现瑟曦·兰尼斯特故意缺席，国王旁边的座位是空的。这更增添了他的希望。

他推挤着穿过人群，走到女儿身边时，当天第一场比武的号角正好吹响。珊莎聚精会神地看着武场，没注意到他的到来。

桑铎·克里冈首先出现在场子上，他穿着烟灰色战甲，外罩橄榄绿披风。那件披风和他的猎犬头盔是他全身上下唯一的装饰。

"一百枚金龙币赌'弑君者'赢。"詹姆·兰尼斯特骑着优雅的血棕色战马进场时，小指头高声宣布。这匹马披着镀金环甲，詹姆本人也是从头到脚金光闪闪，他的长枪则是用盛夏群岛出产的金木所削制。

"我跟，"蓝礼公爵喊回去，"我看'猎狗'今儿早上特别饿。"

"狗就算肚饿，也知道不能咬主人的手。"小指头冷冷地回敬。

桑铎·克里冈"铿"地一声，把面罩盖上，然后就位。詹姆爵士向群众里某位女士抛出个飞吻，方才轻轻拉下面罩，骑到场子边。两人放低长枪。

奈德最乐于见到的莫过于两人都输，珊莎则睁大眼睛急切观看。两匹马开始全速奔跑，临时搭建的看台也随之震动。"猎狗"骑在马上，身体前倾，他的长枪稳若磐石，但詹姆在交击前的一刻把身体一挪，结果克里冈的枪尖被他的狮纹黄金盾毫发无伤地卸开，克里冈自己反被刺个正着。木片四散，"猎狗"在马背上摇晃,差点跌了下去。珊莎倒抽一口冷气。群众里响起一阵粗声叫好。

"我该想想怎么来花你的钱了。"小指头对蓝礼公爵说。

"猎狗"总算还是稳住身子没掉下去,他猛地勒马转身,骑回场边准备第二回合。詹姆·兰尼斯特抛下断枪,抓起一支新矛,还跟侍从开了个玩笑。猎狗用力一夹马肚,策骑前奔,兰尼斯特也骑马相迎。这回当詹姆挪动身子时,桑铎·克里冈也跟着躯体一侧。两支长枪同时爆裂,但等木片落地,那匹血棕色的马却少了主人,独自跑开去吃草了。詹姆·兰尼斯特爵士在泥地里打滚,金光闪闪,头盔却给打凹。

珊莎说:"我就知道'猎狗'会赢。"

这话给小指头听到了。"你要是知道第二场的赢家,赶快告诉我,免得蓝礼大人把我拔得一毛不剩。"他朝她喊道。奈德听了不禁微笑。

"只可惜小恶魔不在,"蓝礼公爵道,"不然我还可以多赢一倍。"

詹姆·兰尼斯特爬了起来,但他装饰繁复的狮头盔被打歪了一边,摔下来的时候又给撞凹了进去,结果他无法把头盔摘下来。观众指指点点,嘘声连连,贵族老爷夫人们也忍不住笑,众声喧哗中,奈德听得最清楚的便是劳勃国王的阵阵哄笑,比谁都大声。最后只好派人领着目不视物、跌跌撞撞的"兰尼斯特雄狮"去找铁匠。

这时格雷果·克里冈已经在场边就位。他是奈德·史塔克生平所见最为高大壮硕的人。劳勃·拜拉席恩和他两个弟弟块头都不小,"猎狗"也是大个子,临冬城里更有个头脑简单的马僮阿多,比他们还要高出不少,可跟眼前这个人称"魔山"的骑士比起来,通通都矮了一大截。他高近八尺,肩膀宽厚,手臂粗得像小树干。他的坐骑在他穿护甲的双脚下简直像匹玩具马,手中长枪也仿如扫把棍。

格雷果爵士不像他弟弟那样在宫廷生活。他是个独居的人,非遇战事或比武大会,鲜少离开自己的领地。君临城陷时他跟在泰温公爵身边,年方十七,虽然才刚当上骑士,却已经因为高大的体型和无可匹敌的凶暴而远近驰名。有人说把当时还是小婴儿的伊耿·坦格利安王子一头砸墙、活活撞死的人正是格雷果,又说他之后强暴了婴儿的母亲,即多恩领的伊莉亚公主,最后才一剑杀死她。当然,这些话谁也不敢在他面前提起。

奈德·史塔克不记得自己跟他说过话,但当年平定巴隆·葛雷乔伊叛乱时,格雷果倒曾与其他几千个骑士一起,和他并肩作战。他不安地看着对方。奈德不轻信谣言,然而与格雷果爵士有关的传言实在不像空穴来风。他即将结第三次婚,他前两任妻子的死因背后都有种种恐怖的传闻。据说他的城堡是个阴森恐怖的地方,仆人莫名失踪,连狗都不大敢进大厅。他妹妹年轻时离奇死亡,弟弟遭火残伤,还有死于打猎意外的父亲。格雷果继承了家族古堡、财产以及房舍田庄。接收遗产当天,弟弟桑铎便离开家,投效兰尼斯特家当武士,听说他再没回去过,连路过拜访都没有。

百花骑士进场时,人群中响起一阵低语喧哗,他听见珊莎热切地悄声说:"噢,他好帅啊。"洛拉斯·提利尔爵士纤瘦得像根芦苇,穿着一身华丽无比的银色甲胄,盔甲擦得银亮刺眼,上面还镶了成对的黑色藤蔓和小小的蓝色勿忘我。奈德和其他观众惊觉那蓝色的花乃是用蓝宝石制成,几千个喉咙同时倒抽一口气。少年肩头的披风沉甸甸的,披风上织满了真的勿忘我,羊毛披风就这么缝上了几百朵鲜花。

他的坐骑与马上的人儿同样纤细,那是匹漂亮的灰母马,动作敏捷迅速。格雷果爵士的大公马一嗅到她的气味便嘶叫起来。高庭来的少年两脚轻轻一拨弄，他的坐骑便像个灵动的舞者般左右轻跃。珊莎抓住奈德的手臂。"父亲，别让格雷果爵士伤了他。"她说。奈德看见她佩戴着洛拉斯爵士昨天送她的那朵玫瑰。乔里把昨天发生的事都告诉他了。

"他们拿的是比武用枪，"他告诉女儿，"一碰撞就会裂成碎片，所以不会有人受伤的。"嘴上这么讲，他却想起了货车里那个盖着弯月披风的少年尸体，这番话也因而显得空洞。

格雷果爵士不太能控制自己的坐骑。骏马尖叫嘶啼，不断跺脚摇头。魔山恶狠狠地用套钢甲的脚踢它，马儿后腿站立，差点把他摔下去。

百花骑士向国王行过礼，骑到场子边缘，然后放低长枪，就定位。格雷果爵士拉缰扯绳好半天，好不容易才将马带到起跑线，然后一切就突然开始。魔山的骏马大步急驰，猛烈地向前狂奔，小母马则流畅如滑丝般开步冲刺。格雷果爵士扭过盾牌放定，调整长枪，自始至终努力让他不听话的马跑直线，突然间，洛拉斯·提利尔已经迎面杀至，枪尖突击恰到好处，只一眨眼工夫，魔山便倒了下去。由于他委实太过庞大，因此连带把马也拉倒，人马铠甲滚成一团。

奈德听见喝彩声，欢呼声，口哨声，惊骇的喘气声，兴奋的低语声，尤其是"猎狗"粗哑刺耳的笑声。百花骑士在场子对面勒住缰绳，连长枪都没折断。当他掀开面罩，露出微笑的时候，一身的蓝宝石在阳光下眨眼，全体观众为他而疯狂。

场子中间，格雷果·克里冈爵士总算松开缰绳和马镫，怒气冲天地站起来。他猛地扯下头盔往地上一摔，脸色阴沉，满是怒意，头发垂下，盖住眼睛。"拿剑来。"他朝侍从大喊，那孩子赶忙跑上前将剑递给他。这时他的坐骑也站起来了。

格雷果·克里冈一剑砍杀了他的马，力道之猛烈，几乎把马头整个剁下。欢呼瞬间转为尖叫。马儿惨叫着跪地而死,格雷果握着滴血的长剑朝场边的洛拉斯·提利尔爵士走去。"抓住他!"奈德大叫,但他的话音淹没在吼叫声中。每个人都在大吼大叫,珊莎则泣不成声。

一切都发生得好快。百花骑士也喊着要剑,但格雷果爵士把他的侍从推开,伸手抓住缰绳。小母马闻到血腥味,吓得后脚站立,洛拉斯·提利尔差点摔下马去。格雷果爵士双手握剑,猛力朝少年的胸部挥击,立刻把他从马鞍上轰飞出去。受惊的坐骑立即跑开,洛拉斯爵士则昏倒在泥地上。正当格雷果举剑准备致命一击时,一个嘶哑的声音警告道:"不要碰他。"紧接着,一只戴了钢护腕的手便将他自少年身边硬生生地扭开。

"魔山"无声地愤怒转身,使尽他惊人的力气狠命攻击,但"猎狗"接下这招,卸开攻势。其后不知有多长时间,他们两个就站在那里你来我往,余人则赶紧搀扶头晕目眩的洛拉斯·提利尔到安全的地方。奈德看到格雷果爵士有三次朝那顶猎犬头盔猛击,但桑铎一次也没有攻击他哥哥毫无保护的头部。

最后是国王的声音平息了这场混乱……国王的声音和二十名武士。琼恩·艾林曾说指挥官需要一副能在战场上发挥功效的好嗓门,当年劳勃在三叉戟河上已证实过这点,如今他又用上了这副嗓门。"以你们的国王之名,"他吼道,"立刻给我住手!"

"猎狗"闻言立刻单膝跪下,格雷果爵士的挥砍扑了空,这才恢复理性。他抛下剑,瞪了劳勃一眼。国王身边围绕着御林铁卫,还有十来个骑士和卫兵。他推开巴利斯坦·赛尔弥,一言不发地转身大跨步离去。"让他去吧。"劳勃道。事情就这么结束了。

"'猎狗'现在是冠军了吗?"珊莎问奈德。

"不是,"他告诉她,"'猎狗'和百花骑士还得再比一场。"

但珊莎说对了。几分钟后，洛拉斯·提利尔爵士穿着一件朴素的亚麻外衣走回场内，对桑铎·克里冈说："我欠您一条命，胜利是您的了，爵士阁下。"

"我不是什么'爵士阁下'。"猎狗回答，但他还是接受了胜利、奖金，以及或许是他这辈子头一遭的群众爱戴。当他离开场子返回营帐的时候，众人欢声雷动，为他喝彩。

奈德和珊莎走在前往射箭场的路上，小指头、蓝礼公爵和其他几位人物跟了过来。"提利尔一定知道那母马正在发情，"小指头说，"我敢对天发誓那小子是事先计划好的。格雷果向来偏好个头大、脾气坏、野性有余而纪律不足的马。"他饶富兴味地推论。

巴利斯坦·赛尔弥爵士不以为然。"耍这种伎俩毫无荣誉可言。"老人固执地说。

"没有荣誉，但足以赢得两万金龙。"蓝礼公爵微笑道。

当天下午，有个来自多恩边疆，名叫安盖的升斗小民在淘汰其他射程较短的对手后，在百步射击的决赛中击败巴隆·史文爵士和贾拉巴·梭尔，摘下箭术冠军。奈德派埃林去问他有没有兴趣在首相的侍卫队里谋个职位，但那男孩正沉浸在美酒、胜利以及作梦都想象不到的财富中，因此拒绝了这份差事。

团体比武则打了三个小时，总共有近四十人参加，其中多半是有意谋求功名的自由骑手、雇佣骑士和刚受册封的侍从。他们手持钝器，在烂泥四溅、鲜血喷飞的场地里相互拼杀，一会儿组成小队联手抗敌，转眼间又闹起内讧自相残杀，同盟才刚组成便告破裂，直到最后只剩一人站立。胜利者是密尔来的索罗斯，那个手持火焰剑，剃了光头，十足狂人模样的红袍僧。他以前也拿过比武冠军，因为其他骑士的马儿都怕极了他那把火焰剑，他自己却什么都不怕。最后的伤亡清单包括两只断腿，一条碎掉的锁骨，十几根打烂的手指，两匹不得不处理掉的马，以及多到大家懒得数的割伤、扭伤和擦伤。奈德万分庆幸劳勃没有参加。

当天晚宴席间，奈德·史塔克对未来感到前所未有的乐观与希望。劳勃兴致正好，兰尼斯特家的人则通通缺席，连他两个女儿的表现也令人欣喜。乔里把艾莉亚带过来跟他们同坐，珊莎开心得主动跟妹妹说话。"比武大会真是棒透了，"她惊叹道，"你真该一起来的。你舞跳得怎么样了？"

"练得浑身酸痛呢。"艾莉亚也开心地报告进度，并且骄傲地展示腿上一大块紫色瘀伤。

"我看你舞跳得一定很糟。"珊莎满腹狐疑地说。

之后珊莎去听一个歌手团队演唱一组由许多叙事诗构成，名叫"血龙狂舞"的组曲，奈德则亲自检查了小女儿的瘀伤，"我希望佛瑞尔没对你太过严苛。"

艾莉亚单脚站立，近来她越来越擅长此道。"西利欧说每次受伤都是一次教训，而每次教训都让我们更强。"

奈德听了不禁皱眉。西利欧·佛瑞尔颇具盛名，而他夸张华丽的布拉佛斯风格也很适合艾莉亚纤细的剑，然而……几天前她绑了条黑丝巾遮住眼睛，到处晃来晃去，告诉他说西利欧教她要用耳朵、鼻子和皮肤去感知四周环境。在那之前，他又叫她练习前后滚翻。"艾莉亚，你真的要继续学下去？"

她点点头。"明天我们开始抓猫。"

"抓猫。"奈德叹道，"或许我不该雇这布拉佛斯人来教你。你愿意的话，我就请乔里接手，由他来教。不然我也可以跟巴利斯坦说一声，他年轻时是七国上下最优秀的使剑好手。"

"我不要他们，"艾莉亚说，"我只要西利欧。"

奈德伸手拨拨头发。其实，随便一个还过得去的教头，都可以教艾莉亚基础的砍劈和挡格技巧，用不着这些蒙眼睛走路、翻跟斗和单脚跳跃的把戏。但他太了解自己小女儿的个性，知道跟她那固执的下巴争吵毫无用处。"那就西利欧吧。"反正她迟早也会玩腻。"不过你一定要小心。"

"我会的。"她一本正经地向他保证，然后平顺地从右脚跳到左脚。

当天晚上，在他带女儿们回到城里，送她们上床，看着满脑子白日梦的珊莎和浑身是伤的艾莉亚分别安然入梦之后，奈德这才步上首相塔顶，返回自己的起居室。白天气候暖和，因此房里现在显得十分郁室。奈德走到窗边，打开沉重的扣锁，让清凉的晚风吹进室内。隔着广大的中庭，他注意到小指头窗里的摇曳烛光。时间已过午夜，但在远处河边，喧闹声才刚开始稍稍减退。

他取出匕首，仔细检视。小指头的刀，在比武大会上打赌输给提利昂·兰尼斯特，被用来对熟睡的布兰痛下杀手。为什么？为什么那侏儒要置布兰于死地？怎么会有人要置布兰于死地？

他隐约觉得这把短刀、布兰坠楼都与谋害琼恩·艾林有所牵连，但琼恩的死亡真相像个谜团，他依旧毫无头绪。史坦尼斯公爵并未返回君临参加比武大会，莱莎·艾林则躲在鹰巢城高墙之后，噤若寒蝉。琼恩的侍从已死，乔里仍在一家家妓院里逡巡。除了劳勃的私生子，他手上究竟还有什么线索？

毫无疑问，武器师傅那个脸色阴沉的学徒正是国王的儿子，这点奈德很清楚。拜拉席恩家族的特征清楚地印在他脸上，他的下巴、眼睛和黑发无一不是明证。蓝礼太年轻，不可能有那么大的儿子，史坦尼斯则是太冷酷也太重视荣誉，不会做出这种事。詹德利一定是劳勃的种。

即便如此，他又能从中发现什么？国王所生的孩子遍及七国全境。他曾公开承认过一个和布兰年纪相仿的私生子，因为男孩的母亲是贵族，现在男孩交由蓝礼公爵的风息堡代理城主收养。

奈德也记得劳勃的第一个孩子，是他还在艾林谷时所生的女儿,当时他自己都还稚气未脱。那是个可爱的小女孩,风息堡的少主对她宠爱有加,即便他早就对孩子的母亲失去了兴趣,那阵子还是天天去逗女儿玩。而且奈德不论愿意与否,每每被抓去作伴。他突然想到,那女孩现在该有十七八岁了,比劳勃生她时的年纪还大,想来真有些怪异。

对于夫君到处留种的行径,瑟曦想必不会高兴,但到头来不论国王有一个私生子还是一百个都没有差别,毕竟根据法律和习俗,庶出的子嗣享有的权利极为有限。不管詹德利,艾林谷的女孩,还是风息堡那小子,都不可能威胁到劳勃与王后所生的孩子……

他的思绪被门上一阵轻敲打断。"大人,有人想见您,"哈尔温喊,"他不肯通报姓名。"

"让他进来。"奈德纳闷地说。

访客体格粗壮,穿着沾满泥泞的破烂靴子,披着用极粗糙的料子制成的厚重褐色长袍,面容被蒙头斗篷遮住,两手藏在重重叠叠的袖子里。

"请问您是?"奈德问。

"我是您的朋友。"蒙面人用怪异的低沉腔调说,"史塔克大人,我们得单独谈谈。"

好奇胜过了警戒心。"哈尔温,你先退下。"他命令。等门关上,房里只剩他们两人之后,这位访客方才掀开斗篷。

"瓦里斯大人?"奈德惊讶地说。

"史塔克大人,"瓦里斯彬彬有礼地道,然后自己坐了下来。"不知可否麻烦您给我点喝的?"

奈德倒了两杯夏日红,递给瓦里斯一杯。"打扮成这样,恐怕我在你鼻子底下也认不出你来。"他难以置信地说。除了丝绸、天鹅绒和最上等的锦缎,他从来没见太监穿过其他质料的衣服。太监向来一身紫丁香味,然而眼前此人却浑身汗臭。

"我正希望如此。"瓦里斯道,"绝不能让别人知道我们私下密谈的事。您的一举一动,王后都监视得很紧。这酒好极了,谢谢您。"

"你是怎么通过我其他守卫的?"奈德问。波瑟和凯恩派驻塔外,埃林则守在楼梯口。

"红堡里有些密道只有幽灵和蜘蛛才知道。"瓦里斯歉然微笑,"我不会打扰您太久,大人,不过有些事您必须知情。您是御前首相,但国王却是蠢才一个。"太监从前的甜腻语调不再,取而代之的是轻细且锐利如鞭的口气。"我知道他是您的挚友,但蠢才就是蠢才……而且恐怕是个注定要完蛋的蠢才,除非您能救他。今天差一点就让他们得逞,他们原本计划在团体比武时谋害他。"

好半晌,奈德震惊得说不出话。"他们指谁?"

瓦里斯啜了口酒,"如果连这个都还要我告诉你,那我看你比劳勃还蠢,而我显然站错了队。"

"兰尼斯特,"奈德道,"王后……不,我不相信,即使瑟曦也不可能做出这种事,她明明就叫他不要参加!"

"她禁止他参加,而且是当着他弟弟,当着他手下骑士,以及半数廷臣的面说的。说真的,敢问您知道什么更好的方法,可以逼得国王不得不参加团体比武?您倒是说说看。"

奈德只觉得反胃。太监说得没错,叫劳勃不准做这,不该做那,绝对不可以如此这般,那就跟催促他没两样。"就算他真的下场,谁敢动手打国王?"

瓦里斯耸耸肩。"总共有四十个家伙参加,兰尼斯特家势力又大。场子里乱成那样,马叫个不停,到处有人折手断脚,再加上索罗斯挥着他那把怪里怪气的火焰剑,要真有人不小心碰到国王陛下,你能说那是蓄意谋杀吗?"他起身去拿酒壶,替自己再度斟满。"等生米煮成熟饭,凶手肯定是一副悲痛得难以自己的模样。

我连他怎么哭都可以想象。真叫人难过哟。不过那位雍容华贵又慈悲为怀的寡妇一定会同情他,一定会搀扶这可怜虫站起来,然后轻轻一吻给予原谅,到时候咱们好心肠的乔佛里国王除了宽恕他还能怎么办呢。"太监抓抓脸颊。"或者瑟曦会叫伊林爵士把他的头给砍了。这样兰尼斯特家比较保险,只是可怜了他们的同伙。"

奈德怒火中烧。"你既然知道这起阴谋,为何一声不吭?"

"我的手下是打听消息的探子,不是舞刀弄剑的武士哪。"

"那至少也该早点跟我说。"

"哦,是吗?这我承认。不过就算我说了又如何,好让您立刻冲到国王面前向他禀报,是不是?等劳勃听说了这些诡计他又会怎么做呢?我倒是挺好奇。"

奈德仔细想想。"他会咒他们通通滚蛋,然后照样参赛,让他们知道他不怕。"

瓦里斯一摊手:"奈德大人,我再向您承认一件事吧。我想看看您听了会有何反应。您问我怎么不事先跟您说,我的回答是:因为我不信任您,大人。"

"你不信任我?"这次奈德真的大吃一惊。

"奈德大人,红堡里住了两种人。"瓦里斯道,"一种忠于王国,一种忠于自己。今天早上以前,我不敢判定您属于哪一种……所以我等着瞧……现在我清清楚楚地知道了。"他浅浅一笑,刹那间他私下的表情和在公众场合的表情合而为一。"我渐渐开始了解王后为何这么怕您了。呵,我总算见识到了。"

"你才是她应该怕的人。"奈德道。

"不,我的身份很清楚。国王利用我,但他为此感到羞耻。咱们劳勃是个雄赳赳气昂昂的大勇士,这种男子气概的人最不屑的就是鸡鸣狗盗和太监之流。要是哪天瑟曦在他耳边嘀咕说'把他杀了吧',伊林·派恩转眼间就会砍了我这颗头,到时候谁会替可怜的瓦里斯哀伤呢？天南地北，没有人会为蜘蛛歌唱啊。"他伸出软绵绵的手碰碰奈德。"可史塔克大人您就不一样了……我猜想……不，我很清楚……他决不会杀您，即使是为了王后，这或许便是我们的救赎所在哟。"

这真是太过火了。有好一会儿奈德·史塔克只想回到临冬城，只想要北方的简单明了，那里的敌人就是寒冬和长城外的野人。"劳勃一定还有其他值得信赖的盟友，"他辩驳道，"比如他亲弟弟，还有他——"

"——他老婆？"瓦里斯替他说完，同时露出锐利伤人的微笑。"他两个弟弟是痛恨兰尼斯特没错，但恨王后和爱国王不见得是同一回事，您说是罢？巴利斯坦爵士爱的是他的荣誉，派席尔国师爱惜他得来不易的职位，小指头呢，小指头只爱小指头他自己。"

"那御林铁卫——"

"不过是纸老虎罢了，"太监说，"史塔克大人，您就别一副震惊的模样了。詹姆·兰尼斯特固然是个宣过誓的白骑士，但我们都知道他发的誓有几分斤两。莱安·雷德温和龙骑士伊蒙王子披白袍的日子早过去啦。如今的七铁卫里，只有巴利斯坦·赛尔弥爵士有真本领，然而赛尔弥老矣。柏洛斯爵士和马林爵士都是王后死心塌地的走狗，另外几个我看也好不到哪里去。是的，大人，若真要动刀动枪，您将会是劳勃·拜拉席恩唯一的朋友。"

"我得让劳勃知道，"奈德道，"假如你所言非虚，即便只有一半属实，国王本人都应该立刻知情。"

"那请问咱们的证据何在？难道要我和他们当面对质？要我的小小鸟儿与王后、'弑君者'，与国王的亲弟弟和他满朝重臣，东西境守护，以及凯岩城所有的势力为敌？您干脆直接叫伊林爵士来砍我头吧，那样比较省事。我知道说了会有什么下场。"

"若你所言属实，他们只会静待时机，准备再次发难。"

"那还用说，"瓦里斯道，"只怕会很快。艾德大人，您让他们寝食难安哪。但我的小小鸟儿会仔细倾听，咱们俩联手，或许能洞烛先机，就你我两个。"他站起身，拉上斗篷遮住脸。"谢谢您的酒，今天就到此为止，其他以后再谈。下次您在朝廷里见到我，请千万别忘了用上您以前那种轻蔑的态度。我想这应该很容易。"

他走到门边时，奈德叫道："瓦里斯，"太监回过头。"琼恩·艾林是怎么死的？"

"我还在想你什么时候才会问起这个。"

"告诉我。"

"那东西叫'里斯之泪'，非常罕见，价格高昂。其味道清甜如水，不留一点痕迹。当时我就在这个房间里恳求艾林大人叫人先尝过食物，自己再吃，可他不肯听，还告诉我：只有不配做人的东西才会想到这种事。"

奈德急切地想知道事情始末。"谁下的毒？"

"显然是某个与他很亲近，常和他一起同桌共餐的朋友，噢，但是哪一个呢？可疑的对象太多了。艾林大人是个和蔼可亲又值得信赖的人哪。"太监叹道："不过倒确有这么个孩子，他的一切都是琼恩·艾林给的，但当艾林的寡妇带着一家大小逃回鹰巢城时，他却选择了留在君临，并很快飞黄腾达。看到年轻人有发展，我总是高兴的。"他的话锋重归锐利，每个字都像挥出的一鞭。"他在比武大会上想必塑造了自己英勇的形象，穿着那身闪亮的新盔甲，还有那件弯月披风。只可惜他死不逢时，您还来不及问他就……"

奈德觉得自己仿佛也给下了毒。"原来是那个侍从，"他说，"修夫爵士。"真是谜中有谜，错综复杂。奈德脑中怦怦作响。"为什么？为什么选在这个时候？琼恩·艾林已经当了十四年的首相，他到底做了什么，逼得他们非杀他不可？"

"他问得太多了。"瓦里斯说着溜出门。

提利昂

提利昂·兰尼斯特站在天光未现的清冷晓色里,看着契根宰杀他的坐骑,暗暗在心里把史塔克家欠他的债再添上一笔。那佣兵用剥皮的刀割开马肚,蒸汽立刻从尸骸里冒出。他两手并用,熟练操作,一刀也不浪费。这事本当迅速完成,以免山上的影子山猫嗅到血腥闻香而来。

"今晚咱们都不会挨饿了。"波隆道。他瘦得像骨头一样,也坚毅得像骨头,黑眼黑发,加上短短的胡子,活像是团黑影。

"不见得。"提利昂告诉他。"我可对马肉没兴趣,尤其没兴趣吃自己的马。"

"反正都是肉,"波隆耸肩道,"跟牛肉和猪肉相比,多斯拉克人还更爱马肉呢。"

"你觉得我像多斯拉克人吗?"提利昂冷冷地说。多斯拉克人吃马肉是千真万确的事,他们还放任畸形儿自生自灭,留给跟在卡拉萨后面的野狗吃。他们的习俗委实不怎么吸引他。

契根从马尸上割下一薄片血淋淋的肉,举在半空中仔细瞧看。"矮个子,要不要先来一口?"

"这匹母马是我老哥詹姆送给我的二十三岁命名日礼物。"提利昂用平板的口气说。

"那如果你还能活着见到他,代我们道声谢。"契根嘻嘻一笑,露出满嘴黄牙,然后两口就把那块生肉吞下肚去。"这马挺不错。"

"配洋葱煎着吃更棒。"波隆建议。

提利昂一言不发,跛着脚走开。他只觉寒意彻骨,两腿酸痛得几乎无法走动。或许他的母马死了反而幸运,因为他自己还有得走咧。每天晚上吃点东西,在坚硬又寒冷的岩地上小睡片刻,便又上路,如此日复一日,只有天上诸神知道何时才是尽头。"去她的,"他喃喃道,一边挣扎着上坡回到绑架他的人身边,一边忆起发生过的事。"姓史塔克的都该死。"

之前的经过,现在回想起来,依然很不好受。前一秒他才刚点晚餐,一眨眼全屋子的人却都拔刀相向,杰克也准备抽出武器,肥胖的老板娘则尖叫道:"各位大人,求求你们别在这儿动刀动枪。"

提利昂赶在他们两个一起被剁成肉块前抓住杰克的胳膊。"杰克,你的礼貌哪儿去了?咱们好心的老板娘不是说别动刀动枪吗?还不快照办。"他勉强挤出一丝微笑,心想在别人眼里一定难看。"史塔克夫人,我想您一定是弄错了,我跟贵公子的事一点关系也没有。我以我的荣誉起誓——"

"兰尼斯特的荣誉。"她只说了这句,便举起手让全屋子的人看。"这伤疤是他的匕首留下的。他派人用那把刀来割我儿子的喉咙。"

提利昂只感觉周遭众人的怒火上升,被那史塔克女人手上的伤煽动得简直要冒烟。"宰了他。"身后一个喝醉的妓女说,接着其他人也同声附和,速度快得使他不敢相信。大家素昧平生,刚才还颇为友善,如今竟像紧咬不放的嗜血猎犬般要他偿命。

提利昂提高音量,一边努力掩饰声音里的颤抖:"假如史塔克夫人认定我要为某些罪行负责,那我很乐意跟她去好好解释。"

这是唯一的办法。试图杀出重围无异自掘坟墓。有十来个人应那史塔克女人的请求拔了剑:那名赫伦堡的武士,三个布雷肯家的人,还有两个一副吐口痰就可以把他干掉模样的讨厌佣兵,以及一群根本不知道自己在做什么的庄稼汉。提利昂拿什么对付这些人?

杰克的剑使得还不赖,但莫里斯就完全不行,他身兼马夫、厨子和照顾起居的随从三职,原本就不是打仗的料。至于尤伦,无论他自己想法为何,黑衣弟兄可是发过誓,与王国内任何争执都无涉。尤伦只会袖手旁观。

果不其然,当凯特琳·史塔克身边的老骑士喝道"没收他们的武器"时,黑衣弟兄便静静地站到一边。佣兵波隆走上前来,从杰克手中拿下剑,并且搜出他们所有的匕首。"很好。"老人说。房间里的紧张气氛明显缓和下来。"干得不错。"提利昂认出那粗硬的声音,是临冬城的教头,只是剃了胡子。

胖老板娘向凯特琳·史塔克苦苦哀求,嘴里喷出一串腥红的唾沫:"别在这儿杀他!"

"到哪儿都别杀他。"提利昂提议。

"夫人,要杀也请您到别的地方杀,别把我这儿弄得到处是血,我不想惹上官家的麻烦事儿啊。"

"我们要把他带回临冬城去。"她说,提利昂听了心想:要是这样的话,或许……当时他已趁短暂余暇环顾四周,对当下情形更有掌握。眼前所见不至于让他绝望。噢,那史塔克女人反应倒是机敏,这毋庸置疑。她先逼他们公开承认自家主子对她父亲的誓约,然后再请他们拔刀相助,何况她又是区区一个弱女子。没错,这招厉害。然而她也没有赢得太彻底。据他约略估算,饭厅里将近有五十个人。凯特琳·史塔克不过说动了十来个,其他人有的困惑,有的害怕,还有的冷漠。提利昂注意到,佛雷家那群人只有两个准备响应,而他们眼看带头的没动静,便又很快坐回去了。若不是不敢,否则他还真想偷笑。

"临冬城,去就去。"他说。这会是趟漫长的旅途,他自己刚从反方向走来,有着切身的体会。谁也说不准途中会有什么变数。"不过我不告而别,我老爸可能会担心我,"他补充道,一边看着刚才那个自愿把房间让给他的流浪剑客。"谁把今天发生的事告诉他，他定将重重赏赐。"泰温公爵当然不会如此，提利昂打算等自己脱身后再想办法补偿。

罗德利克爵士忧心忡忡地看看他的女主人，这老家伙也没什么高招。"他的人跟他一起走。"老骑士宣布，"刚才发生的事，还请诸位不要张扬。"

提利昂好容易才忍住笑。不要张扬？老糊涂蛋。除非把整间旅店里的人都抓起来，否则前脚刚踏出门，后脚消息就会散播开去。那个口袋里装了金币的流浪武士一定会心急火燎地飞速赶往凯岩城通风报信，就算他没去，别人也一定会去。尤伦将把消息带往南方，而那个愚蠢的歌手说不定还会为此写首歌谣。佛雷家的手下会回报他们主子，他下一步会怎么做，只有天上诸神知道。瓦德·佛雷男爵虽然是奔流城的臣属，但他活了这么大把年纪，靠的就是小心谨慎，永远站在赢家那边。至少他会派鸟儿送信息到君临，很可能还不止这样。

凯特琳·史塔克一点时间也没浪费。"我们马上动身，我们需要精力充足的马，还有路上必虚的粮食。你们几位，史塔克家族永远感激你们。假如你们愿意协助我们押送犯人前往临冬城，我保证有重赏。"那些个蠢蛋就等这句话，听了立刻一拥而上。提利昂一个接一个地审视他们的脸庞：你们的确会得到重赏，他发誓，只怕不是你们想象的那种。

他们立刻来到屋外，冒着雨给马备鞍。他们用粗绳绑住提利昂的手，他却不怎么害怕。他敢打赌，他们绝对无法把他押回临冬城，不出一天，定会有人骑马追来，这有什么好奇怪呢？鸟儿会送出讯息，届时必有河间地区的领主插手，借机讨好他老爸。提利昂正对自己的精打细算感到得意，就被人盖上兜帽，遮住眼睛，放上马鞍。

他们快马加鞭地冒雨出发，没过多久提利昂便已两腿酸疼，屁股也磨得难受。虽然安然远离旅店之后，凯特琳·史塔克便放慢速度，但这仍旧是一趟崎岖难行的艰苦旅程，蒙住眼睛更是雪上加霜。每次转弯他都有坠马的危险。透过头套听见的声音很模糊，所以他不清楚身边的人在说什么。细雨浸湿布料，头套紧贴脸庞，后来连呼吸都有困难。粗绳磨破他的手腕，随着夜色渐深，似乎越来越紧。他本来是要好好坐下，在火炉边取暖，享用刚烤出来的鸟肉的，只怪那该死的歌手偏偏要张开他的乌鸦嘴，他可怜兮兮地想。这该死的歌手竟然也在队伍里。"这件事值得大加传颂，我当然义不容辞啰。"当他宣布和他们一道，好瞧瞧这趟"精彩的冒险"会有什么结果时，他对凯特琳·史塔克这么说。提利昂不禁心想：等兰尼斯特家的骑士追上他们，你小子再来瞧瞧这趟冒险精不精彩。

凯特琳·史塔克下令暂时休息时，雨总算停了，曙光从湿布间的缝隙渗进眼帘。他被人粗手粗脚地拉下马，解开腕上的粗绳，拉掉头罩。当他看见眼前狭窄的石头路，四周愈见陡峭险恶的丘陵地势，以及远方地平线上呈锯齿状的覆雪峰峦，心中一切希望顿时化为乌有。"这是上坡路，"他用控诉的神情看着史塔克夫人，失声道，"是朝东边的路。你说我们要去临冬城！"

凯特琳·史塔克带着轻浅的笑意看着他。"说了很多次，而且很大声。"她同意，"想必你的朋友们会打那边追赶我们。祝他们一路顺风。"

即使过了这么些天，现在回想起来，他还是恼怒不已。提利昂这辈子向来以机敏自豪，因为那是天上诸神赐给他的唯一礼物，没想到这该死七次的母狼凯特琳·史塔克却魔高一丈，想到自己每一着棋都被她识破，简直比他被绑架这件事还叫他难过。

他们只停下来让马儿吃草喝水，便又匆匆上路。这次他们放过了提利昂，没再给他戴上头套，两天后更松开绑住他双手的绳子，

等进入高山区，更是连派人看守都免了。他们似乎不怕他逃走，有什么好怕的？这里地势崎岖险恶，所谓的大道不过是条石头小径。就算他真的脱逃成功，在没有粮食又只身一人的情况下，能跑多远？影子山猫会拿他当点心，而蛰居山间的氏族部落更是些杀人越货的法外凶徒，惟有刀剑能叫他们臣服。

虽然如此，史塔克家的女人还是无情地催促他们赶路。此行目的地为何，早在头套被摘下那一刻，他便一清二楚。此间山区是艾林家族的领地，而前任首相的遗孀也是徒利家人，正是凯特琳·史塔克的妹妹……换言之，对兰尼斯特家无甚好感。在莱莎夫人待在君临的那些年里，提利昂跟她算是点头之交，此时此刻实在不想再续前缘。

绑架他的人们聚集在离山坡不远的小溪边。马儿们喝饱了冰冷的山泉，正啃食着从岩缝里长出的褐色杂草。杰克和莫里斯可怜兮兮地窝在一起，摩霍尔拄着长枪站在他们旁边，头戴一顶圆形铁盔，活像扣了个大碗。马瑞里安坐在他身边，正帮木头竖琴上油，一边抱怨湿气对琴弦有害。

"夫人，我们真的需要休息。"提利昂走近时，雇佣骑士维里·渥德正对凯特琳·史塔克说话。他是河安伯爵夫人的手下，看来一副硬汉模样，麻木无情，却是旅店里头一个响应凯特琳·史塔克的人。

"夫人，维里爵士说得对，"罗德利克爵士道，"这已经是我们损失的第三匹马了——"

"如果我们被兰尼斯特家的手下追上，损失的可就不只是马啦。"她提醒他们。她的脸饱经风吹雨打，面容憔悴，但坚毅果决丝毫不减。

"在这里不太可能。"提利昂插嘴。

"侏儒，夫人可没问你意见。"库雷凯特斥道。他是个头脑简单的胖子，一头短发，生了张猪脸，是布雷肯家那几人之一，在裘诺斯伯爵手下当兵。为了记住这些名字，提利昂特别下过工夫，以便将来好好感谢他们的礼遇。兰尼斯特有债必还，库雷凯特总有一天会知道这句话可不是说着玩的，他的朋友拉利斯和摩霍尔，好心的维里爵士，以及那两个佣兵波隆和契根也一样。至于马瑞里安，这个成天拨弄竖琴，有副甜腻的高嗓音，正努力地要把"小恶魔"和"脚跛"、"走不动"等字押韵，好为这件事写首歌的浑小子，他打算特别给他点苦头尝尝。

"让他说罢。"史塔克夫人下令。

提利昂·兰尼斯特找了块石头坐下。"现在我们的追兵大概已经赶到颈泽，按照您撒的谎沿国王大道一路追过去了……当然，这是假设真的有追兵，事实上有没有还不知道。喔，家父毫无疑问已经听说了消息……但家父对我不甚疼爱，所以我说不准他是否大动干戈。"这不完全是说谎，泰温·兰尼斯特公爵固然不管他畸形儿子死活，但他绝对无法忍受家族荣誉受损。"史塔克夫人，这是个残酷的地方，我相信在你们抵达艾林谷以前都不会有追兵赶来，但您每损失一匹马，便是加重其他人的负担。更糟的是，您还有可能连我的命也保不住。我个子小，身体又不强壮，若是死了，这岂不是白跑一趟？"这句可完全属实，提利昂真不知道如此折磨下去，他还能撑多久。

"兰尼斯特，跑这一趟的目的就是要你死。"凯特琳·史塔克答道。

"我不这样想，"提利昂道，"您真要我死，只消说一声，您这群忠心耿耿的朋友立刻会自告奋勇上来取我性命。"他看看库雷凯特，但那家伙智能太低，听不出其中的讥讽。

"史塔克家的人不会乘人之危。"

"我也不会。"他说："我再跟您说一遍，意图谋害贵公子的事与我毫无瓜葛。"

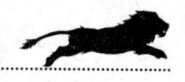

"刺客手里拿的是你的匕首。"

提利昂胸中的怒火直往上冒。"那不是我的东西。"他强调，"你到底要我发多少次誓才肯相信？史塔克夫人，无论你信不信，总之我不是笨蛋，把自己的武器交给普通小贼用，这种事只有笨蛋才干得出来。"

一时间他似乎看到怀疑闪过她眼底，但她却说："培提尔为什么要对我撒谎？"

"狗熊为什么要在森林里拉屎？"他质问，"那是天性。对小指头那种人来说，撒谎跟呼吸一样自然。不说别人，你应该特别了解才对。"

她向他走近一步，绷紧了脸。"你什么意思，兰尼斯特？"

提利昂昂头道："这个嘛，我说夫人，您是怎么被他开苞的，这事宫里每个人都听他说过哪。"

"根本没这回事！"凯特琳·史塔克怒道。

"哎，你这小恶魔真是坏到骨子里去了。"马瑞里安显然吓了一跳。

库雷凯特抽出他那黑铁打造的锋利短刀。"夫人，您点个头，我就把这家伙的烂舌头割下来。"一想到割舌头的情景，他那对猪眼睛便兴奋地睁得老大。

凯特琳·史塔克用一种提利昂从未见过的冷酷神情瞪着他。"培提尔·贝里席曾经爱过我。当时他还只是个孩子。他的爱虽然对我们彼此都是个错误，但却是千真万确、纯洁无瑕的小儿女之情，不是拿给你寻开心的。他想牵我的手、娶我为妻，这才是事情的真相。兰尼斯特，你真是个无可救药的恶魔。"

"那你就是无可救药的笨蛋了，史塔克夫人。小指头除了他自己，从没爱过别人。我敢跟您保证，他对我们吹嘘的绝不是您那双纤纤玉手，而是您那对胀鼓鼓的乳房，那张娇艳欲滴的樱桃小嘴，还有您两腿间那团热乎乎的火。"

库雷凯特猛地一把攫住他头发,使劲将头往后一拉,露出他的喉咙。提利昂感觉出刀锋冰冷地吻着下巴。"夫人,要不我给他放点血?"

"杀了我,真相也就永远埋没。"提利昂喘息着说。

"让他说完。"凯特琳·史塔克下令。

库雷凯特很不情愿地放手。

提利昂深吸一口气。"根据小指头的说法,我是怎么拿到他匕首的?告诉我。"

"你在乔佛里王子命名日那天的比武大会上,打赌赢了他。"

"是在家兄詹姆被百花骑士刺下马的时候。这就是他的故事,对不对?"

"是的。"她坦承。她的眉间闪过一抹疑虑。

"骑兵!"

尖叫声自上方的风蚀山脊间传来。休息之前,罗德利克爵士派拉利斯爬上去守望。

一时之间大家全愣住了。凯特琳·史塔克是第一个采取行动的人。"罗德利克爵士,维里爵士,请你们赶快上马备战,"她喊道,"把其他马牵到后面。摩霍尔,你负责看守犯人……"

"给我们武器!"提利昂一跃起身,抓住她的手,"多一个人就多一分力量。"

提利昂看得出她知道他说得对,高山氏族部落才不管贵族间的纠葛——不管杀史塔克还是兰尼斯特家,都会像自相残杀一样毫不留情。他们或许只会放过凯特琳,因为她还年轻,可以替他们传宗接代。明知如此,她仍旧犹豫不决。

"我听见他们了!"罗德利克爵士大喊。提利昂侧耳倾听,果然听到十来匹马的蹄声快速逼近。突然间大家都行动起来,有的抽出武器，有的朝坐骑跑去。

拉利斯连跑带跳地翻下山脊，碎石如雨般朝他们撒来。他上气不接下气地跳到凯特琳·史塔克面前。他生得很丑，满头铁锈色的乱发从锥形钢盔下方爆出。"我看到二十个，可能有二十五个，"他气喘吁吁地说，"我猜是白蛇部或月人部。夫人，路上一定有斥候……躲起来观察……他们早发现了我们。"

罗德利克·凯索爵士已经上马，手握长剑。摩霍尔蹲伏在一块巨石后，双手握住他的铁尖长矛，牙间咬着一把短刀。"喂，唱歌的，"维里·渥德爵士叫道，"过来帮我穿盔甲。"马瑞里安僵在原地，抱紧他的木头竖琴，脸色像牛奶一般苍白。结果是提利昂的仆人莫里斯跳起来，上前帮骑士穿上护甲。

提利昂抓着凯特琳·史塔克不放。"你别无选择，"他告诉她，"我们有三个，你还得浪费第四个人作看守……眼下，四个人足以决定全体生死。"

"向我保证事后你会归还武器。"

"你要我的保证？"马蹄声越来越大，提利昂嘻嘻笑道，"唉，那有什么问题，夫人，我以兰尼斯特的荣誉为名……向你保证。"

他原以为她会朝自己吐口水，结果她只丢下一句："把武器给他们。"便快步离开。罗德利克爵士把杰克的武器连剑带鞘丢还给他，然后调转马头投入战斗。莫里斯自己弄了张弓和一筒箭，单膝跪在路上。他射箭比用剑在行多了。波隆则骑马过来，给了提利昂一把双刃斧。

"我没用过斧头。"武器在手的感觉怪异而陌生。它的握柄很短，斧刃则极重，前端还有根吓人的尖钉。

"就当是劈柴。"波隆边说边从背上的鞘里抽出长剑。他啐了口唾沫，飞奔至契根和罗德利克爵士旁边。维里爵士也上马加入他们,一边拨弄着他那顶开了条细眼缝,上面插了根黑丝羽毛的金属锅形头盔。

"木头可不会流血。"提利昂自言自语。没有盔甲,他觉得自己好像没穿衣服。他环顾四周,想找块石头,最后跑到马瑞里安躲着的地方。"靠过去一点。"

"走开!"男孩朝他尖叫,"我是唱歌的,打打杀杀跟我无关!"

"怎么,不想冒险啦?"提利昂抬脚踢他,直到他不敢拖延,乖乖爬开。一个心跳的间隔之后,敌人便骑马冲过来了。

这场战斗没有传令官,没有旗帜,没有号角吹响,也没有鼓声隆隆,只听见莫里斯和拉利斯放箭时的弓弦砰然声,转眼间原住民的铁蹄便踏破黎明,轰然而至。他们个个皮肤黝黑,身形精瘦,穿着硬皮革和抢来的不合身的护甲,面容隐藏在半罩头盔里。他们戴着手套,手里拿着形形色色的武器,有老朽的长剑、长枪,磨利的镰刀,还有狼牙棒、匕首和重铁锤。骑在最前面的人穿了一件花斑影子山猫皮做成的披风,握着一把双手巨剑。

罗德利克爵士大喊一声:"临冬城万岁!"然后迎上前去,波隆和契根也一左一右冲杀出去,嘴里喊着含混不清的口号。维里爵士跟在后面,头上挥舞着一把钉刺流星锤。"赫伦堡万岁!赫伦堡万岁!"他叫道。提利昂突然间也有股冲动,想跳起来挥动斧头,然后大叫:"凯岩城万岁!"但他很快打消了这疯狂的念头,反而蹲得更低。

他听见马儿受惊的尖叫,以及金属碰撞的声音。契根的剑削开一个人的脸,那人穿了铠甲,但没戴头盔。波隆则像一阵龙卷风般冲入敌阵,左劈右砍,切菜似的掀倒对手。罗德利克爵士则径自朝那个披影子山猫皮披风的大汉攻去,两匹马相互绕圈,两人你来我往。杰克跳上一匹马,连马鞍都没用就飞奔进乱军之中。提利昂看见一支利箭自那披山猫披风的人喉头刺出,他张嘴欲喊,却只有鲜血涌出。等他倒地,罗德利克爵士已找到了新对手。

马瑞里安忽然尖叫起来,拿他的木头竖琴遮住头,只见一匹马自他们躲藏的岩石上方跳过。提利昂见状赶忙起身,来人调转马头,举起一柄带刺的大锤,回来收拾他们。提利昂双手握斧挥出,正砍中冲刺的马的喉咙,铮地发出结实的一声。马儿惨叫倒地,提利昂的武器险些脱手。他好不容易及时拔出斧头,踉跄地闪开。马瑞里安可没这么好运,对方连人带马朝他摔去,一团砸在他身上。趁着这匪徒的腿还被马压住,提利昂溜过去补上一斧,恰好砍在肩胛骨上方的脖子处。

正当他奋力拔出斧头,他听见埋在尸体下面的马瑞里安发出的呻吟。"谁来救救我,"歌手喘着气说,"天上诸神可怜我,我要流血而死了。"

"我相信那是马的血。"提利昂道。吟游诗人的手从死马底下伸出来,在泥地里乱抠,活像只五条脚的蜘蛛。提利昂伸出脚跟狠踩在狂抓的手指上,听到一声令人满意的喀啦响。"闭上眼睛,假装你已经死了吧。"他如此建议歌手,然后抽出斧头,转身走开。

在那之后,战场的情形乱成一团。这个清晨充满了呐喊和尖叫,空气中弥漫着血腥,世界一片混沌。利箭咻咻飞过他耳际,在石头上弹开。他看到波隆被打下马,两手各持一剑继续作战。提利昂在战场边缘游走,穿梭于岩石间,偶尔从躲藏的阴影里跳出来砍路过马匹的腿。他找到一个负伤的原住民,了结了他,并把他的半罩头盔拿来穿戴。头盔太紧,但只要能提供保护,提利昂就很高兴。杰克正和面前的敌人缠斗,却被人从后面捅了一刀。不一会儿提利昂又绊在了库雷凯特的尸体上,那张猪脸被钉头锤打得稀烂,但提利昂认得他手中的短刀,他把它从死人的指间拔出。他正要插进腰带时,听到了女人的尖叫。

凯特琳·史塔克被三个人围在山壁边,其中一个骑马,另外两个则是徒步。她受伤的手姿势怪异地握着一把匕首,但她已经退到山壁边缘,被三面团团包围。这婊子就给他们吧,提利昂心想,爱怎么搞随他们去,但不知怎么,他却采取了行动。他在对方发觉之前砍中一个人的膝盖后方,沉重的斧刃劈开血肉和骨头,好像劈的不过是腐朽的烂木。会流血的木头,提利昂心不在焉地想,接着第二个人朝他攻来。提利昂弯身躲开他的剑,挥出斧头,那人连忙后退……结果凯特琳·史塔克刚好走到他背后,割了他喉咙。骑马那人似乎想起别处有更重要的战斗,突然就快速跑开了。

提利昂环顾四周,敌人不是被杀便是逃走,总之战斗在他没注意到的时候已经结束。遍地都是濒死的马和负伤的人,发出惨叫和呻吟。最令他惊讶的是自己竟安然无恙。他松开手指,斧头铿一声落在地上,忽然发现自己满手是血。他相信他们起码打了半天之久,但太阳却纹丝未动。

"第一次上战场?"过了一会儿,波隆站在杰克的尸体上一边弯身脱靴子,一边问。那是双好靴子,厚实的皮革,上过油,柔软异常,正配泰温公爵手下的身份,比起波隆穿的要好太多了。

提利昂点点头。"我老爸应该会骄傲。"他说。他的脚抽筋得厉害,几乎无法站立。奇怪,刚才打斗时却一点不觉得疼。

"你需要找个女人,"波隆眨着黑眼睛,顺手将靴子扔进自己的马鞍袋。"相信我,流过血之后,找个女人最来劲。"

听见这话,契根停下对土匪尸体的搜刮,哼了一声,舔舔舌头。

提利昂瞄了一眼正帮罗德利克爵士包扎的史塔克夫人。"她说好我就上。"他说。两个流浪武士听了哈哈大笑,提利昂一边跟着乐一边想:这是个好的开始。

随后他跪在溪边,用冰冷刺骨的溪水洗去脸上血迹。他瘸着腿走回去时,又看了看地上的死人。战死的原住民都是些衣衫褴褛、瘦骨嶙峋的家伙,他们的坐骑也是又瘦又小,根根肋骨清楚可见。波隆和契根挑剩下的武器都不怎么起眼,大锤、棍棒,还有一把镰刀……他想起那个穿了影子山猫皮披风、拿双手巨剑和罗德利克爵士对打的大汉,但当他看到那人四肢伸展躺在石地上的尸首时,他看起来一点也不高大。他的披风没了踪影,提利昂发现他的剑锋早就布满缺口,廉价钢铁锈得厉害。难怪原住民倒下九个。

他们这边只死了三人:两个布雷肯伯爵的手下——库雷凯特和摩霍尔,还有他自己的护卫杰克,他奋不顾身的冲锋充分显示了他的愚勇。到死都还是傻子一个,提利昂心想。

"史塔克夫人,我请求您立刻动身,加紧赶路。"维里·渥德爵士道,他透过头盔上那道细缝,小心翼翼地扫视着附近山脊。"我们虽然暂时赶跑了他们,但他们不会走远。"

"维里爵士,我们应该先安葬死者。"她说,"他们英勇殉难,我不能把他们留在这里给乌鸦和山猫糟蹋。"

"这里土地多石,没法挖的。"维里爵士道。

"那我们就搬石头堆石冢。"

"要怎么搬随你便,"波隆告诉她,"但我和契根可不干。比起在死人身上堆石头,我还有更要紧的事情……比如呼吸。"他环视其余的生还者。"你们要是还想活过今晚,就跟我们走。"

"夫人,恐怕他说的没错。"罗德利克爵士虚弱地说。老骑士在打斗中负了伤,左臂被深深割了一道,脖子也被掷出的标枪擦伤,如今老态尽露。"若是在此逗留,他们一定会再次攻击,到时候我们可能就顶不住了。"

提利昂看出凯特琳脸上的愤怒,但她别无选择。"那就祈祷天上诸神原谅我们罢。我们这就动身。"

现在马倒是不缺。提利昂把他的马鞍移到杰克的花斑公马背上,因为它看起来还算强壮,再撑个三四天应该没问题。他正准备上马,只见拉利斯往前一站道:"侏儒,把你的匕首交给我。"

"让他留着吧。"凯特琳·史塔克从马上往下俯看,"斧头也还给他,若是再遇攻击,可能还用得着。"

"夫人,谢谢您。"提利昂说着爬上马。

"省省吧,"她唐突地说,"我跟以前一样不信任你。"他还来不及回嘴,她便拍马离开。

提利昂整了整偷来的头盔,然后从波隆手中接过斧头。他想起这趟旅程刚开始时,自己两手被绑,戴着头罩,如今堪称大有进展。史塔克夫人不信任他没关系,只要他能留住斧头,他就有信心在这场游戏里胜过对手。

维里·渥德领队,波隆负责殿后,史塔克夫人安全地骑在队伍中间,罗德利克爵士则如影随形跟在她身旁。途中,马瑞里安带着怨恨的眼光,不断回头看他,他的几根肋骨,木头竖琴,还有用来弹奏的四根指头通通断了,但他还不算倒霉到极点:他弄来一件漂亮的影子山猫皮披风,厚实的黑毛皮,点缀着白线。他沉默地缩在斗篷里,难得地闭上了嘴巴。

行不到半里,他们便听见背后影子山猫低沉的吼叫,稍后又传来它们争食尸体的咆哮。马瑞里安的脸色愈加苍白,提利昂骑马跑到他旁边。"'黑鸟',"他道,"恰好跟'胆子小'押韵。"说完他一踢马肚,丢下吟游诗人,跑到罗德利克爵士和凯特琳·史塔克身边。

她抿紧嘴唇看着他。

"刚才我话说到一半,就被人无礼地打断了。"提利昂开口道,"小指头编的故事里有个很严重的疏漏。史塔克夫人,无论你信不信,我可以向你保证——我跟别人赌的时候,只把注下在自家人身上。"

艾莉亚

独耳的黑公猫拱起背朝她嘶叫。

艾莉亚沿着小路走,用赤裸的脚跟保持平衡,倾听心脏疾跳,深呼吸缓吐气。静如影,她告诉自己,轻如羽。公猫看着她渐渐逼近,眼里充满警戒。

抓猫难。她手上到处都是未愈的抓痕,两脚膝盖则因跌倒擦伤,结满了疤。刚开始,连厨师养的那只厨房胖猫都能躲过她,但西利欧叫她日夜不停地练习。当她满手是血找上他时,他只说:"怎么这么慢?小妹妹,动作要快。等你遇到敌人,就不只是抓伤而已了。"他为她在伤口涂上密尔火,烫极了,她咬紧嘴唇才没大声尖叫。然后他又叫她继续去抓猫。

红堡到处都是猫:有在太阳下打盹的慵懒老猫、有冷眼摆尾的捕鼠猫、有爪子利如尖针的灵巧小猫,还有宫廷仕女养的猫,一身的毛梳理柔顺乖巧听话,以及浑身脏兮兮、专门在垃圾堆里出没的黑猫。艾莉亚一只一只追踪到底,然后拎起来,得意万分地带回去给西利欧·佛瑞尔……如今就只差这只独耳的黑色小恶魔啦。"那家伙才是城堡里真正的王,"有位穿金披风的都城守卫告诉她,"不但老不死,还坏得跟什么似的。有次国王宴请他老丈人,结果那黑心肝的混球跳上桌,从泰温大人的手里大摇大摆地叼走一只烤鹌鹑。劳勃笑得快爆炸。小乖乖,你离那坏蛋远点。"

为了抓它,她跑遍半个城堡:绕了首相塔两圈,穿越内城中庭,钻进马厩,走下层层环绕的螺旋梯,经过小厨房、养猪场和都城守卫队的营房,顺着临河城墙的根基,再上楼梯,在叛徒走道上来来回回，然后又下楼，出一道门，绕过一口井，进出前方形形色色的建筑，到最后艾莉亚根本不知自己所在何处。

这下她总算逮着它了。左右两边都是高墙，前方则是大片没开窗的石壁。静如影，她滑步向前，在心中重复，轻如羽。

当她离它只剩三步之遥时，公猫倏地冲了出来。先往左，再往右，艾莉亚便先挡右，再挡左，切断了它逃生的路。它又发出嘶叫，试图从她两脚之间溜走。迅如蛇，她心想。她伸手抓住它，把它抱在胸前，乐得放声大笑，四处转圈，任由它的利爪撕扯她的皮上衣。她用更快的速度在它两眼之间轻吻一下，并在它伸出爪子抓她脸的前一刻缩回。公猫嘶吼着朝她吐口水。

"他在跟那只猫做什么？"

艾莉亚吓了一跳，松开猫，旋身面对声音的来源。公猫转瞬间便一溜烟逃走。小巷的另一端站着一个满头金鬈发、穿着蓝锦缎衣服、漂亮得像个洋娃娃似的女孩。她身边有个胖嘟嘟的金发小男孩，外衣胸前用珍珠绣了一只昂首腾跃的公鹿，腰际佩了把微型剑。是弥赛菈公主和托曼王子，艾莉亚心想。他们身边跟了一个块头大得像犁马的修女，她背后还有两个兰尼斯特家的贴身护卫，都是牛高马大的汉子。

"小弟弟，你在跟那只猫做什么啊？"弥赛菈口气严厉地再度发问，然后对弟弟说，"你瞧，他还真是个脏兮兮的小弟弟，对不对？"

"对，衣服破烂，又脏又臭的小弟弟。"托曼同意。

他们没认出我，艾莉亚这才明白，他们甚至不知道我是女孩。这也难怪，她光着脚丫，全身肮脏，在城堡里跑过一圈以后，头发乱成一团，身上的皮背心布满了猫的爪痕，粗布缝制的棕色裤子膝盖以下都被割掉，露出伤疤遍布的双脚——抓猫总不能穿裙子或丝衣吧。她连忙低头，单膝跪下。他们要是认不出她来，就太好了。

若是被认出来,她会吃不了兜着走的。因为这不但会丢光茉丹修女的脸,连珊莎也将觉得可耻,从此再不跟她说话。

肥胖的老修女往前挪了挪。"小弟弟,你怎么跑到这里来的?你不该在城堡里到处乱跑喔。"

"没办法,这种人赶也赶不完,"一个红袍卫士道,"跟赶老鼠一样的道理。"

"小弟弟,你是谁家的孩子?"修女质问,"告诉我。你怎么了?你是哑巴吗?"

艾莉亚的话音卡在喉咙里。如果她出声回答,托曼和弥赛菈一定会认出她来。

"高德温,把他带过来。"修女说。长得较高的那名卫士朝小巷的这边走来。

恐慌如巨人的手攫住她的喉咙,艾莉亚知道自己命悬于此,不发出半点声音。止如水,她在心里默念。

就在高德温伸手的前一刻,艾莉亚采取了行动。迅如蛇。她重心左移,他的手指擦臂而过。她绕过他。柔如丝。待他转身,她已朝巷口飞奔而去。疾如鹿。修女朝她尖叫,艾莉亚从她两条粗得像白色大理石柱的腿中间钻过去,站起身,迎面撞上托曼王子,他"哎哟"一声重重坐倒。她从他身上跳过,闪开第二个侍卫,然后她便摆脱他们,全速逃走。

她听见叫喊,紧接着是砰砰砰的脚步迅速朝她逼近。她身子一蹲,着地滚开。红衣卫士跟跄着冲过她身边,差点跌倒。艾莉亚一跃起身,看到头上有扇又高又窄的窗子,比城墙上的射箭孔大不了多少,便向上一跳,攀住窗台,往上拉升,闭着气往里挤。滑如鳗。待她跳下窗口,正落在一名吃惊的洗衣妇面前,她立刻翻身,拍拍尘土,继续逃跑。她穿门而出,奔过长厅,跑下楼梯,穿越一座隐蔽的庭院,绕过转角,翻过墙,挤进一扇低矮窄窗后,来到一个伸手不见五指的漆黑地窖。身后追赶的声音渐渐变小。

艾莉亚几乎喘不过气,完全迷失了方向。现在就算他们认出她,她也认栽了,但她觉得他们应该做不到,因为她动作太快了。疾如鹿。

她摸黑靠着一堵潮湿的石墙蹲下,静听追兵的响动,却只听见自己的心跳和远处的滴水声。静如影,她告诉自己。她纳闷自己究竟置身何处。初来君临时,她常做噩梦,梦见自己迷失在城堡里。父亲说红堡比临冬城要小,但在梦中它却硕大无比,活像一座无边无际的石造迷宫,而墙壁仿佛会在她身后变换形体。她发现自己常漫游在阴森的厅堂里,经过褪色的壁毡,走下无止尽的螺旋楼梯,在庭院间和吊桥上穿梭,尖声叫喊却无人回应。有些房间里,红墙似乎在滴血,而她一扇窗户也找不到。有的时候,她能听见父亲的声音,但总是从遥远的地方传来,而不论她如何努力地朝声音来源飞奔,那声音却依旧越来越微弱,直至完全消失。黑暗之中,只剩艾莉亚独自一人。

她发觉这里也很暗,于是缩起裸露的膝盖,紧紧抱在胸前,发起抖来。她决定在这里默默数到一万,等那时候就可以安全地爬出去,找路回家了。

当她数到八十七的时候,眼睛已经习惯了黑暗,房间也似乎逐渐亮起来,身边的事物缓缓现形。昏暗之中,无数巨大而空洞的眼睛饥渴地瞪着她。她隐约看到长牙的锯齿阴影。她顿时忘了数到哪里,只敢闭上眼睛,咬住嘴唇,驱赶恐惧。等她睁眼再看,怪兽就会不见。怪兽会不存在。她假装西利欧也在黑暗中,陪在她身边,对她悄声说话。止如水,她告诉自己,壮如熊,猛如狼,然后睁开眼睛。

怪兽还在,恐惧却消失了。

艾莉亚小心翼翼地站起来。四周都是头骨,她好奇地摸摸其中一个,不知到底是不是真的。她的指尖拂过一个宽大的下巴,摸起来挺像真的。骨头的感觉很平滑,既冷且硬。她的手指摸到一颗牙齿,又黑又尖,活像是由黑暗所造的匕首,她不禁打了个寒颤。

"它死了。"她朗声道,"只是颗骷髅头,伤不了我的。"但不知怎的,那怪兽似乎知道她在这儿。她感觉得到它空洞的眼睛穿过阴暗看着她,在这个光线微弱、宽敞高大的房间里,有种不喜欢她的东西存在。她避开那个头颅,向后退开,却又碰到一个更大的骷髅。一时间她几乎可以感觉它的牙齿陷进她的肩膀,仿佛想一口咬下她的血肉。艾莉亚旋身,一颗尖牙果然已经咬住她的外衣,皮革被钩住,撕裂了一大块,她没命似的快跑。眼前又有一个头颅出现,这是最大的怪兽。艾莉亚不敢慢步,她跳过一排高得像剑、山脊似的黑牙齿,冲进一个又一个饥饿的血盆大口,然后撞上了门。

她摸黑找到木门上厚重的铁环,使劲一拉,门抗拒了一会儿,方才缓缓向内打开,可是发出来的嘎吱声却大得吓人,艾莉亚心想这下全城的人都会听见了。她拉开恰好能让自己钻进去的缝隙,溜进门后的长厅。

如果刚刚那个充满怪兽的房间算得上黑暗,那这个大厅就是七层地狱里最伸手不见五指的黑洞。止如水,艾莉亚告诉自己,她给了眼睛足够的调适时间,但除了刚才进来的门有模糊的灰色轮廓,其余依旧什么也看不到。她伸出手指在面前摇晃,感觉到空气的移动,却没有东西。她成了瞎子。水舞者要用所有的感官去洞察周围,她提醒自己。于是她闭上眼,稳住呼吸数了一二三,静静吸口气,然后伸出双手,开始摸索。

左手边,她的指头拂过未完工的粗石表面。她便沿着墙走,手在石面游移,踏着小碎步慢慢穿越黑暗。每个房间总有出路,有进必有出嘛。而且,恐惧比利剑更伤人。艾莉亚不能害怕。她仿佛走了好长一段,墙壁突然到了尽头,一团冷气吹过她的脸颊。松开的头发轻轻拍打着她的皮肤。

她听见有声音从下方很远的地方传来。靴子的磨地声，遥远的交谈声。摇曳的火光朦胧地扫过墙壁，她这才发现自己正站在一口大黑井边，井足足有二十尺宽，开口直向地心。弯曲的墙上嵌了大石头作为楼梯，向下回旋，漆黑得就像老奶妈以前常跟他们说的，通往地狱的阶梯。有东西正从黑暗中爬出来，从地心深处爬出来……

艾莉亚趴在井边偷偷往下看，一股冰冷的黑气迎面袭来。下方极远处，她看到一根火把的亮光，微小有如烛火。她分辨出是两个人，他们的影子交错投射在墙上，高大有如巨人。她听见他们的声音，回荡着传向井边。

"……找到了一个私生子，"一个人说，"其他的也迟早会查出来。要么一两天，最迟不过两星期……"

"等他查出真相，他会怎么做？"第二个声音是自由贸易城邦的滑溜口音。

"只有天上诸神知道，"第一个声音说。艾莉亚看到火把冒出一缕灰烟，一边冉冉上升，一边像蛇似的翻腾缠绕。"那群蠢蛋想杀他儿子，更糟糕的是，他们将把事情全都搞砸。他可不是这么好打发的人。我警告你，不管我们喜不喜欢，狼和狮很快就会打成一团。"

"太快，太快了，"带着口音的声音抱怨，"现在开战有什么用？我们还没准备好。想办法拖一拖。"

"倒不如叫我暂停时间。你以为我是巫师？"

另一人呵呵笑道："我以为你的能耐绝对不输巫师。"火焰舔着冷空气，高大的影子几乎就要投射到她身上。几秒之后，持火把的人顺着楼梯进入她的视线范围，他的同伴跟在他身边。艾莉亚从井边爬开，趴下来，贴紧墙壁。眼看两人踏上楼梯顶端，她屏住了呼吸。

"你要我怎么办?"拿火把的人问。他是个身材粗壮的人,披着皮制的半身斗篷。虽然穿了厚重靴子,他的脚却仿佛无声地滑过路面。在他的钢头盔下,是张带伤疤的圆脸,还有撮短须。他穿着硬皮衣,外罩盔甲,腰间则系了一把匕首和一柄短剑。艾莉亚觉得他有种古怪的熟悉感。

"既然死了一个首相,为什么不能死第二个?"说话带着口音,长着一撮黄色八字胡的人回答。"我的好友啊,你从前不就跳过这种舞?"艾莉亚以前没见过他,这点她很确定。他虽然臃肿不堪,却步履轻盈,重心放在脚跟,走起路来像个水舞者该有的样子。他的戒指在火光下熠熠发光,有红金、白银、镶了红宝石、蓝宝石,其中更有黄纹的老虎眼。每根指头都戴有戒指,有些还戴了两枚。

"从前不比现在,如今的首相也不一样。"脸上有疤的人边说边和同伴一起走进房间。不动如石,艾莉亚告诉自己,静如影。炫目于自己带来的火光,他们没看到她平平地贴紧石头,离他们仅数尺之遥。

"或许吧,"八字胡男子回答,刚爬了这大段路,这时他停下来喘口气。"但无论如何,我们需要更多时间。公主已有了身孕,在儿子诞生之前,卡奥是不会出兵的。你也清楚这些野蛮人,知道他们什么德行。"

拿火把的人推了推什么东西,艾莉亚听见一阵低沉的轰隆声。接着,一片巨大的石板从井口缓缓滑出,在火光照耀下成了艳红,它在室内发出隆隆巨响,差点害她叫出声来。等到声音平复,刚才井口所在的位置,只有一片平滑坚硬、毫无裂缝的石头。

"若他不赶紧出兵,恐怕就来不及了。"戴着钢盔的粗胖男子说,"这已经不再是一场两人对弈的游戏了——如果以前可以称得上是的话。史坦尼斯·拜拉席恩和莱莎·艾林已逃离我的掌握范围，根据回报，他们正在囤积兵力。百花骑士写信回高庭，力劝他公爵老爸送他妹妹入宫。她是个十四岁的黄花闺女，既漂亮又听话，蓝礼大人和洛拉斯爵士打算让劳勃上她，然后娶她，另立新后。至于小指头……天上诸神才知道小指头在玩什么把戏。但尤其我坐立难安的却是史塔克大人。他找到了那个私生子，也拿到了那本书，迟早会猜出端倪。现在的情况倒该感谢小指头搅局，他太太绑架了提利昂·兰尼斯特，他必将无暇多顾。然而泰温公爵绝咽不下这口气，詹姆又对小恶魔怀有古怪的感情。若是兰尼斯特对北方用兵，那么徒利家也将被牵扯进来。你叫我拖一拖，我却要叫你加快行动啊。就算最厉害的杂耍戏子也没法永远把一百颗球抛在空中呐。"

"老朋友，你可不只是杂耍戏子，你是个真正的魔术师。我不过请你多变一会儿戏法罢了。"他们朝艾莉亚来时的方向走去，穿过充满怪兽的房间。

"只要我能做的，我都会去做。"拿火把的人轻声说，"但我需要经费，还要五十只鸟儿。"

她等他们走远后才偷偷跟在后面。静如影。

"要那么多？"前方光线渐暗，声音也愈见微弱。"你要的这种可不好找……既要年轻，又要识字……如果年纪稍大一点……不那么容易送命……"

"不，年轻的比较安全……对他们好一点……"

"……如果他们保住口舌……"

"……冒风险……"

声音淡去后许久，艾莉亚依然能看见火把的光亮，如一颗冒烟的星星，吸引她跟随。有两次，它几乎失去了踪影，但她一径向前，两次都发现自己走到险陡窄梯的顶端，火把的光芒则在遥远的下方。她急忙追赶，不断向下。中途她曾踢到石头，失足撞上墙壁，手指所触却是粗糙的泥土，由木材所支撑，并非先前的石造甬道。

她一定爬了好几里。到最后，他们俩都不见了，而这里除了往上，无处可去。她重新摸索，找到墙壁，在完全迷失方向的情况下，盲目地往前走，一边假装黑暗中娜梅莉亚正跟在自己身边。走到尽头，她发现自己身陷及膝深、散发出恶臭的水里，她一边希望自己能像西利欧一样在水面轻舞，一边心想不知何时才能重见天日。等艾莉亚走入夜空之下时，天已经全黑。

她发现自己正站在下水道与河流相连的出水口。一身臭得要命，她干脆当场脱光，把脏衣服丢在河岸，潜入深深的黑水里，游啊游，直到她觉得舒适干净，这才颤抖着爬上岸。艾莉亚洗衣服时，有几个人骑马经过河滨道路，但就算他们看到了干巴巴的小女孩赤裸着身子，就着月光搓洗破烂不堪的衣服，也没特别在意。

她离城堡有好几里之遥，但不管身在君临的何地，只需一抬头便可看见那高高端坐于伊耿丘陵上的红堡，所以她不怕迷路。等她抵达城门，身上的衣服已干得差不多。铁闸早已降下，大门也上了闩，她不得不转向边门。当她吩咐他们让她进去时，守门的金袍卫士冷笑一声。"快滚罢，"其中一人说，"厨房的剩菜已经没了，天黑后不准乞讨。"

"我不是乞丐，"她说："我住这里。"

"我说快滚。还是要赏你两个耳刮子才听得懂？"

"我要找我父亲。"

两个守卫交换了眼神。"我还要搞王后咧。"年轻的那个说。

比较老的那个皱眉道："小子，你老爸是谁？抓老鼠的么？"

"他是御前首相。"艾莉亚告诉他们。

两人哈哈大笑，紧接着老的那个一拳挥来，随随便便，像人欺负狗一样。艾莉亚早在他动手前便看清了，她往后轻轻退开，毫发未损。"我不是小子,"她朝他们吐口水,"我是临冬城的艾莉亚·史塔克,你要是敢碰我,我老爸会把你们两个的头砍下来挂在枪上。如果你们不相信我,就去首相塔找乔里·凯索和维扬·普尔问问。"她把小手背在身后。"你们是开门,还是要赏两个耳刮子才听得懂?"

哈尔温和胖汤姆把她送回去时,父亲正独自一人坐在书房,肘边一盏油灯发出柔亮的光。他弯身读着艾莉亚生平所见最大的一本书,这本厚重的书有着破烂的泛黄书页,上面密密麻麻写满了字,封皮则是褪色的皮革。他一脸严肃地向手下道谢,并把他们送走。

"你知不知道我派出一半的卫士去找你?"等他们独处后,艾德·史塔克道,"茉丹修女慌得不知如何是好,现在还在圣堂里祈祷你平安归来。艾莉亚,你明明知道没有我的许可,不可以跑到城堡外面去。"

"我没有跑到城外去,"她冲口而出,"呃,我不是故意的。我本来是在地城里,后来又变成了隧道,那里好黑,我没有火把也没有蜡烛,所以只好一直走下去。我不敢从原路返回的,那样会碰到怪兽。爸爸,他们说要杀你!不是怪兽,是两个人。他们没看到我,因为我不动如石又静如影,但我听到他们说的话,他们说你找到了私生子拿到了书,还说既然一个首相可以死,为什么第二个不能死?你看的就是那本书吗?我敢打赌琼恩就是他们说的那个私生子啦。"

"琼恩?艾莉亚,你在说些什么?这些话又是谁说的?"

"他们说的,"她告诉他,"一个是长着黄色开岔胡、手上戴满戒指的胖子,另一个人穿了铠甲戴着钢盔,胖的那个说要拖时间,可另外一个说自己没办法一直变戏法,还说狼和狮很快就会自相残杀,还说事情都搞砸了。"她试着回忆其他的部分。但她并不完全了解自己所听到的东西,现在又都在脑子里混成一团了。"胖的那个说公主怀了孩子,有钢盔的那个说的,他拿了火把,他说他们行动要快。我猜他是个巫师。"

"巫师,"奈德皮笑肉不笑地说,"那他有没有长长的白胡子和镶满星星的尖帽子呢?"

"没有!不像老奶妈的故事里那样。他看起来不像巫师,可胖的那个说他是。"

"艾莉亚,我警告你,如果你这是在编故事……"

"我没有,我跟你说了嘛,就是在地城那里,在秘密墙旁边。我本来在抓猫,结果……"她皱起脸,如果她说出撞倒托曼王子的事,他不气死才怪,到时候可就较真了。"……呃,反正我跑到一扇窗子边,我就是在那里发现怪兽的。"

"先是巫师,现在又是怪兽,"父亲说,"看来这场冒险还真精彩。你听到这些人说什么,你说他们会变戏法和演戏?"

"是啊,"艾莉亚承认,"可是——"

"艾莉亚,他们是戏班里的人,"父亲告诉她,"这会儿君临大概有十来个戏班,想借着比武大会的人潮赚点钱呢。我不清楚这两个人在城里做什么,但说不定是国王请他们来表演的。"

"不是啦,"她固执地摇头,"他们不是——"

"更何况你一开始就不该跟踪别人、偷听他们说话,我也不喜欢自己女儿爬怪窗子抓流浪猫。亲爱的,看看你这样子,满手都是抓伤。不能再这样下去。告诉西利欧·佛瑞尔,我要跟他谈——"

一阵短促的敲门声打断了他的话。"艾德大人,很抱歉打搅。"戴斯蒙叫道,把门打开一条小缝。"外面有个黑衣弟兄求见,说有要紧事相告。我想跟您通报一声。"

"我家的门永远为守夜人而开。"父亲说。

戴斯蒙请那人进来。他驼着背,长相奇丑,一把未经修整的杂乱胡子,衣服也像是很久没洗了,但父亲依旧很愉快地问候他,并询问他的姓名。

"老爷,我叫尤伦。这么晚来打扰,真对不住。"他向艾莉亚鞠躬。"这一定是您的公子,长得跟您真像。"

"我是女孩。"艾莉亚气急败坏地说。假如这老头是从长城来的,那他一定会经过临冬城。"你认识我哥哥和弟弟吗?"她兴奋地问,"罗柏和布兰在临冬城,琼恩在长城。琼恩·雪诺,他也是守夜人,你一定认识的,他有只冰原狼,白色的毛,红色的眼睛。琼恩当上游骑兵了吗?"穿臭衣服的老人一直用古怪的眼神看着她,但艾莉亚停不下来。"如果我写封信,你回长城去的时候,可不可以帮我带给琼恩?"她好希望琼恩此刻就在这里,他一定会相信她的,不管是地城、长八字胡的胖子,还是戴钢盔的巫师。

"小女时常忘记应有的礼数,"艾德·史塔克道。他挂着一抹淡淡的微笑,舒缓了他的口气。"尤伦,还请你见谅。是我弟弟班扬派你来的么?"

"大人,派我来的不是别人,是老莫尔蒙。我是来寻找把守长城的人手,等下次劳勃上朝,我就要去卑躬屈膝,跟他说明我们的需要,看看国王和他的首相在他们的地牢里有没有想处理掉的人渣。不过我赶来这儿跟他也有关系。他是黑衫军的一员,我和您一样把他当成兄弟。我正是为了他才飞速赶来,拼了老命,差点把我的马都给累死了,好在也把其他人甩在后面。"

"其他人?"

尤伦吐了口口水。"还不就是流浪武士、自由骑手这路货色。整间旅店都是这号人,我看他们是嗅到了好味道。血和黄金的味道,这类人到死都追逐不放。他们没有都往君临来,有些朝凯岩城冲去,而凯岩城比较近,可以想见,如今泰温大人肯定得到了消息。"

父亲皱眉。"什么消息?"

尤伦看了艾莉亚一眼。"大人，请您原谅，这事咱们最好私下谈。"

"好吧，戴斯蒙，带我女儿回房。"他吻了她的额头。"我们明天再把话说完。"

艾莉亚脚像生了根似的赖在原地。"琼恩没事吧？"她问尤伦，"班扬叔叔呢？"

"唉，史塔克他怎么样我说不准，不过我从长城出发时，雪诺那小子倒是活得挺自在。我要说的不是他们的事。"

戴斯蒙拉起她的手。"小姐，我们走罢，您也听见您父亲的吩咐了。"

艾莉亚别无选择，只好跟他走，心里好希望他变成胖汤姆。如果是汤姆，她或许就可以找借口在门口多逗留一会儿，然后偷听尤伦要说什么，可戴斯蒙脑筋太直，骗不过的。"我爸爸有多少守卫？"他们走下楼梯，去她卧房时，她问他。

"在君临这儿吗？有五十个。"

"你不会让别人有机会杀他，对不对？"她问。

戴斯蒙笑道："小姐您别担心，艾德大人他日夜都有人守着，谁也动不了他的。"

"可兰尼斯特家的人不止五十个。"艾莉亚指出。

"多是多，可咱北方人一个人抵得上南方人十个，所以你就安心地睡吧。"

"如果他们叫巫师来杀他呢？"

"唉，这个嘛，"戴斯蒙边说边抽出长剑。"只要砍掉脑袋，巫师一样会没命。"

艾德

"劳勃，求求你，"奈德恳求，"请你仔细想清楚，你这是谋害幼儿啊！"

"那贱货怀孕了！"国王重重一拳捶在议事桌上，声响如雷。"奈德，这事我早警告过你，记得吗？还在荒冢地的时候我就说过，可你不肯听。那好，现在你给我听清楚：我要他们死，母子两个一起死，外加那个笨蛋韦赛里斯。这样说够明白了吧？我要他们死。"

其余重臣正竭尽所能假装不在现场。他们这么做，无疑比他聪明得多。艾德·史塔克极少感到如此孤独。"假如你真这样做，你将遗臭万年。"

"要怪就尽量怪到我头上来吧，只要事情能办成。我还没盲目到斧头的影子都在脖子上晃了自己还看不到的地步。"

"根本没有什么斧头，"奈德告诉他的国王，"只有二十年前的陈年旧事，你这是在捕风捉影……而且究竟有没有影子还未可知。"

"还未可知？"瓦里斯轻声问，一边扭着他那双撒满香粉的手。"大人，您错怪我了。难道我会编造假消息来欺骗国王陛下和诸位大人吗？"

奈德冷冷地看着太监。"大人，您的消息来源于千里之外的叛徒。或许莫尔蒙弄错了，或许他在撒谎。"

"乔拉爵士想必不敢骗我，"瓦里斯露出狡猾的笑容。"请放心吧，大人，公主怀孕的事不会错的。"

"这可是你说的。若你弄错了，我们无须害怕；若那女孩流产,我们无须害怕;若她生的是女儿,并非儿子,我们无须害怕;若那孩子还未长大就死于襁褓,我们也无须害怕。"

"但万一真是个儿子呢?"劳勃坚持,"万一他活下来了呢?"

"狭海依旧隔在中间。等多斯拉克人教会他们的马在水上走路的那一天,我才会害怕。"

国王灌了口葡萄酒,然后从议事桌的那边狠狠地瞪着这一头的奈德。"你的意思就是让我什么也别做,干等恶龙的孽种带着兵马登岸了再说,是吗?"

"您说的这个'恶龙的孽种',如今还在娘胎里,"奈德道,"即便是伊耿,也是等断奶之后才南征北讨的。"

"诸神在上!史塔克,你老是这副牛脾气!"国王环顾议事桌。"怎么,都哑巴啦?谁来跟这冻糊涂了的傻瓜讲讲道理?"

瓦里斯朝国王腻腻一笑,然后伸出软绵绵的手放在奈德的袖子上。"奈德大人,凭良心说,我真的能体会您的顾虑。将这消息带给诸位,我自己也不好受。我们讨论的是件可怕的事,是件卑鄙的事,可我们这些冒昧为政的人,凡事必须以全国百姓福祉为优先考量,而不论自身感受如何。"

蓝礼公爵耸肩:"对我来说,这事很简单。韦赛里斯和他妹妹早就该杀,只怪王兄陛下从前错信了琼恩·艾林的话。"

"蓝礼大人,慈悲为怀绝不是错误。"奈德答道,"当年在三叉戟河上,眼下在座的巴利斯坦爵士独自一人砍倒十几个优秀的勇士,其中有的是劳勃的朋友,有的是我的。当他被押到我们面前时,已经浑身是伤,濒临死亡,卢斯·波顿力主割了他喉咙,但你哥哥却说:'我不会因为一个人忠心耿耿、英勇作战而杀他。'随后他派出自己的学士为巴利斯坦疗伤。"他冰冷却意味深长地看了国王一眼。"如果今天在场的是那个人就好了。"

劳勃还知道红脸。"那不一样，"他抱怨，"巴利斯坦爵士是御林铁卫的骑士。"

"而丹妮莉丝只是个十四岁的小女孩。"奈德知道这样步步进逼很不理智，然而他无法保持缄默。"劳勃，我问你，当初我们兴兵对抗伊里斯·坦格利安，不就是为了要阻止他继续谋害孩童吗？"

"我们是要杀光坦格利安家的人！"国王咆哮。

"陛下，记得从前连雷加也吓不倒你，"奈德努力克制口气中的轻蔑，却失败了。"难道经过这么些年，您的胆子却变得如此之小，连个还未出生的孩子的阴影都能让您颤抖了么？"

劳勃脸色发紫。"奈德，不要再说了。"他指着他发出警告，"一个字都不许再说。莫非你忘了谁才是国王？"

"启禀陛下，我没忘。"奈德回答，"敢情您也没忘吧？"

"够了！"国王大吼，"我懒得再费口舌。我要是不杀她，必遭天谴。你们意见如何？"

"该杀。"蓝礼公爵表示。

"我们别无选择，"瓦里斯喃喃道，"可惜啊，可惜……"

巴利斯坦·赛尔弥爵士从桌上扬起那双淡蓝色的眼睛，"陛下，在战场上与敌人交锋是件光荣的事，但人还没出生就动手却不光彩。请您原谅，我必须站在艾德大人这边。"

派席尔大学士花了好几分钟清喉咙。"我的组织旨在为全国谋福利，而非只为统治者。我曾经忠心耿耿地辅佐伊里斯国王，一如我现在辅佐劳勃国王，所以我对他这个女儿没有恶感。但是我请问您——倘若战事再起，会有多少士兵丧命荒野？多少村庄付之一炬？多少孩子被从母亲怀里硬生生抓走，死于枪下？"他捻捻大把白胡须，一副悲天悯人、疲累不堪的模样。"倘若死了丹妮莉丝一个，能够拯救万千生灵，那会不会是比较明智，甚或比较仁慈的做法呢？"

"比较仁慈，"瓦里斯道，"噢，国师大人，说得真好，实在是再正确不过了。的确如此啊，若是天上诸神一个疏忽，给了丹妮莉丝·坦格利安一个儿子，王国就难免血光之灾。"

小指头最后发言。奈德朝他望去时，培提尔伯爵正忍住呵欠。"若你发现跟自己上床的原来是个丑女，最好的做法就是闭上眼睛，赶紧办事。"他高声宣布，"反正等下去她也不会变漂亮，所以还是亲一亲了事啰。"

"亲一亲？"巴利斯坦爵士骇然地重复。

"用刀用剑亲哪。"小指头道。

劳勃转身面对他的首相。"你看，奈德，就这样了。对这件事的看法，只有你和赛尔弥持有异议。剩下的问题是，我们派谁去杀她？"

"莫尔蒙极度渴望王家特赦。"蓝礼提醒他们。

"一心一意哪，"瓦里斯道，"但他更渴望生命。如今公主已抵达维斯·多斯拉克，在那里拔剑可是会没命的。若有哪个笨蛋敢在圣城对卡丽熙动刀动枪，他会有什么下场，我要是说出来，各位今晚就不用睡了。"他轻抚扑过粉的脸颊。"除此之外，就是下毒……不如就用里斯之泪。没必要让卓戈卡奥知道是否是自然死亡。"

派席尔国师昏昏欲睡的眼睛登时睁得老大，他一脸怀疑地眯眼看着太监。

"毒药是懦夫的武器。"国王抱怨。

奈德受够了。"你雇人去杀一个十四岁的小女孩，还嫌手段不够光明正大？"他把椅子往后一推，站起来。"劳勃，您亲自动手罢。判人死刑的应该亲自操刀，杀她之前好好注视她的眼睛，看她流泪，聆听她的临终遗言，最起码您应该做到这样。"

"诸神在上，"国王咒道。这句话从他嘴里炸出来，仿佛他几乎无法包容怒气。"该死,你真想跟我作对吗?"他伸手拿起肘边的酒壶,却发现是空的,便狠狠将之朝墙上摔去。"我的酒没了,耐性也没了,别再婆婆妈妈,快把事情办妥吧。"

"劳勃,我决不当谋杀共犯。您要怎么随便您,但休想叫我在上面盖印。"

起初劳勃似乎没听懂奈德的话,他很少尝到被人抗拒的滋味。等他明白过来之后,慢慢变了脸色。他眯起眼睛,一阵红晕爬上脖子,高过天鹅绒领口。他愤怒地伸手指着奈德道:"史塔克大人,你是御前首相,你要么照我说的去做,不然我就另请高明。"

"那我祝他胜任愉快。"奈德说罢解开扣住斗篷、象征他身份地位的雕花银手徽章。他把徽章放在国王面前的桌上,想起那个为自己配上这枚徽章的人,那个他所深爱的朋友,不禁难过起来。"劳勃,我以为您不是这种人。我以为我们拥立了一个更高贵的国王。"

劳勃脸色发紫。"给我滚!"他嘶声道,气得差点说不出话。"快给我滚出去,你这该死的家伙,我受够了你。你还等什么?滚,快滚回临冬城去。你这辈子最好再也别叫我瞧见你那张脸,否则……否则我发誓一定把你的头砍下来挂在枪上。"

奈德鞠躬,然后一言不发地离开。他感觉得到劳勃的目光看着自己的背。他还没走出议事厅,讨论便继续进行。"听说布拉佛斯有个叫'无面者'的组织。"派席尔大学士提议。

"你到底知不知道他们的行情?"小指头抱怨:"光半价就够你雇一支寻常佣兵组成的军队,而且行刺对象只是寻常商人。暗杀公主要花多少,我连想都不敢想。"

门在他身后关上,隔绝了声音。柏洛斯·布劳恩爵士守在议事厅外,穿着御林铁卫的纯白长披风和铠甲。他用眼角飞快又狐疑地瞄了奈德一眼,但没有多问。

天色阴沉而压抑，奈德穿过城堡外庭，回到首相塔。他感觉得出空气中弥漫湿意，仿佛山雨欲来，若真下起雨，他倒会很高兴，或许一场雨，会让他稍稍觉得自己不那么污秽。他进了书房，传维扬·普尔过去。总管立刻赶来。"首相大人，您有何吩咐？"

"我已经不是首相了。"奈德告诉他，"我跟国王吵了一架。我们准备回临冬城。"

"那我这就去准备，老爷。我们需要两个星期的时间安排旅途。"

"只怕我们没有两个星期，连有没有一天我都不敢确定。国王甚至说要把我的头挂在枪上。"奈德皱眉。他并不真正相信国王会伤害他，劳勃绝对不会。他当时在气头上，但等奈德离开他的视线，他的怒意自会冷却，从前每次都这样。

每次都是吗？突然间，他不安地发觉自己想起了雷加·坦格利安。都死了十五年了，劳勃还像当初那么恨他。这念头真叫他心烦意乱……还有别的麻烦事，首当其冲就是昨晚尤伦警告他的凯特琳和那侏儒的纠纷。不消说，这消息很快就会传开，国王现在又气成这样……劳勃或许不在乎提利昂·兰尼斯特死活，但此事触及他的自尊，更别提王后方面会有什么举动。

"看来我提前动身会比较安全，"他告诉普尔，"我就带女儿和几个侍卫先走，你们其他人等准备好了再跟上。将消息通知乔里，但别让其他人知道，在我和我女儿离开以前，也不要有任何动作。城堡里到处是监视的眼线，我不希望自己的计划泄露出去。"

"老爷，依您吩咐。"

他走后，奈德·史塔克踱到窗边，坐下来沉思。是劳勃让他别无选择。其实他倒该感谢他，能回临冬城是件好事，他打一开始便不该离开。儿子们都在那儿等他。回去以后，他说不定可以跟凯特琳再生个儿子，他们都还不老呢。近来他时常梦见雪，以及狼林夜间深沉的静谧。

可另一方面,想到离开却又叫他恼怒。好多事都还未完成。若不加以管束,劳勃和他满朝的懦夫和马屁精会闹得民穷国枯……甚至可能为了还债,把国家都卖给兰尼斯特。至于琼恩·艾林的死亡之谜,则始终困扰着他。噢,他的确找到些线索,足以让他相信琼恩确是遭人谋害,但那不过是林中野兽留下的一鳞半爪。他还未亲眼目睹野兽本身,然而他感觉得到,它就在那里,潜伏、躲藏、狡诈。

他突然想到,或许自己应该走海路回临冬城。奈德不谙水性,正常状况下宁可走国王大道,但他若是乘船,则可在龙石岛停靠,和史坦尼斯·拜拉席恩谈谈。派席尔已经送了只乌鸦飞越狭海,带上奈德的一封信,信中礼貌地请求史坦尼斯公爵回到朝中奉职,却至今没有回音。对方的沉默只加深了他的怀疑。史坦尼斯一定知道琼恩·艾林何以丧命的秘密,这点他很确定。他所冀求的事实真相,很可能就在坦格利安家族的古老岛屿要塞里等着他。

就算你查出真相,又能怎么样呢?有些秘密最好永远埋藏,有些秘密太危险,不能与他人分享,即便是那些你所深爱和相信的人。奈德从腰际的刀鞘里抽出凯特琳带来的那把匕首。小恶魔的刀。那侏儒为何会要置布兰于死地?想必是为了叫他永远闭嘴。这是又一个秘密,还是同一张蛛网上不同的丝线?

这其中劳勃有份吗?他不会这么想,但从前他也不会想到劳勃竟干得出谋害妇孺的事。凯特琳警告过他,你清楚的是过去的他。当时她说,现在的国王对你而言,已经成了陌生人。看来他越快离开君临越好,假如明天刚好有北上的船只,能搭上是再好不过。

于是他再次找来维扬·普尔,吩咐他去港口询问,不能张扬但动作要快。"帮我找条快船,得有经验丰富的船长。"他告诉管家,"我不在乎船舱大小或豪华与否,只要迅速安全就成。我打算即刻动身。"

普尔刚奉命离开,托马德便宣告有访客到来。"大人,贝里席大人想见您。"

奈德很想把他赶走,但最后还是作罢。他还未脱身,在重获自由之前,必须照他们的游戏规则来玩。"汤姆,请他进来吧。"

培提尔伯爵若无其事地踱进书房,浑若上午无事发生。他穿了件乳白和银色相间的天鹅绒上衣,以及滚着黑狐狸皮边的灰色丝披风,脸上则挂着一贯的嘲弄笑容。

奈德冷淡地问候他:"贝里席大人,请问您此次来访有何目的?"

"我不会打扰您太久的,我正要去参加坦妲伯爵夫人安排的晚餐,这是碰巧路过。七鳃鳗派和烤乳猪。她有意把小女儿嫁给我,所以桌上的菜总是很出彩。不过说实话,我还宁愿娶头猪。噢,这事可别告诉她,我可是真心喜欢鳗鱼派哪。"

"大人,那就别让我耽误了你的鳗鱼美食。"奈德带着冷冷的嫌恶道,"此时此刻,我想不出还有谁更让我不愿与之为伍。"

"噢,我相信你只要努力想,一定可以想出几个。比方说,瓦里斯,瑟曦,或是劳勃。陛下他很生你的气,今早上你走之后,他还接着骂了一通。倘若我没记错的话,他的话中反复出现傲慢无礼、忘恩负义这些字眼哟。"

奈德根本不屑回答,也不打算请来客落座。不过小指头倒是大咧咧地主动坐了下来。"在你发完脾气后,就只剩下我来打消他们雇用无面者的念头。"他开心地续道,"还好收回了成命,只是让瓦里斯悄悄放出消息,谁做掉坦格利安家那女孩,我们就封谁当贵族。"

奈德觉得恶心透顶。"所以我们要让刺客当贵族了。"

小指头耸耸肩。"反正封号挺便宜,无面者却花消不起。说实话,比起你满嘴仁义道德,我帮坦格利安家那女孩的忙是不是还要大些?就让哪个满脑子贵族梦的佣兵喝醉酒去杀杀看吧,八成会失手,往后多斯拉克人定会多加提防。假如我们派去的是无面者,那他们就只能收尸了。"

奈德皱眉。"我可没忘,你在会议上说到丑女和'亲吻',到现在你反过来指望我相信你是在想办法保护那女孩?你把我当大白痴了?"

"这个嘛,事实上,你是个笨透了的大白痴。"小指头笑道。

"贝里席大人,敢问你觉得谋杀之事如此有趣?"

"史塔克大人,我觉得有趣的不是谋杀,而是你。你办起事来还真是如履薄冰,我敢说你总有一天会啪啦一声摔下去的。我相信今儿早上我已经听到第一次开裂的声音啦。"

"这是第一次,也是最后一次。"奈德道,"我受够了。"

"大人,请问您打算什么时候回临冬城啊?"

"越快越好。此事与你何干?"

"与我无关……不过明天傍晚您若碰巧还留在城里,我倒是很乐意带您去那家您的手下乔里遍寻不着的妓院。"小指头微笑,"这件事我连凯特琳也不会说。"

凯特琳

"夫人,您应该先捎个信来,"他们骑马爬上山口,唐纳尔·韦伍德爵士对她说,"那样的话,我们就可以派人护送。这年头山路的安全不比从前,更何况您只带了这么点人。"

"唐纳尔爵士,我们的确是尝到了惨痛的教训。"凯特琳道。有时候她觉得自己铁石心肠。六个英勇的人牺牲了性命,她才能走到这里,然而她却连为他们掬一把泪都做不到。就连他们的姓名,也越来越模糊。"原住民日夜骚扰,我们第一次损失了三个人,后来又死了两个,兰尼斯特的仆人伤口溃烂,死于高烧。听到你手下接近的声音时,我本以为我们完蛋了。"他们决定孤注一掷,手握武器,背靠岩壁。侏儒当时一边磨斧头,一边开着语气辛辣的玩笑,这时波隆首先看到来者高举的旗帜,正是艾林家族的蓝底白色新月猎鹰标志。对凯特琳而言,再也没有比这更受她欢迎的东西了。

"琼恩大人死后,这些原住民越来越胆大包天。"唐纳尔爵士道。他是个二十岁的年轻人,体格健壮,长相虽丑但待人诚恳,生了一个宽鼻和一头散乱的棕色粗发。"若是交给我办,我会带上一百精兵深入山区,把他们从窝里赶出来,好好教训一顿,可您妹妹不准。她连放手下骑士参加首相的比武大会都不准。说是要把所有的兵力都留在这儿,守护艾林谷……可谁也不清楚到底是要防备谁。有人说这是在捕风捉影。"他不安地看着她,仿佛突然想起她的身份。"夫人,希望我没说错话。我没有冒犯您的意思。"

"唐纳尔爵士,实话实说怎么会冒犯到我呢?"凯特琳知道妹妹怕的是什么。不是影子,而是兰尼斯特,她一边想着,一边回头瞄了一眼骑行在波隆身旁的侏儒。自从契根死后,他们俩便成了哥们儿。小个子的精明狡狯,让她颇感不悦,他们刚上山时,他是她的俘虏,五花大绑,求助无门,瞧瞧如今他变成什么样了!虽然依旧是她的囚徒,但骑着马,腰间斜插匕首,鞍上绑着大斧,肩头披了跟那歌手赌骰子赢来的山猫皮披风,身上穿着从契根尸体上取走的锁子甲。二十名骑士和士兵走在侏儒和她残败不堪的队伍两侧,他们都是她妹妹莱莎及琼恩·艾林幼子的忠仆,然而提利昂却连一点畏惧的神色也无。难道他真是无辜?难道他当真与布兰、琼恩·艾林以及其他事情无关?果真如此,那她又是怎么了?为了把他带来这里,六个人丢了性命。

她毅然决然地抛开疑虑。"等我们到了你的要塞,如果你能立刻请柯蒙学士过来,我会非常感激。罗德利克爵士因为伤势的关系,高烧不退。"她不止一次担心这忠勇的老骑士撑不过这趟旅程。末了他已经几乎无法骑马,波隆力劝她任他自生自灭,但凯特琳不听。她反而令他们将他绑在鞍上,并吩咐歌手马瑞里安负责看护。

唐纳尔爵士迟疑半晌才回答。"莱莎夫人下令要学士留在鹰巢城,以便随时照顾劳勃少主。"他说,"不过我们血门要塞有个修士负责处理伤患,他可以替您手下疗伤。"

相较于修士的祈祷,凯特琳对学士的医疗知识要有信心得多。她正准备说出心中想法,防御工事便已在前方出现。迤长的城垛建筑在两边危崖上,山路收缩到勉强只容四人并肩骑行,两座瞭望塔攀附于岩壁之上,彼此以一弯饱经风霜的灰石密闭拱桥相连。沉默的脸庞从塔中的射箭孔、城垛和石桥间注视着他们。快到顶端时,一名骑士骑马过来迎接。他的坐骑和铠甲都是灰色,但披风却是奔流城抖擞的蓝红相间图案,一尾用黄金和黑曜石精工打造、闪闪发光的黑鱼镶在他肩头。"是谁要通过血门？"他喊道。

"唐纳尔·韦伍德爵士，以及凯特琳夫人和她的同伴。"年轻骑士回答。

血门骑士揭开面罩。"我就觉得眼前这位夫人面熟。小凯特，你离家可真远啊。"

"叔叔，您不也是？"虽然历经了一切苦难，她还是发自内心地微笑。听见那沙哑、如烟熏般的嗓音，仿佛时光倒流二十年，又把她带回到童年时光。

"我的家就在这里。"他粗鲁地说。

"你的家在我心里。"凯特琳告诉他，"把头盔拿下来，我想再好好看你。"

"只怕过了这些年，还是没好看到哪里去。"布林登·徒利虽然这么说，但当他揭起头盔时，凯特琳却认为他撒了谎。他的容貌虽然饱经风霜，岁月偷走了他的红褐头发，只留满头灰白，但他的笑容依旧，肥如毛虫的浓眉依旧，深邃蓝眼中的笑意依旧。"莱莎知道你要来吗？"

"我们事先来不及通知。"凯特琳告诉他。这时其他人也跟了上来。"叔叔，只怕风暴在我身后穷追不舍。"

"我们能进峡谷吗？"唐纳尔爵士问。韦伍德家的人向来讲究礼仪。

"以鹰巢城公爵、艾林谷守护者、真正的东境守护劳勃·艾林之名，我让你们通过，并要求你们以他之名维持和平。"布林登爵士回答，"走吧。"

于是她骑马跟在他身边，穿过血门的阴影。英雄纪元时期，无数兵马命丧于此，却依然无法攻克峡谷。石砌工事彼端，峰峦骤然展开，绿野、蓝天和白雪皑皑的山尖骤然呈现，美得让她喘不过气。此刻，艾林谷正沐浴在晨光之中。

峡谷在他们面前绵延，直至氤氲弥漫的东方，这乃是一个祥和恬静的国度，四面受群山庇护，内中是肥沃的黑土，宽阔而舒缓的河川，还有在阳光下明亮如镜、数以百计的大小湖泊。田野间大麦、小麦和玉米结实累累，就连高庭所生产的南瓜也不比这里硕大，水果更不及此地甜美。他们走进峡谷西端，通过最后一道山口后，道路便开始蜿蜒向下，直至足足两里高的山脚下。此处峡谷甚窄，不需半日即可穿越，北边的山脉近在咫尺，凯特琳仿佛伸手可及。此地最高的山被称做"巨人之枪"，重重山脉都仰之弥高，它的山尖离地三里半，消失在冰冷的雾气之中。"阿莱莎之泪"幽魂般的激流自其高耸的西峦贯穿而下，即使距离如此遥远，凯特琳也分辨得出那条闪亮的银丝带，与暗色的磐石对比鲜明。

叔叔看见她停了下来，便策马靠过来指给她看。"就在那里，阿莱莎之泪旁边，如果你看得够仔细，阳光又恰好照到城墙，就能见到闪现的白光。"

七座高塔，奈德曾经告诉她，如纯白的匕首刺进苍天的肚腹，耸立云天，站在城垛上，云层都在你脚下。"要走多久？"她问。

"今天傍晚我们可以抵达山下，"布林登叔叔道，"但上山还要再花去一天的时间。"

后面的罗德利克·凯索爵士开了口，"夫人，"他说，"恐怕我今天没法再走下去。"他的脸塌成一团，新长的胡子参差不齐，看来非常虚弱，凯特琳真担心他会跌下马。

"你本不该再走。"她说，"我所要求你做的，你不但尽数办到，还大大超出我的期望。我叔叔会陪我上鹰巢城，兰尼斯特必须跟我走，但你和其他人没有理由不留在这里好好休息，恢复元气。"

"能招待他们作为宾客是我们的荣幸。"年轻的唐纳尔爵士努力严肃而依礼地说。除了罗德利克爵士，当初跟她一起从路口旅店出发的人,如今只剩波隆、维里·渥德爵士和歌手马瑞里安。

"夫人,"马瑞里安驱骑向前,"请您允许我也陪伴您到鹰巢城去,我看到了故事的开头,也想看看故事怎么结束。"男孩的声音虽然憔悴,却出奇坚决,眼里闪着热切的光芒。

凯特琳原本就没有邀这名歌手同行,完全是他自作主张。至于为什么许多比他勇敢的人都弃尸荒野,他却活得好端端的,她就不得而知了。总之他在途中长了点胡楂,看起来多了点男人味道,他都走了这么远,或许她不该拒绝他。"好吧。"她对他说。

"我也去。"波隆表示。

她更不喜欢他。要不是波隆,她绝不可能抵达艾林谷,这点她很清楚。这名佣兵是个极其剽悍的战士,他的剑为他们杀出一条血路。即便如此,凯特琳还是不喜欢这人。他有勇气,力量也不缺,但他心里没有仁慈二字,更别说忠诚。她时常看见他跟兰尼斯特骑行在一块儿,低语交谈,同声大笑。她原本打算当下就把他和侏儒隔离开,但既然答应让马瑞里安一起去鹰巢城,她实在没有合适的理由拒绝他。"随你的吧。"她说,却也发现他根本就没请求她同意。

维里·渥德爵士和罗德利克爵士留了下来,由一位说话轻声细语的修士照料他们的伤势。他们那几匹憔悴不堪的马也被留下。唐纳尔爵士保证会先派鸟儿将他们到来的消息通知鹰巢城和月门堡。有人从马厩里牵来精力充沛、鬃毛蓬松而熟悉山路的马,他们只歇息不到一个小时便又再度上路,朝下方的谷地平原出发,凯特琳走在叔叔旁边,波隆、提利昂·兰尼斯特、马瑞里安以及布林登的六名手下跟随在后。

直到他们走过三分之一的下山路,远离其他人的听力范围之后,布林登·徒利方才转向她说:"好吧,孩子,告诉我这场风暴是怎么回事。"

"叔叔，我早不是小孩子了。"凯特琳道。但她还是一五一十地告诉了他，虽然花的时间远远超出预期。她从莱莎的信、布兰坠楼、刺客的匕首、小指头，一直讲到她在岔路旅店与提利昂·兰尼斯特的巧遇。

叔叔静静地听着，眉头越皱越深，浓厚的眉毛盖住了眼睛。布林登·徒利是个善于倾听的人……除非对象是她父亲。他是霍斯特公爵的弟弟，虽只相差五岁，但自凯特琳有记忆起，两人便已不和。凯特琳八岁时兄弟俩一场大吵，霍斯特公爵指责布林登是"徒利家的害群黑羊"，但布林登笑着说他们家族的标志是跃出水面的鳟鱼，所以他应该是黑鱼，而非黑羊。从那天起，他便以此为纹章。

一直到她和莱莎出嫁那天，两人的纷争都没结束。布林登正是在婚宴上对他哥哥宣布自己要跟莱莎一起离开奔流城，去为她的新婚丈夫、鹰巢城公爵效命。据艾德慕偶尔写给她的信中所言，从那之后，霍斯特公爵再没提过弟弟的名字。

虽然如此，在凯特琳的少女时代，每每父亲大人太忙，母亲大人又病得太重，霍斯特公爵的子女分享喜怒哀乐的对象，却是布林登叔叔。不论凯特琳，莱莎，还是艾德慕……噢，对了，即便父亲的养子培提尔·贝里席……他都耐心十足地侧耳倾听，为他们获得的成功同声欢笑，对他们幼稚惹来的麻烦表示同情，一如此刻。

她说完之后，叔叔沉默了很长一段时间，他的坐骑沿着陡峭的岩径小心下山。"这事一定要让你父亲知道，"最后他说，"如果兰尼斯特真的出兵，临冬城距离遥远，艾林谷有崇山峻岭，但奔流城恰好在他们必经之路上。"

"这正是我担忧的，"凯特琳坦承，"等我们到了鹰巢城，我立刻请柯蒙学士派鸟儿捎信去。"她还有别的消息要送，奈德交代她通知诸侯，命令他们准备防御北方。"艾林谷里情势如何？"

"人人都义愤填膺，"布林登·徒利说："琼恩大人深受爱戴，如今国王把一个近三百年来都由艾林家族继承的职位交给詹姆·兰尼斯特，大家都觉得深受侮辱。莱莎命令我们称呼她儿子为真正的东境守护，但这骗不了人。至于首相大人的死因，也不只有你妹妹怀疑。当然，没人敢公开宣称琼恩是被谋害，可这却是个挥之不去的阴影。"他看了凯特琳一眼，嘴巴一抿。"还有那孩子的问题。"

"那孩子？他怎么样？"眼前是一块低垂的岩石，她低下头，之后他们转了个大弯。

叔叔的口气忧心忡忡。"劳勃公爵，"他叹道，"才六岁大，一天到晚生病，拿走他的玩偶他就哭。他是琼恩·艾林的亲生儿子，有天上诸神为证，可有人传说他太过虚弱，无法继承父亲的宝座。过去十四年来琼恩大人都在君临任职，此间是由大总管奈斯特·罗伊斯负责，不少人据此认定应该由他来代理，直到那孩子长大为止。还有的人认为莱莎理应再婚，并且越快越好。如今鹰巢城内挤满了追求者，多得像战场上的乌鸦。"

"我早该料到，"凯特琳道。这消息不足为奇，莱莎还年轻，山谷王国更是一份最厚重的嫁妆。"莱莎会再嫁吗？"

"她同意，只要找到合适的人。"布林登·徒利道，"但她却拒绝了奈斯特大人和其他十来位追求者。她对外发誓这次要由她来选择夫婿。"

"别人也就算了，至少你不该怪她。"

布林登爵士哼了一声。"我也没怪她，可……在我看来莱莎只是装模作样，她虽然很享受被人追求的爱情游戏，但我相信你妹妹打算亲自主政，直到儿子长大，成为名副其实的鹰巢城公爵。"

"女人跟男人一样可以英明统治。"凯特琳说。

"合适的女人才可以。"叔叔从旁扫了她一眼，"凯特，别搞错了，莱莎可不是你。"他迟疑了一会儿。"真要说的话，我很怕你会发现你妹妹能帮得上的忙……没有想象中的多。"

她被搞糊涂了。"你是什么意思？"

"从君临回来的莱莎，和当初随被任命为首相的丈夫南下时的她，已经不是同一个人。这些年来她吃了不少苦头，你一定得知道。艾林大人虽然是个忠实的好丈夫，但他们的婚姻是建立在政治而非感情之上。"

"我的不也是？"

"你们的婚姻出发点相同，但你的际遇比她好得多。她有两个孩子生下来就没活成，经历了四次流产，加上艾林大人的死……凯特琳，诸神只给了莱莎一个孩子，如今她活着就是为了他。可怜的孩子。难怪她宁可逃走，也不愿见到儿子交给兰尼斯特家抚养。孩子，你妹妹现在非常害怕，而她最怕的就是兰尼斯特。她像个夜贼似的偷偷溜出红堡，跑回艾林谷，一切都是为了把儿子从狮口中抢救出来……结果这会儿你却把狮子带进了她家门。"

"我把他擒来的。"凯特琳说。她右手边的山岩出现了一个裂缝，活像一张深不见底的黑暗大口，正张开打着哈欠。她勒紧马缰，小心翼翼地绕过去。

"是吗？"叔叔回头瞄了一眼，看看正在身后缓缓下山的提利昂·兰尼斯特。"我见他鞍挂斧头，腰插匕首，后面还有个如影随形的佣兵。亲爱的，你所谓的'擒'从何说起啊？"

凯特琳不安地动了动。"反正侏儒人在这里，并且不是自愿。不管什么说法，总之他是我的犯人。莱莎想叫他认罪的急切程度不会在我之下。兰尼斯特家谋害的不是别人，正是她的丈夫啊，当初写信警告我们的也是她。"

"黑鱼"布林登疲倦地对她笑笑。"孩子，希望你是对的。"他叹口气，言下之意却大不以为然。

马蹄下的斜坡开始放缓，太阳已在西边。道路逐渐宽阔，变得笔直，凯特琳也首次注意到路边有野花和青草。等他们抵达谷地平原,行进的速度更快,他们没有浪费时间,加紧赶路,穿越青翠绿林与沉静的小村庄,经过果园和金黄色的麦田,溅起水花渡过阳光照耀的溪流。叔叔派出掌旗手跑在前面,长竿上飘扬着两面旗帜,上方的是艾林家族的新月猎鹰,下面则是他自己的黑鱼。农家马车,生意人的货车和小贵族家的骑手纷纷回避,让他们通过。

即便如此,当他们抵达巨人之枪山脚下那座坚固城堡时,天色已经全黑。城垛上火把通明,新月在护城河的漆黑水面舞动。吊桥已经升起,铁闸也已降下,但凯特琳看到城门楼内的火光,灯光也从城楼后面的窗户间流泻出来。

"这就是月门堡。"队伍靠近城堡时,叔叔说。他的掌旗手骑到护城河边招呼塔楼里的人。"奈斯特大人的居城。他应该在等我们了。你再看看上面。"

凯特琳抬起头,不断抬高、抬高、抬高。起初,她只看到山石和树木,夜幕覆盖的崇山峻岭,漆黑一如无星之夜。接着,她注意到高处飘渺的花火,那原是一座城堡的塔楼,嵌筑于陡峭的危崖绝壁上,其灯火犹如橙色的眼睛般俯视大地。在那之上,还有一座更高更远的塔,再上去还有一座,几乎只是夜空中一点闪耀的火星。最后,在飞鹰翱翔的极高处,有一片在月光下闪烁的白光。她仰视着高空朦胧的苍白高塔,晕眩感顿时排山倒海般袭来。

"鹰巢城。"她听见马瑞里安喃喃说,显然大为震惊。

提利昂·兰尼斯特尖锐的声音插进来:"看来艾林家的人挺孤僻,不喜欢有人作伴。假如你打算要我们摸黑爬上去,那干脆在这里把我杀了好了。"

"我们今晚在此过夜,明天上山。"布林登告诉他。

"哟,我可迫不及待,"侏儒回话,"要怎么上去?骑山羊我可不在行。"

"我们骑的是骡子。"布林登微笑道。

"山上凿了石阶。"凯特琳说。奈德提起他与劳勃·拜拉席恩和琼恩·艾林在此度过的童年岁月时,曾经跟她讲过。

叔叔点头。"现在天太暗,看不见,但的确是有石阶可走。石阶对马来说太陡太狭窄,骡子倒还勉强能成。沿路有三座堡垒:危岩堡、雪山堡和长天堡,骡子最高可以走到长天堡。"

提利昂·兰尼斯特一脸狐疑地往上瞄。"那接下来怎么办?"

布林登微笑道:"在那之后,山路太险,连骡子也上不去。所以接下来我们步行上山,或者你想搭篮子?鹰巢城在长天堡正上方的山顶,它的地窖里有六个挂铁链的大绞盘,负责拉补给。如果你愿意,兰尼斯特大人,我可以安排你跟面包、啤酒和苹果一起上去。"

侏儒干笑一声。"可惜我不是南瓜。"他说,"哎,如果我老爸知道他儿子跟萝卜一样被拖上断头台,一定很不高兴。假如你们要徒步上山,恐怕我也得照做。我们兰尼斯特家的人多少还有点自尊。"

"自尊?"凯特琳斥道。他那充满嘲弄的口吻和过于轻慢的态度让她非常恼火。"我看是自傲吧。骄傲自大,贪得无厌,迷恋权位。"

"我老哥的确傲慢得很,"提利昂·兰尼斯特答道,"我老爸则根本是贪婪的化身,至于我那好姐姐嘛,迷恋权位就跟呼吸一般重要。惟有我,却是只天真无邪的小羊。怎么样,要不要我咩咩叫两声给你听啊?"他咧嘴嬉笑。

她还不及回答,吊桥便喀啦喀啦降了下来,接着他们听到上过油的铁链滑动,铁闸也随之升起。士兵们手持火炬出来为他们照明,叔叔领头穿过护城河。奈斯特·罗伊斯男爵,艾林谷的大总管和月门堡的守护者,正在中庭里迎接他们,身边围满了骑士。"史塔克夫人,"他鞠躬道。他是个身躯庞大、胸膛厚实的人,动作起来颇显笨拙。

凯特琳下了马,站在他面前。"奈斯特大人,"她说。她久闻其大名,他是青铜约恩的堂弟,生于罗伊斯家族的旁系支脉,但本身依旧是个响当当的人物。"我们长途跋涉,疲累不堪,如果您方便的话,今晚想在此借宿一宿。"

"夫人,请别客气。"奈斯特男爵粗声道,"但您的妹妹莱莎夫人刚从鹰巢城传话下来,希望能立刻见您一面。跟您同来的人今晚就住这里,明天一大早送他们上山。"

叔叔翻身下马。"这太疯狂了!"他唐突地说。布林登·徒利向来不是个善于修饰话语棱角的人。"今天并不是满月,你还要他们连夜上山?就算莱莎也知道这是找死。"

"布林登爵士,骡子认得路哪。"一个瘦长结实的十七八岁少女自奈斯特男爵身边走上前来。她一头剪短的黑发,身穿骑马皮衣和一件镀银轻环甲。她朝凯特琳鞠躬的姿势,比她主人还要优雅。"夫人,我向您保证,不会出事。能带您上山是我的荣幸。这条路我摸黑走过几百次,米歇尔说我父亲准是头山羊。"

她那充满自信的口气,听得凯特琳忍不住微笑。"孩子,你可有名字?"

"夫人高兴的话,叫我米亚·石东就行。"女孩道。

她听了却不高兴。凯特琳好不容易才维持住脸上笑容。石东是艾林谷私生孩子的姓,正如北方的雪诺,高庭的佛花。依照习俗,七大王国各有专门给没爹的孩子用的姓。凯特琳对这女孩本身并无恶感,只是不免突然想到奈德那正驻守长城的私生子,这个念头让她羞愤交加。她挣扎着找话回应。

奈斯特男爵填补了沉默。"米亚是个机灵的孩子,她起誓会把您安全地带到莱莎夫人那边,我相信她。她从没教我失望过。"

"既然如此,米亚·石东,我就把自己交到你手中了。"凯特琳道,"奈斯特大人,还请您严加看管我的犯人。"

"也请您给这位犯人弄杯酒,来只香酥烤鸡,免得他饿死。"兰尼斯特道,"饭后有个女孩乐乐更好,怕只怕我要求得太多了。"佣兵波隆听了哈哈大笑。

奈斯特男爵没理会他的嘲弄。"夫人,就照您吩咐,一切悉听尊愿。"然后他才看看侏儒。"把兰尼斯特大人送进塔上的监狱,帮他张罗酒肉。"

提利昂·兰尼斯特被领走之后,凯特琳向叔叔和余人告别,跟着那私生女穿过城堡。两头骡子等在城堡的上层庭院里,整装待发。米亚扶她骑上,一位身着天蓝色披风的守卫拉开狭窄的后门。门外是浓密的云杉和松木,山壁像堵黑墙,但岩石上果真有深深凿出的石阶,向上直入天际。"有些人觉得闭上眼睛会比较安心,"米亚领着骡子穿过后门,走进森林。"他们觉得害怕或头晕的时候,常把骡子抓得太紧,可骡子不喜欢这样。"

"我本姓徒利,又嫁进史塔克家,"凯特琳道,"要吓到我可不容易。你打算点火把吗?"石阶像沥青一般黑。

女孩扮了个鬼脸。"点火你反而看不见啦。今晚天气这么好,有月亮和星光足矣。米歇尔说我有对猫头鹰的眼睛。"她也骑了上去,催促骡子踏上第一阶。凯特琳的坐骑自行跟了上去。

"你刚才也提到米歇尔。"凯特琳道。骡子的步伐虽慢,却很平稳,她已经非常满意。

"米歇尔是我的爱人。"米亚解释,"米歇尔·雷德佛,他是林恩·科布瑞爵士的侍从。过几年等他当上骑士,我们就要结婚了。"

她的语气好像珊莎,都是那么愉悦美妙,无忧无虑,充满梦想,凯特琳听了不禁微笑,笑里却带着忧伤。她知道雷德佛家是峡谷地区历史悠久的世家大族,体内更有先民的血脉。她或许能成为他的爱人,然而雷德佛家的人绝不会娶私生女。他家里会帮他安排一桩门当户对的婚事，或许是科布瑞家族，也可能是韦伍德或罗伊斯家族，甚至是艾林谷外的豪门望族。就算米歇尔·雷德佛跟这女孩睡过，也不能代表什么。

　　上山的过程比凯特琳原本期待的要轻松许多。森林离他们很近，伸展过来遮住山路，搭起一棚瑟瑟作响的青绿屋顶，连月光也被遮蔽，所以她们仿佛是在暗道里行进。但是骡子的步履稳健，毫无疲态，米亚·石东也的确如有夜视能力。山路蜿蜒崎岖，两人沿路缓步慢行，越过山壁。厚厚的松针铺在地上宛如绒毯，骡子走在石阶上只发出最细微的声音。这片宁静安抚了她的情绪，轻微的晃动让凯特琳在鞍上摇摇摆摆，没多久她就开始抗拒瞌睡的诱惑了。

　　或许她真打了一阵盹吧，因为宏伟的镶铁城门突然便矗立在她们面前。"危岩堡到了。"米亚开心地跳下骡子宣布。坚实的石城墙顶插满铁钉，两个圆胖的塔楼环绕主堡。城门在米亚的呼喊下缓缓打开，负责指挥这座堡垒的骑士是个粗壮的家伙，他亲切地叫出米亚的名字，拿出刚从烤架上取下、虽有点焦但热腾腾的烧肉和烤洋葱招待她们。凯特琳早已忘记自己有多饿，站在中庭里就吃了起来，马夫则把她们的鞍鞯换到精力充沛的新骡子背上。温热的肉汁流过她的下巴，滴在披风上，但她实在太饿，便也管不了这许多。

　　随后她们骑上新骡子，在星光照耀下再度出发。凯特琳觉得这次的山路更为艰险，不仅路径更陡，石阶磨损得厉害，地上也散满了小圆石和岩石碎片。有好几次米亚都得下骡，清开路上的落石。"若是骡子在这里摔断腿，那可就危险了。"她说。凯特琳只有同意的份。此时她已经能切身感受所处的高度，这里林木渐稀，风势转强，拉扯着她的衣服，把头发吹进眼睛里。山路不断迂回盘旋，因此她可以看见下面的危岩堡，以及更下方的月门堡，那里的火光好似烛焰一般。

　　雪山堡比危岩堡小得多，只有一座加固的塔楼，一座木料搭建的主堡，以及躲在低矮石墙后的马厩。围墙砌得很粗糙，没有涂上灰泥。虽然如此，它却紧靠着巨人之枪，形势足以掌控危岩堡以上所有的石阶。若有敌人想动鹰巢城的主意，他就得从危岩堡一阶一阶地打上来，同时还必须承受自雪山堡如雨般落下的飞箭和落石。这里的指挥官是个一脸麻子、焦躁不安的年轻骑士。他拿面包和乳酪招待她们，并请两人到他的火炉边取暖，但米亚婉拒了。"夫人，我们应该继续走，"她说："如果您愿意的话。"凯特琳点点头。

她们再次换了新骡子。给她的那头是白的，米亚一见便微笑道："夫人，小白是头好骡。就算步履坚冰，它的脚步也很稳，但您千万小心，他要是不喜欢您，可是会踢人的。"

诸神保佑，小白似乎还挺喜欢凯特琳，至少它没有踢人。路上没有冰，这点她也很感激。"我妈说，数百年前，这里就是风雪线。"米亚告诉她，"从这往上便是白茫茫的，冰雪从不融化。"她耸耸肩，"离山顶还很远，我不记得在这儿看过雪，不过，或许古时候是那样罢。"

她好年轻，凯特琳心想，一边试着回忆自己是否曾如她这般纯真。这女孩大半时光都活在夏季，除此之外她一无所知。孩子，凛冬将至啊，她想告诉她。话到嘴边，几乎就要出口，或许她究竟是逐渐变成史塔克家的人了吧。

雪山堡之上，强风是个活生生的事物，犹如荒野孤狼般在她们周围呼啸狂吼，时时又归于平静，仿佛有意诱使她们掉以轻心。从这里看去，星星似乎更亮，好似近在咫尺，触手可及。一弯新月挂在清朗的夜空中，显得硕大无朋。凯特琳只觉上山时往上看比往下看感觉好多了。经过几百年来的结冰、融雪和无以计数的骡蹄踩踏，石阶破损得相当厉害，即便是在黑暗中看不清，她依旧提心吊胆。当她们来到两座尖石间的平台时，米亚爬下骡子。"这里我们最好牵骡子过去，"她说，"夫人，请注意，这儿的风有点强。"

凯特琳手脚僵硬地从阴影里爬出，看看眼前的山路：大约二十尺长，三尺宽，但路的两边都是万丈深渊。她能听见冷风的呼啸。米亚轻轻探出脚步，骡子平稳地跟随在后，犹似穿越城堡中庭。接下来就轮到她了。凯特琳才刚踏出第一步，恐惧就紧紧地抓住了她。她感觉到两侧的虚无空洞，感觉到在她周遭大口呵欠的黑色气旋。她停下脚步，颤抖着不敢前进。狂风向她嘶吼，拉扯她的披风，企图将她拖下山崖。凯特琳畏缩地退了一小步，但骡子挡在后面，她没有去路。我要死在这里了，她心想。她觉得背心冷汗淋漓。

"史塔克夫人，"米亚从对面喊。女孩的声音听起来仿佛有几千里远。"您还好吗？"

凯特琳·徒利·史塔克咽下了仅存的自尊。"孩子，我……我做不到。"

"没问题的，"私生女孩说，"我知道您行。您看看路有多宽。"

"我不想看。"世界仿佛在她身边旋转，山脉、天空和骡子通通搅成一团。凯特琳闭上眼睛，稳住自己急促的呼吸。

"我这就过来，"米亚道，"夫人，您站在那儿别动。"

此刻凯特琳最不会做的就是乱动。她听着风声呼啸，以及皮革在石头上发出的摩擦，随后米亚就来了，轻轻地牵起她的手。"您怕的话，闭上眼睛就好。绳子可以放开，小白自己会走。很好，夫人。我带您过去，您看吧，没什么大不了。走一步试试看，就是这样，动动您的脚，往前滑就对了，看，挺简单吧？再来一步，慢慢来，路这么宽，您都可以跑哩。再来一步，再来。对了。"私生女孩就这样一步一步带着闭起眼睛、颤抖不已的凯特琳走过危崖，那头白骡子则慢悠悠地跟在后面。

长天堡不过是一道新月形状,沿着山壁用粗石堆砌而成的高耸城墙,但凯特琳·史塔克却觉得,即便傲立云霄的瓦雷利亚通天塔也没这般美丽。雪线由此开始,长天堡历尽沧桑的城墙处处结霜,其上的斜坡挂满了长长的冰柱。

米亚·石东向守卫打过招呼,城门便在她们面前打开,此时东方已经渐露曙光。城墙背后是一连串的坡道,各种大小的岩石摇摇欲坠,这里无疑便是全世界最容易山崩的地方了。她们面前的岩壁上开了一个通道。"马厩和军营都在里面。"米亚说,"最后一段路是在山内,有点黑,但也免了风雪。骡子只能到此为止,从这儿开始,嗯,直直地爬上去,那路比较像石头做的云梯,而非正式的台阶,但还不算太难走。大概再有一个小时就到了。"

凯特琳抬头仰望,在头顶正上方,破晓的晨光之中,她可以看见鹰巢城的基石,离她们大概不超过六百尺。从下看去,如同小小的白色蜂窝。她忆起叔叔提起的篮子和绞盘。"兰尼斯特家的人或许自负傲慢,"她告诉米亚:"但徒利家的人懂得变通之道。我已经骑了一整天马,又走了大半夜。请他们放下篮子,我跟萝卜一起上山。"

凯特琳·史塔克终于抵达鹰巢城时,太阳已经高高升起。一位满头银发、身材健壮、穿着天蓝色披风、新月猎鹰胸甲的人扶她出了吊篮。他是琼恩·艾林的侍卫队长瓦狄斯·伊根爵士,站在他身边的则是体格瘦弱、神色不安、头发太少、脖子却太长的柯蒙学士。"史塔克夫人,"瓦狄斯爵士道,"您真是教我们又惊又喜。"柯蒙学士颔首同意。"可不是嘛,夫人,可不是嘛。我已经带话给您妹妹,她吩咐您一到就叫醒她。"

"我希望她昨晚睡得香甜。"凯特琳的话中带了一丝嘲讽,但似乎没人注意。

他们护送她从绞盘室走上螺旋梯。以王国中贵族的标准而言,鹰巢城规模不大，只是七座白色尖塔像筒里的箭一样挤成一团，坐落在山巅上。它虽无马厩、铁铺或犬舍，但奈德曾说这里的粮仓和临冬城的一般大，而塔楼足以容纳五百人。然而当凯特琳行经其中，却发现城堡异常荒凉，白石打造的厅堂里回声四起，空无一人。

莱莎独自在书房里等她，身上披着睡袍。她一头红褐色长发未经整理，垂过裸露的肩膀，覆在背后。一个侍女站在她身后，正帮她梳理因睡眠而打结的发丝。凯特琳刚进门，妹妹立刻笑吟吟地起身。"凯特，"她说，"噢，凯特，见到你真好。我亲爱的好姐姐。"她跑过房间，紧紧地搂住姐姐。"我们好久没见面了，"莱莎抱着她喃喃说，"噢，真的好久好久。"

事实上，两人有五年没见。对莱莎而言，那是残酷的五年，岁月在她身上留下了痕迹。妹妹小她两岁，但现在看起来年纪却比她大。莱莎原本就比凯特琳矮，如今她胖了，脸也显得苍白臃肿。她有着徒利家族的蓝眼睛，却是那么黯淡而湿润，目光游移不定，小嘴唇也没了生气。凯特琳抱着她，想起当年在奔流城的圣堂婚礼时站在自己身边，那个身躯纤细、抬头挺胸的女孩。如今妹妹的美貌只剩下那头蓬松柔软、流泻至腰的红棕色长发。

"你看起来气色很好，"凯特琳撒了谎。"只是……有点累。"

妹妹松开她。"是有点累，是啊，真的有点累。"这时她似乎注意到在场的其他人：侍女、柯蒙学士和瓦狄斯爵士。"你们下去罢，"她告诉他们，"我想跟我姐姐单独谈谈。"她挽起凯特琳，看着他们离开……

……门一关上，便立刻摔开她的手。凯特琳见她脸色一变，仿佛乌云遮蔽了太阳。"你到底想干什么？"莱莎斥责她，"竟然未经许可，连声招呼都不打，就把他带来这里，把我们扯进你跟兰尼斯特的争端……"

"我的争端？"凯特琳简直不敢相信自己的耳朵。壁炉里火光熊熊，但莱莎的声音却没有丝毫温暖。"小妹，打一开始这就是你的事。你写了那封该死的信给我，说兰尼斯特家的人害死了你丈夫。"

"我写信的目的是警告你，叫你离他们远一点！不是叫你跟他们硬碰硬！诸神在上，凯特，你知道这样做会有什么后果？"

"妈？"一个细小的声音说。莱莎旋身，厚重的长袍也跟着转圈。鹰巢城公爵劳勃·艾林站在门边，抱着一个破烂的布偶，睁大双眼看着她们。这孩子瘦得可怜，个子比同年龄的孩子都要小，一张病恹恹的脸，还不时颤抖。她知道，学士管这种病叫癫痫。"我听见说话的声音了。"

这也难怪，凯特琳心想，因为莱莎刚才几乎就是在吼。妹妹看她的眼神依旧锐利如刀。"小宝贝，这是你凯特琳阿姨。她是我姐姐，史塔克夫人，你还记得吗？"

小男孩一脸茫然地看着她。"好像记得。"他眨着眼说。凯特琳上次见他时，他还未满周岁。

莱莎在火炉边坐下。"小亲亲，到妈咪这儿来。"她整整他的睡衣，拨拨他的头发。"你看他漂不漂亮？其实他也很强壮，你别听信外边的传言。琼恩很清楚，他亲口对我说'种性强韧'，这是他的临终遗言。他一直念叨着劳勃的名字，用力抓我的手，直到留下血痕。他是要我告诉他们，种性强韧，这是他的种，他要大家都知道我的小宝贝长大之后会变成个强壮的男子汉。"

"莱莎，"凯特琳道，"如果关于兰尼斯特家的情况属实，那我们应该赶紧采取行动。我们——"

"不要在我宝贝面前谈这些。"莱莎说，"他的脾气很纤细，对不对啊，小亲亲？"

"这孩子是鹰巢城公爵,也是艾林谷的守护者。"凯特琳提醒她,"现在不是曲意温柔的时候。奈德认为依目前情势很可能会演变至战争。"

"闭嘴!"莱莎怒叱。"你吓到孩子了。"小劳勃从她肩头偷偷望了凯特琳一眼,然后发起抖来。他的玩偶掉到地毯上,他则紧紧抱住母亲。"我亲爱的小宝贝,别怕喔。"莱莎轻声说,"妈咪在这里,不会有事的。"她掀开睡袍,拉出一只苍白但涨鼓鼓、奶头红润的乳房。男孩渴切地抓住它,把头埋在她胸口,吸吮了起来。莱莎抚弄着他的头发。

凯特琳说不出话来。这竟然是琼恩·艾林的儿子,她难以置信地想。她想起了自己的小儿子,瑞肯才三岁,年纪只有这男孩的一半,却精力旺盛,足以当他好几倍有余。难怪艾林谷的诸侯们焦虑不安。她终于了解到国王为何要把这孩子从母亲身边带开,交给兰尼斯特家抚养……

"在这里,我们不会有事。"莱莎说。至于这话究竟是对她说,还是对那孩子说,凯特琳无法确定。

"别傻了,"凯特琳道,怒意陡然从心中升起。"现在哪里都不安全。你以为躲在这里,兰尼斯特家就会忘记你的存在吗?你真是大错特错!"

莱莎伸手捂住男孩的耳朵。"就算他们带兵杀进崇山峻岭,穿过血门,也不可能攻破鹰巢城。你自己也看到了,没有人能攻到这里。"

凯特琳有种想甩她耳光的冲动。布林登叔叔试图警告她,她这才明白原因何在。"世上没有攻不破的城堡。"

"这座城堡就攻不破。"莱莎坚持,"而且每个人都知道。现在唯一的问题是,我该怎么处置你带来的这个小恶魔?"

"他是坏人吗?"鹰巢城主松开口中红润潮湿的乳头问。

"他是个非常非常坏的人。"莱莎告诉他,一边穿好衣服。"但是妈咪不会让他欺负我的小亲亲。"

"让他飞。"劳勃急切地说。

莱莎搓搓儿子的头发。"这主意不错,"她喃喃道,"这主意的确不错。"

艾德

他在妓院的前厅找到小指头,发现他正与一位身材高挑、举止优雅、全身黑如墨汁、穿着羽饰礼服的女士亲切交谈。火炉边,海华则和一位体态丰满的少女玩着猜瓦片的游戏。到目前为止,他已经输掉了皮带、披风、锁子甲和右脚的靴子,女孩则被迫从胸口一直解开到腰部的衣扣。乔里·凯索站在一扇滴雨如注的窗边,脸上挂着嘲弄的微笑,饶有兴味地看着海华输掉一件又一件衣服。

奈德停在楼梯口,戴上手套。"我的事已经办完,我们该走了。"

海华跟跄着站起来,急忙收拾他的东西。"是的,大人。"乔里道,"我去帮韦尔把马牵过来。"他朝门边走去。

小指头慢条斯理地跟妓女话别。他吻了那黑女人的手,偷偷跟她说了句什么笑话,逗得她高声大笑,最后才神闲气定地走到奈德旁边。"你是自己办事,"他漫不经心地问,"还是替劳勃办事?听人说首相替国王作梦,用国王的声音说话,拿国王的宝剑治理国家,你该不会也是用国王的老二——"

"贝里席大人,"奈德打断他。"请您别太不知好歹。我并非不感激您的帮忙。若是没有您,恐怕我们得花上几年时间才能找到这家妓院。但那不代表我愿意忍受您的嘲弄,更何况我已经不是首相了。"

"我看冰原狼跟刺猬没什么两样嘛。"小指头夸张地撇撇嘴。

他们走进马厩时,屋外无星的黑色夜空正下着一阵温暖的雨。奈德拉起兜帽,乔里牵来他的坐骑,年轻的韦尔紧跟在后,一手领着小指头的母马,另一只手忙着系好皮带拉紧长裤。一个赤脚的妓女从马厩门里探出头来,对他咯咯直笑。

"大人,我们这就回城堡吗?"乔里问。奈德点点头,翻身上马。小指头骑行在他身边,乔里和其他人也跟着照办。

"莎塔雅这家店实在挺不赖,"途中小指头说,"有时候我还真想把它给买下来。我发现买妓院远比投资船队来得稳当,因为妓女不会沉,而海盗跳到她们身上的时候,唉,照样也得付钱哪。"培提尔伯爵笑道,似乎对自己的幽默颇感满意。

奈德让他自说自话,过了一会儿,他也静了下来,他们便沉默地骑马前行。君临的街道阴暗而无人迹,大雨把所有的人都赶进了屋里。这雨不断敲打着奈德的头,温热如血,无情一如萦绕心头的过往罪衍。大颗水珠流下他的脸庞。

"劳勃永不会安于一室。"许久许久以前,在他们的父亲把她许配给风息堡年轻公爵的那个晚上,莱安娜在临冬城对他这么说。"我听说他在艾林谷跟一个女孩生了孩子。"奈德自己便抱过那婴孩,实在无法否认她的话,况且他又不愿欺骗妹妹,便向她保证不论劳勃在婚约之前干过什么风流事,都无足轻重,因为他是个情感真诚的好人,全心全意地爱着她。然而,莱安娜只是笑笑。"我最亲爱的奈德啊,爱情诚然可贵,却终究无法改变一个人的本性。"

刚才那女孩年纪之轻,奈德甚至不敢问她几岁。她原本毫无疑问是个黄花闺女,在稍微高级一点的妓院里,只要钱包够肥,就一定能找到这样的货色。她长了一头淡红的头发,鼻梁两边各有一点雀斑,当她解开衣服,用奶头哺喂婴儿的时候,他发现她的胸部也有雀斑。"我给她取名芭拉,"孩子一边吸奶,她一边说,"大人,她跟他长得可真像,不是吗?她有他的鼻子,还有他的头发……"

"的确很像。"艾德·史塔克已经摸过婴儿柔细的深色头发,发丝有如黑丝滑过他的手指。他隐约记得,劳勃的第一个孩子也有着同样的纤细黑发。

"大人,您见到他的时候,如果您高兴的话……请您告诉他,告诉他她有多漂亮。"

"我会的。"奈德答应她。这是他的命。劳勃可以誓言真爱不渝,然后在天黑以前就忘得一干二净,然而奈德·史塔克信守承诺。他想起莱安娜临终之际他所许下的承诺,以及为了遵守誓言付出的种种代价。

"请告诉他我没跟过其他人。大人,我以新神与旧神之名起誓。莎塔雅说我可以将养半年,照顾孩子,同时看他会不会回来。所以请您告诉他我在等他,好不好?我不要金银珠宝,我只要他的人。他对我一直很好,真的。"

对你很好,奈德的思绪好空虚。"孩子,我会告诉他的。我向你保证,芭拉永不会愁吃愁穿。"

听到这话,她笑了,笑得很害怕,却又很甜,看得他心如刀割。骑马走在雨夜,奈德看见琼恩·雪诺的脸出现在眼前,几乎就是年轻时的自己。倘若众神如此厌恶私生儿,他闷闷地想,那么又为何要让男人充满欲望?"贝里席大人,你对劳勃的私生子女所知多少?"

"这个嘛,从最简单的说起,他生得比你多。"

"多多少?"

小指头耸肩,雨珠立刻汇集成小溪从他斗篷背后流下。"有关系吗?反正只要睡过的女人够多,总有人会送你大礼,而国王陛下在这方面可从不吝啬。我知道他公开承认的那个风息堡男孩,那是在史坦尼斯大人结婚当晚搞上的。他没法不认,孩子的母亲是佛罗伦家的人,赛丽丝夫人的堂妹,她本人又是她的侍女之一。蓝礼说劳勃在当晚宴会进行途中把那女孩抱上楼,在史坦尼斯和新娘跳舞的时候就在他们婚床上开了她的苞。史坦尼斯大人似乎认为这是他太太娘家名誉的大污点,所以等男孩一出生,便把他装船送到蓝礼那边去了。"他斜眼看看奈德。"我还听说三年前劳勃去西境参加泰温大人的比武大会时,跟凯岩城一个女侍生了对双胞胎。瑟曦派人把孩子杀了,孩子的娘则卖给路过的奴隶贩子。自家后院出这种事,兰尼斯特家哪受得了。"

奈德·史塔克听了不禁皱眉,王国各大家族都有类似的难听传闻。他相信瑟曦·兰尼斯特干得出这种事……但国王会袖手旁观,任她胡来吗?他过去所认识的那个劳勃不会,可话说回来,他过去所认识的那个劳勃,也不像如今这般善于对自己不想知道的事装聋作哑。"琼恩·艾林为什么突然对国王的庶出子女产生了兴趣?"

浑身湿透的矮个子耸耸肩。"他是御前首相,想必劳勃要他代为照顾吧。"

奈德被雨淋湿到骨子里去,他的心整个凉了。"一定不止这样,否则干吗杀他?"

小指头甩开头发上的雨珠,笑道:"原来如此。想必是因为艾林大人知道国王陛下把一堆妓女和渔姑肚子搞大的底细,不得已只好将他灭口。这也难怪,若让这种人活下去,下次他就要说太阳从东边出来啰。"

奈德·史塔克想不出如何回答,只有皱眉。这么多年来,他发现自己头一遭回忆起雷加·坦格利安。他很好奇雷加是否也常光顾妓院,不知为什么,他相信没有。

雨势转大,刺痛他的双眼,轰然敲打地面。黑色的浊流从丘陵往下倾泻,这时乔里喊道:"老爷!"他嘶哑的声音里带着警觉。转眼间,街道上满满的都是兵士。

奈德瞥见他们皮衣外罩着环甲、铁手套和护膝,戴着金狮修饰的钢盔,被雨浸湿的披风紧紧贴在背上。他无暇细数,但起码有十个,排成一列,徒步挡住去路,手持长剑和铁枪。"后面!"他听见韦尔大喊,他调转马头,发现后面有更多人,切断了他们的退路。乔里的剑"铮"地一声出鞘。"挡路者死!"

"狼在叫了。"对方的领队说。奈德可以看见雨水流下他的脸庞。"可惜是小小一群。"

小指头小心翼翼地策马向前。"你这是什么意思?这可是国王的首相。"

"国王的前任首相。"泥泞模糊了枣红骏马的蹄声,面前的士兵分成两列,金盔金甲的兰尼斯特雄狮桀骜不驯地吼道。"至于现在嘛,说实话,我不知道他算老几。"

"兰尼斯特,你疯了不成?"小指头道,"快让我们过去,我们该回城了。你到底想干什么?"

"他很清楚自己在干什么。"奈德平静地说。

詹姆·兰尼斯特微笑道:"此话不假。我在找我老弟。史塔克大人,您还记得我弟弟吧,是不是?我们到临冬城去的时候,他还跟我们一道呢。金头发,大小眼,舌头利,个子矮。"

"我记得非常清楚。"奈德回答。

"他似乎在半路上碰到点麻烦。家父为此甚感焦虑。您该不会又正巧知道谁想对我弟弟不利吧,是不是?"

"令弟乃是在我的命令下遭到逮捕,以为其罪行负责。"

小指头沮丧地呻吟道:"两位大人——"

詹姆爵士自鞘里拔出长剑,踢马向前。"拔剑罢,奈德大人。虽然我恨不得像杀伊里斯那样宰了你,但我宁愿你死的时候手里拿着武器。"他冰冷而轻蔑地看了小指头一眼。"贝里席大人,若你不想身上的漂亮衣服沾上血迹,我建议你尽快离开。"

小指头无须催促。"我这就去找都城守卫队。"他向奈德保证。兰尼斯特家的士兵向外站开,之后又复成包围阵形。小指头一踢马肚,骑着母马消失在街角。

奈德的手下也拔出了武器，但他们是三对二十。附近居民在门窗后暗中观望，无人打算干涉。他的部下都骑马，而兰尼斯特家的人除了詹姆都是徒步。冲锋或许能杀出一条血路，但奈德·史塔克认为还有更保险、更安全的策略。"你杀了我，"他警告"弑君者"。"凯特琳手中的提利昂也性命难保。"

詹姆·兰尼斯特用那把曾啜饮末代龙王鲜血的镀金宝剑戳戳奈德胸膛。"她会吗？奔流城高贵的凯特琳·徒利谋害毫无反抗能力的人质？我看……她不会。"他叹口气，"但我可不想拿我弟弟的性命来跟一个女人的荣誉感作赌。"詹姆将黄金宝剑回鞘。"这样看来，我只好让你跑去跟劳勃告状，说我是如何欺负你了。我很怀疑他会不会理你！"詹姆伸手把湿发往后一拨，调转马头。当他骑马经过那排武士时，他回头瞄了队长一眼。"崔格，不许伤害史塔克大人。"

"遵命，大人。"

"可是……也不能让他平白逃过一劫，所以呢，"——穿过夜色和大雨，他依稀看到詹姆的微笑——"把他手下给我全宰了。"

"不！"奈德·史塔克尖叫着抓起他的剑。他听见韦尔大声喊叫，詹姆早已快马加鞭扬长而去。敌人从四面八方围过来。奈德踩翻一人，挥剑朝着周围纷纷避开、幽灵般的红披风猛砍。乔里一夹马肚往前冲，精钢打造的马蹄铁正好踢中一名士兵的脸，发出一声令人作呕的喀啦响。第二个人避了开来，刹那间乔里似乎自由了。那边韦尔大声咒骂，被他们硬是从垂死的马背上拖下去，剑如雨下。奈德策马朝他飞奔而去，一剑砍中崔格的头盔，冲力震得他咬紧牙关。崔格跟跄着跪下，盔顶的狮子裂成两半，血汩汩地流下脸庞。海华正挥砍着几只抓住他腰带的手，却被一支长枪刺穿了肚腹。只见乔里回头冲入杀阵，长剑挑起一阵腥风血雨。"不要过来！"奈德高喊，"乔里，快走！"奈德的坐骑滑了一跤，轰隆隆摔进烂泥堆里。他只觉一阵刺眼的剧痛,以及嘴里的血腥。

他看见他们砍断乔里坐骑的腿,把他拖在地上,围上去剑起剑落。奈德的马蹒跚着站起来,他也试图起身,却无力地倒下,极力忍住方才没有尖叫出声。他看见戳穿小腿的碎骨。那是他很长一段时间里最后看到的东西。雨,一直下,一直下,一直下。

当奈德·史塔克公爵再度睁眼时,身边只剩死人。他的坐骑靠了过来,闻到浓厚的血腥味,便又拔腿跑开。奈德拖着身子爬过泥泞,腿部传来的剧痛疼得他咬紧牙关。他爬啊爬,仿佛花了好多年。一张张脸从透着烛光的窗户边探出来,居民渐渐从小巷和房屋内走出,但没有人伸出援手。

当小指头和都城守卫队找到他时,他坐在街上,怀中抱着乔里·凯索的尸体。

金袍卫士不知从哪儿弄来了担架。回城堡的路上奈德痛得睁不开眼,几度失去意识。他记得在灰蒙蒙的晨光之中,红堡耸立在面前。大雨把原本粉白的石造城墙染成一片血红。

随后,派席尔大学士突然出现在身边,手拿杯子,轻声说:"大人,把这喝了。来,这是罂粟花奶,可以为您止痛。"他记得自己喝了下去,接着派席尔吩咐某人把葡萄酒煮沸,再拿条干净毛巾。之后,他就什么也听不见了。

丹妮莉丝

维斯·多斯拉克的"马门"乃是两匹巨大的青铜骏马，后足站立，前脚高跃，四蹄相会于离路面百余尺的高空，形成一个尖顶圆弧。

丹妮实在不了解，这座城既无围墙，何需城门？……犹有甚者，她举目所及居然没有半栋建筑。然而马门依旧矗立在此，硕大无比，美丽逼人，两匹大马为远方紫色山峦的风景加上了边框。卓戈卡奥领着卡拉萨从它们的马蹄下经过，沿着诸神大道继续前行，血盟卫们紧随左右，青铜骏马则在碧波荡漾的草原上洒下迤长的影子。

丹妮骑着银马跟随在后，护送她的是乔拉·莫尔蒙爵士和再度骑上马的哥哥韦赛里斯。自那天在草原上发生事故，她让他走路回卡拉萨后，多斯拉克人便语带讥讽地给他起了个绰号叫雷马尔卡奥，意思是"酸腿国王"。次日卓戈卡奥提议让他搭乘马车，韦赛里斯答应下来。倔强又无知的他，却不知这正是对他的嘲弄，因为只有太监、残废、孕妇和老弱幼孺才搭马车。为此他又得了个新译名拉迦特卡奥，意思是"马车国王"。哥哥竟还以为卡奥是因为丹妮犯了错，想借此向他赔礼。她特别恳求乔拉爵士别告诉他真相，以免他受辱。骑士回说作国王就是要能忍受些许侮辱……但他还是听了她的话。如今丹妮可是再三哀求，又用尽多莉亚教的床上功夫，才让卓戈收回成命，允许韦赛里斯重新和他们一起走在队伍前端。

"城区究竟在哪儿？"他们从青铜拱门下穿过时，她忍不住

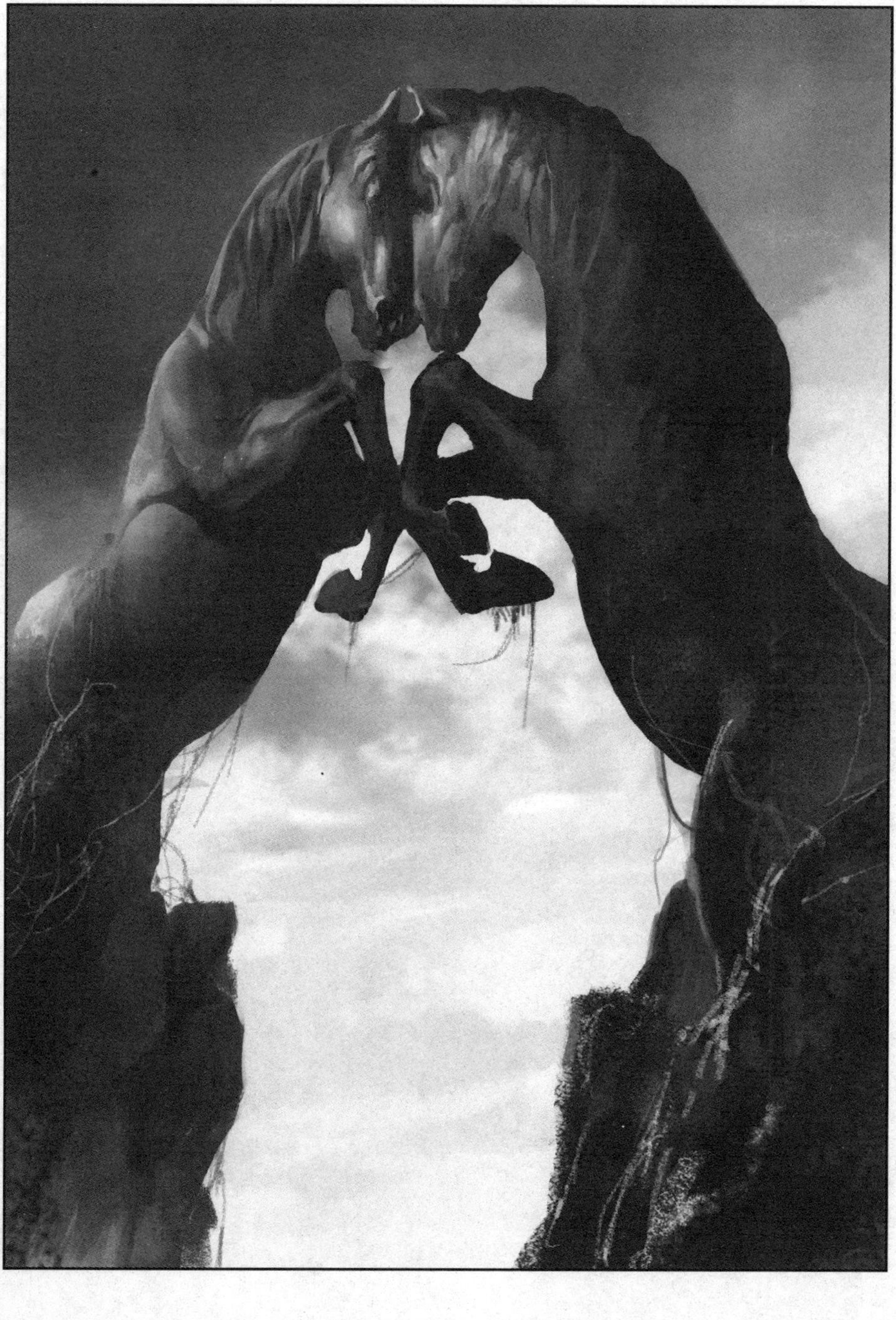

问。放眼望去,四下没有建筑物,没有人烟,只有草原和道路,两旁摆满了千百年来多斯拉克人由各地搜刮来的古老掠获。

"前面,"乔拉爵士回答,"就在山脚下。"

过了马门,抢窃而来的各方诸神和列位英雄凛然站立道路左右。丹妮骑着小银马经过若干曾被衰亡城市敬拜过、如今早被遗忘的神祇,它们有的还朝天挥舞手中的闪电。众多国王的石雕坐在王位上,冷冷地俯视她,他们的面容已被风雨侵蚀,连名字也失落于时间的迷雾中。身躯苗条的少女在大理石基座上跳舞,身上仅有花朵蔽体,她们拿着碎裂的瓶罐,倒出的也只有空气。站在道路两边的青草地上的还有各种怪物:眼镶珠宝的黑铁龙,狰狞咆哮的狮鹫兽,举尾欲刺的狮身蝎尾兽,以及其他不知名的怪兽。有些雕像可爱得教她透不过气,却也有些极度畸形可怖,令她不敢再看雕像。后者照乔拉爵士说,大半来自亚夏彼方的阴影之地。

"好多雕像啊,"小银马一边缓步向前,她一边说,"是从好多地方来的。"

韦赛里斯可不怎么感兴趣。"全是些毁灭的城市留下来的垃圾。"他冷笑道。他这句话是特别用通用语说的,因为没几个多斯拉克人听得懂,然而丹妮还是忍不住回头看看自己卡斯的人,以确定没人听见。他倒是满不在乎地继续说下去。"这些野蛮人只懂得窃取文明人现成的建筑……还有杀人。"他笑道,"但他们也真是会杀人,否则我找他们干吗?"

"他们现在也是我的族人,"丹妮说,"哥哥,你就别再叫他们野蛮人了吧。"

"真龙传人爱说什么就说什么。"韦赛里斯道……依然是用通用语。他回头瞄了一眼骑在后面的阿戈和拉卡洛,给了他们一个嘲弄的微笑。"你瞧,这些野蛮人没脑袋,听不懂文明人的话。"路边矗立着一座爬满青苔的巨石柱,足有五十尺高。韦赛里斯百无聊赖地看着石柱,"我们到底还要在这些废墟里待多久,卓戈才会给我军队?我等得不耐烦了。"

"公主殿下必须先晋见多希卡林……"

"见几个老太婆,我知道。"哥哥插话,"照你所说,之后还要演场闹剧,预言她肚里的小东西。这与我何干?我受够了天天吃马肉,还有这些野蛮人的臭味。"他就着自己宽大的衣袖闻了闻,他习惯在袖子里缝个香袋,但作用非常有限,因为外衣本身又脏又臭。韦赛里斯当初从潘托斯穿出来的丝衣毛衣,早已在长途跋涉中沾满泥渍,并因汗水而腐烂了。

乔拉·莫尔蒙爵士道:"陛下,城西市集里的东西应该合您胃口。自由贸易城邦的生意人在那里做买卖,甚至会有七国的商贩来此。至于卡奥,相信他会挑适当的时机履行承诺。"

"他最好动作快点。"韦赛里斯冷冷地说,"他答应给我一顶王冠,我可是打定主意非拿到手不可,谁也别想拿真龙寻开心。"这时他瞥见一尊形似女人,有着六个乳房和一个貂头的猥亵雕像,便骑马过去看个仔细。

丹妮松了口气,心里却依旧不安。"我衷心期望我的日和星不会让他久等。"哥哥离开听力范围后,她这么告诉乔拉爵士。

骑士怀疑地望着韦赛里斯的背影。"您哥哥应该留在潘托斯等待时机,卡拉萨里不适合他待,伊利里欧也告诫过他。"

"一旦得到那一万精兵,他就会离开。我夫君承诺要给他一顶黄金王冠。"

乔拉爵士咕哝道:"卡丽熙,我知道,可是……多斯拉克人的行事作风与我们西方人不同。我跟他说过几次,伊利里欧也谈过,但您哥哥不听。马王并非生意人,韦赛里斯认为他把您卖了,现在想要收账,然而卓戈卡奥将您视为他的礼物,他会以礼回赠韦赛里斯……只不过什么时候送取决于他。您不能主动开口问他要礼物,对卡奥不能这样。开口跟卡奥要任何东西都是行不通的。"

"可叫他这样干等却也不对。"丹妮不知自己为何要为哥哥辩护,总之她开了口。"韦赛里斯说有了一万名多斯拉克哮吼武士,他就可以横扫七国全境。"

乔拉爵士哼了一声。"给韦赛里斯一万把扫把,他也没法把一座马厩打扫干净。"

对他的轻蔑口吻,丹妮实在是不能佯作吃惊。"那……那如果不是韦赛里斯呢?"她问,"如果换个人?换个更强的人领军呢?多斯拉克人果真能征服七国吗?"

他们继续沿着诸神大道走下去,乔拉爵士陷入了沉思。"当初刚遭放逐,我也把多斯拉克人视为衣不蔽体、跟他们的马同样野性难驯的化外蛮子。公主殿下,若那时候您问起我这个问题,我会毫不犹豫地告诉您只需一千名训练有素的骑士,便足以使上百倍的多斯拉克人抱头鼠窜。"

"现在呢?"

"现在的话,"骑士道,"我不敢确定。他们的马术胜过任何骑士,天不怕地不怕,弓箭的射程也远超过我们。七国的弓箭手多半徒步,躲在盾牌围成的墙壁或是削尖的木桩做成的工事后面。多斯拉克人却是骑马射箭,无论冲锋撤退都行动自如。公主殿下,他们非常危险……而他们的数量也同样惊人。您夫君大人的卡拉萨足足拥有四万骑马战士。"

"四万人真的很多?"

"当年您哥哥雷加,便是带着这么多人到三叉戟河作战,"乔拉爵士说,"但其中只有不到十分之一是骑士,其余都是流浪骑手、弓箭手,以及拿枪矛的步兵。雷加一死,很多人便丢下武器,逃离战场。面对四万名嗜血哮吼武士的决死冲锋,你觉得这样的乌合之众能支撑多久?置身箭如雨下的杀戮战场,身穿硬皮革和锁子甲,又能有多大效用?"

"撑不久,"她说,"也没什么用。"

他点点头。"可是公主殿下,容我提醒您,只要诸神赐予七国的领主一点点脑子,他们就不至于沦落到那种地步。草原的骑马战士对围城完全不在行,能不能攻下七国里最弱的城堡,我都很怀疑。但若是劳勃·拜拉席恩愚蠢到跟他们正面决战……"

"他是这样的人吗?"丹妮问:"我的意思是,他愚蠢吗?"

乔拉爵士沉吟片刻。"劳勃应该生为多斯拉克人才对。"最后他开口说,"您的卡奥会告诉您,只有懦夫才会躲在城墙后面,不敢与敌人当面对决,对这种说法,'篡夺者'绝对会拍手赞成。他这个人骁勇善战……照他的个性,的确会冲动地在开阔地和多斯拉克大军决一死战。但他身边有很多人,哈,这些人就像伴奏的笛手,而他们决不会如此行事,比如他弟弟史坦尼斯·泰温·兰尼斯特公爵,奈德·史塔克……"他啐了口唾沫。

"你好像很讨厌这个史塔克公爵。"丹妮道。

"他夺走了我深爱的一切,只为了区区几个偷猎人渣和他宝贵的荣誉。"乔拉爵士苦涩地说。从他的口气,丹妮听得出回忆依旧折磨着他。但他随即转变话题。"您看,"他指给她瞧,"这就是维斯·多斯拉克,马王之城。"

卓戈卡奥和他的血盟卫领着大队人马穿过络绎熙攘的城西市集,沿着宽阔的大道行进。丹妮骑着银马,紧随在旁,睁大眼睛看着周遭的奇异风光。维斯·多斯拉克既是她生平所见最大的城市,却也称得上是最小的一座。依她判断,这座城占地面积大概有十个潘托斯那么大,既无城墙亦无边际,饱经风沙吹拂的宽广街道上铺着青草和泥土,野花则如地毯般覆盖其上。在西方的自由贸易城邦,塔楼、豪宅、房舍、桥梁、店铺和厅堂统统拥挤一块,而维斯·多斯拉克却是慵懒地延展四方,沐浴在暖阳下,显得古老、傲慢而空虚。

就连各种建筑,在她眼里也显得古怪。她看到雕满花纹的石头营帐,如城堡般大的草织宅邸,摇摇欲坠的木造楼塔,大理石砌的阶状金字塔,以及屋顶开敞、直面天际的木材殿堂。有些宫殿更以荆棘篱笆来取代围墙。"它们长得通通都不一样。"她说。

"您哥哥说得倒也没错,"乔拉爵士坦承,"多斯拉克人的确不事建筑。一千年前,他们所谓的盖房子,便是在地上挖个大坑,然后铺上草织屋顶。您在这里看到的建筑,都是他们从别处掳来的奴隶盖的。不用说,那些奴隶自然是依照各地的风土民情去修筑了。"

厅堂看起来大都荒废已久,即便最大的那几间也不例外。"住在这里的人都到哪儿去了?"丹妮问。印象中,市集里到处都是跑来跑去的小孩和高声吆喝的成年人,但在这里,她只看到几个办事的太监。

"定居在圣城的,只有多希卡林的老妇,以及侍候她们的奴隶和仆人。"乔拉爵士回答,"然而维斯•多斯拉克占地广大,就算所有的卡奥都带着他们的卡拉萨回归圣母山,这里也容纳得下。女祭司曾经预言这样的一天终将来临,所以维斯•多斯拉克必须做好迎接所有孩子的准备。"

队伍接近城东市集时,卓戈卡奥总算下令停步。从夷地、亚夏、阴影之地及玉海沿岸来的商队,都在这里做买卖,巍峨的圣母山高耸于头顶。丹妮忆起伊利里欧总督的女奴曾说,卓戈的宫殿有两百个房间和银子打造的门扉,不禁莞尔一笑。这座"宫殿"乃是个深邃的木造饭厅,粗木建成的墙壁高达四十尺,屋顶是一块丝织大帷幕,挂起可挡雾时风雨,收下能迎无尽长空。厅堂周围,高篱环绕,还有青草茂盛的宽阔马场,火坑,以及数以百计的圆顶土屋——它们自地面突起,杂草覆盖其上,远看仿如小丘。

为了迎接卓戈卡奥,大队奴隶已在前等候。每个人下马后,便解开腰际的亚拉克弯刀,以及随身携带的其他武器,交给旁边的奴隶,连卓戈卡奥也不例外。乔拉爵士事前曾解释道:在维斯·多斯拉克城里禁止携带武器,也不能伤害其他自由人。在圣母山的注视下,即便正在交战的卡拉萨,也会暂时捐弃成见,共饮蜜酒作乐。根据多希卡林女祭司的律令,在这个地方,所有的多斯拉克人都是血脉同源,属于同一个卡拉萨,同一个族群。

伊丽和姬琪扶丹妮下马时,科霍罗过来找她。他是个矮胖的秃子,生了个鹰钩鼻,满嘴碎牙。二十年前,有人意图绑架卓戈,卖给他父亲的敌人,科霍罗从佣兵手中救出了当时还年轻的卡拉喀①,牙齿却因此被一个钉头锤打得稀烂。卓戈三个血盟卫中,数科霍罗最为年长。从她夫君诞生那天起,他的性命便与卓戈紧紧相连。

每位卡奥都有自己的血盟卫。丹妮从前以为他们就是多斯拉克人中的御林铁卫,誓死保卫主人,但她随后发现不只这样。姬琪告诉她血盟卫不只是侍卫,他们更是卡奥的手足兄弟,他的影子,他最剽悍的朋友。卓戈与他们互以"吾血之血"相称,事实也的确如此,他们共享同一生命。依照马王们的古老传统,卡奥若死,血盟卫亦须随行,以陪伴他走过夜晚的国度。若卡奥死于敌人之手,则他们须先为其复仇,然后欣喜地自杀殉葬。姬琪说,在某些卡拉萨里,血盟卫不仅同饮卡奥之酒,更居其营帐,甚至享其妻妾,惟有卡奥的马绝对不碰,因为每个人的坐骑只能属于个人。

丹妮莉丝很庆幸卓戈卡奥没有遵循这些古老习俗,她可不想被多人共享。老科霍罗待她还算亲切,其他人却让她害怕。哈戈身形巨大,沉默寡言,时常凶神恶煞地瞪着她,仿佛忘记了她的身份。柯索则眼神冷酷,双手灵活,性喜伤人。每回他碰过多莉亚,总会在她的白嫩肌肤上留下瘀伤,有时还会让伊丽在夜里偷偷啜泣,连

---

① 卡拉喀:多斯拉克语中对卡奥继承人的尊称。

他的马儿好像也怕他。但他们和卓戈生死与共，所以丹妮莉丝除了接纳他们，别无选择。有时候，她反倒希望自己父亲当年身边也有这种人保护。歌谣里白衣白甲的御林铁卫，总是高贵、英勇而真诚，但伊里斯王却死在其中一位铁卫手里。如今人们称那个英俊的男孩为"弑君者"。至于"无畏的"巴利斯坦爵士，则投效篡夺者麾下。她不禁暗忖，七国的人是否都如此虚伪。待她的儿子坐上铁王座，她一定要让他也有自己的血盟卫，保护他免遭御林铁卫的诡计迫害。

"卡丽熙，"科霍罗用多斯拉克语说，"吾血之血卓戈命令我通知您，今晚他必须登上圣母山，为他的平安归来向诸神献祭。"

丹妮知道惟有男人才能踏上圣母山，卡奥的血盟卫会和他同去，并在翌日清晨归返。"请告诉我的日和星，说我作梦都念着他，并且焦急地盼他回来。"她满怀感激地答道。事实上，随着胎儿日渐长大，丹妮越来越容易疲累，能休息一晚再好不过。她怀孕一事似乎益发点燃卓戈的欲火，近来他的临幸总让她筋疲力尽。

多莉亚领她走到为她和卡奥所准备的空心土丘。内里阴凉昏暗，如同一座泥土搭成的帐篷。"姬琪，请帮我准备沐浴。"她想洗去旅途风尘，好好浸一浸酸疼的骨头。她很高兴他们将在此停留一段时日，这样她就无须每天一大早便爬上小银马了。

热水极烫，正合她意。"今晚我要给哥哥张罗礼物。"姬琪为她洗头时，她下了决心。"在圣城里，他要有个国王的样子。多莉亚，快赶去找他，邀他与我共进晚餐。"相对她其他的多斯拉克女侍，韦赛里斯对这位里斯女孩比较好，这或许是因为以前在潘托斯时，伊利里欧总督曾让他睡过她。"伊丽，去市集买些水果和肉食，什么都好，就是不要马肉。"

"马肉是最好的肉，"伊丽道，"吃马肉让人强壮。"

"韦赛里斯最恨马肉。"

"遵命,卡丽熙。"

她带了羊的腰骨肉和一篮蔬果回来。随后姬琪用甜菜和火豆烤肉,边烤边淋上蜂蜜。蔬果则有甜瓜、石榴和李子,还有些丹妮没见过的古怪东方瓜果。趁女仆准备晚餐,丹妮摆出了她照哥哥身材亲手裁制的衣服,包括白色亚麻布织成的外衣和护腿,绑到膝盖的凉鞋,一条青铜圆饰腰带,还有一件画了喷火龙的皮背心。如果他看起来不那么像乞丐,她希望多斯拉克人会比较尊重他,或许他也会原谅她那天在草海上羞辱他的事。再怎么说,他还是她的国王,也是她哥哥,他们同是真龙血脉。

她正要摆上最后一件礼物——一件草绿色的纱丝披风,滚了浅灰边,恰好可以衬出他头发的银色——韦赛里斯气呼呼地进来了。他拽着多莉亚的手,只见她一只眼睛挨了揍,这会儿红肿起来。"你好大的胆子,竟敢叫这婊子来对我发号施令!"他边说边粗鲁地把女仆推倒在地毯上。

这突如其来的怒气大出丹妮意料。"我只不过想……多莉亚,你是怎么说的?"

"卡丽熙,对不起,请您原谅我。我照您吩咐去找他,告诉他说您命令他来一起吃饭。"

"谁都不许对真龙发号施令,"韦赛里斯咆哮,"我是你的国王!我应该把她的头还给你才对!"

里斯女孩畏缩起来,丹妮用轻拍安抚她。"别怕,他不会伤害你。好哥哥,请您原谅她吧,她不过是说错话,我告诉她请您来和我共进晚餐,如果陛下您愿意的话。"她牵起他的手,拉他到房间另一边。"您看,这些是我要送给你的。"

韦赛里斯满腹狐疑地皱眉道:"这些是什么?"

"新衣服。我特地为您做的。"丹妮害羞地微笑。

他斜眼看看她,轻蔑地说:"还不就是些多斯拉克破布。怎么,现在轮到你为我挑衣服啦?"

"请别这样……穿这些衣服会凉快点,也比较舒服,而且我想……我想如果您穿得跟他们、跟多斯拉克人一样……"丹妮不知要怎么说才不会唤醒睡龙之怒。

"我看接下来你就会叫我跟着绑辫子了。"

"我不会……"为什么他永远如此残酷?她只是想帮忙罢了。"其实您还没打过胜仗,没有权利绑辫子。"

这是她最不该说的话。他淡紫色的眼睛里燃起怒火,却不敢打她,因为她的侍女站在旁边,而她卡斯的战士就在外面。韦赛里斯捡起披风嗅了嗅。"一股马粪味,我看给马用还差不多。"

"这是我让多莉亚特地为您缝的,"她很觉受伤地告诉他,"就算卡奥穿起来也很相称。"

"我是七国之君,不是什么浑身草臭、头发响叮当的野蛮人。"韦赛里斯斥道。他一把抓住她的手。"你越来越不识好歹了,小贱货。你以为自己现在肚子大了,唤醒睡龙之怒就没关系了吗?"

他的手指掐进她的臂膀,痛得她觉得自己仿佛又变成了小孩,见他生气就害怕得慌忙退缩。她伸出另一只手,摸索碰到的第一个东西,那恰好是她原本要给他的腰带,一条雕饰华丽的青铜牌链。她用尽浑身力气挥了出去。

腰带正中他面门。韦赛里斯应声松手,一块铜牌锐利的边缘割破了他的脸颊,鲜血顿时流淌下来。"不识好歹的人是你。"丹妮对他说,"那天在草原上,你还没得到教训吗?请你离开,免得我叫卡斯部众拖你走。你最好祈祷卓戈卡奥不要知道这件事,不然他会把你开膛破肚,挖出内脏叫你自己吃下去。"

韦赛里斯爬起来。"小贱货,等我回国以后,你一定会后悔的。"说完他托着受伤的脸走出去,礼物一件也没拿。

他滴下的血洒在那件美丽的纱丝披风上。丹妮握住柔软的布料，按在自己脸颊，然后盘腿坐进睡铺。

"卡丽熙，晚餐准备好了。"姬琪宣布。

"我不饿。"丹妮悲伤地说。突然间她只觉得好累。"你们分着吃吧。麻烦送一点去给乔拉爵士。"过了半晌，她又加上一句，"请拿一颗龙蛋给我。"

伊丽拿来那颗深绿色蛋壳的龙蛋。她放在小手心里反复把玩，鳞甲闪着青铜的光泽。丹妮翻身蜷曲，拉过纱丝披风做盖，把龙蛋放进她隆起的腹部和小而柔软的胸乳间的凹陷。她喜欢把玩这些龙蛋，它们实在漂亮，有时光是靠近就会让她觉得自己变得强壮而勇敢，仿佛她从蛋里的石化龙那儿汲取了能量。

就在她躺着玩弄龙蛋的时候，她感觉到体内婴儿的胎动……好像他正在向外伸手拥抱，同是手足兄弟，同是龙族血脉。"你才是真龙传人，"丹妮向他悄声说，"真正的龙。我知道的。"然后她微笑着入眠，梦见了家乡。

布兰

　　天空下着细雪,布兰可以感觉到脸上飘落的雪花,一碰皮肤便即融化,像一阵轻柔的雨。他笔直地骑在马上,看着铁闸门被绞盘向上拉起。他虽竭力想保持镇定,心脏却一直在胸口狂跳个不停。

　　"准备好了吗?"罗柏问。

　　布兰点点头,试着不露出害怕的神色。虽然自坠楼以来,他便没有踏出过临冬城一步,但他打定主意要像个骑士一样昂首骑马出去。

　　"那我们走吧。"罗柏一夹马肚,骑着他那匹灰白相间的大公马穿过闸门。

　　"前进。"布兰向自己的坐骑耳语。他轻触它的脖子,栗子色的小母马便迈步向前。布兰为它取名"小舞"。它今年两岁,乔赛斯说它聪明得不像马。他们已经对它进行过特别训练,让它对缰绳、声音和碰触有反应,但到目前为止,布兰只是骑它绕绕广场。最初乔赛斯或阿多会牵着它,布兰则被绑在它背上那个超大的马鞍上——马鞍是照小恶魔的设计图打造的。不过这两个星期以来,他已能独自驾驭,骑着它来回慢跑,每绕一圈,胆子就更大。

　　他们穿过城门楼,越过吊桥,走出外城墙。夏天和灰风跑在他们身畔,嗅着风中的气息。紧跟在后的是带着长弓和羽箭的席恩·葛雷乔伊。出发前他说过,今天定要猎头鹿回去。在他后面的是四个穿着锁子甲、戴着锁甲头套的卫士,以及骨瘦如柴的乔赛斯。胡伦离开之后,罗柏指派乔赛斯担任新的马房总管。鲁温师傅骑着驴子殿后。布兰本来希望就他和罗柏两个人出去,但哈尔·莫兰不肯答应,鲁温师傅也持相同意见。为防布兰落马或负伤,师傅打定主意随侍在旁。

城堡外便是市集广场,只是如今木头搭建的摊位已全部荒废。他们行经镇里的泥泞街道,穿过排列整齐、用木材和粗石建成的小屋。眼下只有不到五分之一的房屋有人迹,几缕细细的柴烟从烟囱里升起。但随着天气越趋寒冷,其余的空屋也会渐渐住满。老奶妈说,等到降雪时节来临,冰风从北吹来,农民们便会离开他们结冻的田地和遥远的村舍,把行李载上马车运到镇内居住,然后避冬市镇便会热闹起来。布兰从没见过这番景象,但鲁温师傅说那样的日子就快来了。因为长夏已尽,凛冬将至。

他们骑马经过时,有几个村民不安地看着冰原狼,还有一个人丢下抱着的木材,害怕得慌忙躲开,不过大多数村民早已习惯了这种情景。看到两个男孩,他们单膝跪下,而罗柏也颇有领主风范地一一颔首致意。

因为双脚无法用力夹紧,骑马时的晃动起初使布兰觉得很不安稳,但大马鞍厚实高耸的靠背,却如摇篮一般舒服地搂着他,而绑住大腿和胸部的皮带也让他不致落马。经过一段时间,他渐渐习惯了摇晃的节奏,焦虑褪去,一抹害羞的微笑爬上了他的脸庞。

两个女侍站在烟柴酒馆的招牌下。当席恩·葛雷乔伊向她们打招呼时,比较年轻的那个女孩满面通红,用手遮脸。席恩踢马跑到罗柏旁边。"凯拉真可爱,"他笑道,"在床上她扭得像只黄鼠狼,可在街上跟她一句话还没说完,脸就红了,好像自己还是个黄花闺女似的。我有没有跟你说过那天晚上她和贝莎——"

"席恩,不要在我弟弟面前讲这种事。"罗柏告诫他,又瞄了布兰一眼。

布兰望向别处,假装没听到,但他感觉得出葛雷乔伊的视线落在自己身上。可想而知,此刻对方一定正在微笑。葛雷乔伊一天到晚微笑,仿佛整个世界就是个秘密的玩笑,而惟有聪明的他能理解。罗柏似乎对席恩颇为佩服,也很喜欢与他为伴,但布兰始终无法对父亲的养子产生感情。

罗柏靠过来。"布兰,你骑得很好。"

"我想再骑快点。"布兰回答。

罗柏微笑,"没问题。"说完他策马开跑,狼群跟在他后面冲了出去。布兰用力一扯缰绳,小舞也加快步伐。他听见席恩·葛雷乔伊一声吆喝,以及身后杂沓的马蹄声。

布兰的披风在风中翻腾犹如波浪,落雪迎面扑来。罗柏遥遥领先,不时回头张望,确定布兰和其他人跟上了。布兰再度扯缰,小舞如滑丝般流畅地迈步疾奔。两人的距离逐渐拉近,等他在避冬市镇两里外的狼林边缘追上罗柏时,他们已把其他人远远抛在后方。"我能骑马了!"布兰嘻嘻笑着大叫,这种感觉好像在飞。

"我很想跟你赛跑,怕只怕赢不了你。"罗柏的口气虽然轻快,带着戏谑的意味,但在哥哥的笑容背后,布兰却看得出他有心事。

"我不想跟你比赛。"布兰四处张望,寻找冰原狼的踪影。但那两只狼早就消失在了森林里。"昨晚你听见夏天叫了吗?"

"灰风也是焦躁不安。"罗柏道。他红棕色的头发长长了,未经梳理,有些凌乱,几撮红胡子遮住了下巴,让他看起来比十五岁的实际年龄要成熟。"有时候我觉得他们知道很多事……感应到很多事……"罗柏叹口气,"布兰,我不知该跟你说多少,我真希望你年纪再大一点。"

"我已经八岁了!"布兰说,"八岁和十五岁没差多少,而且在你之后,我是临冬城的继承人。"

"是啊,"罗柏语气哀伤,甚至有些害怕,"布兰,有件事我必须跟你讲清楚。昨晚来了只信鸦,从君临来,鲁温师傅半夜把我叫醒。"

布兰突然感到一阵惊恐。黑色的翅膀,黑色的消息,老奶妈总这么说,而近来传递信息的乌鸦一再证明了这句俗谚的正确性。罗柏写信给守夜人军团的司令官,鸟儿却带回班扬叔叔依旧下落不明的消息。接着鹰巢城有信传来,是母亲写的,可惜也并非好消息。她没说何时回来,只说小恶魔如今是她的犯人。布兰其实还挺喜欢那矮个子,但"兰尼斯特"这个姓氏却教他背脊发凉。有件和兰尼斯特有关的事,他应该记得,然而他每次试图回忆,便觉头晕目眩,腹痛如绞。那一天,罗柏整日把自己关在房里,和鲁温师傅、席恩·葛雷乔伊以及哈里斯·莫兰共商对策。之后信使骑着快马,将罗柏的命令传遍北境。布兰依稀听到卡林湾这地名,那是先民在颈泽北端筑起的古老要塞。究竟发生了什么,没人告诉他,但肯定不是好事。

这会儿竟又来了一只乌鸦,又带来新的消息。布兰强迫自己满怀希望。"是母亲送来的吗?她是不是要回家了?"

"信是埃林从君临写来的。乔里·凯索死了,还有韦尔和海华。他们惨死于弑君者之手。"罗柏仰头面对飘雪,雪片融化在他两颊。"愿天上诸神让他们安息。"

布兰不知该说什么才好,只觉自己被狠揍了一拳。打布兰出生,乔里就是临冬城的侍卫队长。"他们杀了乔里?"他记得每一次乔里追着他在屋顶上奔跑的情景,他可以清楚地拼凑出乔里全副铠甲、大步走过广场的风光,或是坐在厅堂的老位子上,边吃边谈笑的模样。"为什么会有人要杀乔里?"

罗柏木然地摇头,眼里溢满悲痛。"我不知道。还有……布兰,这不是最糟的消息,父亲也在打斗中被摔倒的马压住,埃林说他的腿碎了……派席尔大学士已经给他喝了罂粟花奶,但他们不确定什么时候……什么时候他才……"听见身后的蹄声,他转头朝来路望去,席恩等人已经赶了上来。"他才会醒来。"罗柏把话说完,伸手按住剑柄,恢复了罗柏城主的庄严声调,"布兰,我向你保证,不管发生什么,这个仇我永不会忘。"

他的语气却更教布兰害怕。"那你打算怎么办?"他问。席恩·葛雷乔伊拉住缰绳,停在他们旁边。

"席恩认为我应该立刻召集封臣。"罗柏说。

"血债血还。"这次葛雷乔伊没有笑。他那张削瘦而黝黑的脸,有种饥渴的神色,黑发垂下,遮住双眼。

"惟有领主才能召集封臣。"布兰说,雪持续飘落在他们周围。

"如果令尊去世,"席恩道,"罗柏就是临冬城公爵。"

"他不会死!"布兰朝他尖叫。

罗柏握住他的手。"他不会死,父亲大人不会死。"他平静地说。"可是……如今北境的荣誉系于我手。父亲大人临行前曾对我说,为了你和瑞肯,我一定要坚强。布兰,我几乎是成年人了。"

布兰颤抖不已。"母亲如果在就好了。"他可怜兮兮地说。他转头寻找鲁温师傅,师傅的驴子在远处依稀可见,此刻正小跑步爬上缓丘。"鲁温师傅也认为应该征召诸侯吗?"

"师傅他和老女人一样,胆小着呢。"席恩道。

"但父亲向来听从他的忠告,"布兰提醒哥哥,"母亲也是。"

"我也听,"罗柏坚持,"每个人的意见我都听。"

布兰外出骑马的喜悦,此刻已经消失得无影无踪,像脸上的雪片般融化殆尽。若是从前,听到罗柏要召集封臣,率军出征,他一定会兴奋难耐,然而现在他感到的只有恐惧。"我们可以回去了吗?"他问,"我觉得好冷。"

罗柏环顾四周。"得先把狼找到。你能再忍耐一会儿吗?"

"你能骑多久,我就能骑多久。"鲁温师傅曾警告他骑马时间不要太长,惟恐他在马鞍上坐久了会全身酸痛,但布兰不愿在哥哥面前自承虚弱。他受够了大家成天大惊小怪,对他的身体问长问短。

"那我们这就去把小猎人们给猎回来吧。"罗柏说。于是他们并肩而行,驱策坐骑离开国王大道,进入狼林。席恩远远落在后面,和其他卫士谈笑。

置身林间的感觉真好。布兰轻握马缰,让小舞缓步慢行,一边四处观望。他很熟悉这座森林,然而长期坐困临冬城后,如今却有初次造访的兴味。树林里的气息充溢他的鼻孔:新鲜松针的明锐香气,湿软腐叶的泥土芬芳,还有模糊的动物麝香,以及远方炊烟的味道。他瞥见一只黑松鼠的身影,在一棵被雪覆盖的橡树枝干间穿梭,接着又驻足欣赏女王蛛所织就的银色蛛网。

席恩和其他人离他们越来越远,到后来布兰已听不见这些人的声音。前方传来模糊的流水声。水声渐大,直到他们抵达溪边。这时,泪水刺痛了他的眼。

"布兰?"罗柏问,"你怎么了?"

布兰摇摇头。"我只是想起从前的事。"他说,"有一次乔里带我们来这儿抓鳟鱼。就你、我还有琼恩,记得吗?"

"我记得。"罗柏说,他的语调平静而哀伤。

"结果我什么也没抓到,"布兰说,"可在回临冬城的路上,琼恩却把他抓的鱼都给了我。我们还能再见到琼恩吗?"

"上次国王来访,我们不就看到了班扬叔叔?"罗柏告诉他,"琼恩也会回来作客,你等着瞧吧。"

溪流湍急,水势高涨。罗柏下马,牵着坐骑越过浅滩。渡口最深处,水及大腿。于是他把马儿拴在对岸的一棵树上,然后涉水回来带布兰和小舞过去。溪流拍打着岩石和树根,激起阵阵飞沫,罗柏当先领他渡河,布兰可以感觉水花溅到脸上。他笑了。一时之间,他觉得自己又是身强体壮,四肢健全。他仰望树林,梦想自己能爬上去,攀上树顶,让整片树海尽展眼前。

他们抵达对岸时,只听树林里传来一声长嚎,音调渐高,哀叹久长,仿如穿梭林间的一阵冷风。布兰抬首聆听。"那是夏天。"他说。话音刚落,第二阵嚎声便加入进来。

"他们杀死猎物了。"罗柏边说边骑上马。"我看我最好去带他们回来。你在这里等,席恩他们应该马上就到。"

"我想跟你一起去。"布兰说。

"我自己去比较快。"罗柏一踢马刺,消失在树林里。

他走后,整个森林仿佛都朝布兰包围过来。雪下得更大,虽然一碰地面就会融化,但他周遭的岩石、树根和枝干却都覆上了一层薄薄的白。他等待之时,方才察觉到自己有多不舒服:双腿没有知觉,毫无用处地挂在马镫上;胸膛的皮带绑得很紧,擦伤了皮肤;雪水融化渗进手套,冻得他两手发麻。他不禁奇怪席恩、鲁温师傅以及乔赛斯等人怎么还没来。

随后布兰听见树叶沙沙作响,他立刻拉动缰绳,教小舞转身,迎向他的朋友们。然而从林中走到溪边的,却是一群衣着破烂的陌生人。

"你们好。"他紧张地说。只需一眼,布兰便知他们既非林务官,亦非农民。他猛然惊觉自己衣着华丽,身上穿着崭新的深灰色羊毛外套,外套缝了银扣,绒毛边的披风则用一个沉甸甸的银别针系在肩头。他的皮靴和手套也都滚了绒毛边。

"你,就一个人啊?"陌生人中个子最大、满脸风霜痕迹的光头男子说,"可怜的小鬼,在狼林里迷了路。"

"我没有迷路。"布兰不喜欢这群陌生人盯着他瞧的模样。对方一共四人,他一转头看到背后还有两个。"我哥哥刚走,我的卫兵马上就来。"

"你的卫兵,啊哈?"另一个面容憔悴、一脸灰胡楂的人说,"小少爷,我倒问问你,他们要守卫什么啊?守卫你披风上那个银别针吗?"

"真是个漂亮东西。"这次是女人的声音。她看起来委实不太像女人:又高又瘦,和其他人同样的苦脸,头发则埋藏在碗状的半罩头盔下。她手中的长矛是根八尺长的黑橡木棍,前面安着锈掉的枪尖。

"给咱们瞧瞧。"光头大汉说。

布兰不安地看着他。这人的衣服肮脏污秽、破烂不堪,东一块棕,西一块蓝,还有一块暗绿补丁,其余的地方则通通褪成灰色,但看得出原本是件黑斗篷。他突然发现,那个一脸灰胡楂的人也穿着黑色破衣。布兰蓦地想起他们找到小狼当天,被父亲砍头的那个背弃誓言的人,衣着也是黑色,而父亲说他是守夜人部队的逃兵。世间最危险的人莫过于此,他想起艾德公爵的话,因为他们自知一旦被捕,只有死路一条,于是恶向胆边生,再伤天害理的勾当也干得出来。

"小鬼,把别针拿来。"大汉伸出手。

"还有你的马,"另一个女人说,她个子比罗柏矮,生了一张扁扁的宽脸和一头黄色直发。"快给我下来。"一把锯齿状的匕首从她袖里闪进手中。

"可是,"布兰脱口而出,"我没办法……"

布兰还没想到调转小舞开步逃走,大汉便一把抓住了缰绳。"小少爷,你当然有办法……而且一定得想办法,如果你不想吃苦头的话。"

"史帝夫,你瞧,他被绑在马鞍上,"高个女人用长枪指着说,"或许他说的是实话。"

"绑起来了,是吗?"史帝夫说。他从腰间的刀鞘里抽出匕首。"这不成问题。"

"你残废了还是怎么了？"矮个女人问。

布兰怒道："我是临冬城的布兰登·史塔克，你最好放开我的马，否则我教你们通通没命。"

一脸灰胡楂的瘦子哈哈大笑。"我看这小子准是史塔克家的人没错，只有史塔克家的人才这么笨，该讨饶的时候还耍狠。"

"把他小鸡鸡割下来塞他嘴里，"矮个女人提议，"这样他肯定闭嘴。"

"哈莉，你已经够丑了，没想到还这么没脑子。"高个女人道，"这孩子死了就不值钱啦，可要留着活口……天杀的，想想曼斯手上若有了班扬·史塔克的亲属当人质，他会怎么赏我们！"

"曼斯见鬼去，"大汉咒道，"你还想回去，欧莎？我看你才没脑子。你以为白鬼会管你手上有没有人质？"他转向布兰，割开他大腿的皮带。皮革仿佛松了口气似的分开。

他出手很快，又没有留心，结果割得很深。布兰低头，看到羊毛绑腿被割开的地方，露出白皙的大腿肉。接着血涌出来，他望着红色的血渍逐渐扩散，感觉轻微头晕，却意外地疏离，丝毫不觉疼痛，连一点感觉都没有。大汉惊讶地哼了一声。

"立刻放下武器，我保证让你们死得干脆。"罗柏叫道。

布兰怀着最后一丝希望抬起头，哥哥果真出现在那里。可惜他那番话的威严，却被紧张嘶哑的声调所减低。他骑着马，麋鹿血淋淋的尸体挂在马背，手握长剑。

"老哥回来了。"灰胡楂的男子道。

"哟，这家伙挺凶悍嘛。"矮个女人讥讽道。他们叫她哈莉。"想跟咱们打，小鬼头？"

"小子，你这是以一对六，别傻了。"高个的欧莎平举长枪。"赶快下马，把剑扔了。我们会谢谢你的马儿和鹿肉，然后放你和你弟弟走。"

罗柏吹声口哨。众人听见脚步轻踩湿叶的声响。矮树丛低垂的枝丫洒下覆盖的雪,向两旁分开,灰风和夏天自一片绿色中穿出。夏天嗅嗅风中的气息,出声低吼。

"狼来了。"哈莉噤声道。

"是冰原狼。"布兰说。虽然并未发育完全,他们的体格也只有一般狼大小,但若仔细观察,很容易分辨出差异所在。鲁温师傅和驯兽长法兰教过他:冰原狼的头比较大,四肢较长,鼻子和下巴则特别尖细、形状明显。站在轻飘的细雪里,他们怀着憔悴而骇人的神态。灰风的口鼻沾满鲜血。

"两只臭狗。"光头男子轻蔑地说,"我倒是知道,夜里没什么比狼皮斗篷更保暖的。"他猛地做了个手势。"拿下!"

罗柏高喊:"临冬城万岁!"然后踢马向前。公马跳进溪里,衣衫褴褛的敌人围了过去。有个人拿着斧头,没头没脑地大叫着冲来。罗柏的长剑正中对方面门,发出令人作呕的碎裂声,随即鲜血四溅。一脸胡楂的人伸手去扯缰绳,才抓住半秒……只见灰风一跃而起把他扑倒。他"扑通"一声跌进溪里,呐喊着,疯狂地挥舞短刀,头部被水淹没。冰原狼跳上去继续攻击,两者消失在水中,转眼之间,白色的河水便转为殷红。

罗柏和欧莎在河中央打得不可开交。她的长枪活像条钢头毒蛇,闪电般朝他胸口蹿去,一次、两次、三次,但罗柏的长剑挡下每一记攻势,拨开刺来的枪尖。在她第四还是第五次突刺时,高个女人用力过猛,失了重心,仅一秒的时间,罗柏便骑马冲锋,把她踩在蹄下。

几尺外,夏天向前疾跳,扑咬哈莉,结果后背反挨了一记短刀。夏天咆哮着后退,再度冲刺。这回他的利齿紧紧咬住她的小腿。矮个女人两手握刀,死命向下插去,然而冰原狼仿佛能感应到危险,迅速松开抽身,撕下满嘴皮革、碎布和血淋淋的肉块。哈莉跌倒在地,它又扑跳上前,把她向后撞开,撕咬她的小腹。

第五个人想逃离这场屠杀……可惜却没跑远。他正踉跄着爬上对岸,灰风浑身湿淋淋地从河里冒出,甩甩身上的水,箭步追去。只见冰原狼嘴巴一张一阖,便已咬断他的腿筋,接着又去咬他的喉咙,那人惨叫着滑进河里。

此时只剩那个大汉史帝夫了。他割开布兰胸前的皮带,抓住臂膀用力一扯,布兰便从马背上摔下来。他瘫在地上,双腿纠缠成一团,被身体压住,一只脚还滑进了溪里。他感觉不到冰冷的河水,却感觉得出史帝夫按在他喉咙的匕首。"退后,"大汉警告道,"不然我发誓会把这小鬼的气管给割了。"

罗柏勒住马,急剧地喘气。怒意从他眼底消失,持剑的手也垂软下来。

就在那一刹那,整个局势在布兰眼前一览无遗。夏天正对付哈莉,从她肚子里扯出一条条发亮的蓝色小蛇。她的眼睛睁得老大,瞪着冰原狼。布兰辨不清她究竟是死是活。灰胡楂和拿斧头那两个人躺着一动不动。欧莎则爬了起来,正朝她的长枪挪去。灰风浑身滴水,啪嗒啪嗒朝她走近。"叫他走开!"大汉喊道,"把他们都叫开,不然这残废小鬼现在就死!"

"灰风,夏天,过来。"罗柏道。

冰原狼停步,回头。灰风飞奔到罗柏身边,夏天则留在原地,看着布兰和他身旁的人,发出低吼。它的口鼻鲜血淋漓,双眼燃烧着怒火。

欧莎撑着枪尾站起来。她的上臂被罗柏砍了一剑,汩汩流血。布兰看到大汉满脸是汗,这才明白史帝夫和自己同样害怕。"史塔克,"他喃喃道,"该死的史塔克。"接着他提高音量。"欧莎,把狼宰了,拿走他的剑。"

"要杀你自己杀,"她回答,"我死也不靠近那些怪物。"

史帝夫似乎突然间没了主意。他的手开始发抖,布兰只觉得刀锋紧贴脖子,血顺着滴下来。男人的臭味充塞他鼻孔,那是一种恐惧的气息。"喂,"他朝罗柏喊,"你叫啥名字?"

"我是罗柏·史塔克,临冬城的继承人。"

"这是你弟?"

"对。"

"如果你要他活命,就照我的话办。下马。"

罗柏迟疑片刻,接着刻意缓慢下马,持剑站立。

"现在把狼宰了。"

罗柏没动。

"快杀,不然这小鬼就没命。"

"不要!"布兰尖叫。就算罗柏照办,等冰原狼一死,史帝夫也不会放过他们俩。

光头用另一只手抓住他的头发,使劲狠狠地一扭,直到布兰痛得失声啜泣。"小废物,你给我闭嘴,听到了没?"他更用力地拧。"你听到了没?"

"嗖"的一声,从背后的树林传来。史帝夫声音一紧,喘不过气来。只见一个半尺、利如剃刀的宽大箭头突然自他胸膛爆出。那支箭整个成了鲜红,沐浴在血中。

布兰喉头的匕首松落,大汉晃了晃,面朝下倒在溪里。箭被他压断了,布兰看着他的血淌进水中。

欧莎四处张望;父亲的侍卫纷纷从树底下冒出来,手里都握着武器。她连忙抛下长枪。"大人饶命。"她朝罗柏叫道。

见到眼前的屠杀景象,卫士们个个脸色苍白,神情怪异。他们犹豫地看着两只狼,而当夏天回去享用哈莉的尸体时,乔赛斯更是丢下猎刀,转身返回树丛边呕吐。就连鲁温师傅从林子里出来时,也是一脸惊骇。但他随即恢复过来,摇摇头,涉水渡河到布兰身边。"你受伤了吗?"

"他砍伤了我的脚,"布兰说:"可我没感觉。"

老师傅弯身检视他的伤口,布兰别过头去,看见席恩·葛雷乔伊站在一棵哨兵树下,手里拿着弓,嘴上挂着笑。这家伙永远都在微笑。他脚边的软泥地上插着五六支箭,但他只用了一支。"最好的敌人就是死掉的敌人。"他得意洋洋地表示。

"葛雷乔伊,琼恩老说你是个浑球。"罗柏朗声道,"我真该用铁链把你绑起来,放在场子里给布兰当箭靶。"

"你怎么不谢谢我救了你老弟的命?"

"要是你没射中怎么办?"罗柏道,"要是你射死他怎么办?要是你那一箭刚好让他的手发抖,或是命中布兰怎么办?你从后面只看得到他的斗篷,怎么知道他没穿胸甲?如果他穿了,那我弟弟会怎么样?葛雷乔伊,你有没有想过这些?"

席恩的笑容消失了。他悻悻地耸肩,开始把箭一根根从地上拔起来。

罗柏瞪着侍卫们。"你们跑哪儿去了?"他质问,"我要你们紧跟在后。"

守卫们交换着闷闷不乐的眼神。"大人,我们是跟在后面。"卫兵里面年纪最轻,长了棕色细胡的昆特说,"可我们要等鲁温师傅的驴,请大人原谅,然后,这个嘛,就是……"他瞄了席恩,随即尴尬地别开头。

"我在路上看到只火鸡,"席恩气恼地说,"我哪知道你会丢下小鬼不管?"

罗柏再度转头瞪看席恩。布兰从未见他这么生气过,但他没有多说,只在鲁温师傅身旁蹲下。"我弟弟的伤势如何?"

"破了点皮罢了。"老学士说,他把一块布在溪里浸湿了,用来清洗伤口。"有两个人穿着黑衫军的衣服。"他边弄边告诉罗柏。

罗柏转头望向倒卧溪中的史帝夫，溪流不断拉扯着他破烂的黑斗篷。"是守夜人军团的逃兵，"他口气严峻地说，"他们一定是没脑子，才会跑到离临冬城这么近的地方来。"

"由愚蠢或绝望所生的行为，彼此常常难以区分。"鲁温师傅道。

"大人，我们要埋葬他们吗？"昆特问。

"他们可不打算为我们安葬。"罗柏说，"把头砍下，送到长城。剩下的留给乌鸦。"

"那她呢？"昆特用拇指指了指欧莎。

罗柏朝她走去。她比罗柏足足高出一头，但见他过来，却连忙跪下。"史塔克大人，求您饶我一命，我的人是您的了。"

"我的？我要个背誓者做什么？"

"我没有背弃誓约。从长城逃出来的是史帝夫和华伦，不是我。那群黑乌鸦不收女人。"

席恩·葛雷乔伊慢悠悠地晃过来。"拿她喂狼。"他怂恿罗柏。女人望向哈莉的残骸，旋即颤抖着转开。那景象连侍卫们看了也直想吐。

"她是个女的。"罗柏说。

"也是个野人。"布兰告诉他，"是她叫他们留我活口，好把我交给曼斯·雷德的。"

"你有名字吗？"罗柏问她。

"大人高兴的话，叫我欧莎就成。"她酸酸地低声道。

鲁温师傅站起来。"盘问一番比较稳妥。"

布兰看见哥哥脸上如释重负的表情。"那就这样吧，师傅。韦恩，把她的手捆起来。她跟我们一起回临冬城……是生是死，就得由她说的话来决定了。"

提利昂

"你想不想吃?"手指粗大的莫德拿着一盘煮豆子,瞪着他问。

提利昂·兰尼斯特虽然饥肠辘辘,却不愿让这粗汉享受虐待的快感。"有根羊腿一定很棒,"他坐在牢房角落脏兮兮的稻草堆上说,"或许再来一碟青豆和洋葱,上点刚出炉的奶油面包,再配一壶温过的葡萄酒把食物冲下肚。如果不方便的话,啤酒也行,我这个人向来不太挑剔。"

"只有豆子。"莫德说,"拿去。"他递出盘子。

提利昂叹口气。这名狱卒既肥又笨,满口褐色烂牙,还有一对细小的深色眼睛。他左半边脸都是伤疤,那是之前被斧头削去耳朵和部分脸颊所留下的痕迹。虽然他愚蠢又丑陋,但提利昂真是饿了。他伸手去拿盘子。

莫德嘻嘻笑着挪开盘子。"在这儿。"他说,一边把盘子举到提利昂够不着的地方。

侏儒僵硬地爬起身,每个关节都在叫痛。"我们每次吃饭都得玩这笨游戏吗?"他又伸手去拿。

莫德蹒跚着后退,露出烂牙嘻笑道:"小矮人,在这儿。"他伸直了手,把盘子放到牢房尽头的半空上。"你不想吃?在这,来拿啊。"

提利昂的手臂太短,够不到盘子,更何况他不打算靠近牢房边缘。莫德只需用那白白的大肚子一推,他就会变成长天堡岩顶上的一摊恶心红渍,像几世纪以来鹰巢城的许多犯人一样。"仔细想想,我并不太饿哩。"他宣布,又退回监狱的角落。

莫德咕哝着松开他肥胖的手指。强风吹走了盘子，坠落途中不断翻滚。食物飞出视线，还有几颗豆子被吹回来。狱卒哈哈大笑，肚子像一碗布丁似的摇晃。

提利昂只觉怒火中烧。"你这操他妈狗娘养的烂货，"他啐道，"祝你早日七孔流血而死。"

因为他这番话，莫德出去的时候，狠狠踢了他一脚，钢靴正中提利昂的肋骨。"我收回刚说的话！"他倒在稻草堆上，喘着气说，"我要亲自宰了你，我发誓！"厚重的铁门轰地关上，提利昂听见钥匙转动的声音。

对他这样的小个子而言，他很不幸地生了张非常危险的大嘴巴。他一边爬回角落一边想，艾林家的人竟把这称为他们的"地牢"，真叫人哭笑不得。他蜷缩在薄薄的毡子下——那是他唯一的被褥——向外张望着那片刺眼的空虚蓝天，以及好似漫无边际的缥缈峰峦，暗想着如果还保有那件影子山猫皮披风，不知该有多好。披风是马瑞里安从山贼头目的尸首上扒去的，后来歌手和他赌骰子输了，便落入他手中。山猫皮虽然散发着霉味和血腥味，却很温暖厚实。可惜莫德一看到便把它抢走了。

尖如利爪的劲风扯着他的毛毯。即使对他这个侏儒来说，牢房也嫌太小。倘若这里真是"地牢"，那么不到五英尺外，原本应该有墙。但正相反，那里却是地板尽头和天空的交界。虽然这里白天空气新鲜，阳光耀眼，夜里也有繁星与明月，提利昂却宁可拿凯岩城底部最阴暗潮湿的坑洞来交换。

"你飞，"之前莫德一把推他进来时，曾向他保证。"经过二十天、三十天、最多五十天，你就会飞。"

放眼七国全境，只有艾林家族的地牢鼓励犯人脱逃。进来的第一天，提利昂花了好几个小时，才鼓起勇气趴在地上，慢慢爬到山崖边，探出头往下望。正下方六百尺，坐落着长天堡，与他的囚室之间除了空气，什么也没有。如果他伸长脖子，可以看到在他左右两方的其他牢房。他就是石头蜂窝里的一只蜜蜂，还被人折了翅膀。

囚室极冷，山风日夜呼啸，最糟的是地板竟然向外倾斜。虽然幅度不大，但也够他受了。他不敢闭眼，害怕沉睡时会滚落悬崖，然后惊恐地在半空中醒来。难怪天牢会把人逼疯。

诸神救救我，某个之前住在这里的囚犯，用疑似血液的东西在地上涂写了如是的文字，*蓝天呼唤着我*。起先提利昂还猜测这人是谁，以及他下场如何；后来再想想，觉得自己还是别知道的好。

要是他闭上嘴巴就好了……

一切都是从那高高坐在鱼梁木雕刻的王座上，头顶飘扬着艾林家族的新月猎鹰旗帜，睥睨着他的该死小鬼开始的。提利昂这辈子经常被人轻贱，然而被眼睛湿黏黏、得坐在厚厚的垫子上才有正常人高度的六岁小鬼如此看待，却还是头一遭。"他就是那个坏人吗？"小鬼抱着玩偶问。

"就是他。"莱莎夫人坐在旁边一张较小的王座上，一袭蓝衣，为了满足追求者，特别扑了粉又喷了香水。

"他好小一点点呀。"鹰巢城公爵咯咯笑着说。

"这是兰尼斯特家的小恶魔提利昂，谋害你父亲的就是他。"她提高音量，所讲的话传遍整个鹰巢城大厅，在乳白色墙壁和纤细的柱子间回荡，让每个人都听得到。"他害死了国王的首相！"

"哦，原来他也是我杀的？"提利昂像个蠢蛋似的反问。

那个时候，他本当低下头颅，乖乖闭紧嘴巴。他早该想到的，七层地狱，其实他当时又何尝不知。艾林家的议事厅堂顾长而俭朴，蓝纹的白色大理石墙，有股令人难以亲近的寒意，然而周遭众人的脸色，才真叫人心寒。此处凯岩城势力鞭长莫及，艾林谷中也少有亲兰尼斯特人士。总的说来，态度屈从，保持沉默，实在是他的最佳防御。

然而那时提利昂心情正恶,哪还顾得了理智。在上鹰巢城长达一整天的攀爬之行最后,他发育缺陷的双腿实在无法行走,只好很丢脸地让波隆背他上山。此刻所受的羞辱,无疑对他本已炽烈的怒意火上添油。"看来我还真是个忙碌的小家伙,"他口气酸苦地讥讽道,"连自己都不知道哪来的时间杀这杀那。"

他早该想起自己面对的是谁。莱莎·艾林和她那半疯的虚弱小鬼对耍弄机智向无好感,尤其是针对他们的时候,这在宫里是尽人皆知的事。

"小恶魔,"莱莎冷冷地说,"你最好管紧你那张碎嘴,对我儿子客气点,否则保证你后悔。不要忘记自己身在何处,这里是鹰巢城,你周围的人都是艾林谷的骑士,个个忠贞不贰,对琼恩·艾林敬爱有加,他们每个人都愿意为我牺牲性命。"

"艾林夫人,我要有什么不测,我老哥詹姆绝对很乐意料理他们。"话出口的刹那,提利昂便发觉这么说实在愚蠢。

"兰尼斯特大人,敢问您会飞吗?"莱莎夫人问,"侏儒有没有长翅膀啊?如果没有,您最好乖乖地把其他威胁都吞下肚去。"

"我这不是威胁,"提利昂道,"而是保证。"

一听这话,小劳勃公爵跳将起来,气得连玩偶都丢了。"你不能对我们怎样,"他尖叫道,"没有人敢在这里乱来。妈咪,你告诉他,跟他说谁也别想来这里撒野。"小男孩开始浑身痉挛。

"没有人能攻破鹰巢城。"莱莎·艾林冷静地宣布。她把儿子拉过去,用丰满白皙的臂膀抱住他。"小宝贝,小恶魔只是虚张声势,兰尼斯特家的人通通是骗子。谁也别想欺负我的小亲亲。"

她虽然可恶,但说的的确没错。亲眼目睹这里的险要地势之后,提利昂可以想象叫全副武装的骑士,冒着从山上倾注而下的落石箭雨,每走一步阶梯还得对付迎面而来的敌人,会是件多么困难的事。说那是场梦魇,恐怕还不足以形容,难怪鹰巢城自古以来从未陷落。

即使这样,提利昂的舌头还是停不下来。"不是攻不破,"他说,"而是不太好攻破。"

小劳勃伸出颤抖的手指指着他:"你是个骗子。妈咪,我想看他飞。"两个穿天蓝色披风的卫士抓住提利昂双手,把他架离地面。

若不是凯特琳·史塔克,恐怕只有天上诸神才知道接下来会发生什么。"妹妹,"她站在王座下方,朝莱莎喊道,"请你记得,他是我的犯人,请不要伤害他。"

莱莎·艾林冷冷地看了她姐姐一会儿,然后起身走向提利昂,她的长裙拖在身后。他怕她会动手打人,她却下令放开他。两个卫士把提利昂丢到地上,他双脚扑空,摔倒在地。

他出丑的模样想必难看得很,更难堪的是他正挣扎着要站起来,右脚竟然抽筋,结果再度瘫在地上。艾林家的大厅里响起哄堂大笑。

"我姐姐的小客人累了,连站都站不稳。"莱莎夫人宣布,"瓦狄斯爵士,麻烦你带他到地牢去。在天上休息休息,想必对他的健康大有助益。"

卫兵猛地把他拉起。提利昂·兰尼斯特在两人中间双脚悬空,虚弱地踢打,羞得满脸通红。"咱们走着瞧。"被架走前,他对全厅的人保证。

到目前为止,他还瞧不出有什么解决办法。

起先他安慰自己,认为监禁不会太久。莱莎·艾林不过是想羞辱他,她一定会很快再传他过去。就算她没有,凯特琳·史塔克也会来盘问他。这次他会小心措辞、不乱说话。他们不可能现在就杀他,再怎么说,他都是凯岩城的兰尼斯特家人,他们若敢杀他,便意味着开战。至少，他是这么告诉自己的。

然而现在他却不那么确定了。

或许他们只打算让他烂在这里，怕只怕自己连烂久点的力气都没有。他日渐虚弱，距离莫德把他踢成重伤，只是时间问题。而这还得以狱卒没先把他饿死为前提。再来几个饥寒交迫的夜晚，蓝天就会呼唤他了。

他不禁猜想囚室围墙（虽然根本没有围墙）之外是怎样一番情形。泰温公爵接获消息后一定会派出使者。说不定这会儿詹姆已带着军队，穿越明月山脉而来……或者他直接对付临冬城？峡谷之外，谁会猜到凯特琳·史塔克把他绑架到这里呢？他很好奇，瑟曦得知消息后会采取何种行动。国王自可下令释放他，但劳勃究竟会听他王后的话，还是他首相的话？国王对姐姐的感情有多深，提利昂可是一清二楚。

若瑟曦肯仔细盘算，她应该坚持要国王亲自审判提利昂。这样一来，连奈德·史塔克也没法反对，否则便有损国王名誉。对提利昂来说，能有公开审判的机会，自是求之不得。无论他们给他安上什么罪名，到目前为止，他看不出他们能提出任何有力证据。就让他们当着铁王座和全国诸侯的面审理这个案子吧，那么他们铁定完蛋。如果瑟曦真有这么机灵就好了……

提利昂·兰尼斯特叹了口气。姐姐是有些小聪明，却常常被傲慢所蒙蔽。她只会把这件事当成奇耻大辱，看不到里面蕴藏的机会。至于刚愎轻率又冲动易怒的詹姆，那就更别提了。遇到绳结，只要能用剑斩成两段，哥哥是决计不会动脑筋解开的。

他倒想知道派小贼去杀那史塔克小鬼灭口的，究竟是哥哥还是姐姐，他也很好奇艾林大人的死，到底与他们有没有关系。倘若老首相当真是被害死，还真是干得干净利落。像他那年纪的人突然染病身亡本就稀松平常。反过来讲，找个呆头鹅拿着偷来的刀去杀布兰登·史塔克，却是笨得不像话的做法。仔细想想，还真是奇怪……

提利昂打了个冷战。这是个下流的可能性。或许冰原狼和狮子并非森林里仅有的猛兽，果真如此，那肯定是有人拿他当替死鬼。提利昂·兰尼斯特最恨被人利用。

他得离开这鬼地方，越快越好。跟莫德以力相搏是不用想了，大概也不会有人拿来六百尺长的绳子助他脱逃，所以他只能靠三寸不烂之舌脱身。他这张碎嘴害他进了大牢，一定也他妈的能让他重获自由。

提利昂站起来，努力不去注意脚下轻轻把他拖向悬崖边的倾斜地面。他握拳敲门。"莫德！"他喊道，"看门的！莫德，我要跟你谈谈！"他足足捶了十分钟才听见脚步声。铁门轰然打开的前一刻，提利昂及时跳开。

"好吵。"莫德满眼血丝地咆哮道。他一只肥手里握着一条又粗又宽的皮带，对折了抓在掌心。

别让他们知道你害怕，提利昂提醒自己。"你想不想发财？"他问。

莫德揍他。他反手懒懒地挥出皮带，打中提利昂上臂。力道震得他脚步不稳，痛得他咬紧牙根。"矮冬瓜，别吵。"莫德警告他。

"金子，"提利昂装出笑容，"凯岩城里到处都是金子……啊啊啊……"这回莫德用了力，皮带一声爆裂，自他手中蹦跳到提利昂肋骨上，痛得他当即跪下呻吟。他强迫自己抬头看着狱卒。"跟兰尼斯特家一样有钱，"他呼吸困难地说，"他们不都这样说么？莫德——"

莫德咕哝一声，皮带划破空气，正中提利昂面门。他天旋地转，连自己是如何摔倒都不记得。再睁眼时，他发现自己躺在牢房地上,耳鸣不已,满嘴是血。他伸手想找个支撑爬起来,结果手指摸到的却是……什么也没有。提利昂飞快地抽回手,仿佛被烫到似的,憋着气不敢呼吸。他刚好落在山崖边,距离蓝天只有几寸之遥。

"还要说吗?"莫德双手各握皮带一端,猛力一扯,啪的一声把提利昂吓得跳脚,狱卒乐得哈哈大笑。

他不敢把我推下去,提利昂一边从崖边爬回来,一边绝望地告诉自己。凯特琳·史塔克要留我活口,他绝不敢杀我。他用手背抹抹唇上的血,嘻嘻笑道:"莫德,刚刚那下可真带劲。"狱卒睬眼看他,不知这是讽刺还是真心话。"我用得着你这么强壮的人。"皮带打过来,但这回提利昂缩身闪过。"我说的可是金子,"他像只螃蟹似的爬回来,重复道,"你一辈子都用不完的金子,买土地、女人、好马都不成问题……你还可以当个贵族老爷。'莫德大人',听起来不赖吧?"提利昂咳出一大口血和黏黏的东西,朝天空吐去。

"没有金子。"莫德说。

他上钩了!提利昂心想。"他们抓我的时候把我的钱包搜走了,但钱还是我的。凯特琳·史塔克抓的是我的人,不至于纡尊降贵,抢我的钱。干那种事不光彩。只要你肯帮我,里面所有的金子就都是你的了。"莫德的皮带再度扑来,但只是漫不经心地一挥,动作缓慢,充满轻蔑。提利昂伸手抓住皮带,这下对方已成了他的囚犯。"你完全不用冒风险,只要帮我传个口信就成。"

狱卒把皮带从提利昂手中抽回。"口信?"他说,就好像以前从没听过这两个字。他一皱眉,额头上便现出许多深陷的凹痕。

"是的,莫德大人,你听我说什么,就去跟你家夫人说什么。告诉她……"告诉她什么?如何才能打动莱莎·艾林?提利昂·兰尼斯特突然灵光一现。"……告诉她我打算认罪。"

莫德举起手,提利昂做好了挨打的准备,但狱卒迟迟没有下手。怀疑和贪婪在他眼里交战。他想要金子,却怕被骗;看来他以前似乎常被人戏弄。"骗人,"他阴沉地喃喃道,"矮冬瓜骗我。"

"要不咱们白纸黑字写清楚。"提利昂发誓。

有些文盲对文字特别厌恶,有些则迷信般地将其奉若神明,仿佛那是种魔法。幸运的是,莫德属于后者。狱卒放下皮带:"写下金子,很多金子。"

"喔,很多很多,"提利昂向他担保,"亲爱的好朋友,我的钱包只是开胃小菜。我老哥连铠甲都是从头到尾用金子打的。"事实上,詹姆的盔甲是钢做的,只是镀上一层金,但这驴蛋反正也分不出来。

莫德把玩着皮带,最后还是妥协地取来纸和墨水。写好之后,狱卒狐疑地皱眉看着那张纸。"现在去帮我传口信罢。"提利昂催促。

当天深夜,他们来找他时,他正在睡梦中发抖。莫德打开门,没有作声。瓦狄斯·伊根爵士用靴尖弄醒提利昂。"小恶魔,快起来,我家夫人要见你。"

提利昂揉去眼中睡意,故意装出一副不悦的神情。"她当然想见我,可你怎么知道我想见她呢?"

瓦狄斯爵士皱起眉头。他早些年曾在君临担任首相的侍卫队长,提利昂对他印象深刻。这家伙生了张相貌平凡的宽脸,银发,身材粗壮,毫无幽默感可言。"你怎么想不干我事。快起来,不然我叫人把你架走。"

提利昂笨拙地爬起身。"今晚可真冷,"他若无其事地说,"大厅里又那么通风,我可不想着凉。莫德,你行行好,把我的斗篷拿来罢。"

狱卒眯眼看他，一脸大惑不解的表情。

"我的斗篷，"提利昂重复，"就你帮我保管的那件山猫皮披风，还记得吧？"

"快把他妈的斗篷拿来。"瓦狄斯爵士道。

莫德不敢吭声。他瞪了提利昂一眼，那神情似乎在向他保证将来一定会报复，但他还是照办了。当他为犯人披上斗篷时，提利昂微笑道："多谢，以后我一穿上它就会想起你。"他把斗篷下垂的长边围上右肩，多日以来，第一次感觉到温暖。"瓦狄斯爵士，请带路。"

艾林家的大厅灯火通明，五十支火炬在墙壁的台座上熠熠发亮。莱莎夫人身着黑纱礼服，胸前配着珍珠绣的新月猎鹰纹章。既然她没打算加入守夜人军团，提利昂猜想，只怕她觉得听人认罪时惟一适合的就是丧服。她的红棕色长发扎成一个精巧的辫子，斜斜地垂在左肩。她旁边那个较高的王座是空的，想必鹰巢城的小公爵此刻正在睡梦中发抖罢。少了他总是好的。

提利昂深深一鞠躬，借机环顾在场人等。艾林夫人果然如他所愿，将麾下的骑士和随从召集来听他认罪。他看见布林登·徒利爵士那历尽风霜的脸，以及好脾气的奈斯特·罗伊斯男爵。奈斯特身旁站了个年纪较轻的人，生了对锐利的黑色八字胡，定是他的继承人艾尔拔爵士。峡谷的首要贵族多半有代表到场。提利昂看到瘦得像把剑的林恩·科布瑞爵士，腿生痛风的杭特伯爵，以及身边儿子成群的寡妇韦伍德伯爵夫人。还有些家徽他不认识，如断裂长枪，绿色毒蛇，燃烧塔楼，以及粉红底上的带翅膀圣杯等等。

峡谷众贵族间有几个是与他一道来的同伴。罗德利克·凯索爵士伤势未愈，脸色苍白，他身旁站了维里·渥德爵士。吟游歌手马瑞里安弄到一把新的木头竖琴。提利昂不禁微笑，无论今晚会发生什么，他都不希望私下进行，而若要把事情传播开去，再没有比吟游歌手更适合的了。

大厅后方,波隆慵懒地躺卧在一根柱子下。这名流浪武士的黑眼睛盯着提利昂,手轻轻地搁在剑柄上。提利昂意味深长地看着他,心里盘算……

凯特琳·史塔克率先启齿:"听说你有意公开认罪。"

"是的,夫人。"提利昂回答。

莱莎·艾林朝她姐姐微笑。"天牢可以让任何人屈服。在天牢里,天上诸神看得一清二楚,没有暗处可供躲藏。"

"可他看起来并不像屈服的样子。"凯特琳夫人道。

莱莎夫人没理睬她。"你说吧。"她命令提利昂。

孤注一掷的时候到了,他一边想,一边回头看了波隆一眼。"该从何说起呢?我承认我是个小坏蛋。各位老爷夫人,我犯下的罪过数不胜数。我跟婊子睡过,不是一回而是好几百回。我曾暗自希望我父亲大人去死,也对我姐姐,亦即咱们美丽温柔的王后陛下,有过相同的念头。"身后传来轻笑,"我有时候对下人们不太好。我赌过钱,更教我脸红的是,我还耍老千。我说过许多关于朝廷里高贵的老爷夫人们的坏话,开过他们许多下流玩笑。"此话一出,众人哄堂大笑。"有次我——"

"住嘴!"莱莎·艾林苍白的圆脸气得通红。"侏儒,你以为你在干什么?"

提利昂歪头:"唉,我在认罪啊,夫人。"

凯特琳·史塔克向前一步。"你被控派人行刺我卧病在床的儿子布兰,以及密谋害死国王的首相,琼恩·艾林大人。"

提利昂爱莫能助地耸耸肩。"恐怕我没办法承认这些罪名。我对杀人可是一窍不通。"

莱莎夫人霍地从鱼梁木王座上站起。"你别想寻我开心。小恶魔,你闹也闹够了,想必你玩得很愉快。瓦狄斯爵士,带他回地牢……这次找个房间更小、地板更斜的给他。"

"艾林谷里到底还有没有天理？"提利昂大声怒吼，连瓦狄斯爵士都愣了一下。"难道说血门之内就连一点荣誉都没有了？你控告，我否认，你就把我扔进天牢挨饿受冻。"他抬起头，让众人清楚地看见莫德在他脸上留下的伤痕。"请问国王的正义到哪里去了？你说有人告我有罪，那好，我要求公平审判！让我有机会为自己辩护，让天上诸神和地上人民来决定我说话的真伪。"

大厅里四处都在窃窃私语。提利昂知道自己逮着她了。他出身很高贵，是全国最有权势的贵族之子，更是当今王后的弟弟。无论如何，没有人能拒绝他的审判要求。几个穿天蓝色披风的卫兵朝提利昂走去，但瓦狄斯爵士示意他们停手，回头看向莱莎夫人。

她的小嘴浮现一丝微笑。"要是审判结果证明你的确有罪，那么依照国王的律法，你只有死路一条。不过呢，兰尼斯特大人，在鹰巢城里我们可没有刽子手。打开月门！"

围观人群向两边退开。只见两根纤细的大理石柱中间有扇狭窄的鱼梁木门，上面用白木雕着新月的形状。两个卫兵大跨步走过去，靠近门边的人赶忙向后退。其中一个卫兵搬开沉重的青铜门闩，另一个则把门向内拉开。两人的蓝披风立时被狂啸而进的强风吹得飞上肩头，啪啪作响。门外，缀满了冰冷的无情繁星，乃是一片虚无夜空。

"依照国王的律法，我们举行审判。"莱莎·艾林道。沿着墙壁，无数的火炬如旌旗般猎猎晃动，被风吹熄的火把此起彼落。

"莱莎，我认为这是不智之举。"凯特琳·史塔克道。黑风在大厅内翻腾。

她妹妹没有理会。"兰尼斯特大人，您要审判，那好，就让您接受审判。你想说什么，我儿子都会倾听，接着你将接受他的判决。然后呢……你要么走大门，不然就从这个门出去。"

她看来好生得意，提利昂心想。这也难怪，既然审判是由她那体弱多病的儿子主持，哪还能忤她的意？提利昂瞟了瞟那个月门。妈咪，我想看他飞！小鬼是这么说的。这鼻涕都擦不干净的毛头小子，到底送了多少人从那门出去？

"亲爱的夫人，非常感谢您的美意，但我觉得无须惊动劳勃大人。"提利昂礼貌地说，"天上诸神会还我清白，我愿让他们做出裁判，非经世人之手。我要求比武审判。"

艾林家的大厅里响起如雷般的笑声。奈斯特·罗伊斯男爵哂之以鼻，维里爵士呵呵直乐，林恩·科布瑞爵士捧腹大笑，其他人则是笑得前仰后合，涕泪横流。马瑞里安笨拙地伸出断了指头的那只手，在新竖琴上拨下一个愉悦的音符。就连从月门外呼啸而进的狂风，听起来也充满嘲弄之意。

只有莱莎·艾林水汪汪的蓝眼睛里满是疑惑，显然他再度让她大感意外。"你当然有这个权利。"

外衣上绣了绿色毒蛇的那个年轻骑士，此时跨步向前，单膝跪下道："夫人，求您恩准我为您而战。"

"这份荣幸应该归我所有，"老杭特伯爵说，"看在我对您夫君敬爱有加的分上，让我替他报仇吧。"

"我父亲忠心耿耿地服侍琼恩大人，为其担任峡谷大总管之职。"艾尔拔·罗伊斯朗声道，"请让我为他的儿子而战。"

"凡是立场纯正的人，诸神必定加以眷顾，"林恩·科布瑞爵士说，"这样的人也是最好的剑客。而我们都知道这个人是谁。"他谦虚地笑笑。

十来个人同时发话，抢着想压过别人。见到这么多人迫不及待想取他性命，提利昂深感沮丧。或许到头来，这主意并不如原先预期的那么聪明。

莱莎夫人举手示意众人静声。"诸位大人，我衷心地感谢你们，相信我儿若是在场，也同样会深怀感激。放眼七国全境，无人可比咱们峡谷骑士的忠诚勇武。如果我能让诸位都拥有这份荣耀，不知该有多好。可惜我只能选出一个。"她做出手势。"瓦狄斯·伊根爵士，您向来是我丈夫倚重的左右手。请您担任我的代理骑士。"

瓦狄斯爵士一直保持着沉默。"夫人，"他屈膝跪下，口气凝重地说，"还请将此重担交付他人，我实在无心出战。此人并非武士，看看他，侏儒一个，只有我一半高，又瘸了腿，宰杀这种人，还叫主持正义，那太可耻了。"

哦，太棒了，提利昂心想。"我同意。"

莱莎怒视着他。"要求比武裁判的也是你。"

"这会儿我还要像你一样，给自己找个代理骑士。就我所知嘛，我老哥詹姆会很乐意替我出战。"

"你伟大的弑君者离此有几百里格。"莱莎·艾林斥道。

"派只鸟把他找来。我很乐意等他。"

"你明天就得跟瓦狄斯爵士决斗。"

"唱歌的，"提利昂转身对马瑞里安说，"等你把这事编成曲子，别忘了说艾林夫人是怎样不准侏儒找代理骑士，非逼他一瘸一拐、浑身是伤地去对付她手下最优秀的骑士。"

"我哪有不准？"莱莎·艾林道。她语气尖锐，显然恼怒已极。"小恶魔，有本事你就挑个代理骑士啊……如果你认为有人会愿意为你送命的话。"

"说实话，我是找个人来替我杀人。"提利昂扫视长厅。无人动作。过了好长一段时间，他不禁怀疑这是不是个天大的错误。

接着，大厅后面起了阵骚动。"我帮侏儒上场吧，"波隆叫道。

艾德

他再度梦见那三位雪白披风的骑士,那座倾塌已久的塔楼,以及躺卧血床的莱安娜。

在梦中他与从前的战友并肩而行:骄傲的马丁·凯索、乔里的父亲,忠心耿耿的席奥·渥尔,本为布兰登侍从的伊森·葛洛佛,还有轻声细语、心地善良的马克·莱斯威尔爵士,泽地人霍兰·黎德,以及骑着红色骏马的达斯丁伯爵。他们的面容,对奈德来说,曾如自己的脸庞一般熟悉,但岁月仿如水蛭,渐渐吸走了人们的记忆,即使是他一度发誓绝不忘记的部分也不例外。在梦里他们只剩幻影,宛如灰色的幽灵,骑在浓雾聚成的马上。

他们一行七人,对方则是三个。梦中如此,当年亦然。但这三人绝非平庸之辈。他们静待于圆形的高塔前,身后是多恩的赤红峰峦,肩上的雪白披风在风中飘荡。这三人并非幻影,他们的面容深深烙印,至今依旧清晰。"拂晓神剑"亚瑟·戴恩爵士嘴角挂着一抹哀伤的微笑,巨剑"黎明"斜出右肩。奥斯威尔·河安爵士单膝跪地,正拿着磨刀石霍霍磨剑。他那顶白色瓷釉的头盔上,有着象征家徽的展翅黑蝙蝠。站在两人之间的是年迈的御林铁卫队长杰洛·海塔尔爵士,外号"白牛"。

"我在三叉戟河上没见到你们。"奈德对他们说。

"我们不在那里。"杰洛爵士回答。

"我们在的话,篡夺者就要倒霉了。"奥斯威尔爵士道。

"君临城陷之时,詹姆爵士用他的黄金宝剑杀了你们的国王,你们也没出现。"

"我们身在远方。"杰洛爵士道,"否则伊里斯还会好端端地坐在铁王座上,而我们虚伪的弟兄则会下七层地狱。"

"我解了风息堡之围,"奈德告诉他们,"提利尔和雷德温大人俯首称臣,他们麾下的骑士也都下跪效忠。我本以为你们一定会在其中。"

"我们不轻易下跪。"亚瑟·戴恩爵士道。

"威廉·戴瑞爵士带着你们的王后和韦赛里斯王子,往龙石岛逃去。我猜想你们可能也在船上。"

"威廉爵士忠勇可嘉。"奥斯威尔爵士说。

"但他并非御林铁卫,"杰洛爵士指出,"御林铁卫绝不临危脱逃。"

"过去如此,现在亦然。"亚瑟爵士说着戴上头盔。

"我们发过誓。"老杰洛爵士解释。

奈德的幽灵们与他并肩上前,手握影子宝剑。以七对三。

"一切就从这里开始吧。"拂晓神剑亚瑟·戴恩爵士道。他抽出黎明,双手高举,剑身苍白好似乳白琉璃,在光线照耀下宛如蕴涵生命。

"不对,"奈德哀伤地说,"一切将在这里结束。"当钢铁与幻影冲杀成一团,他听见了莱安娜的尖叫。"艾德!"她喊。一阵玫瑰花瓣的暴风,吹过染血长天,天空蓝得像死亡之眼。

"艾德大人。"莱安娜又叫。

"我保证,"他轻声说,"莱安,我保证……"

"艾德大人。"有人从暗处也说了这句话。

艾德·史塔克呻吟着睁开眼睛。月光从首相塔的高窗透进来。

"艾德大人?"床边站了个影子。

"多……多久了?"床单乱成一团,他的腿用夹板固定,打上了石膏,隐隐抽痛。

"六天七夜。"那是维扬·普尔的声音。总管拿起杯子送到奈德唇边。"老爷,喝吧。"

"这是……?"

"只是开水而已。派席尔大学士说您醒来会渴。"

于是奈德喝了。他的嘴唇干裂,开水如同蜂蜜般甜美。

"国王陛下有令,"杯子见底后,维扬·普尔告诉他,"老爷,他要跟您谈谈。"

"明天再说,"奈德道,"等我体力好点再说。"这会儿他无法面对劳勃。刚才那个梦吸走了他仅存的力量,让他软弱得像只小猫。

"老爷,"普尔说,"陛下他要我们等您一睁眼,就带您去见他。"总管点起床边的蜡烛。

奈德轻声咒骂。劳勃向来很没耐性。"跟他说我还太虚弱,没办法过去。如果他坚持要跟我谈谈,我很愿意在床上接待他。我希望你别把他从美梦中吵醒。顺便……"他正要说"乔里",却想了起来。"把我的侍卫队长找来。"

总管离开后没几分钟,埃林走进他的卧房。"大人。"

"普尔说我睡了六天。"奈德道,"我要知道现在局势如何。"

"弑君者跑了。"埃林告诉他,"传说是逃回凯岩城和他父亲会合。凯特琳夫人逮捕小恶魔的事,已经传遍大街小巷,所以我加派了守卫,希望您不介意。"

"你做得很好。"奈德赞许道,"我的女儿们呢?"

"大人,她们每天都陪着您。珊莎静静地为您祷告,可艾莉亚……"他迟疑了一下。"自他们把您带回来后,她就没说过半个字。大人,她性子很烈,我从没见哪个小女孩这么生气过。"

"无论如何,"奈德道,"我希望我女儿们平安无事。恐怕麻烦才刚开始。"

"艾德大人，她们不会有事的。"埃林道，"我拿性命担保。"

"乔里他们……"

"我把他们交给了静默修女会的姐妹，准备送回临冬城去。应该让乔里葬在他祖父身边。"

他只能与祖父葬在一块儿，因为乔里的父亲远在遥远的南方。马丁·凯索和其他人一样命丧南疆，战后奈德拆掉高塔，用其血色石砖在山脊上筑起八座石冢。据说雷加将它命名为极乐塔，但对奈德而言，那里却充满了痛苦的回忆。他们以七对三，却只有艾德·史塔克自己，和小个子的泽地人霍兰·黎德两人生还。多年以来，这个梦反复出现，实在不是什么好兆头。

"埃林，你做得很好。"奈德正说着，维扬·普尔又回来了。总管深深一鞠躬，"老爷，国王陛下在外面，王后也跟他一起。"

奈德撑着坐起，断腿痛得他咬紧牙关。他没想到瑟曦会来，这也不是好兆头。"请他们进来，然后你们下去吧。我们的谈话内容不能外传。"普尔静静地离开。

劳勃还花了点心思打扮。他穿着黑天鹅绒上衣，胸前用金线绣有拜拉席恩家族的宝冠雄鹿，外罩黑金格子披风。他手里拿了瓶葡萄酒，喝得满脸通红。瑟曦·兰尼斯特跟在他身后，头上戴着珠宝王冠。

"陛下，"奈德道，"请您原谅，恕我无法起身。"

"没关系。"国王粗声道，"要不要喝两口？青亭岛的好东西。"

"一小杯就好，"奈德说，"我喝了罂粟花奶，头还昏昏沉沉的。"

"保得住脑袋，已经算你走运。"王后表示。

"臭女人，给我安静点。"国王斥道。他端给奈德一杯酒。

"脚还痛吗？"

"还有一点。"奈德说。他虽然头晕目眩，却不愿在王后面前自承虚弱。

"派席尔保证痊愈以后不会留下疤痕，"劳勃皱眉道，"我想你知道凯特琳干了什么好事吧？"

"我知道。"奈德啜了一小口酒。"我夫人没有错，陛下。都是我的意思。"

"奈德，我很不高兴。"劳勃咕哝道。

"你凭什么对我家人下手？"瑟曦质问，"你以为你是什么东西？"

"我是御前首相。"奈德有礼但冰冷地回敬，"奉了你丈夫的指令，以国王之名维护和平和公理正义。"

"你曾经是首相，"瑟曦不依不饶，"如今——"

"安静！"国王咆哮道，"你问他问题，他也回答了你。"瑟曦冷冷地退开，满脸怒容。劳勃又转向奈德。"奈德，你说以国王之名维护和平，请问这就是你维护和平的方式么？总共死了七个人……"

"八个，"王后纠正他，"崔格今早上死了，死于史塔克大人那一剑。"

"先是在国王大道上公然绑架，然后又在城里面喝酒杀人，"国王道，"奈德，我不会容许这种事的。"

"凯特琳有充分的理由去抓小恶魔——"

"我说我不容许这种事发生！管她什么理由。我要你命令她立刻释放侏儒，然后你跟詹姆和好。"

"詹姆只因为想'教训我'，就当着我的面屠杀了我三个部下，而你却叫我当这事没发生过？"

"这场争端可不是我弟弟挑起的，"瑟曦告诉国王，"当时史塔克大人喝醉了酒,刚从妓院里出来。他手下的人攻击詹姆和他的卫士,就像他太太在国王大道上攻击提利昂一样。"

"劳勃,事实是否如此你很清楚。"奈德道,"你可以问问贝里席大人,当时他在现场。"

"我跟小指头谈过了,"劳勃道,"他说他急忙去找都城守备队时,你们还没开打,不过他承认你当时的确是从某家妓院回来。"

"某家妓院?劳勃,你是瞎了眼不成?我到那儿是去看你女儿!她妈给她取了个名字叫芭拉,长得很像我们住在峡谷、都还是小男孩时你那个女儿,你的第一个女儿。"他边说边看王后,可她像是戴着面具,苍白而冷静,不露出任何情绪。

劳勃红了脸。"芭拉,"他喃喃说,"想哄我高兴吗?这小女子真该死,怎么一点常识都没有。"

"她连十五岁都不到,就得出卖肉体,你还期望她有常识?"奈德难以置信地说。他的腿痛得厉害,使他按捺不住怒气。"劳勃,那傻孩子疯狂地爱着你,你知道吗?"

国王瞪了瑟曦一眼。"这些事给王后听见不好。"

"只怕不管我说什么,王后陛下都不会爱听。"奈德答道,"我听说弑君者逃出城去了。请你允许我把他抓回来接受法律制裁。"

国王晃着杯中酒,沉思半晌,最后灌了一大口。"不行,"他说,"这样下去没完没了。詹姆杀了你三个人,你也杀了他五个,算扯平了。"

"这就是你所谓的正义吗?"奈德怒道,"如果是的话,那我真庆幸没继续当你的首相。"

王后看看她丈夫。"以前要是有人敢用这种口气对坦格利安家的人说话——"

"你当我是伊里斯吗?"劳勃打断她的话。

"我当你是一国之君。论法律论姻亲,詹姆和提利昂都算是你兄弟,如今史塔克家的人赶走一个又抓了另一个,而这个人说的每一句话都在羞辱你,你却只会乖乖站在旁边,一会儿问他腿痛不痛,一会儿问他要不要喝酒。"

劳勃脸色阴沉,满面怒容。"臭女人,你要我说几次才会闭嘴?"

瑟曦的神情轻蔑得无以复加。"天上诸神还真开了我俩一个大玩笑,"她说,"你应该穿裙子当女人,像个男人披挂上阵的该是我。"

国王气得脸色发紫,伸手就是狠狠一拳,把她打得踉跄着撞上桌子,重重跌倒在地。瑟曦·兰尼斯特没吭半声,她伸出纤细的手指抚着脸,面颊处光滑的雪白肌肤已经开始泛红,等到明天,半边脸就会肿起来。"我会把这当成荣誉的奖章。"她宣示。

"那就给我安静地戴好,否则我让你更光荣。"劳勃保证。他大喊来人,穿着白色铠甲、高大阴沉的马林·特兰爵士走进屋内。"王后累了。送她回房。"骑士扶起瑟曦,一言不发地领她出去。

劳勃又拿起酒瓶,为自己斟满。"奈德,你也看到她是如何待我的了。"国王坐下来,抚着酒杯。"这就是我亲爱的妻子,我孩子的母亲。"他怒气已消,此刻奈德在他眼里所见只有哀伤和恐惧。"我不该打她的。这实在不是……实在不是国王该有的举动。"他低头盯着自己的手,仿佛不太明白那是什么东西。"我的力气向来很大……没人能打赢我,没有人。可万一你碰不到他,这场架又该怎么打?"国王困惑地摇摇头。"雷加……雷加他赢了,挨千刀的。奈德,我杀了他,我的战锤狠狠凿穿了他那件黑铠甲,刺进他那颗黑心,教他当场死在我脚下。后人为这件事称颂不已。可他还是赢了。如今他拥有莱安娜,我得到的却是她。"国王一饮而尽。

"陛下，"奈德·史塔克道，"我有事要跟您谈……"

劳勃伸出手指按住太阳穴。"我已经谈到反胃了。明天我要去御林打猎，你等我回来再说吧。"

"若是诸神眷顾，等您回来我就不在了。您命令我返回临冬城，记得吗？"

劳勃站起来，握着床柱稳住身子。"奈德，诸神很少眷顾世人的。拿去吧，这是你的东西。"他从斗篷内袋里拿出沉重的手形银徽章，丢在床上。"管你喜不喜欢，总之你他妈是我的首相。我不准你走。"

奈德拾起银胸针。看来别无选择。他脚伤抽痛，觉得自己无助得像个孩子。"坦格利安家那女孩——"

国王一声呻吟，"七层地狱啊，你还提她干吗？那件事算完了，我不想再谈。"

"若你不愿听我忠告，还要我这个首相做什么？"

"做什么？"劳勃大笑，"这烂国家总得有人管。奈德，快把徽章戴起来。我跟你发誓，你要是敢再丢还给我，我就亲自把这烂东西佩在詹姆·兰尼斯特身上。"

凯特琳

艾林谷的日出,将东方的天空染成玫瑰和金黄色。凯特琳·史塔克双手搁在窗外雕饰华丽的栏杆上,凝望着逐渐散溢的光辉。黎明爬过田野和森林,世界在她脚下由漆黑转为靛青,再变成茵绿。幽魂般的水冲出山脊,开始它们腾涌直落巨人之枪的漫长旅程,阿莱莎之泪上白雾激荡。凯特琳隐约可以感觉水花溅到脸上.。

阿莱莎·艾林生前眼睁睁地看着丈夫、兄弟和儿女惨遭杀害,却从未掉过一滴眼泪。于是诸神谕令,死后她将泪流不止,直到流下的泪水浇灌至峡谷平原的黑色沃野,因为她所爱的人们都葬在那里。阿莱莎已经死了六千年,然而至今没有一滴河水流到谷底。凯特琳不禁揣测,等自己死后,她的泪水又会变成多大的瀑布。"还有什么消息?"她说。

"弑君者正在集结军队,"身后的房间里,罗德利克爵士回答,"您哥哥信上说他派人去凯岩城,要求泰温大人表明意图,但至今没有回应。艾德慕已命凡斯大人和派柏大人把守住金牙城下的隘口,他向您发誓,决不放弃徒利家族的每一寸土地,若兰尼斯特敢来进犯,就用他们的血来浇灌。"

凯特琳移开视线,不再观看日出。朝阳再美,也难以振奋她的心绪。想到一日之始如此美丽,却注定将以惨剧收场,她愈发感慨造物者的残酷。"艾德慕派了人也发了誓,"她说:"但他不是奔流城公爵。我父亲大人有消息吗?"

"夫人,信上没提到霍斯特大人。"罗德利克爵士捻捻胡须。他养伤期间,胡子又重新色白如雪,林立如丛。现在的他,模样与从前几无二致了。

"父亲若非病重，决不会把奔流城的防务交给艾德慕。"她忧心忡忡地说，"鸟儿捎信来的时候，你应该立刻叫醒我才对。"

"柯蒙学士告诉我，您妹妹想让您好好休息。"

"应该叫醒我。"她坚持。

"学士他还说，您妹妹准备在比武之后再和您谈。"

"这么说来，她真打算把这出闹剧演下去？"凯特琳皱眉。"那侏儒拿她当笛子吹，她自己还蒙在鼓里。罗德利克爵士，无论今天早上结果如何，我们都该动身了。我的职责是在临冬城陪伴儿子们。假如你体力还撑得住，我这就请莱莎派人护送我们到海鸥镇，我们从那里搭船回去。"

"又要坐船？"罗德利克脸色发青，但还是忍耐住没有发抖。"夫人，就照您吩咐。"

凯特琳唤来莱莎派给她差遣的仆人，老骑士则候在门外。她一边更衣，一边想着如果赶在决斗开始前与妹妹谈谈，或许能让对方改变心意。莱莎行事全依心情而定，偏偏她的个性又阴晴不定。凯特琳所认识的，昔日奔流城那位羞怯少女，已经长成了时而傲慢，时而忧惧，又或残忍，甚至空幻不切实际，粗心大意、怯懦怕事、好大喜功的妇人，最糟糕的是她还变化无常。

当初她那阴狠的狱吏连走带爬，跑来告诉她们提利昂·兰尼斯特有意认罪时，凯特琳便力劝莱莎私下会审侏儒，然而妹妹非得在峡谷贵族面前大肆炫耀一番不可，结果竟演变至此……

"兰尼斯特是我的犯人，"他们步上高塔楼梯，朝鹰巢城冰冷苍白的大厅走去时，她这么对罗德利克爵士说。凯特琳穿了一件朴素的灰羊毛外衣，系上一条镀银的腰带。"我妹妹不能忘记这点。"

他们在莱莎居所外遇见叔叔怒气冲冲地冲出来。"这群傻瓜过节呢,你去凑热闹干吗?"布林登爵士斥道,"本来我想叫你甩你妹妹两个耳光,把她打清醒,可这没用,你只会打痛自己的手。"

"有只鸟儿从奔流城过来,"凯特琳开口,"艾德慕写信……"

"孩子,我知道,"布林登斗篷上的黑鱼,乃是他全身上下唯一称得上装饰的东西。"我从柯蒙师傅那儿听到了消息。我请你妹妹拨给我一千精兵,火速驰援奔流城,结果你知道她说了些什么?她说'叔叔,鹰巢城的守军少不了一个,更别提一千,再说你是血门骑士,理应留守于此。'"他身后敞开的大门内传出一阵充满稚气的笑声,叔叔沉着脸回头看了一眼。"好吧,反正我告诉她大可再找个新的血门骑士。无论是不是黑鱼,我到底是徒利家的人。今天傍晚我就回奔流城。"

凯特琳难掩惊讶之情。"就你一个人?你我都很清楚一个人走山路根本是找死。正好罗德利克爵士和我也准备回临冬城去。叔叔,跟我们一道走吧,那一千精兵我来给。奔流城绝不会孤军作战。"

布林登沉吟半晌,然后唐突地点点头。"那就这样。虽然是绕远路,但我抵达的机会却也比较大。我在下面等你。"说完他大跨步离去,披风在背后飘荡。

凯特琳与罗德利克爵士交换了个眼色,接着穿过大门,朝那一片高亢尖锐,却又焦虑不安的孩童嘻笑声走去。

莱莎的居所位于一座小花园之上,花园呈圆圈状,白色高塔环绕四周。花园的泥土和青草上种植着蓝色花朵,当初工匠的原意是要栽培神木林,然而鹰巢城立基于山巅坚硬的磐石之上,无论自艾林谷运来多少沃壤,依旧不能让鱼梁木在此生根苗长。于是历任公爵改种草坪,并在花朵繁茂的矮树丛间放置雕像。两位决斗者与提利昂·兰尼斯特的性命,便将在此交付天上诸神,做出最后决断。

莱莎刚梳洗完毕,换了身奶油色的天鹅绒外衣,乳白的颈项间戴了一串青玉和月长石,这时正在露天阳台上主持集会。该处视野恰好可将决斗过程尽收眼底,莱莎身边围满了随从、骑士、以及大小领主。其中大部分人依旧怀着希望,想娶她睡她,然后与她并肩统治艾林谷。但就凯特琳这些天来在鹰巢城所见判断,他们的希望不大。

劳勃坐在高高的椅子上,座位下方搭了个木台,眼前有个穿着蓝白弄臣服的驼背木偶师,正操纵两个木头骑士相互砍杀,逗得鹰巢城公爵咯咯直笑,不停鼓掌。阳台上摆了一罐罐浓乳酪,以及一篮篮黑莓,宾客们正手拿雕花银杯,啜饮一种掺了橙香的甜葡萄酒。傻瓜过节,难怪布林登这么说。

阳台上,杭特伯爵说了个笑话,引得莱莎开怀大笑,然后她又从林恩·科布瑞爵士的匕首上咬过一颗黑莓。众位追求者中,便数他俩最得莱莎欢心……至少,今天的情形是如此。若问凯特琳他们谁比较不适合,她还真无从答起。伊恩·杭特的年纪比琼恩·艾林更大,害了痛风,走起路来有些跛,膝下还有三个争吵不休的儿子,一个比一个贪婪。林恩爵士则是另一番荒唐相,他苗条英俊,是古老而衰败的科布瑞家族的继承人,但他性好虚荣,脾气暴躁,行事又不加思考……有人更谣传,他对男女之间的亲密关系出了名的没兴趣。

莱莎远远望见凯特琳,立即起身热情拥抱,还在她颊上印下湿湿一吻。"早上天气可真好,你说是不是?天上诸神都在对我们微笑呢。亲爱的姐姐,快尝尝这酒,这是杭特大人特意从他自家酒窖里送来的。"

"谢谢,不用了。莱莎,我要跟你谈谈。"

"等下再说。"妹妹刚出口保证,就转身准备离开。

"现在就谈。"凯特琳不自觉地提高音量,引来旁人转头观望。"莱莎,你不能这样胡闹下去。小恶魔活着才有价值,死了就只能喂乌鸦。若是他的代理骑士打赢——"

"夫人,我看没这可能。"杭特爵士伸出布满老人斑的手拍拍她肩膀,向她保证。"瓦狄斯爵士武艺超群,三两下便可把那佣兵解决掉。"

"大人,你就这么有把握?"凯特琳冷冷地说,"我可不敢说。"她在山路上亲眼见识过波隆的身手,他之所以能活到现在,绝非偶然。他行动灵敏宛如猎豹,那柄丑陋的剑更仿佛与他手臂合为一体。

莱莎的追求者们纷纷聚集过来,如同围绕花朵的蜜蜂。"女人家哪懂这种事?"莫顿·韦伍德爵士道,"亲爱的夫人,瓦狄斯爵士乃堂堂骑士。至于那家伙嘛,呵,他那种人骨子里都是懦夫。打仗的时候,几千个聚在一起,还管点用,可叫他一对一与人单打独斗,谅他没这能耐。"

"就算是这样,"凯特琳硬装出来的礼貌口吻,连自己都受不了。"敢问侏儒死了对我们有何好处?只要我们把他丢下山崖,您觉得詹姆会在乎我们有没有事先举行审判吗?"

"干脆把他脑袋砍了,"林恩·科布瑞爵士提议,"再把首级送给弑君者,当做给他的警告。"

莱莎不耐烦地甩甩及腰的红棕长发。"劳勃大人想要看他飞,"她的语气仿佛在为这场争执画下句点。"要怪也只能怪小恶魔自己,当初要求比武审判的也是他。"

"即使莱莎夫人想拒绝,也无法在兼顾礼数的前提下办到。"杭特伯爵语气沉重地发言。

凯特琳不理睬他们,把所有的力气都用来对付妹妹。"容我提醒你,提利昂·兰尼斯特是我的犯人。"

"让我也提醒你,侏儒谋害的是我丈夫!"她提高音量。"他毒害了国王的首相,让我宝贝小小年纪就没了父亲,现在我要他付出代价!"莱莎旋身,裙裾跟着飞扬,她昂首阔步地走到阳台的一边。林恩爵士、莫顿爵士和其他追求者冷冰冰地点头致意,跟在她身后离去。

"您认为真的是他干的吗?"只剩他们俩后,罗德利克爵士悄声问她。"谋害琼恩大人的事,是真的吗?小恶魔始终否认,坚决否认……"

"我相信谋害艾林大人的是兰尼斯特家的人,"凯特琳回答:"但究竟是提利昂,还是詹姆爵士,抑或王后,甚至三人都有份,我就不敢说了。"当初莱莎送到临冬城的信上指称瑟曦为凶手,而现在她似乎又认定提利昂才是真凶……这难道因为侏儒近在眼前,王后却在好几百里格以外的南方,安全地躲在红堡高墙之后?凯特琳不禁希望自己当初在没拆信之前,就先把它烧掉。

罗德利克爵士捻捻胡须。"若用毒药,那么……的确有可能是侏儒下的手,或者瑟曦。夫人,我无意冒犯,但人们不都说毒药是女人的武器吗?至于弑君者,呃……我对此人无甚好感,但他不像是会做这种事的人。他太喜欢看自己那把黄金宝剑染血了。夫人,真的是用毒药?"

凯特琳有些不安地皱皱眉:"不然还有什么能造成自然死亡的假象?"身后,劳勃公爵眼见一个傀儡骑士把另外一个砍成两半,撒了一地红木屑,开心得兴奋尖叫。她瞄了外甥一眼,不禁叹气。"那孩子一点教养都没有。除非让他离开母亲身边一段时间,否则他永远不会有统治的能力。"

"他的先父也有同感。"身旁有个声音接口。她转过头,看见手拿酒杯的柯蒙学士。"事实上,他原本打算送这孩子去龙石岛做养子,您知道……唉,我这是说了不该说的话。"他的喉结在松垂的学士锁链下方焦虑地起伏。"恐怕我喝多了杭特大人的好酒。流血之事总教我紧张……"

"学士,你一定是弄错了,"凯特琳道,"是凯岩城,不是龙石岛,而且还是首相死后,未经我妹妹同意安排的。"

学士的头猛地一抖,配上他长得出奇的脖子,看起来活像个木偶。"不,请您原谅,夫人,这是琼恩大人他自己——"

他们下方铃声大作。贵族和侍女都不约而同放下手边的事,走到栏杆旁边。台下,两名身着天蓝色披风的卫兵领着提利昂·兰尼斯特出来。鹰巢城的臃肿修士伴他走到花园中央的石像旁。那是一座用带纹理的白色大理石雕刻出的、正在哭泣的女人,无疑便是阿莱莎。

"小坏蛋来了,"劳勃公爵咯咯笑道,"妈咪,我可以让他飞了吗?我想看他飞。"

"再等一等,小宝贝。"莱莎向他保证。

"先审判,"林恩·科布瑞爵士慢条斯理地说,"再处决。"

片刻之后,两名决斗者也从花园两边进场。骑士身边跟了两个年轻侍从,佣兵则由两位鹰巢城的士兵侍候。

瓦狄斯·伊根爵士穿了锁甲和加垫外衣,其外从头到脚都被厚重的钢甲所覆盖。许多金属圆碟保护着手臂和胸膛间铠甲的交接处,它们都被涂成蓝白相间的艾林家族新月猎鹰纹章的式样。腰部到大腿罩着一件龙虾甲壳状的金属裙,脖子上则有一道坚固的颈甲。他的头盔两侧展出鹰翼,面罩是尖锐的鹰喙形状,只留一条细缝容他观察。

轻装便甲的波隆,站在骑士身旁简直浑似赤身裸体。他只穿了件硬皮衣,外罩上好油的黑环甲,戴上金属头套和带护鼻的半罩圆盔。他挑了双高筒皮靴,前端有钢制护腿,手套的指头部分缝上了黑铁环。凯特琳注意到佣兵足足比他的对手高出一头,手也较长……更别提两人的年龄差距了,根据她的目测,波隆起码年轻十五岁。

他们在哭泣女人雕像脚下的草坪上面对面单膝跪地,兰尼斯特站在两人中间。修士从腰间的软布袋里取出一个多面水晶,高举过头,光线随即散射开来。七彩虹光轻跃过小恶魔的脸庞。修士以高亢、庄严,近乎歌唱的声调,请求天上诸神作见证,找出这人灵魂中的真相,若他无辜,则还其自由,若其有罪,则赐之以死。他的声音在四周的塔楼间回荡。

当最后一抹余音散去,修士放下水晶,快步离去。提利昂在卫兵将他带走前,凑到波隆耳边低声说了几句,佣兵听了哈哈大笑,起身拍拍膝盖上的草。

鹰巢城公爵与峡谷守护者劳勃·艾林此时正不耐烦地在高高的座椅上扭来扭去。"他们什么时候开打?"他哀怨地问。

瓦狄斯爵士的侍从之一扶他起身,另一个则为他拿来长近四尺,厚重橡木所制,表面有铁钉的三角形盾牌。两位侍从协力替他把盾绑在左臂前端。莱莎的士兵递给波隆一面类似的护盾,但佣兵啐了口唾沫,挥手拒绝。三天没刮的粗黑胡子盖住了他的下巴和两颊,但他决非没有剃刀。他的剑锋闪着致命的光泽,看得出每天都花好几个小时打磨,直到锋利得血肉难近为止。

瓦狄斯爵士伸出一只戴着铁护腕的手,他的侍从递过一把漂亮的、两面开刃的长剑。剑身用银线雕镂出山间长空的纹理,剑柄如猎鹰的头,护手则是两只翅膀。"这把剑是我在君临的时候特意叫人为琼恩铸的,"莱莎骄傲地告诉她的宾客,他们都看着瓦狄斯爵士尝试挥舞。"每当他代替劳勃国王坐上铁王座,他总会配戴这柄剑。你们说它漂不漂亮?我认为让我们的骑士手持琼恩的剑替他复仇,是再恰当不过了。"

雕花银剑固然漂亮,但在凯特琳看来,若让瓦狄斯爵士用他自己的武器会更称手。可她深知与妹妹争执徒劳无功,因此什么也没说。

"叫他们快打!"劳勃公爵大喊。

瓦狄斯爵士转身面向鹰巢城公爵,举剑致敬。"为鹰巢城和艾林谷而战!"

提利昂·兰尼斯特被安排坐在花园对面的露天阳台上,身边围满了守卫。波隆转身漫不经心地朝他做了个敬礼的动作。

"他们就等你命令了。"莱莎夫人告诉她的公爵儿子。

"快打!"男孩尖叫,两手紧握座椅扶手,不住地颤抖。

瓦狄斯爵士立刻旋身,举起重盾。波隆也转过来面对他。两人的长剑交锋一次,两次,彼此试探。佣兵后退一步,骑士举盾在前追赶。他挥出一剑,但波隆猛地后跳,躲到攻击范围之外,银剑划过空气。波隆转向右边,瓦狄斯爵士跟过去,依然高举护盾。骑士向前逼近,一步一步、小心翼翼地踩在不平坦的地面上。佣兵嘴边挂着淡淡的微笑,不断后退。瓦狄斯爵士挥剑猛攻,可波隆跳得更快,轻盈地跃过一块长满青苔的低矮石头。然后佣兵往左边绕,远离盾牌,朝骑士没有保护的那方而去。瓦狄斯爵士想砍他的腿,然而距离太远。波隆再往左跳,瓦狄斯爵士也跟着转身。

"这家伙是个懦夫,"杭特伯爵道,"胆小鬼,有种就光明正大地打!"其他人也同声附和。

凯特琳望向罗德利克爵士。她的教头简短地摇头道:"他故意让瓦狄斯爵士追他。全副武装加上盾牌,再强壮的人也会很快疲累。"

其实,她几乎是看着他人练剑长大,观赏过的比武竞技不止半百,然而眼前这场决斗却与之殊异,更为致命:一招棋错,便在劫难逃。看着这番场景,凯特琳·史塔克却忆起了在不同时间,不同地点,曾经发生过的另一场决斗,在脑海中历历如绘,恍如昨日。

那是在奔流城的下层庭院。布兰登眼见培提尔只穿戴头盔、护胸和锁甲,便也脱去自己的大半护具。当时培提尔恳求她以信物相赠,却被她拒绝。既然她被父亲大人许配给布兰登·史塔克,她的信物自然归他所有。那是由她亲手缝制的淡蓝色手帕,上面绣着奔流城的飞跃鳟鱼。当她把手帕塞进他手中时,她向他恳求:"他只是个傻孩子,但我把他当弟弟一样疼爱。他若是死了,我会很难过。"她的未婚夫听了,便用那双史塔克家的冷静灰眸看着她,并答应饶那疯狂爱着她的小子一命。

决斗才刚开始便告结束。已经成年的布兰登逼得小指头节节后退,从城堡庭院一直退到临水阶梯,攻势猛烈,剑如雨下,打得那男孩脚步踉跄,浑身是伤。"快投降!"他不止一次呼喊,但培提尔总是摇摇头,执拗地继续奋战。最后在水深及踝的地方,布兰登终于做出了断,他反手一记猛烈的挥砍,穿透培提尔的护胸环甲和皮革,划破肋骨下方的柔软血肉,伤口之深,凯特琳以为必定致命。他倒在血泊中,一边凝望着她,喃喃念着"凯特",同时明艳的鲜血从他铁手套间汩汩涌出。这一切,她以为自己早已遗忘。

那是她最后一次见到他的脸庞……直到那天他们在君临重逢。

小指头足足休养了两个星期,才有体力离开奔流城,然而她的父亲大人却禁止她到塔里的病房去探望。是莱莎协助学士照顾他,当年的她温柔得多,也害羞得多。艾德慕也去探望过,然而培提尔不愿见他。弟弟在决斗中担任布兰登的助手,小指头说什么也不能原谅。待他体力稍稍恢复,霍斯特·徒利公爵便派人将培提尔·贝里席放进一个密闭小轿,将他抬回五指半岛强风呼啸的嶙峋巨岩,回到他的诞生地继续疗养。

刀剑的金属交击将凯特琳拉回现实。瓦狄斯爵士剑盾并用,攻势猛烈。佣兵不断后退,挡下道道攻势,脚步轻灵地跳过石块与树根,眼睛却从未离开对手。凯特琳发现他的动作极其灵敏,骑士的银剑始终碰不到他,而他那把丑恶的灰剑却在瓦狄斯爵士的肩甲上划了一道。

突然,波隆溜到哭泣女人的雕像背后。瓦狄斯爵士收势不及,一剑朝他刚才的位置挥去,阿莱莎的白色大理石腿上火花迸发,两人这场迅捷的过招才开始没多久,便就暂告段落。

"妈咪,他们打得不好看,"鹰巢城主抱怨,"我要看他们打真的。"

"宝贝乖,他们马上就打给你看。"他母亲安慰他,"佣兵跑不了一整天的。"

莱莎所在的阳台上,有些贵族一边对波隆冷嘲热讽,一边斟酒笑闹,然而在花园对面,提利昂·兰尼斯特那双大小不一的眼睛却全神贯注地看着两位决斗者你来我往,似乎身边一切都已消失。

波隆倏地自雕像后蹿出,依旧向左,双手擎剑朝骑士没有盾牌保护的那边猛砍。瓦狄斯爵士虽然挡下,但挡得很勉强。佣兵的剑顺势往上一弹,朝对方的头部扑去。只听铿锵一声,猎鹰的一只翅膀应声而断。瓦狄斯爵士后退半步,稳住身子,然后又举起盾牌。波隆的剑攻向这道木墙,砍得木屑四溅。佣兵再度向左,避开盾牌,一剑正中瓦狄斯爵士腹部,在骑士的铠甲上留下一道鲜明的裂口。

瓦狄斯爵士后脚一蹬,手中银剑凌空挥出一道凶猛的圆弧。波隆硬是把它拨开,然后跳出去。骑士撞上哭泣的女人,震得她在基座上摇晃。他跟跄着退开,左顾右盼搜索对手,面罩上的细缝限制了他的视线。

"爵士先生,在你后面!"杭特伯爵大喝,可惜为时已晚。波隆双手举剑,狠狠往下一斩,正中瓦狄斯爵士的右手肘。保护关节的细薄圆碟响声大作。骑士闷哼着转身,托起长剑。这回波隆守在原地,两人你来我往,刀剑交织出的金属歌声响彻花园,回荡在鹰巢城的七座白塔之间。

"瓦狄斯爵士受伤了。"罗德利克爵士语气沉重地说。

不需他说,凯特琳也看得见鲜血正如无数手指,从他前臂缓缓流下,她还看得见他手肘关节的黏湿。他的每记挡格越来越慢,越来越低。瓦狄斯爵士侧身面对敌人,想用盾牌抵挡攻势,然而波隆也跟着侧移,行动灵敏如猫。而今,佣兵似乎愈发强壮,他的挥砍陆续留下痕迹。骑士的铠甲、右腿、喙状面罩和护胸,甚至颈甲都印上了深陷的闪亮凹痕。瓦狄斯爵士右臂的新月猎鹰圆碟被砍成两截,挂在皮带上。他们可以听见从他面罩里传出的沉重呼吸。

无论在场的众峡谷骑士和贵族多么高傲自大,他们都很清楚下面情势如何,只有妹妹依旧看不到真相。"瓦狄斯爵士,打够了,"莱莎夫人向下高喊,"快收拾他,我的宝贝等得不耐烦了。"

瓦狄斯·伊根爵士的确是忠心耿耿,至死不渝。原本他还蹒跚后退,半蹲着躲在他那伤痕累累的盾牌后面,听了这话,他转而向前冲锋。这阵突如其来的猛攻大出波隆意料。瓦狄斯爵士跟他撞在一起,并将盾牌狠狠地朝佣兵面部砸去,差一点,差一点就把波隆打倒在地⋯⋯佣兵踉跄后退,被一块石头绊到,赶忙扶住哭泣的女人维持重心。瓦狄斯爵士抛下盾牌,双手举剑猛扑上去。他的右手从肘部到指尖全都是血,但他最后的死命一击足以将波隆从头到脚劈成两半⋯⋯如果佣兵跟他硬碰硬的话。

反之,波隆箭步向后跳开。琼恩·艾林漂亮的雕花银剑砍到哭泣女人的大理石手肘,剑身三分之一处应声而断。这时波隆用肩膀拼命朝雕像背部撞去,饱经风雨摧残的阿莱莎·艾林雕像摇晃几下之后轰然倒下,将瓦狄斯·伊根爵士压在下面。

转瞬间波隆已踏上他身体,踢开残余的金属圆碟碎片,暴露出手臂和胸甲间的脆弱部位。瓦狄斯爵士侧身躺卧,被断裂的哭泣女人雕像压住的躯体无法动弹。凯特琳听见骑士不住呻吟。佣兵双手握剑高举，用尽全身力气，狠命刺进，划过手臂，穿透肋骨。瓦狄斯·伊根爵士抖了一下，便不再动弹。

一阵死寂笼罩着鹰巢城。波隆拔掉半罩头盔，扔在草坪上。刚才被盾牌撞到的嘴唇，此刻正流着血，炭黑色的头发也被汗水完全浸湿。他吐出一颗被打落的牙齿。

"妈咪，结束了吗？"鹰巢城公爵问。

不，凯特琳想告诉他，一切才刚刚开始。

"是的。"莱莎郁闷地说，声音一如她的侍卫队长那般冰冷而死寂。

"现在我可以让那个小坏蛋飞了吗？"

花园另一头，提利昂站起身。"总之飞的不会是我这个小坏蛋，"他说，"这个小坏蛋打算跟萝卜一起搭篮子下山去，感谢您的关照。"

"你以为——"莱莎开口。

"我以为艾林家族还记得他们的族语，"小恶魔道，"高如荣誉。"

"你答应我可以让他飞的。"鹰巢城公爵对他母亲尖叫，然后开始颤抖。

莱莎夫人气得满脸通红。"孩子，天上诸神认为这人无辜，除了放他走，我们别无选择。"她提高音量，"来人，把兰尼斯特家的大人和他……那只怪物给我带走。护送他们到血门，然后放他们自由。要为他们准备足以维持到三叉戟河的马匹和粮食，同时务必归还他们一切行李和武器。他们走山路，想必会很需要这些装备。"

"走山路？"提利昂·兰尼斯特道。莱莎嘴角泛起一丝细小但得意的微笑。凯特琳忽然明白过来，这不啻另一种死刑。提利昂·兰尼斯特想必也很清楚。然而侏儒仅故作礼貌地朝莱莎·艾林鞠了个躬。"遵命，夫人。"他说，"我们认得这条路。"

琼恩

"我从没见过像你们这么无可救药的小鬼。"等他们全体聚集在训练场里,艾里沙·索恩爵士说,"你们的手生来只配挑粪,没资格拿剑。若是依我之见,我会发配你们通通去养猪。可是昨晚我听说葛伦正带着五个小伙子,从国王大道上来。其中一两个或许还有救。为了给他们腾出位置,我决定放过你们其中八个,交给司令官去处置。"他一个接一个喊出名字,"癞蛤蟆、呆头、大笨牛、娘娘腔、雀斑男、猴子、蠢蛋爵士,"最后他看看琼恩,"还有野种。"

派普呼了口气,兴奋得把剑抛向空中。艾里沙爵士恶狠狠地瞪着他说:"从现在起,别人会称你们作守夜人,但如果你们信以为真,那就是天字第一号大笨蛋。你们都还是乳臭未干的小毛头,身上都是夏天味道,等冬天一来,你们就会像苍蝇一样全部死得四脚朝天。"说完艾里沙·索恩爵士便离开了。

其他男孩立即把八个被擢升的人团团围住,又笑又骂,连声道贺。霍德用剑脊敲敲陶德的屁股,大喊:"现在你可是守夜人癞蛤蟆啦!"派普嚷着说要当黑衫军先得有坐骑,一跃跳上葛兰肩膀,两人同时扑倒,在地上翻滚打闹怪叫。戴利恩冲进武器库,回来时手中多了一袋劣等红酒。正当他们轮流喝酒,像呆瓜似的傻笑时,琼恩注意到山姆威尔·塔利孤零零地站在广场角落一棵光秃秃的树下。琼恩把酒袋递过去。"要不要来一口?"

山姆摇摇头。"不用了,琼恩,谢谢。"

"你还好吧?"

"我很好,真的。"胖男孩在撒谎,"我真为你们高兴。"他试图挤出一抹微笑,结果只有那张圆脸木然地晃动。"有朝一日你一定会当上首席游骑兵,像你叔叔从前那样。"

"我叔叔现在还是首席游骑兵。"琼恩纠正他。他绝不相信班扬·史塔克已死。他还来不及再说,只听霍德喊道,"好家伙,你打算独吞啊?"派普从他手中一把攫走酒袋,笑着跑开。葛兰抓住他的手,派普使劲把酒袋一捏,一股细细的红色酒柱便喷到琼恩脸上。霍德大吼着叫他别浪费好东西。琼恩含含糊糊、说不出话,挣扎着想站稳,这时梅沙和杰伦爬到墙上,开始朝他们猛扔雪球。

等他挣脱开来,满头是雪,衣服上也都是葡萄酒,山姆威尔·塔利已经走了。

当晚,三指哈布为庆祝男孩们的晋升,特别煮了顿丰盛晚餐。琼恩走进大厅时,总务长亲自领他前往靠近火炉的座位,途中老鸟们纷纷拍他表示嘉许。八个即将成为黑衣弟兄的男孩品尝了薄荷叶装饰、用大蒜和药草烤的羊肉,以及浸在奶油里的黄萝卜泥。"这可是总司令的餐桌上才有的好东西。"波文·马尔锡告诉他们。除此之外,桌上还有用菠菜、鹰嘴豆和芜菁做的凉拌沙拉,饭后甜点则是冰镇的蓝莓和甜奶油。

"你觉得他们会把我们编在一起吗?"当他们开心地狼吞虎咽时,派普不禁问。

陶德扮了个鬼脸。"希望不会,我受够了你那双丑耳朵。"

"哟,"派普说,"天下乌鸦还不是一般黑。癞蛤蟆,我看你游骑兵是当定了,因为他们会把你派得离城堡越远越好。若是曼斯·雷德打来,只需掀开面罩,叫他们瞧瞧你那张脸,保管他们落荒而逃啊。"

除了葛兰,大家哄堂而笑。"我真心希望自己能当游骑兵呢。"

"我们不都一样。"梅沙道。黑衫军的每一位成员都有防守长城之责,若是敌人来袭,人人都必须举剑迎敌,然而游骑兵才是守夜人部队中真正的战斗主力。只有他们会骑马北出长城,扫荡影子塔以西鬼影幢幢的森林和冰雪覆盖的崇山峻岭,与野人、巨人和怪物般的雪熊作战。

"那可不一定,"霍德说,"我就想当工匠。若是长城垮了,游骑兵还有什么用呢?"

工匠群体包括负责维修堡垒和塔楼的石匠和木匠;负责挖掘隧道,敲碎石头铺路的矿工;负责砍伐靠近长城的树林的樵夫。据说多年以前,工匠们从鬼影森林中的冰湖运来巨大冰块,用雪橇南运,以将长城砌高。然而距离那样的年代,已经过了好几百年,如今他们所能做的,便只是沿着城墙,从东海望走到影子塔,修补沿途的裂缝,注意融化的迹象。

"熊老可不是笨蛋,"戴利恩发表意见,"你一定会当上工匠,而琼恩也一定会当上游骑兵。咱们这群人里面他不仅剑使得最好,骑术也最棒,更何况他叔叔生前也是首……"他想起自己提到了什么,不自在地住嘴。

"班扬·史塔克依旧是首席游骑兵。"琼恩·雪诺一边把玩着手中那碗蓝莓,一边对他说。别人或许对叔叔安然归来不抱期望,但他不会。他推开几乎碰都没碰的蓝莓,起身离开长凳。

"这些你还要不要?"陶德问。

"都给你。"事实上,连哈布精心烹调的晚餐,琼恩也几乎没动。"我吃不下了。"他从门边的挂钩上取下斗篷,穿了就准备出去。

派普跟上来。"琼恩,怎么了?"

"是山姆,"他承认,"今晚他没上桌。"

"这家伙可不像是会错过餐点的人,"派普若有所思地说,"你觉得他生病了?"

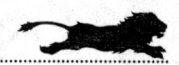

"他在害怕。因为我们就要离开他了。"他忆起自己离开临冬城当天,那些悲喜交加的道别。布兰支离破碎地躺在床上,罗柏发际还有雪花,艾莉亚则是得到"缝衣针"后疯狂地吻他。"等我们宣过誓,就会有各自应尽的义务。有些人可能被派往远方,前往东海望或影子塔。只有山姆会留下来继续受训,而雷斯特或库格那种人正在国王大道上等着他。天知道他们是什么德行,不过可以肯定艾里沙爵士一有机会就会叫他们去对付他。"

派普皱眉:"能做的你都做了。"

"我们做的还不够。"琼恩说。

他回哈丁塔找白灵时,心中感到深切的不安。冰原狼跟在他身边走向马厩,刚一进门,几匹比较激动的马便伸腿踢栏,两耳后竖。琼恩为他的母马上鞍,骑出黑城堡,就着月光和夜色往南行去。白灵飞奔在前,转眼便消失无踪。琼恩由他去,狼总有打猎的本能。

他的脑中漫无目的,纯粹只想骑马。他先是沿溪而行,聆听冰冷的溪水流过岩石,接着穿越旷野,踏上国王大道。道路在眼前伸展,狭窄、多石、杂草丛生,看上去并非通往光明与希望的途径。然而这道路,却让琼恩·雪诺心里盈满思慕之情。临冬城就在路上某地,如果继续前行,则会抵达奔流城、君临、鹰巢城和其他许多地方,例如凯岩城、千面屿,多恩领的红色山脉,海中布拉佛斯的百余列岛,瓦雷西亚浓烟滚滚的古老废墟。这些地方琼恩永远不能得见。世界在路的彼端……而他却在这里。

一旦他发下誓言,便将以此为家,在此终老,和伊蒙师傅一样。"我还没发誓呢。"他喃喃自语。他并非违法乱纪之人,不像他们若不穿上黑衣,便得接受法律制裁。他以自由之身来到这里,同样也可以自由之身离去……除非他开口宣誓。他只需继续骑行,便可抛开这里的一切。等到新月再度满盈,他已经返回临冬城,与兄弟重新团聚。

他们是你同父异母的兄弟，心中有一个声音在提醒他。还有不欢迎你的史塔克夫人。临冬城里无他容身之地，更不用说君临。连他自己的母亲也无法安顿他。想到她，他不禁难过起来。他想知道她是谁，长什么样，想知道父亲为何离开她。白痴，因为她是个妓女，要不然就是个有夫之妇。一定是牵连到某些阴暗又不名誉的事，否则艾德大人为何羞于提及？

琼恩·雪诺将视线从国王大道转开，回头往后看去。黑城堡的灯火被一座小丘遮蔽，但巨大而冷漠的长城，却在月光照耀下直向天际，清晰可见。

他调转马头，朝家的方向奔去。

他刚爬过缓丘，瞧见远处司令塔的火光，白灵便回来了。冰原狼的口鼻一片血红，缓步跟在马旁边。在回去的路上，琼恩发现自己再度想起了山姆威尔·塔利。等他回到马厩，心里已有了主意。

伊蒙学士的居所在一座坚固的木造堡垒内，正好位于鸦巢下方。学士年纪大了，身体也虚弱，因此他和两个负责照顾他起居，平时则协助他处理事务的年轻事务官住在一起。兄弟们间有个笑话，说全守夜人部队里最丑的两个都给派到他手下，只因为他瞎了眼，省得受罪。克莱达斯矮个子，秃头，几乎没下巴，长了一双粉红色的小眼睛，活像只鼹鼠。齐特脖子上长了个鸽子蛋那么大的瘤，脸上则布满疮和疙瘩。或许正因如此，无论何时他看起来总是怒气冲冲。

来应门的是齐特。"我有事找伊蒙师傅。"琼恩告诉他。

"学士已经睡啦，你也该上床了。明天再来看他愿不愿见你吧。"说完他准备关门。

琼恩伸脚卡住门。"我现在就要跟他谈，等明早就太迟了。"

齐特皱眉道："学士可不习惯没事给人半夜吵醒。你知道他年纪多大了吗？"

"我知道他年纪大，比你更懂待客之道。"琼恩说，"请代我向他致歉，若非情况紧急，我决不会打扰他休息的。"

"如果我拒绝呢？"

琼恩把脚稳稳地卡在门缝间。"我可以就这样站上整夜。"

黑衣弟兄嫌恶地哼了一声，然后打开门让他进去。"到图书室去等。那边有木材，去生个火。我可不会让学士因为你的关系着凉。"

等齐特领着伊蒙师傅进来，琼恩已经生起一炉噼啪作响的柴火。老人穿着睡袍，颈间依然挂着象征身份的锁链。即便睡觉，学士也不能取下。"我坐炉边那张椅子就好。"他大概是察觉到暖意，便这么说。等他舒服地坐下，齐特拿了张毛皮帮他盖住双脚，然后走到门边站定。

"学士，这么晚还吵醒您，真是抱歉。"琼恩·雪诺道。

"你并没有吵醒我，"伊蒙师傅回答，"我发现年纪越大，睡眠的需求就越少，而我已经很老了。我时常大半夜与过去的鬼魂为伍，回忆起五十年前的往事，恍如昨日。因此三更半夜的神秘访客，也算件不错的事。那么告诉我，琼恩·雪诺，这时候跑来找我，究竟有什么事？"

"我想请您让山姆威尔·塔利结束训练，正式加入守夜人弟兄的行列。"

"那不干伊蒙学士的事。"齐特抱怨。

"总司令把训练新兵的事务交给艾里沙·索恩爵士负责，"师傅温和地说，"只有他才能决定某个孩子够不够格宣誓加入，这你想必也清楚。你为什么还来找我？"

"因为总司令会听从您的建议，"琼恩告诉他，"更何况守夜人弟兄若有病痛伤患，也都由您照料。"

"这么说来，你这位山姆威尔·塔利可有病痛伤患？"

"他很快就会有，"琼恩向他保证，"除非您能伸出援手。"

他一五一十地把事情真相说出来，连放白灵去对付雷斯特的部分也没漏掉。伊蒙师傅静静地倾听，盲昧的双眼朝向炉火，然而齐特的眼神却随着他说的每一个字越显阴沉。"没有我们保护，山姆绝对撑不下去。"琼恩收了尾，"他对舞刀弄剑一窍不通。连我妹妹艾莉亚都能把他大卸八块，而她还不满十岁。假如艾里沙爵士强迫他打斗，他早晚会受伤，甚至被杀。"

齐特听不下去了。"我在大厅里见过这肥小子，"他说，"他分明就是头猪，如果你说的是实话，那他还是个无可救药的胆小鬼。"

"或许真是如此，"伊蒙师傅道，"齐特，你倒是说说，我们该拿这孩子怎么办？"

"别理他，"齐特说，"长城本来就不是软脚虾该来的地方。就让他继续受训，直到他够格为止，管他要训练多少年。老天有眼，艾里沙爵士要么把他变成个男人，不然就把他杀掉。"

"这种做法太愚蠢了，"琼恩道。他深吸一口气，稍稍整理思绪。"记得我曾听鲁温师傅解释过他为什么要始终戴着颈链。"

伊蒙师傅伸出骨瘦如柴，满是皱纹的手指轻抚着他沉重的项圈。"继续说。"

"他告诉我学士的颈链是用来提醒自己立下的誓言，"琼恩边回忆边说，"然后我追问他为什么每个环节都要用不同的金属，我说如果换成银链，搭配他的灰袍一定更出彩。鲁温师傅笑着告诉我：锁链乃是随着学士的知识渐长而逐一打造。不同的金属，代表不同领域的知识，黄金代表财务会计，白银象征救死扶伤，钢铁则是军事知识。他说除此之外，锁链还有别的意义。戴着锁链，可以随时提醒学士所服务的王国，对不对？想想看，如果说贵族老爷是黄金，骑士是钢铁，但光这两个金属环无法连成一条锁链，你还需要白银、铁和铅，锡、红铜和青铜，以及其他金属，他们象征着农夫、工匠等等各行各业的人。一条锁链需要各种金属，正如一个国家需要形形色色的人。"

伊蒙师傅微笑道："所以呢？"

"守夜人也是如此，不然干吗区分游骑兵、事务官和工匠呢？蓝道大人无法把山姆训练成战士，艾里沙爵士也不会有办法。无论你多用力，也不能把锡打成铁，但这不代表锡就没用。为什么不让山姆当个事务官呢？"

齐特愤怒地绷着脸道："我自己就是个事务官，你以为这是轻松差事，可以随便拿给胆小鬼做？守夜人日子过得下去，全靠我们事务官打猎种田、养马养牛，还有捡柴烧饭。你以为你穿的衣服是谁缝的？补给品又是谁从南方运来的？告诉你，通通是事务官。"

伊蒙师傅的反应比较温和。"你这位朋友打猎技术如何？"

"他痛恨打猎。"琼恩不得不承认。

"那他会犁田吗？"学士问："他能驾车开船吗？会不会杀牛呢？"

"都不会。"

齐特阴险地笑道："我见过像他这种软弱的小少爷被派去做事时是什么德行。叫他们搅个奶油，就弄得皮破血流。叫他们拿斧头劈柴，就把自己的脚给砍了。"

"我知道有件事山姆做得比谁都好。"

"是什么？"伊蒙学士提问。

琼恩警觉地看看站在门边，面疮发红，满脸怒意的齐特。"他可以帮您的忙，"他很快地说，"他懂算术，也会读书写字。我知道齐特不识字，克莱达斯眼睛又不好。山姆把他父亲的藏书都读遍了。他跟乌鸦应该会处得来，动物似乎都很喜欢他，白灵一见他就对他很有好感。除了打架,他能做的事很多。守夜人军团需要每一种人,何苦不为什么就杀掉一个呢?不如知人善任。"

伊蒙学士闭上眼睛,琼恩一时还担心他睡着,但最后他开了口:"琼恩·雪诺,鲁温学士把你调教得很好。看来你的心思和你的剑一样灵敏。"

"您的意思是……?"

"我会仔细想想你的话,"学士语气坚定地告诉他,"现在嘛,我准备睡了。齐特,送这位年轻弟兄出去。"

提利昂

他们在紧邻山路的山杨树丛下稍事休息。提利昂捡拾枯枝，马匹则啜饮山泉。他俯身拿起一根断裂的枝干仔细审视。"这个行吗？我对生火这事儿不在行，以前都是莫里斯帮我弄的。"

"生火？"波隆啐了口唾沫，"侏儒，你急着找死不成？还是你走得连理智都没啦？生火会把方圆好几里的原住民通通吸引过来。兰尼斯特，我还想活着走完这趟路呢。"

"那你倒是打算怎么办？"提利昂问。他把树枝夹在腋下，继续在稀疏的灌木丛中翻找。天刚亮，林恩·科布瑞爵士便铁青着脸把他们送出血门，并明令禁止他们再度出现，从那时起，他俩便快马加鞭地赶路，直到现在还没歇息，害得他腰酸背痛。

"靠蛮干杀出重围是别想了，"波隆道，"但两个人轻装便行，总比大队人马速度快，也较不会引人注意。我们在山里停留的时间越短，就越有机会安全抵达河间地带。所以我说咱们应该加紧赶路，白天躲藏，夜间行动，道路能避就避，不要发出噪声，更不要生火。"

提利昂·兰尼斯特叹道："波隆，这计划真是好极了。那你就自己去试试吧……到时候可别怪我没停下来帮你挖坟。"

"你这侏儒想活得比我久？"佣兵嘿嘿笑道。他的笑容有个缺口，正是瓦狄斯·伊根爵士的盾牌撞掉他一颗牙齿的地方。

提利昂耸耸肩。"你要在夜间加紧赶路，这简直就是想摔破脑袋。我宁可慢慢走，舒舒服服地走。波隆，我知道你爱吃马肉，但这回要是我的马死了，咱俩就只剩影子山猫可骑了……老实说，我认为不管我们怎么做,原住民都会找上我们。这里四处都是他们的眼线。"他伸出戴了手套的手,朝周围风蚀的高耸峭壁挥挥。

波隆皱眉道:"兰尼斯特,那我们就跟死人没两样了。"

"真那样的话,我也宁愿死得舒服点。"提利昂回答,"我们需要生个火,这入夜之后冷死人,热腾腾的食物不仅可以温暖咱们的肚皮,还可以提振精神。你觉得这附近能打到什么野味?莱莎夫人好心地给我们准备了丰盛的咸牛肉、硬乳酪和干面包大餐,但我实在不想在这里咬断牙齿。你知道,要找学士还有得走咧。"

"我能弄到肉,"一绺黑发之下,波隆的黑眼睛狐疑地打量着提利昂。"但我首先应该把你和这堆笨柴火丢在这里,如果我把你的马也带走,那我逃脱的机会就会加倍。到时候你会怎么做呢,侏儒先生?"

"八成是死啰。"提利昂弯腰捡起另一根木棍。

"你觉得我不会这么做?"

"如果攸关性命,你会毫不犹豫地这么做。当初你朋友契根肚子中箭,你不就动作飞快,一刀把他宰了?"当时波隆抓住他的头发往后一扯,匕首从他耳朵贯穿而进,事后他却对凯特琳·史塔克说他的佣兵同伴死于箭伤。

"反正他也活不成,"波隆道,"更何况他大呼小叫个不停,把敌人都引来了。那天受伤的换做我,契根也会做同样的事……何况他算不上朋友,只是同行的伙伴。侏儒,你给我搞清楚,我帮你杀人,但那不代表我喜欢你。"

"我也只需要你帮我杀人,"提利昂说,"用不着你喜欢我。"他把怀中的木材扔到地上。

波隆嘿嘿一笑。"我得承认,你胆子够大,不输咱们佣兵。你怎么知道我会替你出场?"

"我哪儿知道?"提利昂瘸着腿试图生火。"我是孤注一掷。

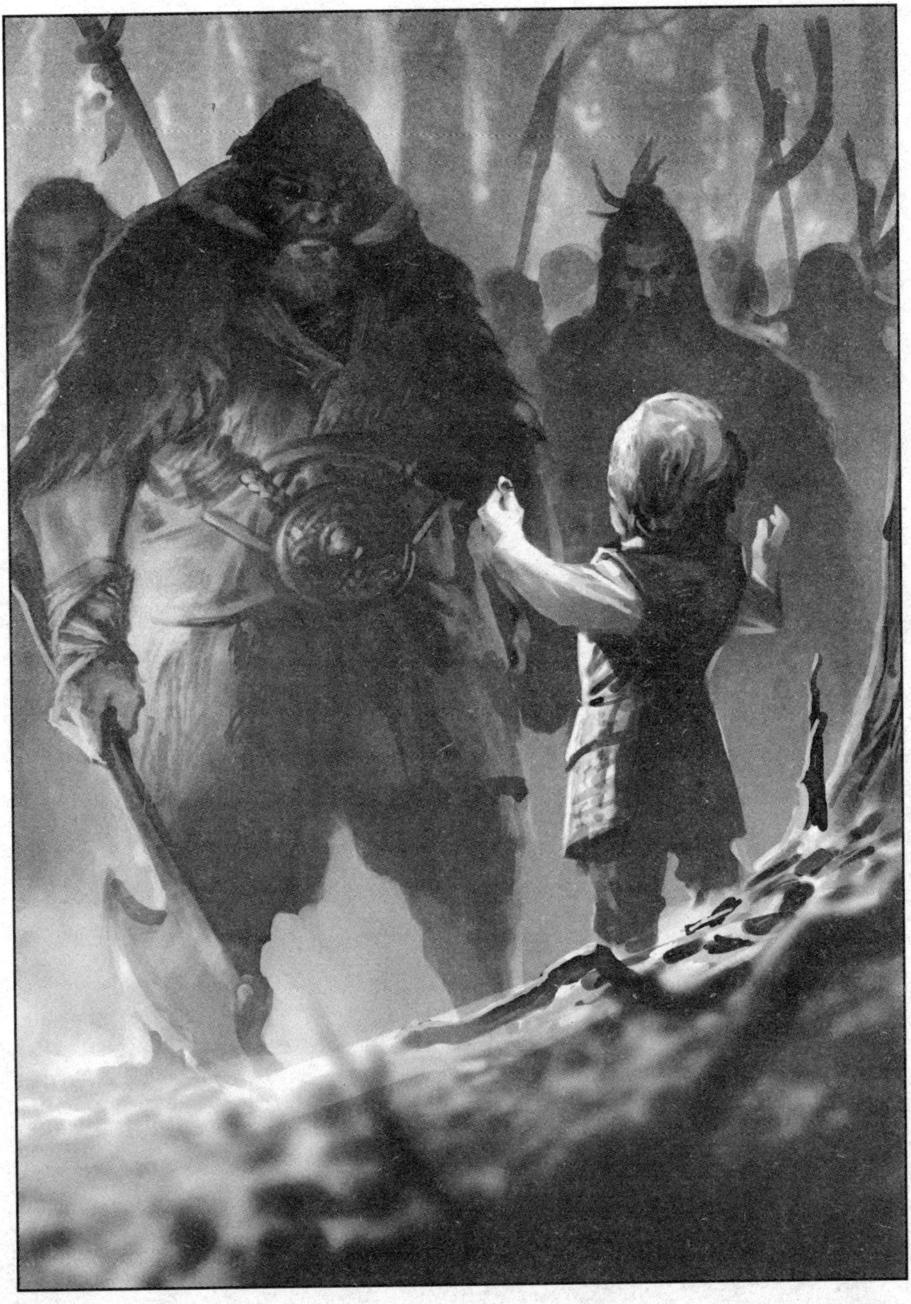

之前在旅店里，你和契根他们一道把我抓住，图什么？其他人要么是因为职责所在，要么是为了主子的名誉，但你俩不是。你既没有主子，也没有义务，更没有什么宝贝荣誉，何苦没事找事？"他取出刀子，削掉一根木棍的树皮，用来当引信。"喏，佣兵是为什么做事啊？还不是为了钱。你们以为凯特琳夫人会奖赏你们的协助，甚至给你们谋个差事。好了，我想这样应该就行了。你有没有打火石？"

波隆伸出两根手指滑进腰间的小袋，丢出一块打火石。提利昂在半空中接住。

"谢啦。"他说，"问题在于你不了解史塔克家的人。艾德大人既骄傲，又正直，凡事讲求荣誉，而他夫人嘛就更别提了。喏，等事情结束后她当然会赏你两个小钱，带着嫌恶的眼神，一边把钱塞到你手里，一边说几句礼貌的话，但别指望她会给更多啦。史塔克家要的是有忠诚有勇气，还得讲究荣誉的人，而你和契根嘛，老实说，不过是出身低贱的人渣。"提利昂拿燧石敲击匕首想生火，却什么也没弄出来。

波隆哼了一声。"小家伙，我看你这舌头挺毒的，小心哪天给人割了叫你吞下肚去。"

"别人都这么说。"提利昂瞄瞄佣兵。"我冒犯到你了吗？那还真对不住……不过哩，波隆，你也搞清楚，你的的确确是个人渣。责任感、荣誉心、友谊，哪一样是你有的？哼，不用费工夫想了，答案咱俩都知道。可你不蠢，我们抵达峡谷之后，史塔克夫人就用不着你了……但我用得着，何况兰尼斯特家的人从不吝惜金子。所以，当我需要孤注一掷时，我就是猜你够机灵，知道怎么做对你最有利。让我很高兴的是，你的确够机灵。"他将打火石和刀刃再度撞击，却依旧徒劳无功。

"拿来，"波隆蹲下身，"让我来。"他从提利昂手里接过短刀和燧石，一打便擦出火花。一块卷起的树皮开始冒烟。

"干得好。"提利昂道，"你虽然是个人渣，但不可否认你很有用。手里再拿把剑，你就跟我老哥詹姆差不多厉害。波隆，你想要什么？金子？土地？还是女人？只要想办法保全我性命，你要什么有什么。"

波隆朝火堆轻轻吹气，火焰顿时跃得老高。"万一你死了怎么办？"

"那样嘛，起码有了个真心诚意为我哀悼的人。"提利昂嘻嘻笑道，"我挂了，金子也就没啰。"

这时火已经烧得很旺。波隆起身，把燧石塞进口袋，然后将匕首抛回给提利昂。"算你公道，"他说，"我的剑是你的了……但别叫我来卑躬屈膝、满口老爷大人那套，我不当别人的仆从。"

"你也不当别人的朋友，"提利昂道，"我很清楚一旦有利可图，你会义无反顾地背叛我，就跟你背叛史塔克夫人一样。波隆，要是哪天真有人引诱你出卖我，请你记住——不管对方出价多少，我都付得起。说穿了，就是我很爱惜我这条命。好啦，那你现在到底能不能帮咱们弄点好吃的？"

"你把马照顾好。"波隆说着解开系在身后的猎刀，大步走进树林。

一个小时后，马匹已经刷洗喂饱，营火也烧得噼啪作响，火上的烤架正转着一只小山羊，滴下油汁，香气四溢。"现在只差一瓶好酒配着下肚啦。"提利昂说。

"还要来个女人，最好再多十来个士兵保护我们。"波隆道。他两脚盘坐在火边，正拿油石磨长剑。石头和金属摩擦所发出的刺耳声响有种怪异的安全感。"很快天就要全黑，"佣兵表示，"第一班我来值……虽然没什么用，好歹待会儿我可以死在睡梦中。"

"哦，我看用不着等到睡着，他们就会过来了。"闻着烤肉的香气,提利昂不禁口水直流。

波隆隔着营火盯着他。"你有打算。"他平板地说,石头又磨了剑一下。

"不妨说有一丝希望吧,"提利昂道,"又到孤注一掷的时候了。"

"你拿咱俩的性命当赌注?"

提利昂耸耸肩。"难道有别的选择?"他伸手从火上割下一小片羊肉。"啊。"他一边咀嚼,一边开心地感叹。油汁从他两颊滴下。"虽然有点硬,又没有酱料,但我还是不抱怨的好。之前在鹰巢城,我在断崖边跳来跳去,连一粒煮豆子都吃不到哩。"

"结果你却给了那狱卒一袋金子。"波隆说。

"兰尼斯特有债必还。"

当提利昂把装了金子的皮袋扔给莫德时,连莫德自己都难以置信。狱卒松开袋口的绳子,看到耀眼黄金,两眼睁得像煮蛋那么大。"我把银币留了下来,"提利昂对他歪嘴一笑。"我们本来就说好给金子,所以就成交啰。"那笔钱是莫德欺负一辈子犯人都挣不到的数目。"还有,别忘记我说过,这些只是开胃小菜。哪天你要是觉得烦,不想继续为艾林夫人做事,就到凯岩城来,到时候我再把欠你的算清。"眼看两手盛满金龙币,莫德当场就双脚跪下,保证他一定会照办。

波隆抽出匕首,将肉从火堆上拿下,开始从骨头上切下一块块烤得焦黑的肉,提利昂则挖空两块硬面包充当盘子。"假如我们真能回到河间地,你打算做什么?"佣兵边切边问。

"嗒,先找个妓女,弄张羽毛床,来壶好酒再说。"提利昂递出盘子,波隆将之装满肉块。"然后再决定去凯岩城或者君临,等我想想,关于某把匕首,可有好些问题要问呢。"

佣兵咀嚼吞咽着满口烤肉。"这么说来你没撒谎?那真不是你的刀子？"

提利昂挤出一丝微笑。"你觉得我看起来可像个骗子？"

待他们填饱肚子，夜空已群星密布，一弯新月升上山头。提利昂将他的山猫皮披风铺在地上，拿马鞍当枕头。"等啊等啊，咱们朋友还没动静，真是好事多磨。"

"换做是我，也会担心其中有诈，"波隆道，"要不是有陷阱，干吗这样大剌剌的？"

提利昂咯咯笑道："那我们岂不更该唱歌跳舞，好把他们通通吓跑啰。"说完他哼起了小调。

"侏儒，你真是疯了。"波隆边说边用匕首剔除指甲缝里的油脂。

"波隆，你对音乐的喜好都到哪儿去啦？"

"你要音乐，当初干吗不叫那唱歌的当你打手？"

提利昂嘻笑道："那一定很有趣。想想他拿竖琴对付瓦狄斯爵士会是什么情景。"他继续哼唱着。"知不知道这曲儿？"他问。

"听得烦了，在旅店或妓院里常听到。"

"这是密尔的歌谣，叫做'我的恋爱季节'。如果你知道歌词，就会明白写得有多么甜美哀怨。我睡过的第一个女孩子以前常唱这首歌，想忘也忘不掉。"提利昂抬头仰视星空。这是个清朗的寒夜，群星的光辉洒在山间，明亮无情有如真理。"我遇见她的那晚就和现在一模一样，"他听见自己说，"当时詹姆和我正从兰尼斯港骑马回来，只听一声尖叫，就见她朝路上跑来，后面跟了两个大呼小叫的男人。我老哥拔剑去对付他们，我则下马保护女孩。她只大我不到一岁，黑头发，很纤细，那张脸教你看了就心碎。最起码我的心碎了。虽然她出身低贱，又一副营养不良的样子，也很久没洗澡……但就是讨人喜欢。那两个男的先前已经扯开了她穿的破布，背几乎都露了出来，所以我用自己的斗篷裹住她，詹姆则把那两个家伙赶回森林里。等他跑回来,我已经问出了她的名字和身世。她是个农夫的女儿,自从她爹发烧病死后就孤零零一个人,正准备去……唉,其实要去哪儿她自己也不知道。"

"当时詹姆一心只想逮着那两个人。强盗居然敢在距离凯岩城这么近的地方攻击行人,这可不是件寻常事,他把这当成奇耻大辱。那女孩惊慌失措,不敢一个人走路,于是我提议带她到附近的旅馆,弄点东西给她吃,而我老哥则回凯岩城讨救兵。"

"她比我原先料想的更饿。我俩足足吃了两只半烤鸡,又喝干了一整壶酒,边吃边聊很愉快。那年我才十三岁,只怕一喝酒就乱了性。总之等我回过神来,已经跟她躺在床上。她很害羞,但我更害羞,真不知我是打哪儿来的勇气?我给她开苞的时候她哭了,但事后她吻了我,然后悄声唱起那首歌,到第二天清晨,我已经爱上她了。"

"你爱上她了?"波隆的语气听来饶富兴味。

"很可笑,对不对?"提利昂又哼起那首歌。"后来我还娶了她。"最后他终于承认。

"兰尼斯特家的人娶个农家女?"波隆说,"真有你的。"

"唉,讲几句谎话,口袋里装上五十枚银币,再找个喝醉酒的修士,一个小男孩能干些什么,说了你大概都不相信。我不敢把我的新娘带回凯岩城,就把她安顿在她自己的小屋里,咱俩过了两个星期的夫妻生活。最后那修士酒醒,便把事情前后通通禀报给我公爵老爸。"过了这么多年,讲起这件事竟依旧让提利昂倍感孤寂,他实在大感意外。或许只是旅途困顿的关系吧。"我的婚姻到此结束。"他坐起身,凝视着逐渐熄灭的篝火,就着光亮眨眼。

"他把那女孩赶走了?"

"他做得更漂亮,"提利昂道,"他先要我老哥跟我说实话。其实……那女孩是个妓女。从那条路到那两个强盗,整件事都是詹姆安排好的。他认为让我体验男女之事的时刻到了,便精心策划了这一切。这是我的第一次,所以他特意付了双倍的价钱找了个处女。"

"詹姆说完之后,为了让我牢牢记取教训,泰温大人把我老婆叫进来,交给他手下的卫兵。说实话,他们出的价挺公道,一人一枚银币,你说多少妓女值这个价?他叫我坐在军营的角落,逼我全程观赏,到后来她赚的银币多得拿不完,白花花的银子顺着指缝撒了一地,而她……"浓烟刺痛了他的眼睛。提利昂清清喉咙,从火边转开,朝黑暗的夜空望去。"泰温大人让我最后一个上。"他轻声说,"他还递给我一枚金币,因为我是兰尼斯特家的人,身价不同。"

过了一会儿,他又听见波隆拿石头磨剑的声音。"管我十三岁、三十岁还是三岁,有人敢这样对我,我非宰了他不可。"

提利昂转头面对他。"说不定哪天你会有机会。记得我跟你说过的话,兰尼斯特有债必还,有仇必报。"他伸个懒腰。"我试着睡一会儿好了。咱们要死的时候记得叫醒我。"

他用山猫皮披风裹住身子,闭上眼睛。地面凹凸不平,又冷又硬,但没过多久,提利昂·兰尼斯特竟真的睡着了。他梦见了天牢,但这回他是狱卒,并非犯人,而且他身躯高大,手握皮带,正抽打着父亲,逼他后退,逐渐靠近无尽深渊……

"提利昂。"波隆的警告低沉而急促。

提利昂立时清醒。营火仅剩余烬,人影正从四面八方朝他们进逼。波隆单膝起立,一手持剑一手握着匕首。提利昂捉住佣兵的手:安静,别轻举妄动。"今晚夜风寒冷,诸位何妨过来一起烤烤火?"他对周围鬼鬼祟祟的人影喊,"虽然我们无酒可以招待,但欢迎各位前来品尝羊肉。"

所有的动作都停了下来。就着月色,提利昂警见金属反射的光泽。"山是我们的,"树丛里传来一个低沉、坚毅而不友善的声音。"羊肉也是我们的。"

"羊肉是你们的没错,"提利昂附和,"你是谁?"

"当你升天去见你的神的时候,"另一个声音回答,"告诉他送你上天的是石鸦部的冈恩之子冈梭尔。"他踏开树丛,走进光线范围内。来人个子很瘦,戴着个牛角盔,手里握着猎刀。

"还有多夫之子夏嘎。"这是头一个声音,低沉而致命。只见一块巨石朝他们左边挪动,然后立起身,变成了人。他的身躯魁梧强壮,看似动作迟缓,全身穿着兽皮,右手拿了根木棍,左手则握着一柄斧头。他脚步笨重地朝他们走来,边走边猛力把两样武器对撞了一下。

其他的声音跟着喊出名字,有康恩、托瑞克、贾戈特,还有些名字提利昂记不完全,但对方一共有十人以上。有些拿了刀剑,其他人则挥舞着干草叉、镰刀和树木削的长矛。他直等他们通通报完姓名之后方才回答:"我是兰尼斯特部落的泰温之子提利昂,他是住在凯岩城的狮子酋长。我们很乐意支付吃羊肉的赔偿。"

"泰温之子提利昂,你能给我们什么东西呢?"叫冈梭尔的人问。他似乎是这群人的头目。

"我钱包里有些银币,"提利昂告诉他们,"我身上这件锁甲对我来说太大,但康恩穿起来应该很合身。另外呢,我这把战斧要是握在夏嘎那双强壮的手里,肯定会比他那柄木头斧威猛得多。"

"半人想拿我们的东西当赔偿。"康恩道。

"康恩说得对。"冈梭尔说,"你的银币是我们的,你的马是我们的,你的锁甲和你的战斧,还有你腰上的刀子也都是我们的。你只有一条命可以拿来赔偿。泰温之子提利昂,你想要怎么个死法?"

"我想活到八十岁,喝饱一肚子酒,找个处女含着我的命根子，这才死在自己的暖床上。"他回答。

壮硕的夏嘎第一个发笑，声响如雷。其他人则不若他这么觉得有趣。"康恩，去牵马，"冈梭尔下令，"把另外那家伙宰了，然后把半人抓起来。我们可以让他挤羊奶，顺便讨孩子的妈开心。"

波隆一跃起身。"谁想先死？"

"住手！"提利昂厉声喝道，"冈恩之子冈梭尔，听我说。我的家族既有钱又有势，只要石鸦部能保我们平安出山，我那公爵老爸赏你们的金子会多到可以拿来洗澡。"

"低地领主的金子跟半人说的话一样不值钱。"冈梭尔道。

"我虽然只是半个人，"提利昂说，"却有勇气面对敌人。石鸦部呢？等峡谷骑士来了，你们还不是只敢躲在石头后面，害怕得发抖？"

夏嘎怒吼一声，将手中的棍棒和斧头再度撞击。贾戈特用他那根前端淬过火的木矛戳了戳提利昂的脸。他极尽所能不畏缩。"你们就只偷得到这种货色？"他说，"杀羊或许可以……还得那羊乖乖认命让你们杀。我老爸的铁匠拉出的屎都比这高级。"

"臭小子，"夏嘎吼道，"等我把你的命根子剁下来喂山羊，瞧你还敢嘲笑我的斧头？"

然而冈梭尔举起手。"不，我要听听他怎么说。孩子的妈现在都在挨饿，有了家伙比拿金子更有用。泰温之子提利昂，你要拿什么来换你的命？剑？长枪？还是盔甲？"

"冈恩之子冈梭尔，这些都不成问题，我给你的远不止于此，"提利昂·兰尼斯特微笑着回答，"我会把整个艾林谷都送给你。"

艾德

透过红堡深广王座厅的狭窄高窗，夕阳余晖遍洒地面，为墙壁挂上暗红色的条纹。龙头曾经高悬于此，如今石墙虽已为青绿和棕褐相衬、栩栩如生地描绘狩猎情景的挂毯织锦所覆盖，但在奈德眼中，整个大厅依旧浸润在一片血红之中。

他高高坐在"征服者"伊耿宽大而古老的座位上。那是张钢铁铸成，满是狰狞尖刺利角和诡异扭曲金属的椅子，它正如劳勃所警告的那般，是张天杀的不舒服的椅子。眼下他的断腿不住抽痛，这种感觉更是无以复加。他身子底下的金属每一小时都越显坚硬，布满利齿般尖刺的椅背，更教他无法倚靠。当年征服者伊耿命令手下铁匠使用敌人投降时的弃械，熔铸成一张大椅时，曾说："作国王的不能舒舒服服地坐着。"伊耿这傲慢的家伙该死，奈德阴沉地想，劳勃和他的打猎游戏也该死。

"你能确定他们不是土匪毛贼？"坐在王座下方议事桌边的瓦里斯轻声问。他身旁的派席尔大学士坐立难安，小指头则摆弄着一支笔。列席的重臣只有他们几个。前几天有人在御林里瞧见了一只白公鹿，蓝礼大人和巴利斯坦爵士便陪伴国王前去打猎，同行的还有乔佛里王子、桑铎·克里冈、巴隆·史文以及半数廷臣。正因如此，奈德才不得不暂代劳勃坐在铁王座上处理国事。

好歹他还有椅子可坐。在王座厅里，除了王室家族和几位重臣，余人都得毕恭毕敬地或站或跪。前来请愿的人群聚大门边，骑士、贵族与仕女站在挂毯下，平民百姓则在走廊上。全副武装的卫兵肩披金色或灰色的披风，威严挺立。

这群村民单膝下跪，不论男女老少，清一色衣着破烂，满身血污，脸上刻满了恐惧。带他们进来作证的三位骑士站在后面。

"土匪？瓦里斯大人，"雷蒙·戴瑞爵士语透轻蔑。"哼，说得好，他们当然是土匪了。兰尼斯特家的土匪。"

奈德感觉得到大厅里的紧张气氛，在场人等不论出身高低，均屏息竖耳倾听。这也不是什么新鲜事了，自凯特琳逮捕提利昂·兰尼斯特之后，西境便宛如一座柴火库。奔流城与凯岩城均已召集封臣，此刻两军正向金牙城下的山口聚集。爆发流血冲突是迟早的事。现在唯一的问题是如何能将伤害减到最小。

满眼忧伤，若非脸上酒红色的胎记，本来还算英俊的卡列尔·凡斯爵士指着跪在地上的村民说："艾德大人，榭尔全村就只剩这些人，其他的都和温德镇、戏子滩的居民一样，通通死光了。"

"起来，"奈德命令村民们。他向来不相信一个人跪着的时候所说的话。"你们通通都起来。"

榭尔的居民听了纷纷挣扎着起身。一位老者要靠人搀扶才能站起，另一个穿着血衣的女孩则维持跪姿，怔怔地望着亚历斯·奥克赫特爵士。他身穿御林铁卫的白袍白甲，站在王座下方，随时准备以死保卫国王⋯⋯或者，奈德猜测，保卫国王的首相。

"乔斯，"雷蒙·戴瑞爵士对一位穿着酿酒师傅围裙的光头胖子说，"快跟首相大人说榭尔村发生了什么事。"

乔斯点点头。"启禀国王陛下——"

"国王陛下他正在黑水湾对岸打猎，"奈德一边说，一边自忖一个人有没有可能终生居住在距红堡仅几日骑程的地方，却仍旧对国王的相貌一无所知。奈德穿着白色的亚麻外衣，胸前绣有史塔克家族的冰原狼纹章，黑羊毛披风用象征职位的银手徽章别在颈边。黑白灰三色，正是真理的三种可能。"我是国王之手，即御前首相艾德·史塔克公爵。告诉我你是谁，以及你对这些强盗所知的一切。"

"俺开了……以前俺开了……以前俺开了家酒馆,大人,在榭尔,就在石桥旁边。大家都说俺酿的麦酒是颈泽以南最好的,大人,请您见谅。可是大人,现在全都没了。他们进来喝饱以后又把剩下的酒倒掉,然后放火烧了房子。本来啊,大人,本来他们还打算要俺命,可他们没逮着。"

"他们放火把咱逼走,"他旁边的一个农夫说,"大半夜里从南方来,把田啊房子啊通通给烧了,谁要是敢上前阻拦就没命。可是大人,他们不是强盗,因为他们根本不是来抢东西的,他们把我的乳牛宰了之后,把尸体丢在那儿喂苍蝇和乌鸦。"

"他们还把我徒弟活活踩死,"一个有着铁匠的肌肉,头上包了绷带的矮胖男子说。看得出他特别换上最好的衣服上朝,但那条裤子却布满补丁,斗篷也是风尘仆仆。"他们骑在马上哈哈大笑,追着他跑来跑去,还拿枪戳他,当成是在玩游戏。那孩子就这样跑啊,惨叫个不停,最后摔倒在地,被块头最大的那家伙一枪刺死。"

跪在地上的女孩伸长脖子抬头看着高高在上的奈德。"陛下,他们还杀了我娘。然后他们……他们……"她的话音渐弱,仿佛忘了原本要说些什么,自顾自地啼哭了起来。

雷蒙·戴瑞爵士接过话茬:"温德镇的居民躲进庄园,可房子乃是木制,入侵者便将其铺上稻草,把他们活活烧死在里面。有些人开门冲出火场逃走,他们便用弓箭射杀,连怀抱奶娃的女人也不放过。"

"哎哟,真是可怕,"瓦里斯喃喃道,"怎么会有人如此残忍呢?"

"他们本来也要这么对付俺们,幸好榭尔的庄园是石头做的,"乔斯道,"有人想用烟把俺们熏出来,可那大块头说河上游比较有收获，就奔戏子滩去了。"

奈德身体前倾，手指触碰到冰冷的金属。他每根指头间都是一柄刀刃，尖端是弯曲的利剑，有如爪子般从王座的扶手向外伸展。虽然历经了三个世纪，其中有些刃叶依旧锋利逼人。对粗心大意的人来说，铁王座称得上机关密布。歌谣里唱着当初花了一千把剑，经过黑死神贝勒里恩的烈焰加热熔解，方才铸成王座。敲敲打打前后总共花了五十九天，最后的成品就是如今这座边缘如剃刀般锋利，无处不是倒钩和纠结的驼背黑怪物。这张椅子可以杀人，倘若传说属实，还真的杀过。

艾德·史塔克并不想坐上来，但如今他高踞于此，而下面的人民前来请求他主持正义。"你们有何证据指明这些是兰尼斯特家族的人？"他问，同时努力压抑怒气。"他们穿了红披风或打着狮子旗吗？"

"即便兰尼斯特的人，也不至于蠢到这种地步。"马柯·派柏爵士斥道。他是个脾气暴躁、有如好斗雄鸡的年轻人。虽然在奈德看来，他历练太浅，又太过血气方刚，但他却是凯特琳的弟弟艾德慕·徒利的好友。

"大人，他们个个骑着骏马身披铠甲，"卡列尔爵士冷静地回答，"手中持有精钢长枪和宝剑，还有用来屠杀村民的战斧。"他伸手指指这群衣衫褴褛的幸存者中的一人。"你，对，就是你，说出来没关系，把你跟我说的话都告诉首相大人。"

老人低下头。"关于他们骑的马，"他说，"他们骑的是战马。我在维伦老爵士的马房里做过很多年，看得出其中差异。他们骑的马没有一匹是犁过田的，我敢以天上诸神之名发誓。"

"骑好马的土匪，"小指头发表意见，"或许马是他们刚从别处抢来的。"

"这群强盗一共有多少人？"奈德问。

"最起码一百个。"乔斯回答,而在同时,那位包着绷带的铁匠也开了口,"五十个。"他后面的老太婆则说,"好几百人啊,大人,根本就是一支军队。"

"好太太,我相信您说得很正确。"艾德公爵安抚她,"你们说他们没打旗帜,那他们穿的盔甲呢?你们有没有谁注意到上面的花纹或装饰,或者是盾牌和头盔上的家徽?"

酿酒师傅乔斯摇摇头。"大人,有的话那敢情好,可他们穿的盔甲样式都很普通,只有……只有那领头的,他虽然穿得和其他人一样,可您绝不会把他和别人弄混。大人,这家伙块头可真大,俺敢打赌,那些断言巨人已死的人没见过这家伙。他块头大得跟头牛似的,讲起话来声音响得像山石迸裂。"

"一定是'魔山'!"马柯爵士大声说,"这还用问?一定是格雷果·克里冈干的好事。"

奈德听见窗户下方和大厅远端窃窃私语声此起彼落,不安的说话声也从外面的走廊传来。在场众人不论贫富贵贱,都清楚倘若马柯爵士所言得到证实,代表着什么:格雷果·克里冈爵士正是泰温·兰尼斯特公爵的封臣。

他审视着村民惊恐的脸孔,也难怪他们如此害怕,他们起初必定以为自己被拖来这里,是要在国王面前指控泰温大人为满手血腥的屠夫——而国王本人正是泰温的女婿。他很怀疑那几位骑士有没有给他们选择的余地。

派席尔大学士从议事桌边沉重地站起身,象征职位的颈链不住碰撞。"马柯爵士,没有对您不敬的意思,但我们无法就此认定那强盗便是格雷果爵士。国内的大块头大有人在。"

"但有人跟魔山一样吗?"卡列尔爵士道,"我可从没见过。"

"相信在场者也没人见过。"雷蒙爵士愤怒地说,"跟他站在一起,连他弟弟都像只小狗。在座诸君,请睁开您的眼睛吧,难道您们还需要亲眼见到他的印章盖上尸体才肯相信吗?这一定是格雷果,不会错的。"

"然则格雷果爵士何必去打家劫舍?"派席尔问,"靠着他的封君老爷,他不但坐拥坚固堡垒,还有自己的良田领地,此人可是个涂抹圣油,经过正式册封的骑士啊。"

"这家伙是个虚伪的骑士!"马柯爵士道,"他是泰温大人的疯狗。"

"首相大人,"派席尔语气僵硬地说,"还请您提醒这位'正直'的骑士先生,泰温·兰尼斯特大人是我们王后陛下的父亲。"

"谢谢您,派席尔大学士,"奈德道,"您若不提起,只怕我们都忘了。"

从高高的王座上,他看到大厅尽头有人溜出去。兔子就这么跑走了,他心想……不,应该说是贪恋王后奶酪的耗子吧。他瞥见茉丹修女带着珊莎站在看台上,顿时火冒三丈:这不是小女孩该来的地方。但修女事先也不可能料想到今天的会议内容并非繁冗的日常杂务——聆听百姓请愿,调解村镇间纷争,以及判定土地界石划分等等。

下方的议事桌边,培提尔·贝里席终于玩腻了他的羽毛笔,倾身向前道:"马柯爵士,卡列尔爵士,雷蒙爵士——可否容我问个问题?这几个村子都是由你们所管辖与保护,请问屠杀发生当时诸位又在何地呢?"

卡列尔·凡斯爵士回答:"当时我与家父都在金牙城下的山口,马柯爵士也是。当这些暴行传到艾德慕·徒利耳中时,他嘱咐我们率领小队人马,前来搜索幸存者,然后带他们觐见国王。"

雷蒙·戴瑞爵士发言道:"艾德慕爵士早已让我率领我的全部兵马赶到奔流城。我接获消息时,正在城外隔河扎营,等候进一步命令。等我赶回封地，克里冈和他的走狗已经渡过红叉河，回兰尼斯特家的丘陵地去了。"

小指头若有所思地抚弄他的尖胡子。"爵士先生，倘若他们再度来袭呢？"

"他们要是有胆再来，我们就用他们的血，浇灌被他们烧掉的田地。"马柯·派柏爵士愤怒地说。

"艾德慕爵士已派兵驻防距离边境一日骑程内所有村镇与庄园。"卡列尔爵士解释，"若还有人来犯，可不会像这次那么好过了。"

这很可能正是泰温公爵的目的，奈德心里明白，借此压榨奔流城的力量，诱使那小伙子分散兵力。他小舅子年纪尚轻，英勇有余，睿智却不足。他会竭尽全力守住每一寸土地，保护每一个依附他名下的男女老少。精明老练如泰温·兰尼斯特，自当很清楚这点。

"既然你们的田产和房舍都安全了，"培提尔伯爵道，"那还上朝来做什么？"

"三河流域的领主以国王之名维持境内和平，"雷蒙·戴瑞说，"兰尼斯特的人破坏了和平。我们要求血债血偿，我们要为榭尔村、温德镇和戏子滩的百姓讨个公道。"

"艾德慕同意我们以牙还牙，用相同的手段对付格雷果·克里冈，"马柯爵士宣布，"但霍斯特老爵爷命令我们首先得到国王的允许再出击。"

感谢天上诸神，还好有霍斯特大人在。与其说泰温·兰尼斯特是头狮子，不如说他是只狐狸。假如当真是他派格雷果爵士去杀人放火——奈德对此毫无疑问——他一定会特意嘱咐格雷果小心翼翼，夜晚行动，不张旗帜，扮成普通强盗。倘若奔流城反击，瑟曦和她父亲便能坚称破坏和平的是徒利家族，而非兰尼斯特。到时候劳勃会相信哪一边,只有诸神才知道。

派席尔大学士又站起来。"首相大人。如果这几位好村民坚信格雷果爵士背弃了他神圣的誓言,转而奸淫掳掠,请让他们去见他的封君大人,向他去抱怨。这些罪行与王室无关,他们应当请求泰温大人主持正义。"

"这些当然与国王有关,"奈德告诉他,"不论东西南北,我们均以劳勃之名行事。"

"和国王有关,"派席尔大学士说,"此话有理,那么我们该等国王回来再行商——"

"国王此刻正在河对岸打猎,可能好几天都不会回来。"艾德公爵说,"劳勃要我暂代他处理国事,用他的耳朵倾听,用他的声音说话,而我将谨遵其意……但我同意应该要知会他。"他在壁毯下看到一张熟悉的脸孔。"罗拔爵士。"

罗拔·罗伊斯爵士前跨一步,鞠躬道:"大人,您有何吩咐?"

"令尊与国王陛下一道外出狩猎,"奈德说,"可否请你将今日之事通报他们?"

"大人,我这就去办。"

"那我们是不是这就可以找格雷果爵士报一箭之仇了?"马柯·派柏询问摄政的首相。

"报仇?"奈德说,"我以为我们谈的是主持正义。到克里冈的封地放火杀人并不会恢复王国境内的和平,只能稍稍弥补你受损的自尊。"愤怒的年轻骑士还来不及反驳,他便转开视线,对那群村民说,"榭尔的居民们,我无法归还你们的家园和你们的作物,更不能让死者复生。但或许我能以我们的国王劳勃之名,还你们一个迟来的公道。"

大厅里的每一只眼睛都注视着他,凝神等待。奈德缓缓地挣扎着站起来,两手全力撑住王座,断腿撕心裂肺地剧痛。他尽一切所能不去注意疼痛,此刻千万不能在他们面前表现得虚弱。"先民认为判人死刑者应该亲自操刀,我们在北境依旧保留了这个传统。我本不愿由他人代为执行……但看来我别无选择。"他指指自己的断腿。

"艾德大人!"从大厅西侧传来一声喊叫,一名俊美的年轻男孩勇敢地向前走来。年仅十六的洛拉斯·提利尔爵士,脱去铠甲后愈发显得年轻。他身穿浅蓝色丝衣,系朵朵金玫瑰连缀而成的腰带。金玫瑰是他家族的纹章。"我恳求您让我有幸代您出战。请把这个任务交给我吧,大人,我发誓不会教您失望。"

小指头轻笑。"洛拉斯爵士,如果我们单派您去对付格雷果爵士,他八成会把您的头送回来,顺便塞颗李子在您那张漂亮的嘴里。魔山可不会乖乖地看在所谓'正义'的份上束手就擒。"

"我不怕格雷果·克里冈。"洛拉斯爵士骄傲地说。

奈德缓缓坐回伊耿那张畸形王座的冷硬铁板上,他的视线沿着墙壁一张脸孔接一张地搜索。"贝里大人,"他喊,"密尔的索罗斯,葛拉登爵士,罗沙大人。"被点到名字的人纷纷站到前面。"请你们各带二十名士兵,将我的命令送到格雷果的城堡。我将派出自己的二十名侍卫与你们同行。贝里·唐德利恩大人,此次任务由您指挥,因为您的爵禄最高。"

金红头发的年轻伯爵鞠躬道:"艾德大人,悉听尊命。"

奈德提高音量,让王座大厅里所有的人都能听见。"以安达尔人、洛伊拿人和先民的国王,七国统治者暨全境守护者,拜拉席恩家族的劳勃一世之名,我,史塔克家族的艾德公爵,身为其国王之手,在此命令你们即刻高举国王的旗帜,全速渡过三叉戟河的红叉河支流,进入西境,依照国王律法,制裁虚伪的骑士格雷果·克里冈,以及所有与他合谋的共犯。我在此宣告,从今以后,褫夺其一切官阶与职衔,收回其一切封地、税赋和房产,并明令处之以死刑。愿天上诸神怜悯他的灵魂。"

余音渐落之后,百花骑士神情困惑地问:"艾德大人,那我该做什么?"

奈德低头看着他。居高临下,洛拉斯·提利尔看起来就和罗柏一样年轻。"洛拉斯爵士,没有人怀疑您的勇武,然而我们今天谈的是律法和正义,你要的却是报仇雪恨。"他转向贝里伯爵说,"明天天亮就出发,这事最好尽快处理。"语毕他举起手。"今天的请愿到此为止。"

埃林和波瑟爬上陡峻狭窄的铁台阶,搀扶他下去。步下阶梯时,奈德感觉得出洛拉斯·提利尔愠怒的瞪视,然而等他回到地面,那男孩已经走了。

铁王座下方,瓦里斯正忙着收拾议事桌上散乱的文件。小指头和派席尔国师已先行离去。"大人,您的胆子可比我大多了。"太监轻声说。

"瓦里斯大人,此话怎讲?"奈德唐突地问。断腿隐隐抽痛,此刻他没有心情玩文字游戏。

"换做是我坐上面,我大概会派洛拉斯爵士去。瞧他那副跃跃欲试的模样……再说要与兰尼斯特为敌,还有什么能比拉拢提利尔家族更要紧呢?"

"洛拉斯爵士还年轻,"奈德道,"我敢说他很快就会忘记这次失意。"

"那伊林爵士呢?"太监轻抚他搽过粉的肥胖脸颊。"再怎么说,他到底是国王的执法官哪,叫别人去做他分内之事……可能会被解读成恶意侮辱哟。"

"我并无冒犯之意。"老实说,奈德并不信任那位哑巴骑士,但归根到底,或许只是肇因于他对刽子手的嫌恶吧。"容我提醒您,派恩家族世代是兰尼斯特的臣属。我认为选择并未对泰温大人宣誓效忠的人前去比较妥当。"

"您的做法毫无疑问非常谨慎,"瓦里斯道,"只是我碰巧看见伊林爵士站在大厅后面,张大那双苍白的眼睛瞪着我们,我必须承认,他看起来委实不怎么高兴,虽然我们这位沉默寡言的骑士先生心里究竟在想些什么,原本就不易猜测。我希望他也很快就会忘记这次失意。他可是热爱着他的工作啊……"

珊莎

"他竟然不肯派洛拉斯爵士去，"当晚她们一同就着油灯、吃冰冷的晚餐时，珊莎把这件事告诉珍妮·普尔。"我觉得一定是他脚受伤的关系。"

为休养腿伤，艾德大人在自己的卧房里与埃林、哈尔温和维扬·普尔共进晚餐，而茉丹修女在看台上站了整天，抱怨起两脚酸痛，没有出来用饭。本来艾莉亚该跟她们一起吃，但她上舞蹈课还没回来。

"他脚受伤？"珍妮不确定地说。她和珊莎同龄，是个可爱的黑发女孩。"洛拉斯爵士脚受伤了？"

"不是他的腿，"珊莎边说边优雅地咬着鸡腿。"傻瓜，是我父亲的腿。你看他痛得那么厉害，连脾气也暴躁起来了。不然我想他一定会派洛拉斯爵士去的。"

父亲的决定令她颇感困惑。百花骑士发言的时候，她本以为自己就要亲眼见到老奶妈的故事成真。格雷果爵士是怪兽，而洛拉斯爵士是真正的英雄，定会将之斩杀。他那么纤瘦美丽，黄金玫瑰围绕着纤细腰身，浓密的棕发坠进双眼，活脱脱就是真英雄的模样。结果父亲竟一口回绝了他！她气得说不出话来。事后她和茉丹修女从看台走下楼梯时，她忍不住说出自己的想法，但修女却说她不该过问父亲的决定。

这时一旁的贝里席伯爵接口道："哎，修女，我也弄不明白，只觉得她父亲大人有些决策可以再深思熟虑一些。我看您家小姐的睿智不输于她的美貌。"说完他向珊莎深深鞠躬，弯腰的程度反而让珊莎怀疑他究竟是在恭维还是讥讽。

茉丹修女发现她们的谈话内容被贝里席大人听见,非常不悦。"大人,这孩子只是随便说说,"她说,"不过是瞎说话,没什么特别意思。"

贝里席大人捻捻尖胡子,"没有?孩子,告诉我,为什么你觉得应该派洛拉斯爵士去呢?"

珊莎别无选择,只好把英雄和怪兽那套和盘托出。国王的重臣微笑道:"呵,这可不是我的理由,不过……"他碰了碰她脸颊,手指轻轻划过颧骨轮廓。"小可爱,人生不比歌谣。有朝一日,你可能会大失所望。"

珊莎觉得没必要把这席话也告诉珍妮,光想想就够让她不安了。

"国王的执法官是伊林爵士,不是洛拉斯爵士,"珍妮说,"艾德大人应该派他去才对。"

珊莎听了不禁发起抖来。每次她见到伊林·派恩爵士,总是无法克制地颤抖,仿佛有什么死掉的东西在贴着自己皮肤滑动。"伊林爵士也跟怪兽没两样。我很高兴父亲没选他去。"

"要论谁是真英雄,贝里大人也不输洛拉斯爵士啊,你瞧他那英勇高贵的模样。"

"也是啦。"珊莎有些怀疑地说。贝里·唐德利恩是挺英俊,但他实在有点"老",都快满二十二岁的人了。还是百花骑士比较合适。话说回来,当初在竞技场上珍妮对贝里伯爵可是一见钟情。珊莎觉得珍妮真蠢,她不过是个管家的女儿,不管多么痴心妄想,贝里大人也绝不可能青睐地位比他低这么多的对象,更何况她的岁数只有他的一半。

然而这话说出口太伤人,因此珊莎啜了口牛奶,岔开话题。"我梦见乔佛里会得到那头白鹿喔。"她说。事实上这不过是个小小的希望,但说成梦听起来比较好。大家都知道梦是预言和先兆。

传说白鹿非常稀少，具有魔力，她心里非常清楚她那英勇的王子比他的酒鬼老爸更有资格得到它。

"你梦见了？真的吗？乔佛里王子是不是就走上前去，伸手摸摸它，不让它受任何伤害呢？"

"才不是，"珊莎道，"他用一支黄金箭把它射死，然后把它带回来给我。"歌谣里的骑士从不会杀害魔法动物，他们都是走上前去伸手抚摸它们，绝不加以伤害，但她知道乔佛里喜欢打猎，尤其喜欢杀戮的部分。不过他只喜欢杀动物。珊莎很确定她的王子与杀害乔里和其他可怜人无关，那都是他的坏舅舅弑君者干的。她知道父亲依旧为此事生气，但他不该为此责怪小乔，否则就好像艾莉亚闯了祸，却来怪她一样。

"我今天下午看到你妹妹了，"珍妮脱口而出，仿佛能看穿珊莎的思绪。"瞧她两手倒立在马厩里走来走去的样子，她干吗那样啊？"

"我完全搞不懂艾莉亚做事的动机。"珊莎最讨厌像马厩那样充斥肥料和苍蝇恶臭的地方。就连外出骑马，她通常也是先叫马童给马上好鞍，再牵到庭院里给她。"你到底想不想听宫里的事嘛？"

"想。"珍妮说。

"今天有个黑衣弟兄，"珊莎说，"来拜托多送点人手去守长城，可他又老又臭。"她一点也不喜欢那个人的模样。她以前总把守夜人都想象成班扬叔叔那样。在歌谣里，大家可称他们为长城上的黑骑士呢。然而今天这人驼着个背，面目可憎，像生了一身虱子似的。假如守夜人都是这副德行，那她还真为她的同父异母私生子哥哥琼恩感到遗憾。"父亲询问在场的骑士，有没有人愿意披挂黑衣，借此光耀门楣，结果无人响应，最后他让这个叫尤伦的家伙自己去国王的地牢里挑选想要的人，遣他走了。随后来了两个自由骑手,他们是一对来自多恩边疆的兄弟,想要宣誓投效国王。父亲接受了他们的誓约……"

珍妮打个哈欠。"还有柠檬蛋糕吗?"

珊莎不喜欢被人打断,但她承认跟王座厅里处理的大部分事务比起来,柠檬蛋糕要有意思多了。"我们去看看吧。"

厨房里没有柠檬蛋糕,不过她们找到了半块凉掉的草莓派,也还可以接受。她们在高塔的楼梯间把派吃得一干二净,一边咯咯笑着交换闲话传闻和秘密心事。当晚珊莎上床的时候,觉得自己调皮得简直和艾莉亚一样。

翌日清晨,天还没亮她就起来,睡眼惺忪地跑到窗边观望贝里伯爵整队出发。晓色才刚笼罩城市,他们便已动身。整齐划一的队伍前方打着三面旗帜:王室的宝冠雄鹿飘扬在最高的旗杖顶端,史塔克家族的冰原奔狼和贝里伯爵的分岔闪电则悬挂在比较短的杆子上。刀剑碰撞,火炬摇曳,旗帜飘舞风中;战马嘶鸣,闸门拉起,旭日金光自闸门铁条间斜射而进。一切都如此鲜明、令人兴奋,宛如歌谣中的梦境成真。穿着银色战甲和灰色长披风的临冬城侍卫,看起来尤其英姿勃发。

埃林高举着史塔克家族的旗帜。当她看见他在贝里伯爵身边勒住马缰,与之交谈的时候,珊莎觉得好骄傲。埃林比乔里英俊多了,有朝一日他必会当上骑士。

少了他们,首相塔显得空荡荡的,因此珊莎下楼吃早餐时,看到艾莉亚也觉得很高兴。"大家都上哪儿去了?"妹妹一边剥开血橙的皮,一边问,"父亲派他们去追捕詹姆·兰尼斯特了吗?"

珊莎叹了口气。"他们是跟贝里大人一同去砍格雷果·克里冈爵士的项上人头的,"她转头望着正用木匙舀燕麦粥吃的茉丹修女。"修女,贝里大人会把格雷果爵士的头挂在他家城门上,还是带回来给国王呢?"昨晚她和珍妮·普尔为此争论了半天。

修女一脸惊恐。"官家小姐吃饭时怎么能讨论这种事？珊莎，你的礼貌到哪里去了？我敢对天发誓，最近你快变得跟你妹妹一样坏了。"

"格雷果怎么啦？"艾莉亚问。

"他烧毁了一座村庄，杀了很多人，其中还包括女人和小孩。"

艾莉亚的脸皱成一团。"詹姆·兰尼斯特杀了乔里、海华和韦尔，猎狗杀了米凯，也该有人去砍他们的头。"

"那不一样，"珊莎说，"猎狗是宣誓保护乔佛里的贴身护卫，而你那杀猪小弟出手攻击王子。"

"你这个骗子。"艾莉亚说。她的手握紧血橙，红色的果汁从她指缝间汩汩流下。

"你再骂啊，随你怎么骂，"珊莎轻快地说，"等我嫁给乔佛里，看你还敢不敢骂。到时候你就得低头向我行礼，称我为王后陛下了。"

艾莉亚把血橙从桌子那头朝她砸过来。珊莎一声尖叫，血橙正中额心，发出湿湿的、压扁的声音，随后扑通落在她膝盖上。

"王后陛下，您脸上有果汁耶。"艾莉亚说。

果汁流上鼻子，刺痛她的眼睛。珊莎用餐巾把脸抹干净，当她发现果汁已把她漂亮的象牙色丝衣染得一塌糊涂时，她再度高声大叫。"你真是讨厌死了，"她朝妹妹尖叫，"当初他们不该杀淑女，应该杀你才对！"

茉丹修女脚步踉跄地站起来。"我要把这件事告诉你们父亲大人！你们马上给我回房间，现在就去！"

"我也要去？"珊莎的眼眶盈满泪水。"不公平嘛。"

"不要跟我辩，快去！"

珊莎昂首离去。她将来是要当王后的，而王后决不轻易掉眼泪。回房之后,她放下门闩,脱去衣服。血橙汁在丝衣上留下一摊红渍。"我恨她!"她放声尖叫,把衣服揉成一团,丢进冷却的壁炉,落在昨夜炉火的灰烬上。这时她发现果汁已经渗进里面的衬裙,于是再也无法遏制地啜泣起来。她狂乱地把身上所有的衣物统统撕开,整个人扑倒在床,哭着直到睡着。

等茉丹修女来敲门,已是日正当中。"珊莎。你父亲大人现在要见你。"

珊莎坐起身。"淑女。"她悄声道。有那么一会儿,冰原狼仿佛真的置身屋内,用那双金黄的眼睛凝视着她,哀伤却又善解人意。她知道自己在做梦,但她好想淑女在身边,与她一同奔跑,以及……以及……回忆的企图如同伸手盛接雨水。梦境逸去,淑女又是已死之身。

"珊莎,"敲门声再度传来,这回相当急促。"你听见没有?"

"听见了,修女,"她喊,"能不能给我几分钟换衣服?"她虽然哭红了眼,还是尽力把自己打扮得美美的。

茉丹修女领她走进书房时,艾德公爵正埋首于一本皮革封面的大书中。他打了石膏的腿僵直地伸在桌下。"珊莎,你过来。"修女去找妹妹后,他开口,脸色并无不悦,"过来坐我旁边。"说着他合上书。

不一会儿茉丹修女把扭来扭去的艾莉亚也抓来了。珊莎换了一件可爱的浅绿色缎子外衣,脸上堆满愧疚之色,但妹妹依旧穿着早餐时那套脏兮兮的皮背心,一身破烂。"这是另一个。"修女宣布。

"茉丹修女,谢谢你。我想跟我女儿私下谈谈,可否请你让我们独处一下?"修女鞠了个躬离开了。

"是艾莉亚先动手的,"珊莎立刻开口,生怕不能抢得先机。

"她说我是骗子,然后拿血橙砸我,把我衣服弄脏了。那是瑟曦王后因为我跟乔佛里王子订婚特别送的,象牙色的丝衣呢。我要嫁给王子,她就恨我。什么事到她手里都会搞砸,父亲,她就是见不得任何漂亮的东西。"

"珊莎,够了。"艾德公爵的声音充满不耐。

艾莉亚抬眼道:"父亲,对不起,我错了,请好姐姐原谅我。"

珊莎正在气头上,好一阵子说不出话来。最后她总算找回了声音:"那我的衣服怎么办?"

"我……或许我可以帮你洗。"艾莉亚不太确定地说。

"怎么洗都没用,"珊莎道,"就算你搓上整天整夜也一样。绸子已经毁了。"

"那……我帮你做件新的。"艾莉亚说。

珊莎嫌恶地甩头。"你?你缝的衣服拿去抹猪舍都不配。"

父亲叹道:"我不是叫你们来讨论衣服的。我准备送你们回临冬城。"

珊莎震惊得好几秒钟说不出话,她感觉自己的眼睛又湿了。

"不要嘛。"艾莉亚说。

"求求你,父亲大人,"最后珊莎终于说出话,"求求你别这样。"

艾德·史塔克对他两个女儿露出一丝疲惫的微笑。"你们总算有点共识了。"

"我又没犯错,"珊莎哀求他,"我不想回去。"她爱死了君临宫廷的壮观华丽,身披绫罗绸缎的贵族男女,以及城里形形色色的人们。那场比武竞技是她一生中最奇妙的时光,而她还有好些东西没观赏过呢,比如丰收宴会、化装舞会和默剧表演。想到要失去这一切,她实在受不了。"把艾莉亚送走就好,是她先动手的,父亲，我发誓。我会当个乖女儿，真的，只要你让我留下来，我保证我会像王后一样举止高贵又有礼貌。"

父亲的嘴角怪异地牵动了一下。"珊莎，我不是因为你们吵架才送你们走，虽然我实在也受够了你们成天拌嘴。我是考虑到你们的安危才希望你们回临冬城。我的三名部下在离此不到三里路的地方被人像杀狗似的砍倒，结果劳勃怎么做？他跑去打猎！"

艾莉亚正用她那种恶心的方式撅着嘴唇。"我们可以带西利欧一起走吗？"

"谁理你的笨舞蹈老师啊？"珊莎怒道，"父亲，我才刚想起来，我不能走啊，我是要嫁给乔佛里王子的。"为了他的缘故，她试着勇敢地微笑。"我爱他，父亲，真的，就像奈丽诗王后爱龙骑士伊蒙王子，琼琪爱佛罗理安那样爱他。我想做他的王后，为他生孩子。"

"我亲爱的孩子，"父亲轻声说，"听我说，等你长大，我会帮你找个最配得上你的贵族，既勇敢又温柔又强壮。和乔佛里的这桩婚事是个可怕的错误。那小子可不是伊蒙王子，你得相信我。"

"他当然是！"珊莎坚持，"我才不要什么勇敢温柔又强壮的人，我只要他。我们会像歌谣里唱的那样，永远过着幸福快乐的生活，你到时候就知道了。我要帮他生个金发儿子，有朝一日他会成为一国之君，有史以来最伟大的国王，像奔狼一样勇敢，如雄狮一般骄傲。"

艾莉亚做了个鬼脸。"有乔佛里当老爸不可能啦，"她说，"他既是骗子又是胆小鬼，更何况他是鹿，不是狮子。"

珊莎眼里都是泪水。"他才不是！他一点都不像那酒鬼国王。"她对着妹妹尖叫，悲伤之余完全忘记了礼节。

父亲眼神怪异地看着她。"诸神啊，"他轻声咒道，"这话竟从小孩子口中说出来……"他高呼修女进门，然后对两个女孩说：

"我打算让你们搭快速商船回家。最近走海路要比国王大道安全。等我找到合适的船，你们就跟茉丹修女和部分侍卫一起出发……如果西利欧·佛瑞尔愿意到我手下做事，也可以带他一起去。但记住，这个计划不要泄露，我们明天再谈。"

茉丹修女领她们走下台阶时，珊莎禁不住哭了。他们要把比武竞技、繁华宫廷和她的白马王子都夺走，叫她搭什么阴森森的鬼船回临冬城，然后把她永远关起来。她的生命还没开始，就要这么结束了。

"孩子，别哭哭啼啼了，"茉丹修女严峻地说，"我相信你父亲大人知道怎么做对你最好。"

"珊莎，没那么糟啦。"艾莉亚道，"我们要坐船耶，这将是一次大冒险，然后我们就又可以和布兰、罗柏、老奶妈和阿多他们住在一起了。"她碰碰她的手臂。

"阿多！"珊莎大吼，"你这么笨这么脏这么丑，干脆嫁给阿多算了！"说完她甩开妹妹的手，冲进卧房，用力把身后的门闩上。

艾德

"艾德大人,痛觉是天上诸神的恩赐啊,"派席尔大学士告诉他,"这代表骨头正在逐渐接合,伤口也快要痊愈,您该心存感激才是。"

"等何时我脚不痛了,再来感激也不迟。"

派席尔把塞上瓶盖的药罐放在床边的桌上。"这是罂粟花奶,痛得太厉害的时候喝。"

"我已经睡得太多。"

"睡眠是最好的医生。"

"我以为好医生是你。"

派席尔满脸倦容地微笑。"大人,很高兴看到您还这么幽默。"他靠过来低声说,"今天早上来了只乌鸦,带来王后她父亲大人的信。我想最好让您知道。"

"黑色的翅膀,黑色的消息。"奈德阴沉地说,"信上怎么说?"

"泰温大人对您派人去逮捕格雷果·克里冈一事极为愤慨。"大学士悄声对他说,"这正好印证我的担心,您应该记得,当初我在朝廷上也提醒过您。"

"让他去愤慨。"奈德说。每当脚伤抽痛,他便会想起詹姆·兰尼斯特的微笑,以及乔里死在他怀中的景况。"他爱写什么给王后是他的事。贝里伯爵打的是国王的旗号,执行的是国王的律法,要是泰温大人敢插手干预,那他就得向劳勃负责。如果说这世上还有什么比打猎更能吸引陛下,那莫过于率军讨伐违抗命令的臣下了。"

派席尔抽回身子，脖子上的颈链"当啷"作响。"如您所言。我明天再来看看。"老人收拾东西很快离去。奈德想也知道他八成会直奔王家居室，把他的反应通报王后。好个"我想最好让您知道"……说得一副瑟曦没有特别吩咐他把她父亲的恐吓说出来似的。他希望自己的回答能让她咬牙切齿。实际上，奈德对劳勃并不如他表面上显示的那么有信心，但没必要让瑟曦知道。

派席尔走后，奈德要来一杯掺蜂蜜的酒。这东西喝了同样会干扰神志，却没罂粟花奶那么严重。他必须保持思绪明晰。他问过自己一千遍：假如琼恩·艾林得知真相后没被人害死，接下来会采取什么行动？话说回来，说不定他采取过行动，却因此而丧命。

说来奇怪，有时候孩子无知的眼睛，反而能看到成年人视而不见的事实。总有一天，等珊莎长大，他一定要告诉她，她的一句话是如何为他拨开了重重疑云。她在一无所知的情况下，说出"他一点都不像那酒鬼国王"这句气话，单纯的真相顿时在他胸口翻涌，冰冷一如死亡。这就是杀死琼恩·艾林的那把剑，当时奈德便想，这把剑同样也会杀死劳勃，或许比较慢，但绝对是迟早的事。断腿终会愈合，然而某些背叛却会逐渐腐蚀灵魂。

国师离开后不到一小时，小指头身穿胸前用黑线绣有仿声鸟的李子色外衣，披着黑白相间的条纹披风前来造访。"大人，我不能久留，"他进门便说，"坦妲伯爵夫人等着我共进午餐，想必会特地为我烤只肥牛。呵，如果那只牛跟她女儿一样肥，我吃了八成会活活胀死。您的脚可还好？"

"又痛又痒，快把我逼疯了。"

小指头抬起一边眉毛。"从今往后，没事别让马压到。我劝你赶紧好起来，国内情势越来越不安定。瓦里斯听到不少从西边传来的坏消息，流浪武士和自由骑手正朝凯岩城蜂拥而去，他们可不是和泰温大人聊天去的。"

"国王那边有消息吗？"奈德问，"劳勃到底要打猎到什么时候？"

"若是依他的意，我想他会待在森林里，等你和王后都老死了才回来。"培提尔浅浅一笑。"既然这不可能，大概等杀到猎物他就会回来吧。他们找到了那只白鹿……噢，应该说找到了白鹿的残骸。有些狼捷足先登，只留给国王陛下一只鹿蹄和一只鹿角。劳勃气坏了，随后他听说森林深处有只怪物般的大熊，这时怎么也拦不住他啦。乔佛里王子，罗伊斯家的人，巴隆·史文，以及其他二十几号人今早上回来了。其他人陪着国王继续打猎。"

"猎狗呢？"奈德皱眉问。眼下詹姆爵士业已逃出城去和他父亲会师，兰尼斯特家的人里面，就数桑铎·克里冈最教他担心。

"喔，他跟乔佛里一道回来，他们直奔王后那儿去了。"小指头微笑，"等他知道贝里大人带兵去杀他老哥的时候，我宁可花一百枚银鹿变成草丛里的蟑螂。"

"瞎子也看得出猎狗恨透他了哥哥。"

"是啊，可是格雷果也只有他能恨，轮不到你杀。待唐德利恩削平魔山的山峰，克里冈家族的领地与税赋自然会传给桑铎，但别奢望他跟你道谢啦，绝对不会。抱歉，我真的该走了，坦妲伯爵夫人和她的肥牛还等着我呢。"

还没到门边，培提尔瞥见桌上那本梅利恩国师的厚重巨著，便停下来，随意翻开封面。"《七国主要贵族之世家谱系与历史（内附关于许多爵爷夫人和他们子女的描述）》，"他念道，"这可真是我见过的最无聊的东西了。大人，敢情您用这来帮助入眠？"

有那么一瞬间，奈德犹豫要不要把实情告诉他，但小指头的玩笑令他生厌。这家伙老是自以为机灵，那抹促狭的微笑从来不离唇边。"琼恩·艾林生病时读的就是这本书。"奈德谨慎地说，打算试探对方的反应。

他果然一如既往地耍了个嘴皮子。"若是这样,"他说,"那死还真算得上解脱。"语毕培提尔·贝里席伯爵鞠躬离去。

艾德·史塔克容许自己咒骂了一句。除了自己的手下,城里无人可以信任。小指头虽曾帮忙藏匿凯特琳,也协助奈德明查暗访,然而当詹姆及其手下出现时,他那副急于自保的嘴脸,至今依旧历历如绘。瓦里斯更糟。他成天强调自己忠心耿耿,事实上他知道的太多,真正去做的却太少。派席尔国师越看越像瑟曦的走狗,巴利斯坦爵士则年事已高,又食古不化,多半会告诉奈德管好分内之事即可。

时间异常紧迫,待国王游猎归来,出于荣誉,奈德非得向他吐露实情不可。维扬·普尔已经安排好珊莎和艾莉亚三天后搭乘布拉佛斯的风之巫女号离开,奈德再也无法以她们的安危作为自己拖延的借口。

然而昨夜他却梦见了雷加的孩子。泰温公爵将尸首用他侍卫的红披风裹好,放在铁王座下。这么做颇为聪明,因为包着红布,血迹便不太明显。小公主死时光着脚,身上穿着睡衣,而那男孩……那男孩……。

奈德绝不能让类似的事情重演。王国再不能出现第二个丧心病狂的国王,更经不起又一次充满仇恨的腥风血雨。他得想办法保护那几个孩子。

劳勃是很可以表现仁慈的人。巴利斯坦爵士并非他唯一赦免的对象。派席尔国师,"八爪蜘蛛"瓦里斯,巴隆·葛雷乔伊……他们曾个个与劳勃为敌,然而一旦宣誓效忠,也都能得到友谊的拥抱,保留自己的荣誉。只要对方表现英勇,行事正直,劳勃便会将他当成勇敢的对手,尊敬有加。

然而这次情况有别:暗中下毒,背后捅刀,这种事他绝对无法原谅,就像他始终无法原谅雷加。我要教他们像龙一样死得干净彻底,奈德想起劳勃的话。

即便如此,他依旧无法保持沉默。他要对劳勃负责,更要对整个国家、对死去的琼恩·艾林……对布兰负责。那孩子肯定是无意之中听见部分事实,否则他们何必杀他灭口?

当天傍晚,他把身材粗壮,留着淡黄胡须,被他的孩子们戏称为"胖汤姆"的守卫托马德找来。由于乔里已死,埃林又出门在外,胖汤姆便成了他的侍卫队长。想到这奈德感觉到些微不安,托马德是个很可靠的人,待人和蔼可亲,忠心耿耿,不辞辛劳,某些地方还算能干,但他已年近五十,而即使年轻时也算不上精力充沛。或许奈德不该这么轻易地送走半数侍卫,那些可都是他手下最精良的战士。

"我需要你帮忙,"托马德进门时,奈德对他说。胖汤姆每当被主人传唤,总有些惴惴不安,这回也不例外。"扶我去神木林。"

"艾德大人,这样好吗?您脚这个样子……"

"或许不好,但我必须这么做。"

托马德叫来瓦利,奈德一手扶一人的肩膀,勉强走下高塔陡峭的楼梯,跛着脚穿过内城。"将守卫班次加倍,"他告诉胖汤姆。"未经我允许,任何人不准进出首相塔。"

汤姆眨眨眼。"老爷,眼下少了埃林他们,我们的人手很吃紧——"

"不用多久。暂时延长值班时间。"

"遵命,老爷。"汤姆回答,"我能否询问——"

"最好不要。"奈德立时回答。

神木林里空无一人,信仰南方诸神的城堡中,向来如此。等他们在心树旁的草地把他放下,他的脚已经痛得撕心裂肺。"谢谢。"他从袖子里取出一张用家徽印章封好的纸。"麻烦你们立刻把它送去。"

托马德望见奈德写在纸上的名字，不安地舔舔嘴唇。"老爷……"

"汤姆，你照办就是。"奈德说。

他不知自己在神木林的静谧中等了多久。这里安详而宁静。厚重的围墙阻隔了城堡里的人马喧腾，他听见虫鸣鸟叫，听见叶子在风中瑟瑟作响。此地的心树是一棵棕色橡木，虽然没有刻脸，但奈德依旧可以感觉到他所信仰的无名诸神的存在，脚也似乎不那么痛了。

日落时分她才姗姗来临，塔楼高墙上的云朵已经披上红霞。她依约独自前来，难得地衣着朴素，只穿了皮靴和绿色猎衣。当她掀开棕色斗篷的兜帽，他看见国王打她的地方。原本醒目的李子色已经褪为黄色，肿也消去，然而她的遭遇依旧一目了然。

"为什么在这里？"瑟曦·兰尼斯特站在他面前，高高在上地问。

"好让天上诸神作见证。"

她在他身畔的草地坐下，一举一动都优雅异常。她卷曲的金发在风中轻舞，碧绿双眸一如盛夏的繁叶。奈德·史塔克已有许久不曾见识她的美貌，如今又再度唤起了记忆。"我知道琼恩·艾林是为什么死的。"他告诉她。

"是吗？"王后审视着他的脸，如灵猫一般小心翼翼。"史塔克大人，您就为这把我叫来？跟我猜谜语？还是您想学尊夫人挟持我弟弟一样挟持我？"

"你真这样以为，就不会来了。"奈德轻轻碰触她脸颊。"他以前打过你吗？"

"有一两次，"她别过去。"但没打过脸，否则就算是自身难保，詹姆也会跟他拼命。"瑟曦神情挑衅地看着他，"我弟弟胜过你朋友一百倍。"

"你弟弟？"奈德说，"还是你爱人？"

"两者都是。"面对真相，她脸上毫无异色。"我们从小就在一起。有何不可？坦格利安家三百年来都是兄妹通婚，以保持血统纯正。詹姆和我不只是姐弟，我们根本是分成两半的同一个生命，我们共享同一子宫。据我们家老师傅说，他托着我的脚方才来到人世。当我俩结合的时候，我才……觉得自己完整。"她的唇上隐约掠过一抹微笑。

"我儿子布兰他……？"

瑟曦坦然面对，没有回避。"他看见我们在一起。你很爱你的孩子，对不对？"

团体比武当天早上，劳勃问过他一模一样的问题。他给了她相同的答案。"我全心全意地爱他们。"

"我也是这么爱着自己的孩子。"

奈德心想：倘若换成别的小孩威胁到罗柏、珊莎、艾莉亚、布兰或瑞肯的生命，他会怎么做？甚或，倘若琼恩威胁到她亲生孩子的性命，凯特琳又会怎么办？他不知道，他祈祷自己永远不要知道。

"他们三个都是詹姆的孩子。"他说，这并非提问。

"感谢天上诸神。"

种性强韧，琼恩·艾林临死前如此大喊，事实的确如此。每一个私生子的头发都漆黑如夜。梅利恩记录了九十多年前雄鹿和狮子间最后一次结合，蒂亚·兰尼斯特嫁给葛文·拜拉席恩——他在本家排行老三，他们唯一的孩子是个无有名字的早夭男婴，梅利恩的书中如此描述："个头大，食量佳，满头黑发。"再往前三十年，一位兰尼斯特家的男性娶了拜拉席恩家的女孩为妻。她为他生了三个女儿、一个儿子，全部皆为黑发。不管奈德在薄脆的泛黄书页间如何向前追溯，金黄一遇炭黑永远只有屈服的份。

"你们结婚十多年，"奈德道，"怎么会没有孩子？"

她倨傲地抬起头。"你那劳勃让我怀过一次孕，"她的口气充满轻蔑。"我弟弟找了个女人帮我把孩子清理掉。他根本不知道这回事。真要我说，我完全无法忍受他碰我一根汗毛。我们已经很多年没有行房了。他要是稍微远离他那些婊子，喝完酒还能跌跌撞撞地找到我房间，我也有其他方法满足他。反正不管我们做些什么，国王通常烂醉如泥，隔天就忘得一干二净。"

人们怎能如此盲目？事实从头到尾摆在眼前，清清楚楚写在孩子们的脸上，而人们却视若无睹。奈德觉得一阵反胃。"我记得劳勃初登王位那天的模样，完全是翩翩王者风范。"他静静地说，"成千上万的女人都会全心全意爱他，他到底做了什么，让你恨成这样？"

她的双眼燃起暮色中的绿火，宛如她家徽的母狮。"我们新婚当晚，初次同床共枕，他叫的却是你妹妹的名字。他压在我身上，进到我体内，浑身酒臭，他竟然悄悄念着'莱安娜'。"

奈德·史塔克想起碧蓝的玫瑰，一时间只觉泫然欲泣。"我真不知该可怜你还是可怜他。"

王后似乎觉得这话颇为有趣。"史塔克大人，省省力气可怜你自己吧。我不需要。"

"你很清楚我必须怎么做。"

"必须怎么做？"她朝他没受伤的脚伸出手，搁在刚过膝盖的地方。"一个真实的人距离小乔成年还有好些年。做他想做的事，而不是他必须做的事。"她的手指轻轻拂过他的大腿，带着最温柔的暗示。"国家需要一个强有力的首相。没人想重启战端，我尤其不想。"她的手拂过他的脸庞和头发，"倘若朋友可以反目成仇，我们为何不能化敌为友？尊夫人远在千里之外，我弟弟也不在城中。奈德,对我好一点,我发誓绝不让你后悔。"

"你当初也是这么向琼恩·艾林提议的吗?"

她甩了他一个耳光。

"我会把这当成荣誉的奖章。"奈德冷冷地说。

"去你的荣誉,"她啐道,"少给我道貌岸然!你把我当什么了?你自己也有个私生子,我亲眼见过。我很好奇他的母亲是谁?是不是哪个家园被你放火烧掉,随后被你强奸的多恩农家女?还是个婊子?或者是那个哀伤的妹妹,亚夏拉小姐?我听说,当你将拂晓神剑那把'黎明'送还给她后,她便从城墙投海自尽,这到底是什么缘故啊?是因为被你所杀的哥哥,还是被你偷走的孩子?告诉我啊,最讲究荣誉的艾德大人,你和劳勃,或是我,或是詹姆,究竟有什么差别?"

"别的不说,"奈德说,"至少我不杀孩子。夫人,请你听好,我话只说一遍。等国王打猎归来,我准备把事情原原本本地告诉他。在这之前你一定得走,带着孩子一起走,三个都带。不要回凯岩城,如果我是你,我会搭船去自由贸易城邦,或是走得更远,到盛夏群岛或伊班港,能跑多远就跑多远。"

"你要我自我放逐,"她说,"这是杯难以下咽的苦酒。"

"比起令尊给雷加小孩的那杯,这算是好的了,"奈德道,"也比你原本应得的好。令尊和你弟弟最好也能一起走,泰温大人的财产足够让你们过舒服日子,还可以雇人保你们安全。你会需要的。我跟你保证,无论你逃得多远,劳勃的怒火都会尾随而至,追你到天涯海角。"

王后站起来。"那我的怒火又怎么说,史塔克大人?"她轻声问,目光在他脸上搜索。"王位近在咫尺,你只需伸手便可夺取天下。詹姆跟我说过,君临城陷那天,你发现他坐在铁王座上,便要求他交出王位。那是你千载难逢的机会,你只需爬上阶梯,坐上王位。可悲啊，可悲的错误。"

"我这辈子犯过的错，超乎你的想象。"奈德说，"然而这却不是其中之一。"

"噢，大人，这当然是，"瑟曦坚持，"在权力的游戏之中，你不当赢家，就只有死路一条，没有中间地带。"

她拉上兜帽，遮住浮肿的脸，快步离开，留下他独自坐在橡树的阴影下，置身神木林的静谧之中。头顶的黑蓝天空里，星星逐渐出来了。

丹妮莉丝

卓戈卡奥把血淋淋的心脏置于她面前,这颗心冒出的热气在夜晚的冷气里蒸腾。他两手红至肘部。身后,他的血盟卫手拿石制短刀,单膝跪在野马尸体旁的沙地上。环绕坑穴的粉白高墙火炬摇曳,橙焰将骏马的血映成漆黑。

丹妮轻抚隆起的小腹,汗水在肌肤表面凝结,自她额际流下。她感觉得出维斯·多斯拉克的年迈老妪正看着她,她们爬满皱纹的脸上,眼睛如磨亮的燧石般闪着黑光。她不能退缩,不能畏惧。"我是真龙传人,"她一边双手捧起马心,一边这么告诉自己。随后她把马心举到嘴边,用尽力气,朝坚韧的生肉咬去。

温热的鲜血溢满口中,自她下巴流下。味道几乎令她作呕,但她强忍着继续咀嚼,继续吞咽。多斯拉克人相信,马心能使儿子体魄强健、身手敏捷、无所畏惧,但作母亲的必须吃下整颗心。假如她被血呛到,或者把肉吐出来,便是不祥预兆:胎儿可能流产,或先天多病、畸形,甚至是生女儿。

为了这次仪式,她的女仆们已帮她做过精心准备。过去这两个月,丹妮虽因害喜身体不适,却还是以一碗碗半凝固的血块为食,好让自己习惯血腥味。伊丽把一片片的干马肉拿给她嚼,直到她双颊发痛。仪式举行之前,她还特别一整天不进食,希望饥饿能帮助她吞咽生肉。

野生骏马的心全是结实的肌肉,丹妮得用牙齿竭力撕咬,然后细嚼慢咽才能吞下。圣母山笼罩下的圣城维斯·多斯拉克严禁刀械,所以她只能用牙齿和指甲撕开马心。她的胃里阵阵翻腾,但她咬牙坚持,还必须忍受不时喷溅到脸上的马血。

卓戈卡奥高高地站在一旁,看着她吃,那张脸严峻得像青铜盾牌。他长长的黑发辫闪着油亮光泽,小胡子里挂了金环,发辫扎着铃铛,一条沉甸甸的金章腰带系在腰间,胸膛却是赤裸的。每当她觉得力量渐失,便抬头望他,然后继续咬牙切齿、咀嚼吞咽。末了,她仿佛在他杏仁状的黑眼瞳里,瞥见了某种坚毅的骄傲,但她不敢确定。无论卡奥心绪为何,他都很少显现于色。

终于结束了。她吞下最后一块马肉,双颊和手指早已僵麻。这时她才敢将视线转回到那群老妇人,被称为多希卡林的老妪们身上。

"卡拉喀,多斯雷,姆安哈!"她用自己最标准的多斯拉克语说,意思是:王子在我体内骑马!多日以来,她和女仆姬琪反复练习这句话。

老妪中最年迈的一位,一个弯腰驼背、骨瘦如柴、只剩一只黑眼的老女人双手高举。"卡拉喀,多斯雷!"她厉声叫道,意思是:王子骑着马!

"他骑着马!"另一个女人应道,"拉克!拉克!拉克哈!"她们齐声宣布:是个男孩,是个男孩,是个强壮的男孩。

铃声作响,宛如一阵突如其来的青铜鸟鸣。军号奏出低沉的长音,老妇们开始吟唱。在彩绘皮背心下,她们干瘪的乳房来回晃动,闪着油亮汗光。负责伺候她们的太监把一捆捆干草丢进青铜大火盆,顷刻间散发出浓郁的草香,烟雾向天上的月亮星辰直冲而去。在多斯拉克人眼里,星星就是一群以烈火为躯、声势浩大、奔跑于夜空的骏马。

当浓烟渐升,吟唱声逐渐变小,年迈的老妪阖上她的独眼,朝未来瞽去。继之而来的是全然的寂静,丹妮听见远处的鸟儿啼叫,火炬嘶嘶噼啪,湖水轻柔拍打。多斯拉克人以漆黑如夜的眼睛看着她,等待预言。

卓戈卡奥伸手握住丹妮臂膀,从手指的力道她感觉得出他的紧张。强如卓戈卡奥,在多希卡林透过烟尘占卜未来时也会感到恐惧。身后,她的女仆更是焦躁不安。

最后老妪睁开独眼,举起双臂。"我看见了他的脸,听见他蹄声如雷。"她用尖细而颤抖的声音宣布。

"他蹄声如雷!"几个老妪同声应道。

"他的马迅疾如风,身后的卡拉萨覆盖整片大地,不可胜数,他们手中的亚拉克弯刀锋利如同芒草。王子将会如暴风般威猛,他的敌人会在他面前颤抖不休,敌人的妻子将悲伤泣血,哀恸欲绝。他发际的铃铛歌颂他的到来,居住在石头营帐的'奶人'惧怕他的名号。"老妇颤抖着望向丹妮,仿佛十分惧怕。"王子骑着马,他将成为骑着世界的骏马!"

"骑着世界的骏马!"人们应声高呼,直到夜晚充溢他们的呼唤。

独眼老妪睨向丹妮。"骑着世界的骏马要叫什么名字?"

她起身回答。"我们将叫他雷戈。"她说出姬琪事先教她的字。多斯拉克人群中顿时响起震耳欲聋的呐喊,她下意识地伸手护住胸部下方隆起的肚腹。"雷戈,"他们尖叫,"雷戈,雷戈,雷戈!"

卓戈卡奥领她离开坑穴时,这名字还在她耳际回荡。他的血盟卫尾随在后。庞大的队伍走上众神大道。那是一条宽广嫩绿,贯穿维斯·多斯拉克城心脏,从马门直到圣母山下的道路。队伍前列是多希卡林老妪,以及侍候她们的太监与奴隶。她们有的挂着长长的雕花拐杖,挣扎摆动着老迈而颤抖的双脚,有的则犹如马王般昂首阔步。这些老妇人一度都是卡丽熙,当她们的丈夫过世,新的卡奥走上骑马战士的前列,而新的卡丽熙与他并肩共骑时,她们便被送来这里,负责统理广大的多斯拉克国度。即便势力最大的卡奥,也得服膺多希卡林的智慧和威权。虽然如此,想到有朝一日不论自己情愿与否,都会被送来这里,成为她们中的一员,丹妮还是不禁打了个冷战。

其他人跟随在女智者之后:奥戈卡奥和他的儿子佛戈卡拉喀,鸠摩卡奥和他的妻妾,卓戈卡拉萨的首脑成员,丹妮的侍女,卡奥的贴身奴仆,以及其他人。节奏庄严的铃铛鼓乐伴随他们走在众神大道上。从早已灭绝的种族那儿盗来的英雄和神灵雕像默立于路旁的黑暗之中。奴隶轻快地跑在队伍两旁的草地上,手里擎着火把。摇曳的火焰照映下,雄伟的雕像好像有了生命。

"什么意思,名字雷戈?"卓戈卡奥边走边用七国的通用语问。平时他若有空,她便教他几个单字。卓戈一旦专心,学习速度很快,然而他的口音委实太重,十足野蛮人腔调,以致不论乔拉爵士还是韦赛里斯都听不懂。

"我的日和星,我哥哥雷加生前是个勇猛的战士,"她告诉他,"但我还没出生他就战死了。乔拉爵士说他是真龙的最后传人。"

卓戈卡奥低头看她,脸庞如同赤铜面具,但在那被金环拉得低垂的长长黑胡须下,她却隐约瞥见了一抹微笑。"是好名字,丹瑞……里丝妻子,我生命的月亮。"他说。

他们骑马经过一座长满芦苇的静湖,湖面平坦如镜,多斯拉克人称其为"世界的子宫"。姬琪告诉她:几百万年以前,世界上第一个人便是从湖深处骑着世界上第一匹马出现的。

队伍静候于绿草波荡的岸边,丹妮脱去身上的脏衣服放在地上,赤身裸体,小心翼翼地探脚入水。伊丽说这湖深不见底,可丹妮一边拨开高大的芦苇,一边却感觉到脚趾间挤压的软泥。月亮漂浮在平静的黑水面,随着她激起的涟漪不断碎裂,又复聚合。寒意爬上她的大腿,亲吻她的下体,她白皙的肌肤上立时起了鸡皮疙瘩。手上和嘴边的马血早已干涸,她伸手捧起圣水,高举自头淋下,在卡奥等人众目睽睽之下,涤净自己和体内的胎儿。她听见多希卡林的老妇低声私语,不禁好奇她们在说些什么。

待她浑身发抖、滴水淋漓地自湖中归返,女仆多莉亚急忙拿起彩绘纱丝袍给她,却被卓戈卡奥挥手赶开。他面带称许地望着她肿胀的胸乳和腹部的浑圆曲线,丹妮看见那条厚重的金章腰带下,他的命根子在马皮缝制的裤子里紧紧撑了起来。她上前为他解开裤带,魁梧的卡奥托住她的臀部,像抱小孩似的将她举到半空,发际的铃铛轻轻作响。

丹妮伸手搂住他肩膀,将脸贴紧他的颈项。他插进她的体内,连续三下,一切便化为朦胧。"骑着世界的骏马。"卓戈沙哑地低语道。他手上仍有马血的味道。高潮来临的瞬间,他用力咬了她喉咙一口。等他把她抱开,他的种子充满她的体内,自大腿内侧缓缓流下。这时多莉亚才得以用洒过香水的纱丝袍裹住她,伊丽则为她穿上柔软的拖鞋。

卓戈卡奥系好裤带,一声令下,立即有人将马牵来湖边。科霍罗扶卡丽熙骑上银马,卓戈一踢马刺,在月亮和星辰照耀下朝众神大道疾驰而去。丹妮驱策银马,从容不迫地跟上。

卓戈卡奥宫殿顶端的丝织帷幕,今晚已被卷起,月光追随着他们进入室内。三个石砌火坑里,烈焰高高腾跃,离地十尺。空气中充满烤肉和发酵的凝固马奶味道。他们进门时大厅中已是人声鼎沸,摩肩接踵。靠垫上坐满了地位较低、没有资格参加仪式的人。丹妮骑马穿过拱门,走上中间凸起的走道,众人的目光都集中在她身上。多斯拉克人对她的肚子和胸乳大发议论,为她体内的小生命喝彩。她无法完全听懂他们说的内容,但有一句清晰无比:"骑着世界的骏马"，几千个人异口同声地呼喝。

鼓声和号角声响彻夜空，低矮的桌上摆满菜肴，盘中的李子、蜜枣和石榴堆得老高，还有大块大块的肉，衣着暴露的女人灵动舞跃、穿梭其间。许多人早已被马奶酒灌得烂醉如泥，然而丹妮知道今晚决不会有流血冲突，因为在圣城里，不论刀械或打斗都被绝对禁止。

卓戈卡奥下了马，坐上高处的凳子。他们抵达维斯·多斯拉克期间，鸠摩卡奥和奥戈卡奥及两人的卡拉萨也在城内，因此两人被安排在卓戈左右两侧的荣誉位置。三位卡奥的血盟卫坐在他们下方，再下面坐了鸠摩卡奥的四个太太。

丹妮莉丝爬下银马，将缰绳交给一名奴隶。趁着多莉亚和伊丽为她摆放靠垫的空当，她在人群中搜寻哥哥的踪影。即便在人潮拥挤的大厅里，白肤、银发、一身破烂的韦赛里斯也很好辨认，可今天她却遍寻不着。

她的目光扫过墙边挤满人的餐桌，那些辫子比命根子还短的人便是坐在破烂而平板的椅垫上，围绕着低矮的桌子。可她极目所见的每一张脸孔，都是黑眼睛古铜色皮肤。大厅中央，在中间的火坑边，她瞥见了乔拉·莫尔蒙爵士。那个位置虽算不上地位崇高，但起码受人尊敬。多斯拉克人很敬重骑士的使剑本领。丹妮派姬琪去把他带到自己桌边。莫尔蒙立刻前来，在她面前单膝跪下。"卡丽熙，"他说，"我听候您差遣。"

她拍拍身边填满马皮的靠垫。"坐下来跟我聊聊。"

"这是我莫大的荣幸。"骑士盘腿坐上椅垫。一名奴隶到他面前跪下，呈上一个装满成熟无花果的木盘。乔拉爵士拣了一个，咬成两半。

"我哥哥上哪儿去了？"丹妮问，"他应该在这里，他应该来参加宴会。"

"今天早上我见过陛下，"他告诉她，"他说要去城西市集找葡萄酒。"

"葡萄酒？"丹妮满腹怀疑地说。韦赛里斯受不了多斯拉克人惯饮的发酵马奶，这她明白，因此他时常光顾市集买酒喝。最近他更是常和东西两边来的商队混在一起，他似乎宁可与他们为伍，也不愿和她做伴。

"没错，"乔拉爵士证实，"他有意从商队守卫里雇些佣兵作为自己的侍卫。"一名女侍在他面前放上一张血馅饼，他双手并用大吃起来。

"这样做好吗？"她问，"他没有钱支付薪水，万一有人出卖他怎么办？"商队守卫向来不在乎荣誉，而远在君临的篡夺者又一定会出重金悬赏哥哥的项上人头。"你应该跟去保护他才对。你是他的誓言骑士。"

"我们身处维斯·多斯拉克，"他提醒她，"这里不许任何人携带武器，也决不允许任何流血事件。"

"但依然有人丧命，"她说，"姬琪跟我说，有些商人雇了身强体壮的太监，专门用绸带勒死小偷。这样杀人不沾血，便不会激怒天上众神。"

"那就祈祷您哥哥有足够的智慧，别顺手牵羊吧。"乔拉爵士用手背抹去嘴角油脂，凑近桌子，"他本来想偷您的龙蛋，可我警告过他：若是敢碰一下，我就砍掉他的手。"

有好一会儿丹妮震惊得说不出话。"我的蛋……可那是我的东西，是伊利欧总督送我的结婚礼物，韦赛里斯为什么要……不过是几颗石头罢了……"

"公主殿下，照您这么说，红宝石、钻石和火蛋白石也不过是石头……而龙蛋不用说稀罕得多。为了这几颗石头，跟他喝酒那些商人连命根子都可以不要，有了三颗龙蛋，韦赛里斯雇多少佣兵都不成问题。"

丹妮莉丝没想到这层,她根本没想过。"那……这些蛋应该给他才是。他不需要偷,只要跟我说就行了啊。他是我的哥哥……也是我真正的国王。"

"他是你的哥哥。"乔拉爵士同意。

"爵士先生,您不了解,"她说,"家母生我的时候难产而死,家父和家兄雷加死得更早。若不是有韦赛里斯,我连他们的名字都不知道。现在家里就只剩下他,他是硕果仅存的一个。他是我唯一的亲人。"

"那是过去的事,"乔拉爵士道,"如今不一样,卡丽熙。如今您属于多斯拉克人,您肚子里怀的是骑着世界的骏马。"他举起酒杯,奴隶便为他斟满酸味扑鼻、结成块状的发酵马奶。

丹妮挥她走开。她光闻到这气味就不舒服,况且她可不想连带把刚才勉强吞下的马肉一股脑吐出来。"那是什么意思?"她问,"这匹骏马代表什么?每个人都对我喊这个名字,但我却不懂。"

"孩子,这匹骏马是远古预言中许诺的君王,卡奥中的卡奥。他将统一多斯拉克民族,组成一个庞大的卡拉萨,版图远及世界尽头,世上所有人类都会归他统领,预言中是这么许诺的。"

"噢,"丹妮小声说。她伸手抚平肚子上的长袍。"我给他取名雷戈。"

"这名字会教篡夺者浑身发冷。"

突然多莉亚扯着她的手肘。"卡丽熙,"女仆焦急地耳语,"您哥哥他……"

丹妮放眼朝无顶的长厅彼端望去,果然看见他大跨步朝她走来。从那踉跄的脚步看,她立时明白韦赛里斯已经找到了他的葡萄酒……以及某种勉强可算是勇气的东西。

他穿着鲜红丝衣,上面沾满汗渍和尘土,他的披风和手套本为黑色天鹅绒,如今也因日晒而褪色。他的靴子干裂,银发纠结散乱,腰间斜挂着一柄皮套长剑。他走进来时,多斯拉克人纷纷盯向他的剑,丹妮听见咒骂声,威胁和愤怒的话语如涨潮般从四周升起。鼓声凌乱,音乐也渐渐停了下来。

她心中充满恐惧。"快去,"她命令乔拉爵士。"叫住他,带他过来。告诉他如果他想要龙蛋,我就给他。"骑士敏捷地起身。

"我家老妹在哪儿啊?"韦赛里斯酒气冲天地喊,"老子来参加她的喜宴啦。你们好大胆子,竟然没等老子就先开动?没有人敢比国王先开动。她在哪儿啊?小贱货躲不了真龙啦。"

他在最大的火盆边停下脚步,环顾四周一张张多斯拉克人的脸。大厅里有五千人,但通晓通用语的没几个。即便如此,只消看上一眼,任谁都知道他烂醉如泥。

乔拉爵士快步走到他身旁,在他耳边悄悄说了几句,然后伸手去扶他。韦赛里斯猛力挣脱。"把你的手拿开!不经允许,谁也不准触碰真龙。"

丹妮不安地瞄了高位一眼。卓戈卡奥正对两旁的卡奥说着什么,鸠摩卡奥听了嘻嘻一乐,奥戈卡奥则是扯开嗓门哈哈大笑。

笑声引得韦赛里斯抬眼。"卓戈卡奥,"他粗声道,那口吻总算还有礼貌。"我是来参加晚宴的。"他蹒跚着离开乔拉爵士,准备到高位上与三位卡奥同坐。

卓戈卡奥站起来,吐出一串多斯拉克话,快得丹妮听不清楚,然后他指了指。"卓戈卡奥说你的座位不在上面,"乔拉爵士翻译给哥哥听,"卡奥说你的座位在那里。"

韦赛里斯瞟了一眼卡奥所指的地方。那是大厅尽头的阴暗角落,好让别人眼不见为净,坐在那里的人地位低得不能再低:从未见血的小男孩,筋骨僵硬、两眼生翳的老人,以及智障和残废。他们远离菜肴,更远离荣耀。"那不是给国王坐的地方。"哥哥高声宣告。

"是，"卓戈卡奥用丹妮教他的通用语回答，"给酸腿国王设座。"他猛一击掌。"来人！弄辆马车给拉迦特卡奥坐！"

五千名多斯拉克人齐声大笑。乔拉爵士站在韦赛里斯身边，扯开喉咙朝他耳朵大吼，可是大厅里的喊叫震耳欲聋，因此丹妮听不见他说些什么。韦赛里斯吼回去，接着两人扭打成一团，直到莫尔蒙把韦赛里斯整个打倒在地。

哥哥拔出了剑。

在火光照耀下，剑刃闪着一道令人畏惧的红光。"滚远点！"韦赛里斯嘶声道。乔拉爵士向后退开，哥哥踉跄地爬起来，持剑在头上挥舞。那把剑是伊利欧总督为了让他有个国王的样子，特别借给他的。四面八方的多斯拉克人都在朝他嘶吼，尖叫着恶毒的诅咒。

丹妮发出一声无言的惊叫。哥哥或许不知在这里拔剑会有何后果，但她太清楚了。

听到她的声音，韦赛里斯转过头，这才终于看见她。"原来她在这儿。"他微笑着说。他朝她步步进逼，胡乱挥舞着宝剑，仿佛要在乱军中杀出重围，虽然无人阻挡他的去路。

"你的剑……你真的不可以这样，"她哀求他，"求求你，韦赛里斯。这是被禁止的。把剑收起来，跟我一起坐吧。这里吃的喝的都有……你想要龙蛋吗？我可以给你，但请你先把剑扔下。"

"笨蛋，快照她的话做，"乔拉爵士吼道，"不然你会把我们通通害死。"

韦赛里斯朗声大笑。"他们奈何不了我们。他们不能在圣城里流血……但我能。"他将剑尖指着丹妮莉丝双乳之间，缓缓下滑，顺着隆起肚腹的曲线。"我只要属于我的东西，"他告诉她，"我只要他答应我的那顶王冠。他买了你，却没有付钱。叫他遵守约定,否则我就要收回你和龙蛋。他可以留下他的种,我会把那野种割下来给他。"剑尖刺穿丝衣,轻戳她的肚脐。她发现韦赛里斯正在啜泣,眼前这个曾是她哥哥的人,此刻又哭又笑。

似乎是很遥远的地方,女仆姬琪也在惧怕地啜泣,哭着说她不敢翻译,因为卡奥会把她绑在坐骑后一路拖上圣母山。她伸手抱住女孩。"别怕,"她说,"让我来告诉他。"

她不知自己了解的词汇是否足够,但当她讲完,卓戈卡奥用多斯拉克话说了几个粗鲁的句子,她便知道他是听懂了。她生命中的太阳从高位上走下来。"他说什么?"那曾是她哥哥的人皱眉问。

大厅一片寂然,只听卓戈卡奥发际的铃铛随着脚步轻声作响。他的血盟卫尾随在后,仿如三个古铜色的影子。丹妮莉丝浑身发冷。"他说你将会拥有一顶精美绝伦、任谁看了都会颤抖的黄金王冠。"

韦赛里斯微笑着放下剑。将来最教她伤心、最让她撕心裂肺的一件事……就是他微笑的模样。"我要的就只是这个,"他说,"他答应要给我的。"

当她生命中的太阳走到她身边时,丹妮伸手搂住他的腰。卡奥说了一个字,他的血盟卫立即飞扑上前。柯索抓住那个曾是她哥哥的人的双手,哈戈巨掌一拧,利落地折断了他的手腕。科霍罗从他垂软无力的手中夺下剑来。即便到了此时,韦赛里斯依旧不明白。"不行,"他叫道,"你们不准碰我,我是真龙,真龙,我要我的王冠!"

卓戈卡奥解开腰带。带子由雕饰华丽的纯金勋章构成,每个勋章都大如男人手掌。他吼出一个命令,负责烹饪的奴隶立刻从火炉上拉出一个沉重的铁锅,将里面的热汤倒在地上,再将锅子放回炉里。卓戈把腰带抛进锅中,面无表情地看着奖章烧得通红,渐渐失去原有的形状。在他黑如玛瑙的眼瞳里,她见到跃动的火苗。一个奴隶递上一双厚实的马毛手套,他静静地戴上,看都没看那奴隶一眼。

韦赛里斯这时才像个即将面对死亡的懦夫一般,开始了高亢的无言惨叫。他又踢又扭,像狗一样呜咽,像小孩似的啼哭,但几个多斯拉克人牢牢地把他抓住。乔拉爵士走到丹妮身边,伸手按住她的肩膀。"公主殿下,请您转过头,我求求您。"

"不。"她双手抱住隆起的肚腹,下意识地保护着孩子。

最后,韦赛里斯望向她。"妹妹,请你……丹妮,告诉他们……让他们……好妹妹……"

当黄金融化了一半,正开始沸腾时,卓戈伸手到烈焰中抓起锅子。"王冠!"他咆哮道,"来,给马车国王戴的王冠!"说完便朝那个曾是她哥哥的人当头浇下。

那顶狰狞的铁盔遮盖住韦赛里斯·坦格利安的脸庞时,他所发出的声音,只能以惨绝人寰来形容。他的双脚在泥地上狂乱地蹬了几下,渐缓,终止。半液态的金块滴落他的胸膛,鲜红的丝衣嘶嘶冒烟……但他没有流出一滴血。

他不是真龙,丹妮暗想,思绪意外的平静,真龙不怕火。

艾德

他穿过临冬城底的墓窖,如同之前几千次一样。凛冬国度的王者用冰冷的眼光看着他经过,他们脚边的冰原狼扭计石砌的狼头向他嘶吼。最后,他来到父亲长眠之处,在父亲身旁是布兰登和莱安娜。"奈德,答应我。"莱安娜的雕像轻声说。她头戴碧蓝玫瑰织成的花环,双眼泣血。

艾德·史塔克惊坐而起,心脏狂跳,毛毯纠结。房间漆黑一片,敲门声大作。"艾德大人。"有人高叫。

"等一等。"他身子虚弱,躯体赤裸,跌跌撞撞穿过黑暗的房间。打开门,他看到正举拳敲门的托马德,以及手握烛台的凯恩。两人之间是国王的御前总管。

那人面无表情,几乎像是石雕。"首相大人,"他语气平板地说,"国王陛下宣您立刻觐见。"

这么说劳勃已经打猎归来,早该是时候了。"给我几分钟换衣服。"奈德让总管等在门外。凯恩服侍他更衣,他穿上白色亚麻布外衣和灰色披风,裤子已经裁短,方便打上石膏的断腿。他扣上首相徽章,以及一条沉重的银链腰带,最后将那把瓦雷利亚匕首系在腰间。

红堡黑暗而寂静。当凯恩和托马德护送他穿过内城时,由缺转圆的月亮已经低悬高墙。壁垒上,一名金色披风的守卫正来回巡视。

王家居室位于梅葛楼,那是一座巨大的方形要塞,深藏在红堡的中心,由十二尺厚的围墙以及干涸但插满尖刺的护城河团团包围。这是座城中之城。柏洛斯·布劳恩爵士把守在吊桥彼端,白色精钢铠甲在月光下寒气森森。进楼之后,奈德又经过两名御林铁卫,普列斯顿·格林菲尔爵士站在楼梯口,巴利斯坦·赛尔弥爵士守在国王寝室门外。三个雪白披风的骑士,他忆起过去,一阵诡异的寒意袭上心头。巴利斯坦爵士的脸色和他的盔甲一样苍白。奈德只需看他一眼,便知大事不妙。王家总管打开门,"艾德·史塔克公爵大人,国王之手。"他高声宣布。

"带他进来。"劳勃喊道,声音出奇的混浊。

卧室两端对称位置的壁炉里火烧得炽热,让房间充满一种阴沉的红色亮光。屋内的热度高得令人窒息,劳勃躺在挂着幔帐的床上,派席尔国师随侍在旁,蓝礼公爵则焦躁地在紧闭的窗前踱步。仆人来来去去,或增添柴火,或煮热葡萄酒。瑟曦·兰尼斯特坐在床边,靠近她的丈夫。她头发散乱,似乎刚从睡梦中醒来,但那双眼中却毫无睡意。托马德和凯恩扶着奈德穿过房间时,那双眼睛便直直地盯着他看。他移动的速度非常缓慢,仿佛置身梦境。

劳勃的双脚伸在毛毯外,还套着靴子,奈德看见皮靴上沾满泥土和干草。一件绿色外衣扔在地上,上面有割开的痕迹,以及褐红的污垢。房间弥漫着烟尘与血腥味,还有死亡的气息。

"奈德,"国王看见他的脸,小声说。国王的脸色苍白一如牛奶。"靠……近一点。"

奈德的侍卫扶他上前。他一手撑着床柱,稳住身子。他只需低头看劳勃一眼,便知伤势有多严重。"是什么……?"他开口欲问,喉咙却仿佛被钳子夹住。

"是一只野猪。"蓝礼公爵仍穿着绿色猎装,斗篷上全是血。

"一头该死的恶魔。"国王嘶声道,"我自己失误,酒喝多了,结果没刺中。我活该下地狱。"

"你们都在干什么?"奈德质问蓝礼公爵,"巴利斯坦爵士和御林铁卫都跑哪儿去了?"

蓝礼撇撇嘴。"我哥哥他命令我们站一边儿去,好让他单独对付那只野猪。"

艾德·史塔克揭开毛毯。

他们已经竭尽所能为他缝合,但效果依旧不明显。那野猪一定是头可怕的家伙,它用两根长牙把国王从下体一直撕裂到胸部。派席尔国师用来包扎的浸酒纱布已经染满鲜血,散发的气味更是骇人。奈德的胃一阵翻搅。他松开毛毯。

"臭死了,"劳勃道,"这就是死亡的臭气,别以为我闻不出来。这回我可被整惨了,对吧?不过我……我也没让它好过,奈德。"国王的笑容与伤口同样惊人,他的牙齿一片血红。"我一刀捅烂了它眼睛。你问问他们是不是真的……问哪!"

"是的,"蓝礼公爵喃喃道,"照我哥哥的吩咐,我们把尸体带了回来。"

"带回来准备晚宴。"劳勃轻声说,"让我们独处一下。你们都退下,我要跟奈德谈谈。"

"劳勃,亲爱的……"瑟曦开口。

"我说了,给我退下。"劳勃的坚持里有几分他昔日的刚毅。"你是哪个字听不懂啊,臭女人?"

瑟曦拢起她的裙子和自尊,领头走向房门。蓝礼公爵和其他人跟在后面。派席尔大学士留了下来,双手颤抖着把一杯浓浊的白色液体递给国王。"陛下,这是罂粟花奶,"他说,"请喝下去,给您止痛。"

劳勃用手背挥开杯子。"快滚,老不死,我再过不久就要一睡不醒了。滚出去。"

派席尔国师给了奈德一个受伤的眼神,拖着脚离开了。

"劳勃,该死的,"只剩他两人后,奈德开口说。他的腿痛得让他几乎睁不开眼。也或许是悲痛模糊了他的视线。他坐到床边,坐在他的朋友身旁。"你非得这么鲁莽不可?"

"啊,操你,奈德,"国王粗声道,"我好歹宰了那王八蛋,对不?"一撮蒙尘的黑发落下来遮住他的眼,他抬头瞪着奈德。"我该把你也宰了才对,连打猎都不让人安安静静地打。罗拔爵士找到我啦。说什么要砍格雷果的头。想来就不舒服。我没对猎狗讲。让瑟曦去吓吓他罢。"他笑到一半,突然一阵剧痛袭身,便转为闷哼。"诸神慈悲,"他喃喃念道,疼痛地喘气。"那女孩。丹妮莉丝。她只是个孩子,你说得没错……这就是为什么,那女孩……天上诸神派这头野猪……来惩罚我……"国王咳出一摊鲜血。"错了,我做错了,我……她只是个女孩……瓦里斯,小指头,连我弟弟……废物……奈德,除了你之外,没人敢对我说一个'不'……只有你……"他在极度疼痛的状态下,虚弱地举起手。"拿纸笔来。就在那边桌上。把我说的写下来。"

奈德把纸摊平在膝盖上,拿起羽毛笔。"陛下,请您指示。"

"以下为拜拉席恩家族的劳勃一世,安达尔人和其他人的——把他妈的那些鬼头衔通通放进去,你知道是哪些——的遗嘱。余在此任命临冬城公爵,国王之手,史塔克家族的艾德为摄政王及全境守护者……自余死后……代余……代余统理国事……俟吾儿乔佛里成年……"

"劳勃……"乔佛里不是你儿子,他想说,却说不出口。劳勃所承受的痛苦清楚明白地写在脸上,他不忍心将更多痛苦加诸于他。于是奈德低头振笔疾书,只将"吾儿乔佛里"改为"吾之合法继承人"。欺瞒让他觉得自己人格受污损。这是我们为爱而撒的谎,他心想,愿天上诸神原谅我。"您还要我写什么?"

"写……该写什么就写什么。遵守,保护,新旧诸神,你知道这些啰唆词语。写完我来签名。等我死了把这个交给御前会议。"

"劳勃,"奈德的语气充满悲伤,"不要这样,不要离开我。

国家需要你。"

劳勃紧握住他的手，用力挤压。"奈德·史塔克，你……真不会说谎。"他忍痛说，"这国家……这国家很清楚……我是怎样的一个昏君，跟伊里斯一样的昏君。诸神饶恕我。"

"不，"奈德告诉他垂死的老友，"陛下，您和伊里斯不一样。您比他好得太多。"

劳勃勉强挤出一丝微笑，嘴角还带着血迹。"至少，人们会说……我这辈子所做的最后一件事……没有错。你不会让我失望的。这国家就交给你了。你会比我更讨厌治理……但你会做得很好。你写好了么？"

"好了，陛下。"奈德把纸递给国王。国王胡乱签了个名，在字里行间留下一摊血迹。"封印时需有人见证。"

"记得把那只野猪当我葬礼的主菜，"劳勃嘶声道，"嘴里塞个苹果，皮烤得香香脆脆，把那王八蛋给吃啰。我管你会不会撑死。答应我，奈德。"

"我答应你。"奈德说。答应我，奈德，莱安娜在应和。

"那女孩，"国王说，"丹妮莉丝，让她活命吧。如果你有法子，如果……还来得及……命令他们……瓦里斯，小指头……别让他们杀她。还有，帮帮我儿子，奈德。让他变成……比我更好的人。"他痛得皱眉，"诸神可怜我。"

"他们会的，我的朋友，"奈德说，"他们会的。"

国王闭起眼睛，似是稍觉放松。"到头来竟被野猪所杀，"他喃喃自语，"要不是这么痛，真该大笑一场。"

奈德没笑。"要不要这就叫他们进来？"

劳勃虚弱地点头。"也好。老天，这儿怎么冷成这副德行？"

仆人们冲进来，赶忙为炉火添柴。王后已经走了，至少这算一点安慰。如果瑟曦还有点理智，奈德心想，她应该带着孩子赶在黎

251

明前逃走。她已经拖延太久。

劳勃国王也并不想念她。他让弟弟蓝礼和派席尔国师作见证，然后拿起国玺，盖在奈德滴在纸上的热黄蜡泥上。"现在给我止痛的东西，让我去死罢。"

派席尔国师匆忙调制了另一帖罂粟花奶。这次国王喝了个干净，抛出杯子，他的黑胡须上沾满了浓稠的白色液滴。"我会做梦吗？"

奈德给了他答案。"陛下，您会的。"

"那就好，"他微笑道，"奈德，我会替你向莱安娜问好。帮我好好照顾我的孩子。"

这番话有如一把尖刀在奈德肚里翻搅。刹那间他不知如何是好，因为他无法逼自己说谎，但他接着想起了那些私生子，想起还在母亲怀里的芭拉，艾林谷的米亚，炉边打铁的詹德利……"我会……把你的孩子当做我自己的孩子一般爱护。"他缓缓地说。

劳勃点点头，闭上眼睛。奈德看着罂粟花奶从自己的老友脸上洗去疼痛，国王软弱无力地陷进枕头堆，沉沉睡去。

沉重的颈链轻声作响，派席尔大学士朝奈德走来。"大人，我会尽我全力，可伤口已经长疽。他们花了两天时间才把他送回来，等我见到伤势为时已晚。我可以减轻陛下的伤痛，但现在能救他的只有天上诸神了。"

"还能活多久？"奈德问。

"照理说他现在已经死了。我从没见过求生意志这么强的人。"

"我哥一向很强壮，"蓝礼公爵说，"或许不够聪明，但强壮是毋庸置疑。"卧室里闷热难耐，他的额际布满晶亮的汗珠，模样仿佛是劳勃的翻版，年轻、黝黑而英俊。"他杀了那头猪。也不管自己内脏都从肚子里跑出来了，他还是宰了那头野猪。"他的声音充满惊奇。

"只要敌人还站着,劳勃就决不会离开战场。"奈德告诉他。

门外,巴利斯坦·赛尔弥爵士依旧把守着高塔楼梯。"派席尔大学士已经给劳勃喝过罂粟花奶,"奈德告诉他,"未经我同意,任何人不得打扰他休息。"

"遵命,大人。"巴利斯坦爵士看起来比他实际年龄还要苍老。"我辜负了我神圣的职责。"

"再忠勇的骑士,也没法避免国王伤害自己,"奈德说,"劳勃喜欢猎野猪,我看他杀死过不下一千只。"他总是毫不退缩地站稳脚跟,立定原地,手握长枪,还常趁野猪冲锋时大声咒骂,只等最后一刻,只等野猪几乎要扑到他身上时,他才准确利落地将其一枪刺死。"谁知道他竟会被这只猪所杀呢?"

"艾德大人,您太仁慈了。"

"连国王自己也这么说。他说是酒坏了事。"

白发苍苍的骑士虚弱地点头。"我们把野猪从窝里赶出来时,陛下他已经连马都坐不稳了,但他还是命令我们站一边去。"

"巴利斯坦爵士,我倒是很好奇,"瓦里斯轻声细语地问,"这酒是谁拿给国王的?"

奈德根本没听见太监走近的声音,然而一转头,他就在那儿,穿着曳地的黑天鹅绒长袍,脸上新扑过粉。

"国王喝的是自己身上酒袋里的酒。"巴利斯坦爵士道。

"就那么一袋?打猎很容易口渴哪。"

"我没有数,但陛下喝的肯定不止一袋。只要他开口,他的侍从就会拿一袋新的给他。"

"真是个忠于职守的好孩子,"瓦里斯道,"陛下他永远都不愁没得喝哟。"

奈德嘴里一阵苦涩。他回忆起那两个被劳勃赶去拿撑胸甲的钳子的金发男孩。当天晚宴上,国王把这件事说给每个人听,笑到难以自制。"是哪个侍从?"

"年长的那个,"巴利斯坦爵士说,"蓝赛尔。"

"这孩子我挺清楚,"瓦里斯说:"是个坚强的男孩,凯冯·兰尼斯特爵士的儿子,泰温大人的侄子,王后的堂弟。真希望这好孩子别太自责。孩子在天真无邪的少年时期总是很脆弱的,这我可是深有体会。"

瓦里斯自然有过少年时期,但奈德却怀疑他是否天真无邪过。"听你说起孩子,关于丹妮莉丝·坦格利安那件事,劳勃已经回心转意。无论你安排了什么,我要你立刻收回成命。"

"哎哟,"瓦里斯说,"'立刻'恐怕都为时已晚哪。鸟儿已经飞上了天。不过大人,我尽力而为。告退。"他鞠个躬,消失在楼梯下。下楼之时,软跟拖鞋在石板表面摩擦,宛如呓语。

凯恩和托马德正扶着奈德过桥,蓝礼公爵却从梅葛楼里出来。"艾德大人,"他在身后喊,"若您不介意,可否借一步说话?"

奈德停下脚步。"好。"

蓝礼走到他身边。"请您的人退下。"他们站在吊桥正中央,桥下是干涸的护城河。河床上排列着尖刺,月光将残酷的刀刃染成银白。

奈德挥手。托马德和凯恩点点头,恭敬地退开。蓝礼公爵小心翼翼地瞥了瞥桥对面的柏洛斯爵士,以及背后楼梯口的普列斯顿爵士。"那封信,"他靠过来。"可与摄政有关?我哥是否任命您为全境守护者?"他没等对方回答。"大人,我有三十个贴身护卫,还有其他骑士和贵族朋友。给我一个钟头,我能给您一百个人。"

"大人,请问我要这一百人做什么呢?"

"当然是先发制人!立即行动,趁大家还在熟睡。"蓝礼回头看看柏洛斯爵士,压低音量,急切地悄声说,"我们得把乔佛里从他母亲手里夺过来当筹码,是不是守护者无关紧要,谁挟有国王才能号令全国。弥赛拉和托曼也要抓起来。一旦我们有了瑟曦的孩子,她就不敢轻举妄动。到时候御前会议自然会承认您为摄政王,并让您当乔佛里的监护人。"

奈德冷冷地打量着他。"劳勃还未断气。天上诸神或许会饶他一命也未可知。倘非如是,我也将立刻召集御前会议,公开遗嘱,讨论继承之事。我不会在他生命的最后时刻杀人流血,犯下把惊慌失措的孩子从睡梦中强行拉走的罪行。"

蓝礼公爵后退一步,全身绷紧犹如弓弦。"你每耽搁一秒,就是多给瑟曦一秒准备的时间。等劳勃一死,只怕就为时已晚……对你我两人都是如此啊。"

"那我们就祈祷劳勃不要死吧。"

"我看不大可能。"

"有时天上诸神也有慈悲之心。"

"兰尼斯特可没有。"蓝礼转身越过护城河,朝他垂死兄长所在的高塔走去。

等奈德回到卧室,已经心力交瘁,但他很清楚今晚自己是不用睡了。在权力的游戏之中,你不当赢家,就只有死路一条,那天在神木林里,瑟曦·兰尼斯特这么对他说。他不禁思索:拒绝蓝礼公爵的提议,究竟是不是明智之举?他对权谋斗争毫无兴趣,拿小孩做为要挟筹码更为他所不齿,然而……倘若瑟曦决定反抗,而非流亡,那他需要的可就不仅是蓝礼的一百名卫士了,远远不够。

"把小指头找来,"他告诉凯恩,"如果他不在卧室,不管带多少人,把君临的每一间酒店和妓院通通搜遍,你也要找到他。天亮之前必须带他来见我。"凯恩鞠躬离去,奈德又转向托马德,"风之巫女号明晚涨潮时分起航,你选好随行护卫了吗?"

"十个人,由波瑟领队。"

"二十个，你亲自带头。"奈德说。波瑟虽然勇敢，却嫌鲁莽。他希望照顾女儿的人更可靠也更有判断力。

"遵命，老爷，"汤姆说，"说真的，离开这里，我不会难过。我很想念我老婆。"

"你们北行途中会靠近龙石岛，我需要你替我送封信。"

汤姆一脸不安。"大人，去龙石岛？"这座坦格利安家族的岛屿要塞素以地势险恶著称。

"告诉柯斯船长，一旦进入岛屿的视线范围，即刻升上我的旗帜。他们恐怕不会欢迎不请自来的访客。如果他不肯去，要多少钱都给他。我给你的这封信，你必须当面交给史坦尼斯·拜拉席恩大人，绝不能交给别人。不管是他的总管、侍卫队长或他的夫人都一样，一定要交给史坦尼斯公爵本人。"

"是的，大人。"

托马德离开后，艾德·史塔克坐着凝望床边桌上的蜡烛火焰，有好一阵子完全被悲伤所淹没。他只想去神木林，跪在心树下，祈祷那曾经与他情胜手足的劳勃·拜拉席恩能够活命。将来人们会说艾德·史塔克背叛了国王的友谊，夺走了他子嗣的继承权。他只希望天上诸神能体谅他的苦衷，而劳勃若死后有知，也能知悉真相。

奈德取出国王的临终遗嘱。那只是一张盖上黄色蜡印，写了只字片语，却留下一摊血迹的脆弱的白色卷轴。胜负生死，实在只是一线之间。

他抽出一张白纸，取笔蘸了墨水。致拜拉席恩家族的史坦尼斯国王陛下，他写道，当您接获此信之时，令兄劳勃，吾人过去十五年来的国君，已经过世。他在御林狩猎时为一野猪所伤……

字句似乎在纸上扭曲缠绕，他不得不停笔思考。泰温大人和詹姆爵士绝不会忍受耻辱，他们宁可兴兵反抗也不会逃走。自琼恩·艾林遭人谋害，想必史坦尼斯大人也颇感恐惧，但此刻他必须趁兰尼斯特军还未出动之际,立即率领所部人马驶向君临。

奈德字斟句酌写完了信,在末尾签上"全境守护者,国王之手,临冬城公爵,艾德·史塔克。"然后他吸干墨水,对折两次,就着烛焰融了封蜡。

他的摄政期将会非常短暂,他一边看着封蜡变软,一边想。新王会任命新的首相。届时奈德便可返家。回临冬城的念头牵起他嘴角一丝微笑。他想重听布兰的欢笑,想和罗柏一同出外放鹰,想看瑞肯玩耍嬉闹。他想双手紧紧搂着自己的夫人凯特琳,躺在自己的床上无梦安眠。

他正把冰原狼印章盖在柔软的白蜡上时,凯恩回来了,戴斯蒙跟他一道,小指头则走在两人中间。奈德向侍卫道谢后把他俩遣开。

培提尔伯爵穿着蓝天鹅绒外衣,外衣带着宽松的袖子,银边斗篷上绣满仿声鸟。"我想我该说恭喜啰。"他边说边坐下。

奈德皱眉。"国王此刻身负重伤,命在旦夕。"

"我知道,"小指头说,"但我也知道他任命您为全境守护者。"

奈德的视线飘到身旁桌上,国王的信还未拆封。"大人,请问您又是怎么知道的?"

"瓦里斯的暗示,"小指头说,"而您现在证实了。"

奈德的嘴因愤怒而扭曲:"去他的瓦里斯和他的小小鸟儿。凯特琳说得没错,这人懂妖法。我不信任他。"

"很好,你慢慢学乖了。"小指头向前靠,"可我敢打赌你大半夜把我拖过来,不是来讨论太监的。"

"不是,"奈德承认,"我知道了琼恩·艾林保守的秘密,他便是因此遭人灭口。劳勃死后没有亲生儿子可以继承王位。乔佛里和托曼是詹姆·兰尼斯特和王后乱伦产下的私生子。"

小指头扬起一边眉毛。"令人震惊。"然而他的语气显然完全不感惊讶。"女孩也是？想也知道。所以国王死后……"

"王位应传给史坦尼斯大人，劳勃最年长的弟弟。"

培提尔伯爵捻着尖胡子，仔细思索这个问题。"看来是如此。除非……"

"大人，除非？这事没有任何疑问。史坦尼斯是王位继承人，没有什么可以改变这个事实。"

"没有你的协助，史坦尼斯得不到王位。如果你够聪明，应该确保乔佛里登基为王。"

奈德狠狠地瞪了他一眼。"你一点荣誉心都没有吗？"

"哎，有当然是有那么一点点啦。"小指头漫不经心地回答，"仔细听我说：史坦尼斯并非你我之友，连他兄弟两人都受不了他。这家伙是钢铁铸的，个性强硬、绝不妥协。想也知道，届时他会另立新的首相和御前会议。他当然会谢谢你把王冠交给他，但他不会因此而喜欢你。更何况他一旦登基，必定会引来战事。你想想，除非瑟曦和她的私生子通通死光，否则史坦尼斯的王位绝对坐不安稳。泰温大人会坐视他女儿的头给晾在枪上吗？凯岩城肯定会起兵，而他们绝非势单力薄。劳勃愿意赦免曾在伊里斯王手下做事的人，只要他们向他宣誓效忠。史坦尼斯可没这么好心肠。他永远不会忘记风息堡之围，提利尔大人和雷德温大人则是不敢忘记。曾经高举过火龙旗帜，或与巴隆·葛雷乔伊一同兴兵作乱的人都会怕他。若是把史坦尼斯送上铁王座，我敢向你保证，王国会血流成河。"

"我们再看看钱币的另一面。乔佛里眼下才十二岁，而且大人，劳勃选的摄政王是你啊。你既是首相，又是全境守护者。史塔克大人，你是大权在握，只需伸手便可夺取天下。与兰尼斯特家和好，释放小恶魔，让乔佛里和你的珊莎结婚，再把你的小女儿嫁给托曼，让你的继承人迎娶弥赛拉。距离乔佛里长大成人还有四年时间，到时候他会把您当成再世生父，就算他没有，这个嘛……大人，四年时间可也不短，足够把史坦尼斯大人解决掉了。之后若是乔佛里惹人厌，我们可以揭穿他的小秘密，然后把蓝礼大人送上王位。"

"我们？"奈德重复道。

小指头耸耸肩。"您总需要别人来帮您分担重责大任吧。我跟您保证，我的价码绝对最公道。"

"你的价码。"奈德声音冰冷。"贝里席大人，你刚才建议的可是叛国大罪。"

"除非我们失败。"

"你忘了，"奈德告诉他，"你忘了琼恩·艾林，你忘了乔里·凯索，你还忘了这个。"他抽出那把匕首，放在两人中间的桌上。这把由龙骨和瓦雷利亚精钢打造的短刀，锋利一如对与错、真与假，生与死之间的差异。"贝里席大人，他们派人杀我儿子。"

小指头叹口气。"恐怕我真是忘了，大人，请您原谅。我居然忘了自己在跟史塔克家的人说话。"他撇撇嘴。"所以就是史坦尼斯和战争？"

"我们别无选择，史坦尼斯是继承人。"

"反正我也没资格和全境守护者争辩。那么，您找我有何贵干？想必不是为了我的智慧。"

"我会尽我所能忘记你的……智慧，"奈德嫌恶地说，"我找你来，是因为你答应过凯特琳会帮忙。眼下对我们每个人都是危险时刻。劳勃的确任命我为守护者，但在世人眼中，乔佛里依旧是他的儿子和继承人。王后身边有十来个骑士和上百名侍卫听候差遣……足够对付我留在身边的护卫。况且就在我们说话的当口，她弟弟詹姆很可能正率领兰尼斯特大军，浩浩荡荡朝君临开来。"

"而你却没有军队。"小指头把玩着桌上的匕首,用一根指头缓缓旋转。"蓝礼大人和兰尼斯特家之间素无好感。此外,青铜约恩·罗伊斯,巴隆·史文爵士,洛拉斯爵士,坦妲伯爵夫人,还有雷德温家的双胞胎……他们各自有一批骑士和侍卫在城里。"

"蓝礼有三十个贴身护卫,其他人更少。就算他们全站到我这边,也还是不够。我需要都城守备队的支持。他们一共有两千人,并宣誓守护城堡与市镇,以国王之名维护和平。"

"啊,可是当王后立了一个国王,首相却立了另一个,请问他们要以谁之名维护和平呢?"培提尔伯爵伸出手指轻推匕首,让它在原地打转。匕首旋转不息,边转边摇晃。最后速度减缓,终至停止时,刀尖正对着小指头。"喏,这就是答案啦。"他微笑道,"谁付钱,他们就听谁的话。"他向后靠上椅背,直直地看着奈德的脸,那双灰绿的眼睛里闪着嘲弄之色。"史塔克,你把荣誉当铠甲穿在身上,自以为能保你平安,结果却让自己负担沉重,行动困难。瞧你现在这个样子:你很清楚找我来目的为何,也知道要请我做什么,更明白这件事势在必行……可一点也不名誉,所以话哽在喉咙里说不出来。"

奈德的颈项因为紧张而僵硬,有好一阵子他委实太过恼怒,以致不敢轻易开口。

小指头笑道:"我应该逼你亲口说出来的,但那样太残忍啦……所以我亲爱的好大人,您别担心。为着我对凯特琳的爱,我这就去找杰诺斯·史林特,确保都城守备队站在您这边。六千金龙应该足够。三分之一给司令,三分之一给各层士官,剩下的三分之一留给士兵。本来用这价钱的一半或许也行,不过我还是别冒险的好。"他面露微笑,拾起匕首交还奈德,刀柄朝向对方。

琼恩

山姆威尔·塔利扑通一声坐上长凳时,琼恩正吃着早餐的苹果蛋糕和血香肠。"我也要去圣堂了,"山姆难掩兴奋地悄声说,"他们打算让我通过测试,跟你们一起成为正式的黑衣弟兄。你敢相信吗?"

"不相信。这是真的?"

"真的真的。我被派去协助伊蒙师傅管理图书室和鸟儿。他需要一个能读会写的帮手。"

"相信你一定愉快胜任。"琼恩微笑说道。

山姆不安地环顾四周。"我们是不是该去了?我们最好不要迟到,免得他们改变主意。"他们走过长满杂草的庭院时,他一直蹦蹦跳跳。天气温润而清朗,晶莹的水滴沿着长城流淌而下,冰层在阳光下闪闪发光。

圣堂里,晨光从面南的窗子倾泻进来,射进当中的大水晶,散出七彩虹光,映着祭坛。派普一见山姆,嘴巴顿时张得老大,陶德则碰了一下葛兰,但没人敢说话。赛勒达修士手中摇晃着一个小香炉,溢得满室馨香,琼恩不禁想起史塔克夫人在临冬城的小圣堂祈祷的情景。修士这次很难得没有喝醉。

高级官员一齐抵达。伊蒙师傅倚靠着克莱达斯,艾里沙爵士冷眼峻脸,莫尔蒙司令一身华服,黑羊毛外衣,银边熊爪扣。在他们后面是三个职业的负责人:总务长波文·马尔锡,首席工匠奥赛尔·亚威克,以及暂代班扬·史塔克指挥游骑兵的杰瑞米·莱克爵士。

莫尔蒙站在祭坛前,七彩虹光在他的大光头上闪闪发亮。"你们来时为法律所不容，"他开口，"盗猎、强奸、欠债、杀人、偷抢拐骗。你们来时尚为孩童，一身子然，身负枷锁，既无友朋，更无荣誉。你们来时或富贵荣禄，或赤贫如洗。你们来自豪门望族，或仅有私生子之名，甚或寂寂无名，但这些都不重要。一切皆成过去。长城之上，我们都是一家人。"

"今日傍晚，夕阳西沉，低垂夜幕之下，你们便将宣誓。从此以后，你们就是誓言效命的守夜人弟兄。你们的罪名将被洗清，债务业已勾销，同样，你们必须抹去从前的家族忠诚，抛开旧时仇恨，忘却过往的情爱恩怨。你们将于兹重获新生。"

"守夜人为王国效命。非为国王，非为贵族，亦非为豪门荣辱，不论财富，不论光荣，亦不论儿女情爱，一切只为王国安泰及其子民平安。守夜人不娶妻，不生子，我们以责任为妻，以荣誉为妾，而你们则是我们唯一的儿子。"

"你们已经听过了誓言内容。在发誓前请仔细考虑，一旦穿上黑衣，便永无退路。背离职守是唯一死刑。"熊老暂停片刻，然后继续，"你们之中有没有人想离开？如果有，现在就走，我们绝不会因此而看轻你。"

无人移动。

"很好，"莫尔蒙道，"傍晚时分，你们回到这里，当着赛勒达修士和你们所属组织首席的面宣誓。你们中有信仰旧神的吗？"

琼恩站起来。"有的，大人。"

"我想你或许情愿跟你叔叔一样，在心树之下宣誓。"莫尔蒙说。

"是的，大人。"琼恩道。圣堂的诸神与他无关。先民的血液依旧流淌在史塔克家人体内。

他听见葛兰在背后低语："这里没有神木林吧，对不对？我从来没发现。"

"你啊,就算一群野牛迎面冲来,等它们把你踩进雪里,你也没发现。"派普悄声回答。

"我会啦,"葛兰坚持,"我大老远就会看见它们。"

莫尔蒙倒是证实了葛兰的疑虑。"黑城堡无需神木林。鬼影森林早在安达尔人将七神带过狭海前的黎明纪元便已耸立在长城之外,至今依然。由此向北半里格你会找到一片鱼梁木,或许也会找到你的神。"

"大人,"琼恩惊讶地回头,看见肥胖的山姆威尔·塔利站了起来,将满是汗水的手掌在衣服上抹了抹。"我能……我能不能跟他一起去?到心树下宣誓?"

"塔利家族莫非信奉旧神?"莫尔蒙问。

"不是的,大人,"山姆用尖细而紧张的声音回答。琼恩知道官员们很叫他害怕,熊老尤甚。"我在七神的荣光照耀下,在角陵的圣堂里举行了命名仪式。我父亲如此,他的父亲亦如此,千年来塔利家族世代如此。"

"那么……你为何要抛弃令尊和你家族长久以来信仰的诸神呢?"杰瑞米·莱克爵士很好奇。

"如今我以守夜人军团为家,"山姆信誓旦旦地说,"七神从未回应我的祈祷,或许旧神会呢。"

"那就这样,小子。"莫尔蒙说。山姆和琼恩返身坐下。"依照我们的需求,以及你们自身的能力和技巧,你们将被分配到不同的岗位。"波文·马尔锡前跨一步,交给他一张纸。总司令摊开纸,"霍德,加入工匠,"他开始念,只见霍德僵硬而激动地点了点头,"葛兰,加入游骑兵。阿贝特,加入工匠。派普尔,加入游骑兵,"派普看看琼恩,兴奋地摇耳朵。"山姆威尔,加入事务官。"山姆如释重负地叹了口气,忙掏出一块丝巾擦干额头。"梅沙,加入游骑兵。戴利恩,加入事务官。陶德,加入游骑兵。琼恩，加入事务官。"

事务官？ 一时之间琼恩简直不敢相信自己的耳朵。莫尔蒙一定是念错了。他正准备站起来申诉，告诉他们弄错了……却看见艾里沙爵士正审视着自己，双眼闪亮犹如黑曜石块，他顿时恍然大悟。

熊老卷起纸。"你们各自的首席长官会介绍你们的职责所在。弟兄们，愿天上诸神眷顾你们。"总司令向他们微微颔首致意，便即离开。艾里沙爵士跟他一道，脸上挂着一抹浅浅的微笑。琼恩从没见教头这么开心过。

"游骑兵跟我来。"等他们走后，杰瑞米·莱克爵士喊。派普慢慢站立，眼睛却盯着琼恩，双耳通红。葛兰开心地嘻笑，丝毫未察觉有何不对。梅沙和陶德走到他们旁边，跟随杰瑞米爵士离开圣堂。

"工匠。"生着灯笼下巴的奥赛尔·亚威克随即宣布，然后霍德和阿贝特也跟他走了。

琼恩满心嫌恶地环顾四周。只见伊蒙学士的盲眼正朝他看不见的光源望去，修士正在那里整理祭坛的水晶。山姆和戴利恩还坐在板凳上，一个胖子，一个歌手……还有他。

总务长波文·马尔锡搓搓他的胖手。"山姆威尔，你去帮伊蒙学士管理鸟笼和图书室。齐特已被调去犬栏照顾猎狗，你就住他那间屋，以便随时照顾学士的起居。希望你好好工作，他老人家年事已高，对我们更是弥足珍贵。"

"戴利恩，我听说你在不少高官老爷面前表演过，也见过一点世面，所以我们派你去东海望协助卡特·派克。等商船前来交易时，你的本领或许能派上用场。近来腌牛肉和咸鱼的价格高得惊人，橄榄油的品质则是烂得吓人。你到了之后先找波卡斯，他会交代你如何与商船交涉。"

马尔锡微笑着转头望向琼恩。"琼恩，莫尔蒙司令特别要你当他的私人事务官。你将睡在他卧室楼下的那间房里,住在司令塔里面。"

"请问我的职责又是什么?"琼恩尖锐地问,"是不是要帮总司令打理三餐,伺候他更衣,为他打热水洗澡?"

"没有错。"马尔锡听了琼恩的口气,皱起眉头。"除此之外,你还要替他跑腿,为他房间生火,每天换洗床单和毛毯,以及承担总司令要你做的其他事情。"

"你当我是下人么?"

"不,"圣堂后方的伊蒙学士说。克莱达斯扶他站起来。"我们当你是守夜人的汉子……不过或许我们错看了你。"

琼恩竭尽所能地克制自己,方才没有掉头离去。难道他就要像女孩子家一样整天切奶油,缝衣服度过一生?"我可以离开吗?"他僵硬地问。

"去罢。"波文·马尔锡回答。

戴利恩和山姆与他一道离去。他们默默地走回广场,琼恩抬头看着阳光下闪耀的长城,融化的冰水仿如千百根纤细的手指向下流淌。他恼怒至极,恨不得立刻就把整座长城敲个粉碎,管他世界死活。

"琼恩,"山姆威尔·塔利兴奋地说,"等等我们,你看不出他们的用意吗?"

琼恩大怒转头。"我只看出这是艾里沙爵士搞的鬼。他想羞辱我,这下他可遂心愿了。"

戴利恩看了他一眼。"山姆,叫你我这种人当当总务不成问题,但雪诺大人厉害着呢。"

"废话,不论使剑、骑马我都比你们行,"琼恩火冒三丈地反击,"这太不公平了!"

"公平?"戴利恩嗤之以鼻。"当年那小妞脱得精光,活像刚打娘胎里出生一般等着我,还是她把我从窗户里拉进去的。你倒是告诉我什么叫做公平?"

"当个事务官没什么可耻的。"山姆说。

"你要我洗一辈子老头的内衣裤吗?"

"这老头可是堂堂守夜人军团总司令,"山姆提醒他,"而你则会日夜跟他相处。没错,你是得帮他倒酒,换洗被单,但你也会替他送信,随他参加会议,打仗的时候当他的侍从。你会跟他形影不离,大小事务你都会知情,甚至能施加影响……更何况总务长说是莫尔蒙特别指定要你的!"

"我小时候,每当父亲开庭理事,总是坚持要我参加;每次他去高庭提利尔大人输诚,也一定带我去。直到后来他改带狄肯,把我丢在家里。只要狄肯跟着他,他便懒得管我是否出席会议。他的目的是把自己的'继承人'带在身边,你懂吗?让他察言观色从中学习。琼恩,我敢打赌莫尔蒙司令也是这个意思。不然他干吗这么做?他想训练你作总司令接班人哪!"

琼恩完全愣住了。的确,以前在临冬城的时候,艾德公爵便常要罗柏出席各种会议。难道山姆说的是真的?人家总说在守夜人部队里,即便私生子也可升至高位。"我又不想这样。"他嘴硬地说。

"我们没有人想来这里。"山姆又提醒他。

突然间琼恩·雪诺觉得羞愧交加。

无论他算不算懦夫,山姆威尔·塔利都像个男子汉一样有了接受命运的勇气。在长城守军里,想得到什么样的待遇,就得证明自己有什么样的本事,琼恩最后一次见到活生生的班扬·史塔克的那天夜里,他曾这么说,你还不是游骑兵,你只是个稚气未脱,身上还残留着夏天气味的小鬼。据说私生子成长得比别人都快,在长城上,你若不快快成长,就只有死路一条。

琼恩一声长叹。"你说得没错。是我太孩子气了。"

"那你会留下来跟我一起宣誓啰?"

"旧神正在等着我们哪。"他逼自己挤出一丝微笑。

他们于当日下午出发。长城沿线三百里没有一座城门,他们得牵马走进穿透冰层的狭窄隧道。路径曲折蜿蜒,黑暗而冰冷的冰墙无时无刻不向他们逼近。他们经过三道拦路铁栏,每次都得停下脚步,让波文·马尔锡取出大串钥匙,打开锁住栅栏的厚重铁链。等候总务长开门时,琼恩感到无比庞然的重量朝他压来。这里的空气阴冷赛过墓穴,且更为凝滞。等他们终于抵达长城以北,重见午后的阳光,顿时感觉到一股奇异的舒畅。

面对突如其来的强光,山姆眨眨眼,担忧地环顾四周。"野人……他们不会……他们不敢跑到离长城这么近的地方来,是不是?"

"从来不敢。"琼恩翻身上马。等波文·马尔锡和护送他们的游骑兵都上了马,琼恩把两根手指伸进嘴巴,吹声口哨,白灵从地道里应声奔出。

总务长的坐骑嘶叫着退开。"你要带这野兽一起去?"

"是的,大人。"琼恩说。白灵抬起头,似乎在体验塞外的空气。然后,只一眨眼工夫他便冲了出去,驰骋过野草蔓生的广阔平原,转瞬间消失在远方的树林里。

一进森林,他们就恍如置身另一世界。从前琼恩常跟父亲、乔里和罗柏一道外出打猎。对临冬城外的狼林了若指掌。鬼影森林在样貌上大致相同,但却有种极端殊异的氛围。

这或许就是一种感觉罢。想到已经越过世界的尽头,一切便都不一样了。同样的影子,此地更显阴暗,同样的声音,此地更觉不祥。树与树之间靠得很近,遮蔽了渐落的斜射阳光。地表的薄雪在马蹄下碎裂,声音脆如断骨。朔风吹拂,落叶沙沙作响,像有无数根冰凉手指沿着背脊缓缓而上。长城已在后方,前路一片迷离,诸神才知通往何方。

当他们抵达目的地时,夕阳已没入树梢。这是森林深处的一小块空地,九棵鱼梁木长在一起,粗略组成一个圆。琼恩深吸一口气,抬头发现山姆也睁大了眼睛。即便在北方,即便在狼林,你也找不到这种白色的树会两三棵长在一起,九棵简直闻所未闻。林地铺满落叶,上层血红,下面则是腐朽的黑色。粗而平滑的树干如枯骨般苍白,九张脸向圆心凝视,眼睛部位干涸的树汁红硬宛如宝石。波文·马尔锡命令他们将马匹留在圆圈之外。"这是神圣之地,我们不可亵渎。"

走进树丛后,山姆威尔·塔利慢慢地转头审视每一张脸。它们全都不一样。"远古诸神,"他悄声说,"他们正看着我们呢。"

"对啊。"琼恩单膝跪下,山姆也跪在他身边。

在最后一线日光沉落西天,灰暗的白昼转为黑夜的时刻,他们齐声念出誓言。

"倾听我的誓言,做我的见证。"他们的朗诵充斥暮色中的树林,"长夜将至,我从今开始守望,至死方休。我将不娶妻,不封地,不生子。我将不戴宝冠,不争荣宠。我将尽忠职守,生死于斯。我是黑暗中的利剑,长城上的守卫,抵御寒冷的烈焰,破晓时分的光线,唤醒眠者的号角,守护王国的坚盾。我将生命与荣耀献给守夜人,今夜如此,夜夜皆然。"

森林一片寂然。"你们跪下时尚为孩童,"波文·马尔锡肃穆地吟诵,"起来吧,守夜人的汉子。"

琼恩伸手拉山姆起身。随行的游骑兵凑过来微笑恭喜,惟独满脸皱纹的老林务官戴文例外。"大人,咱们最好赶紧上路,"他对波文·马尔锡说,"天黑了,这儿有些味道我不喜欢。"

突然,白灵轻步穿过两棵鱼梁木跑了回来。白毛红眼,琼恩不安地想,就像这些树……

狼嘴里叼了东西,黑黑的。"他咬了什么?"波文·马尔锡皱眉问。

"白灵,来我这儿。"琼恩单膝跪下。"把东西带过来。"

冰原狼快步跑到他身边。琼恩听见山姆威尔·塔利猛抽一口冷气。

"诸神慈悲,"戴文喃喃地说,"一只手。"

艾德

如雷的蹄声将艾德·史塔克自短暂的浅眠中惊醒,灰色的晨光正透过窗户流泻进屋。他从桌上抬起头,朝楼下的广场望去。全副武装,身着鲜红披风的人正进行着例行的晨间操演,或举剑交击,或骑马砍倒稻草扎成的假人。奈德看到桑铎·克里冈策马飞驰,穿过硬泥土地,举起铁枪刺穿傀儡的头。布块碎裂,稻草飞扬,兰尼斯特家的侍卫在旁谈笑咒骂。

这是故意表演给我看的吗?他心想,果真如此,那瑟曦比他想象的还愚昧。该死,这女人为什么不逃走?我一次又一次给她机会……

晨色阴霾,多云且沉重。奈德和女儿们及茉丹修女共进早餐。珊莎仍在赌气,拉下脸盯着眼前的食物,一口也不吃。艾莉亚则狼吞虎咽地吃光面前所有东西。"西利欧说晚上搭船前还可以再上一堂课。"她说,"父亲,我可以去吗?我的东西都打包好了。"

"不能太久,还有,记得留时间洗澡换衣服。我希望你中午就准备好,知道吗?"

"好。"艾莉亚说。

珊莎将视线从食物上抬起来。"她可以上舞蹈课,为什么不准我去跟乔佛里王子道别?"

"艾德大人,我很乐意陪她一起去。"茉丹修女提议,"我绝不会让她错过搭船时间。"

"珊莎,现在不适合让你见乔佛里。我很抱歉。"

珊莎泪眼汪汪。"为什么不适合?"

"珊莎,你父亲知道怎么做最好,"茉丹修女说,"你不该怀疑他的决定。"

"这太不公平了!"珊莎向后一推,弄倒椅子,哭哭啼啼地逃离书房。

茉丹修女起身,但奈德举手示意她坐下。"修女,让她去吧。有朝一日,等我们全体都安然返回临冬城,我再跟她解释。"修女点点头,坐下继续吃早餐。

一小时后,派席尔国师走进艾德·史塔克的书房。他驼着背,仿佛脖子上的颈链令他不堪重负。"大人,"他说,"劳勃国王陛下走了。愿天上诸神让他安息。"

"不,"奈德回答,"他最讨厌休息,愿诸神赐他爱与欢笑,以及为正义而战的喜悦。"他只感觉好生沉重。明知迟早会有这一刻,然而当实际听到这些话语,心中的某些部分依然随之死去。他愿用所有的头衔换取哭泣的自由……但他是劳勃的首相,而他所畏惧的时刻已经来临。"有劳您把朝廷重臣都请到我书房来。"他告诉派席尔。他和托马德已经尽可能地确保首相塔安全无虞,换做议事厅他就不敢担保了。

"大人,这样好吗?"派席尔眨眨眼,"是不是等明天我们不那么难过了,再来共商大计?"

奈德的语气平静而坚决。"恐怕我们必须现在就开会。"

派席尔鞠躬,"谨遵首相吩咐。"他召来仆人,遣他们快步跑去,自己则感激地接受奈德的椅子和一杯甜啤酒。

巴利斯坦·赛尔弥率先抵达,一身雪白披风,雕花铠甲,十足洁白无瑕模样。"两位大人,"他说,"如今我的职责所在是守护年轻的国王,请让我去服侍他。"

"巴利斯坦爵士,你的职责所在是这里。"奈德告诉他。

第二个来的是小指头,他依旧穿着昨晚那套蓝天鹅绒外衣和灰色仿声鸟斗篷,靴子上沾了骑马的尘土。"诸位大人好,"他泛泛地作个微笑，然后转向奈德。"艾德大人，您要我办的那件小事已经妥了。"

瓦里斯浑身薰衣草味地进来，他刚洗过澡，胖脸刷洗干净又新扑过粉，脚下的软拖鞋轻柔无声。"今儿个小小鸟儿唱着悲伤的歌谣，"他边坐下边说，"举国哭泣。让我们开始吧？"

"先等蓝礼大人。"奈德说。

瓦里斯哀怨地看了他一眼。"恐怕蓝礼大人已经出城了。"

"出城了？"奈德本寄望蓝礼支持他。

"天亮前一小时左右，他自侧门离开，随他走的还有洛拉斯·提利尔爵士和五十名随从。"瓦里斯告诉他们，"据最新情报，他们正快马加鞭往南赶，无疑是奔风息堡或高庭而去。"

好个蓝礼的一百士兵。这情形虽对奈德不利，却也无可奈何。他抽出劳勃的遗嘱。"昨晚国王召我到他身边，命令我记下他的遗言。劳勃盖下御印时，蓝礼大人和派席尔大学士都在现场作证。这封信该等国王陛下死后由御前会议开启。巴利斯坦爵士，可否劳您检查一番？"

御林铁卫队长仔细检视那张纸。"这确是劳勃国王的印信，并未经拆封。"他打开信读出来。"……史塔克家族的艾德为摄政王及全境守护者，代余统理国事，俟吾之合法继承人成年为止。"

事实上，这个继承人早就成年了。奈德心想，但没说出口。他不信任派席尔和瓦里斯，巴利斯坦爵士则认定那男孩是新国王，出于荣誉执意要保护他。老骑士只怕不会轻易放弃乔佛里。虽然欺骗的方式为他所不愿，但奈德很清楚自己必须步步为营，先不动声色地继续从前的游戏，静待自己摄政王的地位逐渐巩固。等艾莉亚和珊莎平安返回临冬城，史坦尼斯公爵也带着军队进驻君临，再来好好解决继承权的问题不迟。

"我要请诸位依照劳勃遗愿，确认我摄政王的身份。"奈德边说边看向众人的脸,揣测派席尔那双半阖上的眼睛,小指头慵懒的浅笑和瓦里斯焦虑抖动的手指背后,隐藏的是什么样的想法。

门突然打开。胖汤姆走进书房。"诸位大人,请见谅,国王的总管坚持……"

御前总管进来鞠躬道:"各位可敬的大人,国王要求立刻在王座厅召开御前会议。"

奈德早料到瑟曦会抢先下手,因此这次召见他丝毫不感意外。"国王已死。"他说,"但我们还是跟你去。汤姆,请你安排护送。"

小指头伸手搀扶奈德走下台阶。瓦里斯,派席尔和巴利斯坦爵士紧跟在后。身穿锁甲,头戴钢盔的临冬城卫士成两列纵队等在高塔外,一共八人。卫士护送他们穿过广场,灰色披风在风中啪啪作响。四下虽不见兰尼斯特的鲜红,却有不少金色披风的都城守卫在城墙上和大门边巡逻,令奈德稍觉安心。

杰诺斯·史林特在大厅门口迎接,他穿着一件雕饰华丽的黑金铠甲,腋下夹着一顶高羽头盔。都城守卫司令僵硬地点个头,他的部下便推开足有二十尺高、镶青铜边的橡木大门。

御前总管领他们进去。"恭迎安达尔人、洛伊拿人和先民的国王,七国统治者暨全境守护者,拜拉席恩家族与兰尼斯特家族的乔佛里一世陛下。"他朗声唱诵。

离大厅另一头还有段漫长的路,乔佛里正坐在铁王座上等他。在小指头的搀扶之下,奈德·史塔克一跛一跛地缓步朝那个自命为王的男孩走去,其他人紧随在后。他头一次走上这条路,乃是身骑骏马,手持利剑,逼迫詹姆·兰尼斯特走下王座,坦格利安的龙头则从四面墙壁上冷眼旁观。他不知乔佛里是否也会那么听话地放弃王位。

五名御林铁卫——除开詹姆爵士和巴利斯坦爵士——全部到

场，呈新月形围绕着王座底部。他们全副武装，从头到脚披挂着精美的铠甲头盔，长长的白披风抖在身后，闪亮的白盾牌绑上左臂。瑟曦·兰尼斯特和她两个年纪较小的孩子站在柏洛斯爵士和马林爵士后面。王后穿了一袭海绿色丝质长袍，边上绣了白如浪花的密尔蕾丝。手上带了一枚镶有鸽子蛋那么大翡翠的金戒指，头上还有一顶式样相称的金头环。

在他们上方密布尖刺的椅子里，坐了穿着金线外衣，红缎披风的乔佛里。桑铎·克里冈站在王座陡峭而狭窄的楼梯口。他身穿烟灰色的铠甲，戴着那顶狰狞狗头盔。

王座后方，有二十名腰悬长剑的兰尼斯特卫士。他们肩膀悬挂鲜红披风，头上顶着雄狮钢盔。但小指头果然信守诺言：在两侧墙边，在劳勃那些描绘狩猎和战争的壁毯下，挺立着金披风的都城守卫队，他们每个人手里都紧握着黑铁枪尖的八尺长矛，做好了一切准备，人数则足足是兰尼斯特士兵的五倍。

当奈德停下脚步，他的断腿已经痛得难以忍受，只好一手搭着小指头的肩膀稳住身子。

乔佛里站起来。他的红缎披风绣了金线，一边是五十只怒吼雄狮，另一边则是五十只跳跃公鹿。"我命令御前会议全速准备我的加冕仪式，"男孩宣布，"我希望在两周内完成加冕。今天我要接受朝廷重臣的宣誓效命。"

奈德取出劳勃的信。"瓦里斯大人，有劳您将这封信拿给兰尼斯特家族的夫人。"

太监把信递给瑟曦，王后瞄了一眼。"全境守护者，"她念道，"大人，您想拿这当挡箭牌吗？就区区一张纸？"她将纸撕成两半，再撕成四片，碎片散落一地。

"那是国王的遗嘱啊。"巴利斯坦爵士骇然。

"我们有了新国王。"瑟曦·兰尼斯特说，"艾德大人，上次我们见面,您给了我一些建议,现在让我也回个礼。跪下,大人。只要您下跪宣誓效忠我儿子,我们就准许您卸下首相职务,回到那片您称之为家的灰色荒原安享晚年。"

"我倒期望如此。"奈德冷冷地说。既然她执意在此时此地做个了断,那他别无选择。"但你儿子无权继承王位。史坦尼斯大人才是劳勃合法的继承人。"

"你骗人!"乔佛里满脸通红地尖叫。

"母亲,他这话什么意思?"弥赛拉公主一脸哀怨地问王后。"小乔现在不是国王了吗?"

"史塔克大人,你这是自寻死路。"瑟曦·兰尼斯特道,"巴利斯坦爵士,拿下这个叛徒。"

御林铁卫队长迟疑了片刻,只一眨眼工夫,他便被拔出武器的史塔克卫士团团围住。

"我看你不只是嘴上说说,而是迫不及待要抢位夺权了。"瑟曦道,"大人,你以为巴利斯坦爵士孤军奋战吗?"随着一声充满不祥暗示的金属碰撞,猎狗抽出了长剑。其余的御林铁卫和二十名兰尼斯特卫士也同时前进。

"杀了他!"铁王座上的男孩国王扯着喉咙尖叫,"把他们通通给我杀掉!"

"你让我别无选择。"奈德告诉瑟曦·兰尼斯特。他召唤杰诺斯·史林特,"司令,请您暂时拘捕王后和她的孩子,但不得加以伤害。将他们送回王家居室,并派人加以看守。"

"都城守卫队!"杰诺斯·史林特高叫,一边戴上头盔。一百名金披风卫士放低长枪,朝他们靠拢。

"我不希望无谓的流血冲突,"奈德告诉王后,"叫你的手下放下武器,就无须——"

一记利落的突刺,离得最近的都城守卫将长枪戳进托马德的背脊。胖汤姆的剑从绵软无力的手中滑落，鲜血淋漓的枪尖自肋骨下刺出，穿透皮革背心和盔甲。剑未落地，人已丧命。

奈德的叫喊来得太迟。史林特亲自斩开瓦利的咽喉。凯恩旋身挥剑，绽起一片剑光，逼退身旁的枪兵。刹那间他仿佛就要突围而出，这时却来了猎狗。桑铎·克里冈第一剑砍断凯恩的右手腕，第二剑将他从肩膀至胸骨活活劈开。凯恩当场气绝身亡。

眼看手下一个个在身边死去，小指头从奈德腰际抽出匕首，顶住他的下巴。他的微笑充满歉意。"我不是警告你别信任我的嘛。"

艾莉亚

"上。"西利欧·佛瑞尔叫喊着,朝她头部挥去。艾莉亚举剑挡格,木剑相交,"咔"的一声。

"左。"他又叫,木剑随即呼啸而出。她的剑也急速迎去。又是"咔"的一声,她咬紧牙关。

"右,"他说,之后是"下"、"左"、"左",越来越快,向前步步进逼。艾莉亚则不断后退,挥开每一记攻势。

"开始冲锋了。"他警告。于是当他向前猛攻,她往旁边一闪,扫开他的剑,朝他肩膀砍去。她差一点就碰到他了,就差那么一点点,她禁不住得意地笑起来。一撮淌着汗水的头发垂下,在她眼前晃来晃去,她用手背拨开。

"左。"西利欧叫道。"下。"他的剑快得看不清,咔咔声响彻小厅。"左,左,上,左,右,左,下,左!"

这一剑刺得很高,正中她的胸膛。她剧痛难忍,因为这次攻击方向全然不对,打了她一个措手不及。"哎哟!"她叫道。看来,等今晚在海上某个地方睡觉的时候,胸部大概已经淤青一片了。每次受伤都是一次教训,她告诉自己,而每次教训都让我们更强。

西利欧后退。"你已经死了。"

艾莉亚扮起鬼脸。"你作弊啦,"她气冲冲地说,"你明明说左边结果却打右边。"

"就是这样,你从此就是个死女孩了。"

"可你'骗人'啊!"

"我的嘴巴骗人,我的眼睛和手说的可是真话,只是你视而不见。"

"我哪里看不见,"艾莉亚说,"我每秒钟都盯着你看!"

"死掉的小妹妹,'观看'不代表'洞察'。水舞者一定要能洞察。来,把剑放下,听课的时候到了。"

她跟着他走到墙边,他在板凳上坐下。"西利欧·佛瑞尔能当上布拉佛斯海王的首席剑士,你知道凭什么吗?"

"因为你是全城最厉害的剑客。"

"就是这样,但为什么是我?有很多人比我强壮,比我敏捷,比我年轻,为什么是西利欧·佛瑞尔最厉害?现在让我来告诉你。"他用指尖轻轻碰了碰睫毛,"诀窍在于洞察,洞察事物的真相。"

"听着。海风吹到何方,布拉佛斯的船就开往何地。他们去过很多稀奇古怪的地方,每次返航,船长都会为海王的百兽园献上远方的动物。那是你从未见过的各式珍禽异兽,比如有条纹的马,全身长满斑点、脖子像高跷一样长的东西,还有浑身是毛、长得跟母牛一样大的鼠猪,会螫人的狮身蝎尾兽,把幼兽装在袋子里的老虎,还有走来走去、有镰刀般的爪子的恐怖蜥蜴。这些东西西利欧·佛瑞尔通通都见过。"

"我说的那天,前任首席剑士刚刚去世,海王便传我过去,只因按照布拉佛斯的传统必须立刻选择剑士的继承人。之前已有不少杀手去见过他,结果通通都被遣走,谁也说不出原因。我进去的时候,他安详地坐着,膝上躺了一只肥胖的黄猫,他告诉我,这是他手下某位船长从比日出之地更远的小岛上带回来给他的。'你没见过像她这样的动物吧?'他问我。"

"而我对他说:'每晚我在布拉佛斯的小巷都见到几千只他这种动物。'海王听了抚掌大笑,当日就任命我为首席剑士。"

艾莉亚露出一张苦脸。"我不懂。"

西利欧把牙齿磨得咯咯作响。"那只是一只平凡无奇的猫,其他人以为会看到珍禽异兽,所以他们眼中就只看得到珍禽异兽。他们说这只猫很大,可那只猫并不特别大,只不过因为好吃懒做,海王又常拿自己餐桌上的东西喂它,所以才稍微有些发福。他们又说它耳朵小巧玲珑,其实只是因为和其他猫打架时它耳朵被咬掉了一块。那明明就是只公猫,但海王开口说'她',他们也就信以为真。你听懂了吗?"

艾莉亚仔细想想。"你洞察了事情的真相。"

"就是这样。最重要的就是睁大眼睛。心会说谎,头脑会愚弄我们,只有眼睛雪亮。用你的眼睛看,用你的耳朵听,用你的嘴巴尝,用你的鼻子闻,用你的皮肤去感觉,最后才用脑袋去想,这样才会洞察真相。"

"就是这样。"艾莉亚嘻嘻笑道。

西利欧·佛瑞尔难得地露出微笑。"我在想,等我们抵达你家那个临冬城,也差不多是该让你使用这把缝衣针的时候了。"

"太棒了!"艾莉亚迫不及待地说,"到时候我让琼恩看——"

轰的一声,身后的小厅大木门被人撞开,艾莉亚立刻旋身。

一名御林铁卫站在门拱下,身后跟了五个兰尼斯特卫士。他全副武装,只把头盔的面罩打开。此人陪国王来临冬城作客时,艾莉亚见过他,记得他那低垂的眼睛和铁锈色的小胡子,这必是马林·特兰爵士无疑。红披风的侍卫穿着皮革背心和锁甲衫,头戴雄狮钢盔。"艾莉亚·史塔克,"骑士说,"孩子,跟我们走。"

艾莉亚犹豫不决地撅起嘴,"你们找我做什么?"

"你父亲要见你。"

艾莉亚向前走了一步,但西利欧·佛利尔握住她的手。"艾德大人为何不派他的手下,反而派兰尼斯特家的人来呢?我很好奇。"

"舞蹈老师,别不识好歹,"马林爵士说,"此事与你无关。"

"我父亲才不会派你们来呢。"艾莉亚说着举起她的木剑。兰尼斯特侍卫见了哈哈大笑。

"小妹妹乖,把棍子放下,"马林爵士告诉她,"我乃御林铁卫众弟兄的一员,是宣誓效命的白骑士。"

"杀老国王的弑君者也是啊。"艾莉亚说,"我不想去,我不想跟你走。"

马林·特兰爵士没了耐性。"抓住她。"他对手下说,然后放下面罩。

三个卫士向前走来,锁子甲随着跨出的每一步发出清脆的碰撞声。艾莉亚突然害怕起来。恐惧比利剑更伤人,她告诉自己,慢慢缓和狂乱的心跳。

西利欧·佛瑞尔走上前来,挡在中间,边拿木剑轻敲靴子。"到此为止。你们是人还是狗,居然有脸威胁小孩子?"

"滚开,老头子。"一名红袍侍卫叫道。

西利欧的木棍咻的一声上蹿,敲了那人头盔一下。"我是西利欧·佛瑞尔,从现在开始,你跟我讲话要放尊重点。"

"秃头浑球。"来人拔出长剑。木棍再度蹿动,快得刺眼。艾莉亚只听咔啦一声,钢剑已掉在石地板上。"我的手。"那名守卫惨叫着握住断掉的手指。

"以一个舞蹈老师来说,你挺快。"马林爵士评价。

"以一个骑士而言,你太慢。"西利欧回敬。

"宰了这布拉佛斯人,把那小女孩抓来。"白甲骑士命令。

四个兰尼斯特士兵纷纷抽出佩剑,断指的那个啐了口唾沫,用左手拔出匕首。

西利欧·佛瑞尔咔咔咬紧牙齿,滑出水舞者的姿势,侧身迎敌。"小艾莉亚,"他叫道,但他看都没看她一眼,自始至终没将视线自兰尼斯特卫兵身上移开。"今天的舞蹈课到此为止。你最好快走,跑步去找你父亲。"

艾莉亚不想抛下他,但他教导她要听话。"疾如鹿。"她小声说。

"就是这样。"西利欧·佛瑞尔说。兰尼斯特士兵向他围去。

艾莉亚缓缓后退,手里紧紧握着木剑。看着西利欧应战的架势,她才明白平日和她交手时,他不过随意玩玩罢了。红袍武士握着钢剑从三面向他进逼,他们的胸膛和手臂受锁甲保护,短裤缝了金属护褶,但脚上只有皮革绑腿,双手暴露在外。他们的头盔虽有护鼻,却没有面罩遮眼。

西利欧不等他们靠近,便闪身向左。艾莉亚难以想象人的动作竟能那么快。他用木棍挡住一把剑,旋身躲过第二把。第二个人失去重心,踉跄着朝先前那人跌去。西利欧朝他后背补上一脚,两个红袍武士便摔成一团。第三个卫士跳过他们冲来,挥剑往水舞者头上砍。西利欧身子一低,向上疾刺。那名守卫惨叫倒地,本来是左眼的地方,如今只剩一个血淋淋的窟窿。

摔倒的人准备爬起。西利欧踢中一人的面门,扯下另一人的头盔。拿匕首的人朝他猛刺,西利欧用头盔接住攻势,然后用木棍敲碎了来人的膝盖。最后一个红袍武士喝骂一声,双手持剑,猛力挥砍着朝他冲锋。西利欧疾闪向右,于是那个没了头盔,正挣扎着站起的人遭了殃,那记屠夫般的猛斩正中他肩脖交接处。利剑砍碎锁甲、皮革和血肉,此人跪倒在地,厉声惨叫。杀他的人还来不及抽出剑,西利欧已刺中他的喉头。卫士发出窒息般的叫声,蹒跚后退,双手掐着脖子,脸如死灰。

等艾莉亚走到通往厨房的后门时,五个人不是倒地丧命,就是奄奄一息。她听见马林·特兰爵士咒道:"一群废物,"然后拔出长剑。

西利欧·佛瑞尔恢复了战斗姿势，牙齿咯咯作响。"小艾莉亚，"他头也不回地叫道，"快走。"

用你的眼睛看，他刚才教导过。于是她看了：骑士穿着全身重铠，头、脚、乃至喉咙与手臂都有钢甲保护，双眼隐藏在纯白高盔后，手拿狰狞的精钢长剑。反观西利欧，他只有皮革背心和手中的木剑。"西利欧，快跑！"她尖叫。

"布拉佛斯的首席剑士从不临阵脱逃。"他朗声道。马林爵士挥剑朝他砍来，西利欧优雅地闪开，手中木棍划出一阵白光芒朝骑士攻去。才一次心跳间，他接连击中骑士的太阳穴、手肘和喉咙，木头敲响了头盔、护手和颈甲的金属。艾莉亚整个人愣在原地。马林爵士继续进逼，西利欧退后。他挡下一击攻势，躲开第二剑，又挥开第三击。

但第四剑将木棍拦腰砍断，木屑飞溅，铅制骨架断裂了。

艾莉亚啜泣着迈开脚步，飞奔而去。

她冲过厨房和贮藏室，在厨师和侍者间穿梭，害怕得什么都看不清。一个捧着木盘的面包师助手经过她面前，艾莉亚把她整个撞倒，刚出炉、香气四溢的面包撒了一地。她又绕过一个手拿切肉刀、肘部以下全是血、张大嘴巴吃惊地看着她的肥胖屠夫，隐约听见背后的叫喊。

西利欧·佛瑞尔所教过的每一件事都在她脑中迅速流窜。疾如鹿，静如影。恐惧比利剑更伤人。迅如蛇，止如水。恐惧比利剑更伤人。壮如熊，猛如狼。恐惧比利剑更伤人。害怕失败者必败无疑。恐惧比利剑更伤人。恐惧比利剑更伤人。恐惧比利剑更伤人。她紧握木剑，汗湿手心，当抵达塔里的楼梯时，已经上气不接下气。她愣了一会儿。往上还是往下？上楼之后会经过密闭桥梁，桥连接着议事厅和首相塔，但他们一定以为她会朝那边去，没错，而且西利欧不是说要"出其不意"吗?于是艾莉亚往下走,经过一层又一层螺旋,三步并作两步,跳过一级级狭窄的阶梯,直到最后来到宽敞的圆顶地窖,四周的麦酒桶足足堆了二十尺高。唯一的光源是墙上高处的倾斜窄窗。

地窖是条死路。除了她进来的路,无路可走。她不敢回头,也不敢留在这里。对了,她得找到父亲,告诉他事情经过才是。父亲会保护她。

艾莉亚把木剑插进腰带,开始攀爬,在酒桶之间跳跃,终于到了窗边。她双手勾住石头将自己往上拉。墙壁足有三尺厚,窗户有如一条往上向外倾斜的隧道。艾莉亚扭动身躯,朝天光爬去。当她的头到达地面的高度时,她隔着广场,朝首相塔望去。

原本坚实的木头大门只剩裂片、破败不堪,似乎被斧头砍烂了。一个死人面朝下倒在阶梯上,披风压在身子下,后背的锁甲衫上全是鲜血。她突然惊恐地发现那是件灰羊毛镶白缎边的披风。但她看不出来那是谁。

"怎么会这样?"她小声说。到底出了什么事?父亲又在哪里?红袍武士为何来抓她?她忆起自己发现怪兽那天,那个黄胡子男人所说过的话:既然死了一个首相,为什么不能死第二个?艾莉亚眼里不自觉地充满泪水。她屏气倾听,听见从首相塔窗内传出打斗声、叫喊声、哀嚎声和武器交击声。

她不能回去。父亲他……

艾莉亚闭上了眼睛,一时间害怕得不敢动弹。他们杀了乔里、韦尔和海华,以及楼梯上那个不知名的守卫。说不定他们也会杀掉父亲,若她被逮着的话,恐怕也难逃一死。"恐惧比利剑更伤人,"她大声说,但假装自己是水舞者无济于事,何况身为水舞者的西利欧很可能已死在白骑士手下。她只是个担惊受怕、孤零零的小女孩,手中只有一把木剑。

她挤着身子，爬进广场，小心翼翼地环顾四周后，方才站起来。城堡似乎空无一人，可城堡绝不可能空无一人。大家一定都关上门躲了起来。艾莉亚思慕地望望自己的卧房，然后沿着墙边阴影，离开了首相塔。她假装自己在抓猫……只可惜现在被抓的是她，而她一旦被抓，铁定没命。

艾莉亚在房屋和高墙间穿梭，尽可能背靠着墙，防止别人偷袭，最后总算平安无事地抵达马厩。穿过内城时，她看到十来个全副武装、穿着锁甲和全身铠甲的金袍卫士从身边跑过，但由于不知他们站哪一边，所以她躲在阴影里蹲低身子等他们过去。

从艾莉亚有记忆以来便担任临冬城马房总管的胡伦趴在马厩门边的地上。他身上中刀无数，以至于外衣好似绣满了猩红花朵。艾莉亚本来确定他已经死了，然而等她爬进去，他却睁开眼睛。"捣蛋鬼艾莉亚，"他小声说，"你快去……警告你……你父亲大人……"马房总管嘴里冒出红色泡沫，接着他合上眼睛，不再说话。

马厩里陈尸累累，尸体中有一个跟她玩耍过的马童，还有三个父亲的贴身护卫。一辆满载箱子行李的马车弃置门边。这些人遭到攻击时，想必是正准备把东西运到码头吧。艾莉亚偷偷靠近，发现其中一具尸首是戴斯蒙，那个曾经拿长剑给她看、向她保证会保护父亲的戴斯蒙。他背靠地，空洞地仰视屋顶，苍蝇爬过他的眼睛。他旁边死了一个戴狮盔的兰尼斯特红袍武士。只有一个。戴斯蒙不是告诉她"咱北方人一个人抵得上南方人十个"吗？"你骗人！"她突然一阵暴怒，踢了那尸体一脚。

厩里的马都吓坏了，嘶叫个不停，不时对着呛鼻的血腥吐气。艾莉亚脑中所想只是赶紧找匹马儿放上马鞍，然后溜之大吉，逃得远远的。她只要沿着国王大道，就可以回到临冬城。于是她从墙上拿下一副马鞍和缰绳。

当她走到马车背后时,一个倒在地上的箱子吸引了她的注意。箱子一定是在打斗中被碰落,或在搬运途中掉下的。木板已经裂开,箱盖向上掀起,东西撒了一地。艾莉亚看到那些她从没穿过的绫罗绸缎,不过,旅行途中她可能会需要御寒衣物……而且……

艾莉亚跪在泥地上散乱的衣物之中。她找到一件厚重的羊毛斗篷,一条天鹅绒裙子和一件丝质外衣,几件内衣裤,一件母亲为她缝制的裙服,还有一个可以变卖的银手镯。她推开破裂的盖板,在衣箱里翻找"缝衣针"。她原本把剑藏在箱子最底端,可箱子掉落时东西全搅成一团。艾莉亚突然很害怕有人先她一步找到剑,并把剑给偷走了,好在她的手指随即碰触到缎子礼服下的坚硬金属。

"原来她在这儿啊。"一个声音嘶喊着朝她逼近。

艾莉亚惊慌旋身。只见眼前站了个马童,他脸上挂着不自然的笑容,穿了件脏兮兮的皮背心,里面也是件肮脏的白上衣,他靴子沾满肥料,一手拿着根干草叉。"你是谁?"她问。

"她不认得我,"他说,"可我却认得她哩,嘿嘿,没错,我认得小狼女哟。"

"帮我装马鞍好吗?"艾莉亚拜托他,一边伸手到箱里,掏拿缝衣针。"我父亲是国王的首相,他会奖赏你的。"

"你老爸死翘翘啦。"男孩边说边向她靠近。"会奖赏我的是王后。小妹妹,过来。"

"不要过来!"她握住缝衣针的剑柄。

"我叫你'过来'。"他使劲抓住她的手。

在那性命攸关的刹那,西利欧·佛瑞尔教她的一切招式全部消失无踪。在那恐惧的瞬间,艾莉亚唯一记得的要诀是琼恩·雪诺教她的那一招,她学会的第一招。

她用尖的那端去刺敌人,使出突如其来、歇斯底里般的蛮力往上猛刺。

缝衣针刺进他的皮背心和白肚皮，从肩胛骨穿出来。男孩抛下干草叉，发出介于惊呼和叹息之间的绵软声音。他的手抓住剑。"喔，老天。"他呻吟道。他的上衣开始泛红。"把它拔出来。"

等她拔出剑，他已经死了。

马儿惊慌嘶叫。艾莉亚站在尸体旁，面对死亡，她镇静而又害怕。男孩倒地时口冒鲜血，现在更多的血从他腹部伤口涌出，在尸身下聚集成潭。他刚才握剑的手掌也被割伤了。擎着血淋淋的缝衣针，她慢慢后退。她想离开，她必须离开，她要躲到远离这马童充满控诉的眼神的地方。

于是她慌忙抓起马鞍和缰绳，朝她的母马跑去。然而正当举鞍准备放上马背时，艾莉亚突然恐惧地想到城门一定已经关闭，边门也多半有人看守。或许守卫"认不出"她。如果他们把她当成男孩，或许就会让她……不对，他们一定接到了不准任何人出去的命令，所以认没认出她都一样。

还有一条路可以离开城堡……

马鞍从艾莉亚指间滑落，咚的一声，掉在泥土地上，溅起一阵灰尘。她还得去找那个充满怪兽的房间吗？她不确定，但她知道自己非试不可。

她找到刚才收集的衣服，然后披上斗篷，以遮掩缝衣针。她把其余东西绑成一束，将包裹夹在腋下，溜到马厩的另一头。接着她打开后门的闩，不安地向外偷瞄。远处传来剑击声，内城那边还有个人在垂死哀嚎。她必须走下螺旋梯，穿过小厨房和养猪场，上次她追赶黑公猫就是走的这条路……可这样走会直接经过金袍卫士的军营，所以行不通。艾莉亚绞尽脑汁地搜索别的逃跑路线，如果她穿过城堡的另一边，就可以沿着河岸的城墙，走过小神木林……但她必须首先冒着城上守卫的众目睽睽，越过眼前这片广场。

她从没见过这么多人同时站在城墙上，其中大多是持枪的金袍武士,他们中有些人一眼就可认出她来。如果他们见她跑过广场,会怎么做?城墙距离这么远,她看起来一定像个小不点,他们还能辨别出她吗?他们会理会一个小女孩吗?

她告诉自己必须立刻动身,然而当要实际采取行动,她却害怕得不敢动弹。

止如水,一个小小的声音在耳畔响起。艾莉亚吓了一大跳,差点把东西掉在地上。她慌乱地环顾四周,但马厩里除了她只有马儿和死人。

静如影,那声音又来了。她说不准这是自己的声音,还是西利欧的话语,但不知怎地渐渐不怕了。

她迈开步伐,走出马厩。

这是她一辈子所做过最恐怖的事。她想拔腿就跑,找个地方躲起来,但她强迫自己"走"完全程,慢慢地,一步接一步,仿佛她多的是时间,完全没必要害怕。她感觉到他们的视线如同虫子一样在她衣服下头爬来爬去,但她头也不抬。艾莉亚很清楚如果她看见他们盯着自己,所有的勇气都会弃她而去,然后她就会扔下衣服,像个小婴儿一样哭哭啼啼,逃之夭夭,逃不出几步就会被逮住。她只瞧地面。等艾莉亚抵达广场彼端王家圣堂的阴影下,已经一身冷汗。好在没有人注意到她,没有人出声吆喝。

圣堂空荡荡的,里面,五十来支蜡烛静静地发散出香气。艾莉亚猜想天上诸神应该不会介意少两根吧,于是她拿了两根塞进袖子,然后从后窗离开。潜回先前她堵住独耳公猫的巷子简单,但之后要找路就难了。她爬进爬出,翻过一道道围墙,在黑暗的地窖里摸索。静如影。途中她还听见女人的哭泣。足足花了一个多小时她才找到那扇向下倾斜、通往怪兽地牢的窄窗。

她先把包裹丢进去,然后快步跑回去点蜡烛。这太惊险了。她印象中的炭火已经烧得只剩余烬,当她忙着吹气以让它重新活跃时,听见有人进屋的声音。她赶在他们进门前,用手呵护着摇曳的烛焰,从窗户翻出去,连瞥一眼来者是谁都来不及。

这回她一点也不怕那些怪兽,甚至觉得它们像老朋友。艾莉亚将蜡烛举到头顶,每走一步,墙上的影子都会跟着移动,仿佛它们都转头注视着她。"原来是龙啊。"她小声说。她从斗篷里抽出缝衣针。虽然纤细的剑身看起来好小,群龙看起来好大,但有剑在手,艾莉亚总算觉得比较安全。

门后那间无窗的长厅,一如她记忆中那般黑暗。她左手握着缝衣针,右手拿着蜡烛,热烫的蜡油顺着指关节流下。通往那口井的路在左边,所以艾莉亚往右走。她很想拔腿奔跑,又怕弄熄蜡烛。她听见微弱的老鼠吱吱声,在光线所及的范围边缘看到一双发亮的小眼睛。她不怕老鼠,却怕其他不知名的东西。其实她大可就躲在这里,就像上次她躲巫师和长八字胡的人一样。她几乎可以看见那个马童就站在墙边,双手团成鹰爪,手掌被缝衣针深深割伤的地方还流着血。他正等着她经过呢。他大老远便可以看见她的烛光。或许她还是把火熄灭的好……

恐惧比利剑更伤人,脑中那个静默的声音再度响起。艾莉亚突然忆起临冬城下的墓窖。她告诉自己那儿比这里可怕多了。第一次去的时候,她还是个小女孩。那次由哥哥罗柏领队,带着她、珊莎还有小布兰,当时的布兰还没现在的瑞肯大呢。他们只带了一根蜡烛,布兰的眼睛睁得像盘子,目不转睛地盯着列位冬境之王的石面尊容,以及他们脚边的冰原狼和膝上的铁剑。

罗柏领他们走到长廊末尾,经过祖父、布兰登和莱安娜的雕像,让他们瞧瞧自己未来的坟墓。然而珊莎的目光却一直不敢离开越烧越短的蜡烛,担心它随时会熄灭。老奶妈之前告诉她,这下面有蜘蛛,还有狗一般大的老鼠。罗柏听她说起这事,只是微笑。"还有比蜘蛛和老鼠更可怕的东西哦,"他悄声道,"这是死人活跃的地方。"就在那时,他们听见了低沉而震颤的声音。小布兰紧紧抓住艾莉亚的手。

当幽灵从打开的坟墓里走出来,呻吟着要吸活人鲜血时,珊莎尖叫着朝楼梯跑去,布兰抱住罗柏的大腿抽噎起来,艾莉亚则站在原地,捶了幽灵一下。那不过是身上撒满面粉的琼恩罢了。"你笨蛋啦,"她告诉他,"看你把弟弟吓成这样。"但琼恩和罗柏却只是相视大笑,没过多久布兰和艾莉亚也跟着笑了。

忆起往事,艾莉亚也不禁微笑。之后,黑暗便不再可怕。马童已死,且是她亲手所杀,如果他又跳出来,她就再杀他一次。她要回家。等她回到家,安全地躲在临冬城的灰色大理石墙后,一切都会没事的。

艾莉亚的脚步发出轻轻的回音,抢在她身前,朝黑暗的深处迈去。

珊莎

事发第三天，他们才带珊莎去见王后。

她选了一条式样简单的深灰色羊毛裙，剪裁虽然朴素，袖口和领子却绣得精细。没有仆人帮忙，她只得自己系上银色衣带，顿时觉得手指笨拙而不灵活。珍妮·普尔虽和她软禁在一起，却一点忙也帮不上。她哭肿了脸，一直为了她父亲哭哭啼啼。

"我相信你父亲一定没事，"总算扣好衣服后，珊莎告诉她，"我会请王后让你见见他。"她本以为如此好心的提议定可提起珍妮的精神，想不到她却用红肿的眼睛怔怔地看她，然后哭得更厉害。真是个长不大的小孩。

事发当天，珊莎也哭过。纵然有梅葛楼重重厚墙保护，且房门紧闭放下门闩，但屠杀开始时却依旧骇人。她从小听着广场上的金铁交击声长大，几乎天天都会见识刀剑，可一旦知道外面是来真的，一切又都不一样了。它们变得那么陌生，闻所未闻的声音不断传来：吃痛闷哼声、愤怒咒骂声、呼喊求救声，以及负伤垂死之人的呻吟。歌谣里的骑士从来不会惨叫，从来不会跪地求饶。

所以她哭了，隔着门请求他们告诉她到底发生了什么。她呼唤父亲，呼唤茉丹修女，呼唤国王，呼唤她的白马王子。可惜就算门外守卫听见了她的哀求，他们也没有回应。他们只在当天深夜打开门，把浑身淤伤、颤抖不已的珍妮·普尔推进来。"他们把所有人都杀光了。"管家的女儿朝她尖叫，不断诉说猎狗拿着战锤破门进入她的房间，首相塔的螺旋梯上全是死尸，染血的阶梯滑溜溜的。珊莎擦干眼泪，努力安慰自己的朋友。她们睡在同一张床上，相互搂抱，宛如姐妹。

第二天情况更糟。珊莎被监禁的房间位于梅葛楼最高塔的顶层,从窗户望去可以看到城门楼的铁闸已经放下,干涸护城河上的吊桥升起,切断了这座城中城与城堡其余部分的联系。兰尼斯特卫兵手执长枪和十字弓梭巡于城墙之上。打斗已经结束,宛如墓地般的死寂笼罩了红堡,只剩下珍妮·普尔无尽的抽噎啜泣。

她们没被饿着——早餐是硬乳酪、刚出炉的面包和牛奶,中午是烤小鸡和青蔬,晚餐则是牛肉大麦浓汤——但送饭的人拒绝回答珊莎的问题。那天傍晚,有几位妇人从首相塔带了些她和珍妮的衣物过来,可她们惊慌失措的程度与珍妮不相上下,她刚要开口问话,她们便仿如见了灰鳞病人般避之唯恐不及。门外的守卫也依旧不让她们离开房间。

"求求你,我要跟王后谈谈,"她对他们说,那天她对每个人都这样说。"她想见我的,我知道。请你们转告她我要见她。如果见不到王后,那麻烦你们去找乔佛里王子。我和他长大以后要结婚的。"

震耳欲聋的钟声于那天日落时分响起。钟声沉厚而洪亮,缓慢悠长的余音却教珊莎感到莫名的恐惧。钟声持续不绝,一会儿之后她们听见维桑尼亚丘陵上贝勒大圣堂里的钟也跟着回应。声音宛如阵雷,轰隆响彻全城,预示着即将来临的狂风暴雨。

"发生了什么事?"珍妮捂着耳朵问,"他们为什么敲钟?"

"国王驾崩了。"珊莎说不上自己如何知道,但她就是知道。缓慢而无止境的钟声充斥房间,哀伤有如挽歌。难道有敌人攻进城里,杀害了劳勃国王?难道这就是她们所听见的打斗?

她满脑疑惑地睡去,睡得很不安稳,提心吊胆。她英俊的乔佛里如今是国王了吗?还是他们连他也一起杀了?她为他担心,也为父亲害怕。如果他们告诉她外面究竟怎么回事就好了⋯⋯

那天晚上,珊莎梦见乔佛里坐在王位上,她自己则穿着一袭金衣靠在他身旁，头顶冠冕，她所认识的每个人都来到她面前屈膝致意。

翌日清晨，亦即第三天早上，御林铁卫的柏洛斯·布劳恩爵士前来护送她去觐见王后。

柏洛斯爵士是个胸膛宽厚、有一双向外弯曲的短腿的丑陋男子。他生了个扁鼻，两颊松弛，一头发质糟糕的灰发。这天他穿了白天鹅绒外衣，雪白披风用一个狮子别针系着。狮子镀上一层软金箔，有小小的红宝石镶成的眼睛。"柏洛斯爵士，您今早真是容光焕发，格外迷人哪。"珊莎告诉他。官家小姐无时无刻不能忘记礼貌，而她下定决心无论如何都要有个官家小姐的样子。

"小姐，您也是。"柏洛斯爵士语气平板地说，"王后陛下正在等你。请随我来。"

门外有红袍狮盔的兰尼斯特卫兵站岗，珊莎经过时，还特别友好地朝他们微笑道早安。这是她自两天前被亚历斯·奥克赫特爵士带来这里后首次踏出房门。"好孩子，这是为你的安全着想，"瑟曦王后告诉她，"如果乔佛里亲爱的女孩出了意外，他一定不会原谅我的。"

珊莎本以为柏洛斯爵士会护送她到王家居室，没想到他却领她走出了梅葛楼。吊桥已再度放下，几名工人正用绳子把同伴垂到干涸的护城河床。珊莎探头一看，只见下方巨大的尖刺上钉了一具尸首。她连忙移开视线，不敢发问，不敢再看，不敢想象那是某位她认识的人。

他们在议事厅里找到瑟曦王后，她坐在长桌首位，桌上堆满纸张、蜡烛和一叠叠的蜡泥。珊莎不曾见过陈设如此华丽的房间，不由得睁大眼睛看着雕花木屏风，以及蹲坐大门两侧的人面狮身兽雕像。

"王后陛下，"当另一名御林铁卫、生了张死人脸的曼登爵士领他们走进去时,柏洛斯爵士开口说,"我把这女孩带来了。"

珊莎原本期盼乔佛里会和王后在一起,可惜她的白马王子没来,反倒是三位重臣在场。派提尔·贝里席伯爵坐在王后左手,派席尔国师在桌子另一边,浑身花香的瓦里斯伯爵则在他们周围晃来晃去。她突然恐惧地发现他们都身着黑衣,那是丧服的颜色啊……

王后穿了一件高领黑丝礼服,礼服上身缝缀了上百颗暗红宝石,从脖颈直覆到胸部。宝石被琢磨成泪滴的形状,一眼望去,王后仿佛正在泣血。瑟曦见到她,脸上露出珊莎所见过最甜美却也最哀伤的微笑。"珊莎,我的好孩子。"她说,"我知道你一直想见我,很抱歉我到现在才找你来。只怪最近诸事纷乱,我实在抽不出时间。我想我的人没让你受委屈吧?"

"陛下,每个人都对我们既照顾又友好,非常感谢您的关心,"珊莎彬彬有礼地说,"只不过,嗯,没有人愿意跟我们说话,或者告诉我们到底发生了什么……"

"我们?"瑟曦似乎颇感困惑。

"那个管家的女儿被送去跟她一起住,"柏洛斯爵士道,"我们实在不知该拿她怎么办。"

王后皱起眉头。"下回记得先问,"她口气锐利地说,"天知道她朝珊莎脑子里鬼扯些什么。"

"珍妮她吓坏了,"珊莎说,"整天哭个不停。我答应帮她问可不可以让她见见她父亲。"

派席尔老国师垂下眼睛。

"她父亲没事吧?"珊莎焦急地说。她知道外面发生过打斗,但总不会有人伤害一个做管家的人吧?维扬·普尔平日可是连剑都不佩的。

瑟曦王后依次扫视每位重臣。"我不希望珊莎受到无谓的惊吓。诸位大人,我们该如何来安顿她这位小朋友呢?"

培提尔伯爵往前靠。"我来给她找个地方吧。"

"不要留在城里。"王后说。

"你当我是笨蛋不成?"

王后没理他。"柏洛斯爵士,劳驾您护送这位小妹妹前往培提尔大人住处,并吩咐他的手下妥善照顾,直到他回去为止。就跟她说小指头会带她去见她父亲,这样该能安抚她的情绪。我希望你在珊莎回去之前将此事办妥。"

"遵命,陛下。"柏洛斯爵士道。他深深一鞠躬,笔直地跃起身,抖着长长的白披风快步离开。

珊莎被搞糊涂了。"我不懂,"她说,"珍妮的父亲他人在哪里呢?柏洛斯爵士为何不直接带她去见他,反而要培提尔大人带她去呀?"她本已立志要有淑女风范,要像王后那般温柔,像母亲凯特琳夫人那般坚毅,但这会儿她突然又害怕起来,甚至担心自己会掉下眼泪。"您要把她送到哪儿?她是个好女孩,什么也没做错啊。"

"她害你担惊受怕了,"王后温柔地说,"我们可不能让这种事再度发生。别提她了,嗯?我向你保证,贝里席大人会好好照顾珍妮的。"她拍拍旁边的椅子。"坐下吧,珊莎,我有话跟你说。"

珊莎在王后身旁坐下。瑟曦再度露出微笑,然而这次却没能纾解她的不安。瓦里斯绞着他柔软的双手,派席尔国师撑着充满睡意的眼睛,看着眼前的纸张,但她能感觉到小指头盯着自己的视线。矮个子看她的眼神,总让珊莎觉得自己仿佛没穿衣服似的,她不禁浑身起了鸡皮疙瘩。

"亲爱的珊莎,"瑟曦王后边说边伸出一只柔软的手,放在她手腕上。"你真是个漂亮的好孩子。我真希望你知道乔佛里和我有多么爱你。"

"真的吗？"珊莎简直喘不过气来。小指头顿时被抛到脑后。她的白马王子爱她。其他一切都不重要了。

王后微笑道："我几乎把你当成自己的女儿，我也知道你是真心真意地爱着乔佛里。"她微微摇头。"但关于你父亲大人，恐怕我有些沉重的消息要对你说。孩子，你千万要鼓起勇气。"

她从容的话语却教珊莎打了个冷战。"什么消息？"

"你父亲叛国，亲爱的。"瓦里斯伯爵道。

派席尔国师抬起苍老的头颅。"我亲耳听见艾德大人向劳勃国王发誓会保护小王子，把他当成自己儿子看待。想不到等国王一死，他就立刻召集重臣，妄图窃取本应属于乔佛里的王位。"

"不，"珊莎脱口而出，"他绝不会做这种事，他绝不会！"

王后拣起一封信。信纸撕得稀烂，沾满干涸的血渍，然而上面被揭开的封蜡毫无疑问是父亲的冰原狼家徽。"珊莎，这是我们在你家侍卫队长身上找到的。收信人是我亡夫的弟弟史坦尼斯，信上邀请他来夺取王位。"

"求求您，王后陛下，这一定是误会，"突如其来的恐慌使她感到头晕目眩。"求求您，找我父亲过来，他会向您解释，他是国王的朋友，绝不会写这种信。"

"劳勃当初也是这么想，"王后道，"他若是地下有知，这件事准会伤透他的心。幸好诸神慈悲，没让他生前见到。"她叹口气。"珊莎，我亲爱的好孩子，你一定也知道这件事让我们有多为难。此事与你无关，这我们都明白，但你毕竟是个叛国者的女儿，你说我怎么敢让你嫁给我儿子呢？"

"可是我爱他啊。"珊莎既困惑又害怕地啜泣道。他们打算如何处置她？他们又对父亲做了些什么？事情不应该变成这样子的。她一定要嫁给乔佛里，他们不是已经订婚了吗？他不是已经许给她了吗？她还梦见过两人成亲的景象呢。因为父亲的所作所为，便要硬生生将他夺走,这实在太不公平了。

"孩子,这我难道不清楚吗?"瑟曦慈祥、和蔼又温柔地说,"你若不是爱他,又怎么会来见我,把你父亲送你走的计划倾诉给我听呢?"

"是啊,我好爱他,"珊莎急促地说,"可父亲连让我说声再见都不准。"她向来是听话乖巧的好女儿,但那天早上她偷偷从茉丹修女身边溜开,违背父亲意愿的时候,却觉得自己跟艾莉亚一样坏。她以前从未如此任性而为,若非她深爱着乔佛里,也不会这么做。"他打算送我回临冬城,把我嫁给默默无闻的雇佣骑士,也不管我只想要小乔。我跟他说了,可他就是听不进去。"她的希望只剩下国王,只有国王才能命令父亲让她留在君临,和乔佛里成亲。话虽如此,她却一直很怕这个讲话粗声粗气、成天喝得酩酊大醉的国王,更何况就算当真见到他,他也很可能会派人把她送回父亲身边。所以她去找王后,将心事和盘吐露,瑟曦听完之后,郑重地向她道谢……接着却派亚历斯爵士护送她到梅葛楼的高塔房间,并在门外安排守卫,没过多久,外面便传来打斗声。"求求您,"她把话说完,"您一定要让我嫁给乔佛里,我会当个好妻子的,真的,我保证会当个像您一样的王后。"

瑟曦王后看看其他人。"诸位重臣大人,关于她的请求,您们有何看法?"

"可怜的孩子,"瓦里斯喃喃道,"王后陛下,这是多么纯洁的一片痴情,若不答应她未免也太残忍了……但话又说回来,她父亲终究难辞其咎,我们还能怎么做呢?"他柔软的双手相互搓揉,做出无助又无奈的手势。

"既然是叛国者的种,只怕背叛之性已在她心中生根发芽。"派席尔国师道,"她眼下是个讨人喜欢的好孩子,可十年以后会怎样呢?谁也说不准。"

"不，"珊莎惊恐地说，"我不是，我不会……我绝不会背叛乔佛里，我爱他啊，我发誓我真的爱他。"

"噢，真叫人心酸哪，"瓦里斯道，"但归根结底，誓言毕竟不及血统可靠啊。"

"她像母亲，不像父亲，"培提尔·贝里席伯爵轻声说，"你们看看她，这头发和眼睛，十足就是当年的凯特。"

王后看看她，显然伤透了脑筋，但珊莎发现她那对澄澈的碧绿眸子里闪着慈蔼。"孩子，"她说，"如果我能相信你的确和你父亲不一样，那再没有什么事比让你嫁给乔佛里更让我高兴的了。我知道他也是全心全意爱着你。"她叹口气，"怕只怕瓦里斯大人和派席尔国师说得没错。血统决定一切，我还记得你妹妹是怎么放狼咬我儿子的。"

"我跟艾莉亚才不一样，"珊莎冲口便说，"她流着叛国者的血液，我可没有。我很听话，问问茉丹修女就知道了。我只想做乔佛里忠诚的好妻子。"

王后仔细审视她的脸，她能感觉出王后眼神的重量。"孩子，我相信你说的都是真话。"她转头面对其他人。"诸位大人，依我看来，如果她的家人都肯在此动荡之际宣誓效忠王室，那么我们大可不必为她担心。"

派席尔国师捻捻大把的软胡须，若有所思地皱起宽眉。"艾德大人有三个儿子。"

"都是些孩子，"培提尔伯爵耸肩，"我比较担心凯特琳夫人和徒利家族。"

王后双手握住珊莎手掌。"孩子，你可会读书写字？"

珊莎不安地点点头。她不论读书写字都比兄弟要行，但一遇算术就没办法。

"我很高兴。或许你和乔佛里还有希望……"

"您要我怎么做呢？"

"你得写信给你母亲，以及你大哥……他叫什么名字？"

"罗柏。"珊莎说。

"你父亲大人叛国的事，相信不久自会传到他们耳中，所以由你亲自来讲比较妥当。你得告诉他们艾德大人背叛国王的经过。"

珊莎极度渴望乔佛里，但她却不知自己是否有照王后吩咐去做的勇气。"可他没有……我不知……陛下，我不知道该怎么写……"

王后拍拍她的手。"好孩子，我们会告诉你该怎么写。重要的是你必须敦促凯特琳夫人和你哥哥维护国内和平。"

"如果他们不愿听从，情况可对他们不利。"派席尔国师道，"看在你们之间的亲情分上，说什么你都该敦请他们做出明智的抉择。"

"你的母亲大人此刻一定非常为你担心，"王后道，"你该告诉她，你正受到我们妥善的照顾，一切平安无事，衣食无虞，并邀请他们在乔佛里登基之日，前来君临宣誓效忠。如果他们照办……哎，那我们就知道你的血液里没有一丝一毫的污染，等你有了月事，成为真正的女人，我们就让你和国王在贝勒大圣堂结婚，让天上诸神和地上百姓作见证。"

……和国王结婚……这几个字让她呼吸急促，但珊莎依旧有些迟疑。"或许……如果我可以先见见父亲大人，和他谈谈……"

"造反的事？"瓦里斯伯爵提示。

"珊莎，你太令我失望了。"王后的眼神转为严峻，有如坚硬磐石。"我们已经告诉过你令尊的罪行，假如你真如自己所说那么忠于王室，为何还要见他？"

"我……我只是想……"珊莎湿了眼眶。"他没事吧？……请您告诉我，他有没有……受伤，还是……还是……"

"艾德大人毫发无伤。"王后说。

"可是……你们要如何处置他？"

"此事只有国王陛下才能决定。"派席尔国师满腹思量地宣布。

国王陛下！ 珊莎眨眨眼睛忍住泪水。她这才想起，如今乔佛里是国王了。无论他最后作何决定，她相信她的白马王子绝不会伤害父亲。她确信只要自己去找他，求他手下留情，他一定会听的。他怎么可能不听呢？他那么爱她，王后不也这么说？虽然小乔处罚父亲在所难免，群臣也会如此期待，但或许他能把父亲送回临冬城，或者将父亲放逐到狭海对岸的自由贸易城邦。只要父亲在那边安心待个几年，等她和乔佛里成婚，一旦她贵为王后，便可劝说乔佛里赦免父亲的罪行，放他回家。

可是……万一母亲和罗柏做出什么违法犯上的事，比如召集封臣举兵叛乱，或是不肯宣誓效忠，那后果可就不堪设想。虽然她心里清楚乔佛里有副高贵的好心肠，可他毕竟身为一国之君，对叛变之事非得严惩不贷，所以她一定要让母亲他们了解，她非这样做不可！

"那……那我就写吧。"珊莎告诉他们。

瑟曦·兰尼斯特露出如旭日般温煦的笑容，靠过来轻吻她的脸颊。"我知道你会的。等我告诉乔佛里你今天有多勇敢，多懂事，他一定会倍感骄傲。"

最后她一共写了四封信。收件人包括母亲凯特琳·史塔克夫人，她临冬城的兄弟们，以及阿姨和爷爷，也就是鹰巢城的莱莎·艾林夫人和奔流城的霍斯特·徒利公爵。待她写完，手指已经酸麻僵硬，沾满墨水。瓦里斯拿来父亲的印章，她在蜡烛上融了白色蜂蜡，小心翼翼地倒在信封口，然后看着太监用史塔克家族的冰原狼印章依次盖上。

曼登·穆尔爵士送她回到梅葛楼的高塔时，珍妮·普尔和她的东西已经没了踪影。再也不用听她哭个不休了，珊莎有些感激地想。然而少了珍妮，这里却越发显得清冷，即便她生起一炉火也一样。她拉张椅子靠近炉边，从书架上取了本最喜欢的书，容许自己暂时躲进佛罗理安和琼琪，希拉小姐与彩虹骑士，以及英勇的伊蒙王子和他兄弟之妻注定悲剧收场的爱情故事里。

直到当晚准备上床的时候，珊莎才想起自己忘问妹妹的事了。

琼恩

"这是奥瑟,"杰瑞米·莱克爵士宣布,"错不了。另外那个是杰佛·佛花。"他用脚把尸体翻过来,死尸脸色惨白,蓝澄澄的双眼睁得老大,瞪着阴霾不开的天空。"他们两个都是班·史塔克手下的人。"

他们是叔叔手下的人,琼恩木然地想。他忆起自己当初哀求与他们同去时的模样。诸神保佑,我果真是个稚气未脱的孩子。假如叔叔带的是我,或许就换我躺在这儿了……

杰佛的右臂被白灵齐腕咬断,末端只剩一团血肉模糊。他的右手掌此刻正在伊蒙师傅的塔里,悬浮于醋罐之中。至于他的左掌,虽然还好端端接在臂膀上,却和他的斗篷一般黑。

"诸神慈悲。"熊老喃喃道。他翻身从犁马背上跳下,把缰绳交给琼恩。这是个异常暖和的清晨,守夜人司令宽阔的额间遍布汗珠,犹如甜瓜表面的露水。他的坐骑十分局促,一边翻着白眼,一边扯着缰绳,想从死人身边退开。琼恩牵它走开几步,努力不让它挣脱奔走。马儿不喜欢此地的感觉,话说回来,琼恩自己也不喜欢。

狗们更是深恶痛绝。带领队伍找到这儿的是白灵,整群猎犬根本毫无用处。之前驯兽长贝斯试着拿断手给它们闻,好让它们记住气味,结果狗群整个发了狂,又吠又叫,拼死命要逃开。即便到现在,它们也依然时而咆哮时而哀嚎,用力拉扯狗链,齐特为此咒骂不已。

不过是座森林,狗儿闻到的只是尸臭罢了,琼恩这么告诉自己。他刚见过死人……

就在昨夜，他又做了那个临冬城的梦。梦中他漫游在空荡荡的城堡，四处寻找父亲，最后下楼梯进了墓窖。但这次梦境并未在此结束。在黑暗中他听见石头刮碰的声音，猛一转身，只见墓穴一个个打开来，死去已久的国王纷纷由冰冷黑暗的坟中蹒跚走出。琼恩恍然惊醒，四周一片漆黑，心脏狂跳。连白灵跳上床，用嘴巴摩擦他的脸，也难减轻他心中深深的恐惧。他不敢再睡，便起身爬上长城，不安地漫步，直到东方初绽曙光。那不过是梦而已，如今我是守夜人军团的一分子，不再是容易受惊的小孩儿了。

山姆威尔·塔利蜷缩树下，半躲在马群后。他那张圆胖的脸颜色有如酸败的牛奶。虽然他并未逃进森林上吐下泻，可也没正眼瞧过死尸。"我不敢看。"他可怜兮兮地低语。

"你不能不看。"琼恩对他说，一边压低声音不让别人听见。"伊蒙师傅不是派你来当他的眼睛么？眼睛若是闭上了，那还有什么用呢？"

"话是这样说，可……琼恩，我实在是个胆小鬼。"

琼恩把手放到山姆肩膀上。"我们身边有十二个游骑兵，还有成群的猎狗，连白灵都跟来了。山姆，没人伤得了你。去看看罢，第一眼总是最难的。"

山姆颤巍巍地点个头，很明显地努力鼓起勇气，然后缓缓转头。他的双眼顿时睁得老大，但琼恩抓住他的手，不让他转开。

"杰瑞米爵士，"熊老没好气地问，"班·史塔克出长城带了六个人，其他人上哪儿去了？"

杰瑞米爵士摇摇头。"我若是知道就好了。"

莫尔蒙对这答案显然大为不满。"两个弟兄几乎在长城的肉眼可见范围内惨遭杀害，你的游骑兵却什么也没听见，什么也没看到，难道守夜人已经怠惰到这种地步了？我们到底有没有派人扫荡森林？"

"当然是有的,大人,可是——"

"我们还有没有派人骑马巡逻?"

"有的,可是——"

"这家伙身上带着猎号,"莫尔蒙指着奥瑟说,"莫非你要我相信他临死前连一声都没吹?还是你的游骑兵不只眼睛瞎了,连耳朵也聋啦?"

杰瑞米爵士气得毛发竖立,满脸怒容。"大人,没有人吹号角,否则我的游骑兵一定会听见。如今人手不够,根本无法照我的意图仔细巡逻……更何况自从班扬失踪,我们已经缩短了巡逻范围,比以前更靠近长城——这可是大人您亲自下的令。"

熊老咕哝道:"唉,也是。那就算了罢。"他不耐烦地挥挥手。"跟我说说他们是怎么死的。"

杰瑞米爵士在杰佛·佛花身旁蹲下,揪着头皮抓起头颅。发束从他指间落下,松脆有如稻草。骑士骂了一声,用手背把脸部翻过。尸体另一侧的脖颈部位有道深深的伤口,好似一张大嘴,其中积满了干涸的血块。头脖之间仅余几条肌腱相连。"他是给斧头砍死的。"

"没错,"老林务官戴文喃喃道,"大人,我说就是奥瑟平日惯用的那把斧头。"

琼恩只觉早餐在胃里翻涌,但他强自抿紧嘴唇,逼自己朝第二具尸体望去。奥瑟生前是个高大丑陋的人,死后尸体也是又大又丑。但四下没有斧头的踪影。琼恩记得奥瑟就是那个出发前高唱低俗小调的家伙。看来他唱歌的日子是完了。他的双手和杰佛一样完全漆黑,伤口如疹子般覆盖全身,从下体到胸部再到咽喉无一幸免,上面装饰着一朵朵干裂的血花。他的眼睛依旧睁开,蓝宝石般的珠子直瞪天空。

杰瑞米爵士站起身。"野人也是有斧头的。"

莫尔蒙语带挑衅地对他说:"那依你之见,这是曼斯·雷德干的好事?在离长城这么近的地方?"

"大人,不然还有谁呢?"

答案连琼恩都说得出。不仅他知道,大家都很清楚,但没有人愿意说出口。异鬼只是故事,用来吓小孩的传说。就算他们真的存在,也是八千年前的事。光是产生这个念头都教他觉得愚蠢:他是个成年人,是守夜人的黑衣弟兄,已非当年与布兰、罗柏和艾莉亚一同坐在老奶妈脚边的小男孩啦。

但莫尔蒙司令哼了一声:"假如班·史塔克在距离黑城堡只有半天骑程的地方遭到野人攻击,他定会回来增调人马,追那些杀人犯到七层地狱,把他们的首级带来给我。"

"除非连他自己也遇害。"杰瑞米爵士坚持。

即使到现在,听到这些话依然令人心痛。过了这么久,期望班·史塔克还活着无异于自欺欺人,但琼恩·雪诺别的没有,就是固执。

"大人,班扬离开我们已快半年,"杰瑞米爵士续道,"森林广阔,随处可能遭野人偷袭。我敢打赌,这两个是他队伍最后的幸存者,本准备回来找我们……只可惜在抵达长城之前被敌人追上。你瞧,这些尸体还很新鲜,死亡时间不会超过一天……"

"不对。"山姆威尔·塔利尖声说。

琼恩吓了一跳,他说什么也没料到会听见山姆紧张而高亢的话音。胖男孩向来很怕官员,而杰瑞米爵士又素以坏脾气出名。

"小子,我可没问你意见。"莱克冷冷地说。

"让他说吧,爵士先生。"琼恩冲口而出。

莫尔蒙的视线从山姆飘向琼恩,然后又转向山姆:"如果那孩子有话要说,就让他说吧。小子,靠过来,躲在马后面我们可瞧不见你。"

山姆挤过琼恩和马匹，汗如雨下。"大人，不……不可能只有一天……请看……那个血……"

"嗯？"莫尔蒙不耐烦地皱眉，"血怎么样？"

"他一见血就尿裤子啦。"齐特高喊，游骑兵们哄堂大笑。

山姆抹抹额上的汗珠。"您……您看白灵……琼恩的冰原狼……您看它咬断手的地方，可是……断肢没有流血，您看……"他挥挥手。"家父……蓝……蓝道伯爵，他，他有时候会逼我看他处理猎物……在……之后……"山姆摇头晃脑，下巴动个不休。这会儿他真看了，视线反而离不开尸体。"刚死的猎物……大人，血还会流动。之后……之后才会凝结成块，像是……像是肉冻，浓稠的肉冻，而且……而且……"他似乎要吐了。"这个人……请看，他的手腕很……很脆……又干又脆……像是……"

琼恩立刻明白了山姆的意思。他可以看见死人腕部断裂的血管，活像惨白肌肉里的铁蠕虫，血也冻成黑粉末。但杰瑞米·莱克不以为然。"如果他们真死了一天以上，现在早就臭得要命。可他们一点味道也没有。"

饱经风霜的老林务官戴文最爱夸耀自己嗅觉灵敏，常说连降雪都能闻出来。这会儿他悄悄走到尸体旁边，嗅了一下。"嗯，是不怎么好闻，不过……大人说得没错，的确没有尸臭。"

"他们……他们也没有腐烂，"山姆指给大家看，胖手指颤抖不休。"请看，他们身上没有……没有生蛆，也……也……没有其他的虫子……他们在森林里躺了这么久，却……却没有被动物撕咬或吃掉……若不是白灵……他们……"

"可说毫发无伤。"琼恩轻声道，"而且白灵和其他动物不一样。狗儿和马都不愿靠近他们的尸体。"

游骑兵们彼此交换眼神，每个人都知道此话不假。莫尔蒙皱起眉头，将视线从尸体移到狗群。"齐特，把猎狗带过来。"

齐特连忙照办，一边咒骂，一边拉扯狗链，还伸腿踢了狗一脚。但猎狗们多半呜咽着，打定主意不肯挪动。他试着强拉一只母狗，结果它拼命顽抗，又吼又扭，企图挣脱项圈，最后竟朝他扑去。齐特丢下绳子踉跄后退，狗跳过他跑进森林去了。

"这……这很不对劲啊，"山姆·塔利急切地说，"看看这血……他们衣服上有血迹，而且……而且他们的皮肤如此干硬，可……可地上完全没有血迹……这附近一丁点儿都没有。照说他们……他们……他们……"山姆努力吞了口唾沫，深吸一口气。"照说他们伤口那么深……那么可怕，鲜血应该溅得到处都是，对不对？"

戴文吸了吸他的木假牙。"弄不好他们不是死在这里。弄不好是被人搬来弃尸，当做警告什么的。"老林务官满腹狐疑地往下瞧。"或许是俺弄不清，可俺记得奥瑟从来就不是蓝眼睛呐。"

杰瑞米爵士似乎大为震惊。"佛花也不是。"他脱口便道，一边转头看着两个死人。

寂静笼罩森林，一时之间大家只听见山姆沉重的呼吸和戴文吸吮假牙的濡湿声。琼恩在白灵身边蹲下。

"烧了他们罢。"有人小声说。是某位游骑兵，但琼恩听不出是谁。"是啊，烧了罢。"又一个声音在催促。

熊老固执地摇摇头。"还不行。我得先请伊蒙师傅看看。咱们把他们带回长城去。"

有些命令下达容易，执行却难。他们用斗篷裹起尸首，然而当哈克和戴文试图将其中一具绑上马时，马儿整个发了狂，它尖叫着后足站立，伸腿狂踢，跑去帮忙的凯特反被咬伤。游骑兵试了其他犁马，同样不听使唤；即便最温驯的马也拼死不愿与尸体有任何接触。最后迫不得已，人们只好砍下树枝，做成粗陋的拖拉架，动身返回时，已经到了下午。

"派人把这片森林搜个彻底，"启程之前，莫尔蒙命令杰瑞米爵士，"方圆十里格内每一棵树、每一块石头、每一丛矮树和每一寸泥地都必须翻找一遍。把你手下所有的人都派出来，如果人手不够，就跟事务官借调猎人和林务官。假如班和他的手下就在其中，不论死活，你都必须找到。假如森林里有'其他人'，也一定要报告，你必须负责追踪并逮捕他们，能活捉最好，知道了吗？"

"知道了，大人。"杰瑞米爵士说，"我一定办妥。"

打那之后，莫尔蒙默默地骑马沉思。琼恩紧随在后——身为司令的私人事务官，这是他的位置。天色灰暗，弥漫水气，阴霾不开，正是那种令人急盼降雨的天气。林中无风，空气潮湿而沉重，琼恩的衣服黏紧皮肤。天气很温暖。太温暖了。长城连日以来"泪"如泉涌，有时候琼恩不禁想象它正在萎缩。

老人们管这种天气叫"鬼夏"，传说这意味着夏季的鬼魂终于逃脱束缚，四处飘荡。他们还警告说，在这之后，酷寒便会降临，而长夏之后总是漫长的冬季。这次的夏天已经持续了十年，夏季刚开始时，琼恩还是大人怀抱里的小孩儿。

白灵跟着他们跑了一段，然后消失在树林。身边少了冰原狼，琼恩觉得自己赤裸裸的。他带着怀疑的目光，不安地瞄着每一处阴影。他不由得想起自己还是个小男孩时，临冬城的老奶妈给他们讲过的故事。她的嗓音和缝衣针的"嗟嗟"声犹在耳际。在一片黑暗之中，异鬼骑马到来，这是她最拿手的开头，之后她不断压低声音，他们浑身冰冷，散发着死亡的气息，痛恨钢铁、烈火和阳光，以及所有流淌着温热血液的生命。他们骑着惨白的死马，率领在战争中遇害的亡灵大军一路南下，横扫农村、城市和王国。他们还拿人类婴儿的肉来饲养手下的死灵仆役……

当琼恩终于自一棵扭曲的老橡树树枝间瞥见远方高耸的长城时，不禁感到如释重负。这时莫尔蒙突然勒住缰绳，在马鞍上转过头。"塔利,"他喊道,"你过来。"

山姆笨重地爬下马,琼恩看见他脸上的恐惧之色:他想必认为自己有麻烦了。"小子,你胖归胖,人倒是不笨。"熊老粗声说,"刚才干得不错。雪诺,你也是。"

山姆立刻满面通红,急忙想要道谢,舌头却不听使唤。琼恩忍不住笑了。

出森林后,莫尔蒙双脚一蹬,驱使他那匹健壮的小犁马向前疾驰。白灵自林间蹿出来与他们会合。他舔着下巴,口鼻沾满猎物的鲜血。远处,居高临下的长城守卫发现渐近的队伍,接着那低沉浑厚的号角便响彻原野;那是一声长长的巨鸣,颤抖着穿越树林,回荡于冰原之上。

喔喔喔喔喔喔呜呜呜呜呜呜呜呜呜呜呜呜呜呜呜呜呜

号音渐弱,终归寂静。一声号角代表兄弟归来,琼恩心想,起码我也当了一天的游骑兵兄弟。无论将来如何,没有人能否认。

当他们牵马穿过冰封隧道时,发现波文·马尔锡正站在第一道大门内。总务长满脸通红,显得焦虑不安。"大人,"他一边拉开铁栅门,一边迫不及待地对莫尔蒙说,"有只鸟儿捎信来,请您立刻来一趟。"

"嗯?到底怎么回事?"莫尔蒙不耐烦地问。

奇怪的是,马尔锡竟先瞄了琼恩一眼,然后才作答:"信在伊蒙师傅手中,他在您的书房等您。"

"好罢。琼恩,马就交给你了。告诉杰瑞米爵士把尸体先放进储藏室,等学士来处理。"莫尔蒙咕哝着跨步离去。

琼恩和其他人牵着坐骑回到马厩时,他很不自在地发觉大家都盯着他瞧。艾里沙·索恩爵士正在校场训练新兵,但他也暂停手边工作,瞪着琼恩,嘴上挂着一抹微笑。独臂的唐纳·诺伊站在兵器库门口。"雪诺,愿诸神与你同在。"他喊道。

一定发生了什么事,琼恩心想,非常不好的事。

两具死尸被抬进长城脚下的一间储藏室内,那是个从冰墙里凿出的阴冷房间,专门用来存放肉类和谷物,有时连啤酒也拿来这里。琼恩先喂莫尔蒙的马吃草喝水,梳过毛后,方才去照料自己的坐骑。之后他去找自己那伙朋友,葛兰和陶德正在站岗,但他在大厅里找到派普。"出什么事了?"他问。

派普压低声音。"国王死了。"

琼恩大感震惊。劳勃·拜拉席恩上次来访临冬城,虽然那模样既老又胖,却似乎很健康,也没听人说他得了什么病。"你怎么知道?"

"有个守卫偷听到克莱达斯读信给伊蒙师傅听,"派普靠过来。"琼恩,我很遗憾。他是你老爸的好朋友,对不对?"

"他们情同手足。"琼恩暗忖乔佛里是否会继续让父亲担任御前首相一职。他觉得不大可能。也就是说,艾德公爵即将返回临冬城,还有他的两个妹妹。假如他能得到莫尔蒙大人的允许,说不定还可以去探望他们。能再见到艾莉亚机灵的笑容,并和父亲谈谈,一定会是件很棒的事。到时候我定要问他母亲的事,他下定决心,如今我已长大成人,说什么他都该告诉我了。即便她是个妓女我也不在乎,我一定要知道。

"我听哈克说,那两个死人是你叔叔的部下。"派普道。

"是啊,"琼恩回答,"他带去的那六个人中的两个。他们死了好长一段时间,只是……尸体有些古怪。"

"古怪?"派普一听,兴致就来了。"怎么个古怪法?"

"去问山姆吧,"琼恩不想谈这个。"我该去照顾熊老了。"

他独自走向司令塔,心里有种莫名的焦虑。守门的弟兄们肃穆地看他走近。"熊老在书房里,"其中一人宣布,"他正要找你。"

琼恩点点头。他应该直接从马厩过来的。他快步爬上高塔楼梯,一边告诉自己:司令他要的不过是一杯好酒或炉里的暖火罢了。

一进书房,莫尔蒙的乌鸦便朝他尖叫。"玉米!"鸟儿厉声喊道,"玉米!玉米!玉米!"

"别信他。我刚喂过哪。"熊老咕哝着。他坐在窗边,正读着信。"给我弄杯酒来,你自己也倒上一杯。"

"大人,我也要?"

莫尔蒙将视线自信上抬起,瞪着琼恩。那眼神里充满怜悯,他感觉得出来。"你没听错。"

琼恩格外小心地斟酒,隐约明白自己是在拖延时间。等酒杯倒满,他就别无选择,不得不面对信中之事了。即便如此,酒杯却很快就满了。"孩子,坐下。"莫尔蒙命令他。"喝罢。"

琼恩站住不动。"是我父亲的事,对不对?"

熊老用一根指头弹弹信纸。"是你父亲和国王的事。"他朗声说,"我也不瞒你,信上写的都是坏消息。我本以为自己这么大把年纪,劳勃的岁数只有我的一半,又壮得像头牛似的,说什么也没机会碰上新国王。"他灌了口酒。"据说国王爱打猎。我告诉你,孩子,我们爱什么,到头来就会毁在什么上面。给我记清楚。我儿子爱死了他的年轻老婆。那个爱慕虚荣的女人,要不是为了她,他也不会把脑筋动到盗猎者头上去。"

琼恩根本不明白他在说什么。"司令大人,我不懂。我父亲到底怎么了?"

"我不是叫你坐下么?"莫尔蒙咕哝道。"坐下!"乌鸦尖叫。"去你的,把酒喝了。雪诺,这是命令。"

琼恩坐下,啜了一口酒。

"艾德大人目前人在狱中。他被控叛国,信上说他与劳勃的两个弟弟共谋夺取乔佛里的王位。"

"不可能！"琼恩立刻说，"绝不可能！父亲他说什么也不会背叛国王！"

"是真的也好，假的也罢，"莫尔蒙道，"总之轮不到我来讲。当然，更轮不到你说。"

"可这是谎言。"琼恩坚持。他们怎么能把父亲当成叛徒？难道他们都疯了？艾德·史塔克公爵最不可能做的，就是玷污自身名节之事……是吧？

那他怎么还有个私生子？一个小小的声音在琼恩心里低语，这有何荣誉可言？还有你母亲啊，她怎么样了？他连她的名字都不肯讲。

"大人，他会怎么样？他们会杀他吗？"

"孩子，这我就说不准了。我打算写封信去。我年轻时认识几位国王的重臣，像是老派席尔、史坦尼斯大人、巴利斯坦爵士……无论你父亲有没有做这些，他都是个了不得的领主。一定要让他有穿上黑衣加入我们的机会。天知道我们有多需要像艾德大人这么有才干的人。"

过去，被控叛国的人的确有到长城赎罪的先例，这琼恩知道。为什么艾德大人不行呢？父亲大人会来这里？真是个怪异的念头，而且不知怎的令人十分不安。夺走他的临冬城，强迫他穿上黑衣，这是何等的不公不义啊？然而，假如他能因此逃过一劫……

可乔佛里会答应吗？他忆起王太子在临冬城时，是如何在校场上嘲弄罗柏和罗德利克爵士。他倒是没注意琼恩；对他而言，私生子太过微贱，连被他轻蔑都不配。"大人，国王会听您的话吗？"

熊老耸耸肩。"国王还是个孩子……我看他会听母亲的话吧。可惜那侏儒不在他们身边。他是那孩子的舅舅，也亲眼目睹我们亟需援助的迫切。你母亲大人就那样把他抓起来，实在是不妥……"

"史塔克夫人不是我母亲。"琼恩语气锐利地提醒他。提利昂·兰尼斯特待他如友。倘若艾德大人当真遇害,她和王后要负同样的责任。"大人,我的妹妹们呢?艾莉亚和珊莎都跟我父亲在一起,您可知道——"

"派席尔信上没说,但相信她们定会受到妥善照顾。我在回信中会问问她们的情形。"莫尔蒙摇摇头。"什么时候不好,偏偏挑这种时候。王国正需要一个强有力的统治者……眼看黑暗和寒夜就要来临,我这身老骨头都感觉得到……"他意味深长地看了琼恩一眼。"小子,我希望你别做傻事。"

可他是我父亲啊,琼恩想说,但他知道说给莫尔蒙听也没用。他只觉喉咙干燥,便逼自己又喝了口酒。

"如今你的职责所在是这里。"司令提醒他。"从你穿上黑衣那一刻起,过去的你便已经死去。"他的鸟儿粗声应和,"黑衣。"莫尔蒙不加理会。"不管君临发生了什么,都与我们无关。"老人眼看琼恩不答话,便将酒一饮而尽,然后说,"你可以走了。我今天都用不着你,明天你再来帮我写信罢。"

琼恩恍如梦中,他不记得自己站起,更不记得如何离开书房。等他回过神,自己正一边走下高塔楼梯,一边想:出事的是我父亲和我妹妹,怎么可能与我无关呢?

到了外面,一名守卫看着他说:"小子,坚强点。诸神很残酷的。"

琼恩这才明白,原来他们都知道。"我父亲不是叛徒。"他哑着嗓子说。连这番话也卡在喉咙里,仿佛要噎死他。风势转强,与先前相比,广场上似乎更冷了。鬼夏俨然已近尾声。

接下来的大半个下午,就如一场梦般浮过。琼恩不知道自己去过什么地方,做过什么事,跟什么人讲过话。白灵跟在身边,只有这点他还知道。冰原狼沉默的存在给了他一点稍微的安慰。可妹妹她们连这点安慰都没有,他想。小狼原本可以保护她们,然而淑女已死,娜梅莉亚又行踪成谜,她们都是孤身一人啊。

日落时分,吹起一阵北风。前往大厅吃晚餐时,琼恩听见它袭上长城,越过冰砌高墙的尖利声响。哈布煮了大锅的鹿肉浓汤,里面有大麦、洋葱和胡萝卜。当他特别多舀了一匙放进琼恩盘子里,又给了他面包最香脆的部分时,他立刻明白这是什么意思。他也知道。琼恩环顾大厅,看见一个个赶忙别开的头,一只只礼貌垂下的眼睛。他们通通都知道。

他的朋友们簇拥过来。"我们请修士为你父亲点了根蜡烛。"梅沙告诉他。"他们骗人,我们都知道他们骗人,连葛兰都知道他们说谎。"派普插进来。葛兰点点头,接着山姆握住琼恩的手。"你我现在是兄弟,所以他也是我的父亲。"胖男孩说,"如果你想到鱼梁木树林里去向旧神祷告,我就陪你去。"

鱼梁木树林远在长城之外,但他知道山姆并非说空话。他们真是我的兄弟啊,他心想,就和罗柏、布兰和瑞肯一样……

就在这时,他听见艾里沙·索恩爵士的笑声,锐利、残忍,有如皮鞭抽打。"原来他不但是个野种,还是个卖国贼的野种哩。"他正忙不迭地告诉身边的人。

只一眨眼工夫,琼恩便已跃上长桌,匕首在手。派普想抓住他,但他猛地抽开腿,跳到桌子彼端,踢翻艾里沙爵士手中的碗。肉汤飞溅,洒得附近弟兄一身。索恩向后退开。周围喊声四起,然而琼恩什么也听不见。他擎着匕首朝艾里沙爵士那张脸扑去,对着那双冰冷的玛瑙色眼睛猛砍。可他还没来得及冲到对方身边,山姆便挡在两人中间,接着派普像猴子似的跳到他背上紧抓不放,葛兰抓住他的手,陶德则拨开手指,拿走匕首。

后来,过了很久,在他们把他押回寝室之后,莫尔蒙下楼来见他,乌鸦停在肩上。"小子,我不是叫你别做傻事吗?"熊老说。

"小子！"乌鸦也附和。莫尔蒙厌恶地摇摇头。"我本来对你寄予厚望，结果却是这样。"

他们搜走他的短刀和佩剑，叫他待在房里，不得离开，直到高层官员决定如何处置。他们还派了一个人在门外看守，以确保他遵守命令。他的朋友们也不准前来探视，但熊老总算网开一面，允许白灵跟他待在一起，所以他不至于完全孤独。

"我父亲不是叛徒。"众人离去之后，他对冰原狼说。白灵静静地看着他。琼恩双手抱膝，颓然靠在墙上，盯着窄床边桌子上的蜡烛。烛焰摇曳闪动，影子在他周围晃个不休，房间似乎更显阴暗，也更冰冷。我今晚绝对不睡，琼恩心想。

然而他多半还是打了瞌睡吧。醒来时只觉双腿僵硬，酸麻无比，蜡烛也早已燃尽。白灵后脚站立，前脚扒着房门。琼恩看它突然间变得那么高，吓了一跳。"白灵，怎么了？"他轻声唤道。冰原狼转过头，向下看着他，露出利齿，无声地咆哮。它疯了吗？琼恩暗忖。"白灵，是我啊。"他喃喃低语，试图遮掩声音里的恐惧。可另一方面，他又在不由自主地剧烈颤抖。什么时候变得这么冷？

白灵从门边退开，木门被他刨出深深的爪痕。琼恩看着它，心中的不安节节升高。"外头有人，是吧？"他轻声说。冰原狼四肢贴地向后爬开，脖颈的白毛根根竖立。一定是那个守卫，他心想，他们派一个人留下看守，看来白灵不喜欢他的味道。

琼恩缓缓起身。他完全无法克制地发着抖，心里希望剑还在手中。上前三步，他来到门边，握住门把往里拉，只听铰链一阵嘎吱，差点没吓得他跳起来。

守卫软绵绵地横躺在狭窄的过道上，头朝上看他。头朝上看他！腹朝下趴地。他的头被整整扭了一百八十度。

不可能，琼恩对自己说，这是司令大人的居塔，日夜都有人看守,绝不可能发生这种事,我一定是在做梦,我在做噩梦。

白灵从他身边溜到门外,朝楼上走去,途中停下脚步,回头看着琼恩。就在这时,他听见靴子在石板上的摩擦,以及门闩打开的响动。声音是从楼上传来的,从总司令的房间传来的。

这或许是一场噩梦,但他绝非置身梦境。

守卫的剑还在鞘里。琼恩俯身抽出,武器在手,他的胆子也大了起来。他步上台阶,白灵无声地当着前锋。楼梯的每个转角都有阴影潜伏。琼恩小心翼翼地前进,一遇可疑暗处,便用剑尖捅刺两下。

突然,他听到莫尔蒙乌鸦的尖叫。"玉米!"鸟儿扯着嗓门喊,"玉米!玉米!玉米!玉米!玉米!玉米!"白灵向前窜去,琼恩也快步登上楼梯。莫尔蒙书房的门大敞。冰原狼冲了进去。琼恩站在门口,手握利剑,以让眼睛适应黑暗。厚重的垂帘盖住窗户,房里黑暗如墨。"是谁?"他叫道。

然后他看见了:一个阴影中的阴影,一个全身漆黑的人形,身披斗篷、戴着兜帽,正朝莫尔蒙卧室的门滑曳过去……但在兜帽下面,那双眼睛却闪着冰冷的蓝芒。

白灵凌空一跃,人狼同时扑倒,却无尖叫,亦无咆哮。他们连翻带滚,撞碎椅子,碰倒堆满纸张的书桌。莫尔蒙的乌鸦在空中振翅飞舞,一边尖叫:"玉米!玉米!玉米!玉米!"在这里面,琼恩觉得自己像伊蒙师傅一样目不视物。于是他背贴墙走到窗边,伸手扯下帘幕。月光涌进书房,他瞥见一双黑手深埋于白毛之中,肿胀的手指正渐渐掐紧冰原狼的咽喉。白灵又踢又扭,四肢在空中抽动,但无法脱身。

琼恩没有时间恐惧。他纵身向前,出声大喊,使尽浑身力气挥剑劈下。钢铁划过衣袖、皮肤和骨头,却不知怎的,声音很不对劲。他周围的气息奇怪而冰冷,差点将他噎住。他看见地上的断臂，黑色的手指正在一泓月光里蠕动。白灵从另外一只手中挣脱，伸着红彤彤的舌头爬到一边。

戴着兜帽的人抬起他那张惨白的圆脸，琼恩毫不迟疑，举剑就砍。利剑将他的鼻子劈成两半，砍出一道深可见骨、贯穿脸颊的裂口，正好在那双有如燃烧的湛蓝星星般的眼睛下方。琼恩认得这张脸。奥瑟，他踉跄后退，*诸神保佑，他死了，他死了，我明明看见他死了。*

他觉得有东西在扒自己脚踝。低头一看，只见漆黑的手指紧紧钳住他的小腿，那条断臂正往大腿上爬，一边撕扯羊毛和肌肉。琼恩感到一阵剧烈的恶心，他大叫一声，连忙用剑尖把脚上的手指撬开，然后把那东西丢掉。断臂在地上蠕动，手指不断开开阖阖。

尸体蹒跚着向他逼近。它一滴血都没流，虽然少了一只手，脸也几乎被劈成两半，但它好像毫无知觉。琼恩把长剑举在面前。"不要过来！"他命令，声音刺耳。"玉米！"乌鸦尖叫，"玉米！玉米！"地上那条断臂正从裂开的衣袖里钻出来，宛如一条生了五个黑头的白蛇。白灵挥爪一攫，张口咬住断臂，立即传来指骨碎裂的声音。琼恩朝尸体的脖子砍下，感觉剑锋深深陷了进去。

奥瑟的尸体冲过来，把他撞倒在地。

琼恩的肩胛骨碰到翻倒的书桌，登时痛得喘不过气。剑在哪里？剑到哪儿去了？他竟然弄丢了那把天杀的剑！琼恩张口欲喊，尸鬼却将黑色的手指塞进他嘴里。他一边噎气，一边想把手推开，但尸体实在太重，鬼手硬是朝他喉咙深处钻，冷得像冰，令他窒息。那张尸脸紧贴他的脸，遮住了整个世界。那对眼睛覆满诡异的冰霜，闪着非人的蓝光。琼恩用指甲扒它冰冷的肌肉，踢它的腿，试着用嘴巴咬，用手捶，试着呼吸……

突然间尸体的重量消失，喉咙上的手指也被扯开。琼恩唯一能做的就只有翻身，拼命呕吐，不断发抖。

原来是白灵再度攻击。他看着冰原狼的利齿咬进尸鬼的内脏,又撕又扯。他就这么意识模糊地看了好一阵子,才想起来自己该把剑找到……

……回身看见浑身赤裸,刚从睡梦中惊醒,还很虚弱的莫尔蒙司令,提着一盏油灯站在过道。那条被咬得稀烂,又少了指头的断臂正在地板上猛烈摆动,蠕动着朝他爬去。

琼恩想要大喊,却没了声音。他踉跄地站起来,一脚把断臂踢开,伸手从熊老手中抢过油灯。只见灯焰晃动,险些就要熄灭。"烧啊!"乌鸦哇哇大叫,"烧啊!烧啊!烧啊!"

琼恩在原地忙乱转圈,瞥见先前从窗户扯下的帘幕,便两手握住灯,朝那一团布幔掷去。金属油灯落地,玻璃罩应声碎裂,灯油溅洒出来,窗帘立刻轰的一声,燃起熊熊烈焰。扑面而来的热气比琼恩尝过的任何一个吻都来得甜美。"白灵!"他叫道。

冰原狼从那正挣扎着爬起的尸鬼身上猛地一扭,抽身跳开。黑色的液体自死尸腹部的大裂口缓缓流出,好似一条条黑蛇。琼恩探手到火里抓起一把燃烧的布块,朝尸鬼扔去。烧啊,看着布块盖住尸体,他暗自祈祷,天上诸神,求求你们,求求你们让它烧啊。